AF525802

Volker Dützer, geboren 1964, lebt und arbeitet im Westerwald. Die Bandbreite seiner Romane reicht vom lupenreinen Kriminalroman über Science-Thriller bis zur Horror-Kurzgeschichte.

DIE BLINDE ZEUGIN

VOLKER DÜTZER

Überarbeitete Neuausgabe September 2022

DIE BLINDE ZEUGIN

ISBN 978-3-96087-782-3
E-Book-ISBN 978-3-96087-653-6

Dies ist eine überarbeitete Neuausgabe des bereits 2015 bei at Bookshouse Ltd. erschienenen Titels Treibsand
(ISBN: 978-9-96352-727-4).

Covergestaltung: Buchgewand
Umschlaggestaltung: ARTC.ore Design
Unter Verwendung von Abbildungen von
shutterstock.com: © Alexey Seleznev
stock.adobe.com: © peangdao, © Nejron Photo
Korrektorat: Birgit Förster
Satz: dp DIGITAL PUBLISHERS GmbH
Druck und Bindung: Books on Demand GmbH, Norderstedt

1

Dienstag, 20. August

Was für ein riesiger Haufen Geld. Sauber gestapelte Bündel mit bunten Scheinen, Euro, Dollar, sogar Yen waren dabei. Daneben glänzten in Folie eingeschweißte Krügerrand-Goldmünzen, angelaufene Silbertaler und winzige Barren aus einem weiß schimmernden Metall. War das etwa Platin? In den mit Samt ausgelegten Mahagonikästen und Stahlkassetten lockten weitere erlesene Kostbarkeiten: Colliers, Ringe und Rohdiamanten in flauschigen Stoffbeuteln.

Volltreffer! Mann, das war ein absoluter Volltreffer. Puh! Die Vorstellung, in den knisternden Scheinchen zu wühlen und bis zum Hals im Geld zu baden, war besser, als auf ihrer Kawasaki die Haarnadelkurven im Lahntal entlangzurasen. Sie war entschieden besser als Champagnertröpfchen, die kitzelnd am Gaumen zerplatzten, sogar besser als Sex. Samantha Baring, in Gaunerkreisen kurz *Sammy* genannt, brauchte nur die Hände auszustrecken, um sich die Taschen vollzustopfen. Sie war reich! Reich! So reich, dass für diesen Zustand noch kein Wort erfunden worden war. Wie sie das Kurhotel verlassen konnte, ohne die argwöhnischen Blicke des Personals auf sich zu ziehen, hatte sie bereits ausgekundschaftet. Der Rest war ein Kinderspiel.

Blieben nur noch zwei Probleme zu lösen: Ihre Hände waren mit einem zähen Klebeband an das Rohrgestell eines Bürodrehstuhls gefesselt, und in ihrem Mund steckte ein Knebel, der sie zu ersticken drohte. Wütend starrte sie auf den geöffneten Hoteltresor und die beiden Männer, die sich die Rosinen aus dem Millionenkuchen herauspickten, den Sammy angeschnitten hatte. Methodisch füllten sie einen stabilen Samsonitekoffer bis zum Rand mit gebündelten Banknoten, handlichen Goldbarren und Edelsteinen.

Der riesenhafte Mann mit dem gespaltenen Kinn gehörte wie sein drahtiger rothaariger Kumpel zur Truppe professioneller Wachmänner, die die Hotelleitung zum Schutz der illustren Gäste angeheuert hatte. Seit zwei Tagen fanden in der Kurstadt die Bad Emser Mineralientage statt; eine Veranstaltung, die Edelsteinhändler und Schmuckdesigner ebenso anlockte wie Esoteriker, die nach Kristallschädeln und ähnlichem teuren Plunder Ausschau hielten. Die Hotellobbys waren überfüllt mit den oberen Zehntausend der Republik und ihren in verschwenderischen Reichtum gehüllten Begleiterinnen. Allerdings suchten auch gewitzte Diebe und Trickbetrüger die Stadt an der Lahn heim, unter ihnen zwei Männer in anthrazitfarbenen Maßanzügen, die sich mit gefälschten Ausweisen als Angestellte einer Securityfirma ausgaben.

Wütend zerrte Sammy an ihren Fesseln. Warum nur war sie das hohe Risiko eingegangen? Bisher hatte sie sich mit ihrer speziellen Masche auf Partys, Empfänge und Volksfeste beschränkt. Die Beute, die sie ergaunern konnte, war stets gering genug, um keinen allzu heftigen Lärm zu entfachen; aber trotzdem groß genug, um damit über die Runden zu kommen.

Der Verlockung, an einem einzigen Abend den Jackpot zu knacken, hatte sie nicht widerstehen können. Aber erst jetzt wurde ihr schmerzlich bewusst, dass dieser Diebeszug eine Nummer zu groß für sie gewesen war.

Der Mann mit dem gespaltenen Kinn klappte den Koffer zu und redete gestikulierend auf seinen Kumpel ein. Sammy verstand kein Wort, es klang wie Russisch oder Polnisch. In ihrem Bauch breitete sich Panik aus wie ein Hornissenschwarm. Sie glaubte noch immer daran, dass ihr cleverer Plan funktioniert hätte. Dass sie im Tresorraum des Kurhotels der Russenmafia über den Weg lief, war mehr als ein böser Zufall und glich einer schallenden Ohrfeige des Schicksals.

Der Rothaarige mit der Statur eines Wiesels ließ die Safetür zuschnappen, lief an Sammy vorbei und steckte die Nase durch den Türspalt an der Rückwand des Raumes. Offenbar war sie nicht die Einzige, die sich mit dem Grundriss des Hotels neben dem Spielcasino vertraut gemacht hatte. Sammys Hoffnung, dass die Diebe mit ihrer Beute verschwanden und sie als Bauernopfer zurückließen, erfüllte sich nicht. Mit einem Springmesser zerschnitt der Kleine ihre Fesseln. Sein Kumpel zerrte sie hoch und umwickelte ihre Handgelenke mit einem zähen Gewebeband. Das Wiesel schnappte sich den Koffer; dann hakten sie Sammy unter und schleiften sie in den Korridor hinter dem Tresorraum. Von dort führte eine Treppe in die Kellerräume. Zielsicher sperrten sie eine Feuerschutztür auf und stießen Sammy in den nach Schimmel und Moder stinkenden Keller. Eine verdreckte Glühbirne tauchte den Raum in trübes Licht und riss verstaubte Aktenschränke aus dem Dunkel.

Das Wiesel drückte sie auf einen Hocker, dann wuchteten die Diebe schwitzend eine rostige Eisenplatte von einer Öffnung im Boden. In dem trüben Licht schillerte übel riechendes Wasser an den Wänden eines Schachtes, Steigeisen führten in die Tiefe. Das war also der Abwasserkanal, durch den sie sich hatte aus dem Staub machen wollen. Eine wirklich tolle Idee. Herzlichen Glückwunsch, Sammy! Sie verfluchte ihre Gier und schwor sich, endlich einem ehrlichen Job nachzugehen, wenn sie dieses eine Mal noch davonkam.

Der Riese riss den Klebestreifen von ihrem Mund und befreite sie von dem Knebel. Hier unten hörte ohnehin niemand ihre Hilferufe.

Das Wiesel setzte sich auf einen umgedrehten Papierkorb und grinste sie an. „Wir haben dich den ganzen Abend beobachtet. Und wir wissen immer noch nicht, wie du das angestellt hast."

Sammy legte den Kopf schief und pustete eine vorwitzige Locke aus der Stirn. „Was denn angestellt?"

Der Russe riss sie an den Haaren zurück und presste seine Hand um ihre Kehle. „Verarsch uns nicht. Zehn Minuten nachdem du hast angemacht den Direktor von Hotel, du hast geöffnet Safe ohne Problem. Woher weißt du Kombination?"

Sammys Gedanken rasten. Die Kerle hatten sie die ganze Zeit beobachtet. Wahrscheinlich verstanden sie nicht genug Deutsch, um ihren Trick zu durchschauen. Ihre Methode, mit der sie einem potenziellen Opfer in kurzer Zeit die Geheimzahlen seiner Kreditkarten entlocken konnte, war für die beiden Verbrecher von allergrößtem Wert.

„Ihr habt, was ihr wollt, also haut schon ab. Kümmert euch nicht um mich, ich komme schon klar", sagte sie.

Der Riese tippte an ihre Stirn. „Bist schlaues Mädchen. Kopf ist mehr wert als Beute aus Safe. Warum hat Direktor dir verraten Code?"

„Ich hab keine Ahnung, wovon du redest."

„Wird dir schnell wieder einfallen." Seine Lippen waren jetzt dicht an ihrem Ohr. „Sag mir, was will kleines blondes Mädchen mit so viel Geld?"

Sie bog ihren Kopf zur Seite, um seinem nach Knoblauch und Wodka stinkendem Atem zu entgehen. „Der Tresor stand offen, als ich das Zimmer betrat."

Das Wiesel lachte meckernd und ließ die Klinge seines Stiletts aufschnappen. „Und ich passe hier auf, dass niemand was klaut. Für jede falsche Antwort verlierst du ab sofort einen Finger. Also überleg dir gut, was du uns als Nächstes erzählst."

Sammy geriet in Panik. Auf ehrliche Weise Geld zu verdienen, erschien ihr plötzlich überaus verlockend. Kellnern, Putzen oder Taxi fahren, das hatte sie sich eigentlich schon immer gewünscht.

Lieber Gott, wenn ich mit heiler Haut aus diesem Loch herauskomme, will ich brav sein. Ich verspreche es.

Der Riese hob sie hoch, als wöge sie nicht mehr als eine Barbiepuppe, zog eine Schublade aus einem Aktenschrank und klemmte blitzschnell ihren Arm ein. Unter seinem Jackett zeichnete sich ein gewaltiger Bizeps ab. Gegen seine rohe Kraft konnte Sammy nichts ausrichten.

„Zeig uns Trick. Sei liebes Mädchen. Mit Narben in Gesicht du wirst sehr hässlich aussehen!“

Auf dem Gang vor dem Keller näherten sich Schritte. Jemand hustete und kam die Treppe herunter. Der Russe drückte ihr seine schwielige Hand auf Mund und Nase. Sammy würgte angeekelt und wand sich unter seinem Griff.

Draußen rief jemand einen Namen, eine Stimme antwortete gelangweilt, Flaschen klirrten, und die Schritte entfernten sich wieder.

Der Kleine klappte sein Messer zu. „Wir nehmen sie mit. Ist zu gefährlich hier.“ Geschickt kletterte er an den Steigeisen nach unten.

Sein Kumpel reichte ihm den Geldkoffer, stieß Sammy in das Loch und folgte ihr dann. Der Schacht war knapp zwei Meter tief. Sammy landete im knietiefen, nach Fäulnis stinkenden Flusswasser.

Der Russe stieß sie in das Tonnengewölbe des Abwasserkanals, der nach etwa zwanzig Metern am Fuß der Stützmauer unterhalb der Straße ins Freie mündete. Die Natriumdampflampen auf der Uferpromenade warfen goldene Reflexe auf das schwarze Wasser der Lahn. Dicht über Sammys Kopf nahm das Nachtleben von Bad Ems seinen Lauf, unbeeindruckt von dem Drama, das sich wenige Meter entfernt abspielte. Spaziergänger flanierten scherzend die Promenade entlang, der Autoverkehr rollte zähflüssig am Kurhotel vorbei. Jemand hupte, ein Hund kläffte nervtötend. Irgendwo erklang das Lachen einer hellen Frauenstimme, so nah und doch unerreichbar für Sammy.

Die Männer zerrten sie ein Stück den schmalen Kiesstrand entlang. Das Wiesel hetzte eine Treppe hinauf, verschwand in der Dunkelheit und tauchte kurz darauf winkend wieder auf. Der Russe trieb sie die Steinstufen hinauf. Die Treppe endete gegenüber dem Casino, vor dessen Eingang sich eine Menschentraube gebildet hatte. Wer gute Geschäfte abgeschlossen hatte, gönnte sich in der warmen Sommernacht den Kitzel des Spiels. Auch Sammy spielte mit. Und sie riskierte den höchstmöglichen Einsatz: ihr Leben.

Die Entführer nutzten den Trubel aus, um Sammy an Bord eines rostigen Hausbootes zu schleppen, das an einem der Landestege lag. Der Russe brach die Tür zur Hauptkabine auf und polterte die Stiege hinab. Sein Kumpel stellte den Koffer ab, beobachtete misstrauisch die hell beleuchtete Uferpromenade und zog Sammy in die Schatten der Deckaufbauten. Ihre Arme waren noch immer mit dem verfluchten Klebeband auf dem Rücken gefesselt. Hektisch tasteten ihre Finger das Blech ab, bis sie auf eine scharfe Kante stieß. Sie musste sich etwas einfallen lassen, und zwar schnell. War sie erst unter Deck, gab es keine Rettung mehr.

Sie drückte sich eng an den Rothaarigen, bis ihre Lippen beinahe sein Kinn berührten. „Ein Koffer, randvoll mit Geld ... für drei Leute“, flüsterte sie.

Irritiert drehte er den Kopf.

Sammy fuhr mit der Zunge über ihre Lippen und blinzelte ihm zu. „Soll ich dir verraten, wie ich den Hoteldirektor um den Finger gewickelt habe? Wir wären bestimmt ein gutes Team. Jemanden wie dich könnte ich gut gebrauchen. Aber drei sind einer zu viel. Was denkst du?“

In seinem Mundwinkel zuckte ein Nerv.

„Ich kann dir deine Zukunft vorhersagen.“

„Halt's Maul."

Nervös wanderten seine Blicke über das dunkle Deck und ruhten eine Spur zu lang auf dem Geldkoffer. Im Bauch des Bootes sprang hustend ein Dieselmotor an.

Fluchend wandte der Dieb sich um und drückte sein Stilett in die v-förmige Mulde zwischen Sammys Schlüsselbeinen. Ein einzelner Blutstropfen rann an ihrem Brustbein hinab.

„Denk nicht mal daran, abzuhauen. Und wenn du in der Hölle ein Loch gräbst, um dich zu verstecken, wir werden dich finden. Also verrate uns lieber gleich, wie du dem Fettsack die Kombination des Tresors aus dem Kreuz geleiert hast. Falls du es noch nicht begriffen hast, es ist deine einzige Chance, die Nacht zu überleben."

Falsch! Ihr kleiner Trick war ihre Lebensversicherung, und sie würde ihn erst preisgeben, wenn sie ihre letzte Karte ausgespielt hatte. Andernfalls endete sie als Fischfutter.

Er grub seine Finger in Sammys Lockenmähne und stieß ihren Hinterkopf gegen die Schiffswand. Dann hetzte er zum Bug und löste rasch die Taue, mit denen das Boot an der Ufermauer befestigt war.

Vor ihren Augen tanzten bunte Sterne. So schnell sie konnte, scheuerte sie die Fesseln an ihren Handgelenken über das scharfe Blech.

Träge drehte sich das Boot in den Fluss und wurde von der Strömung erfasst. Das Wiesel kehrte wachsam zum Heck zurück.

„Bei der ersten Gelegenheit schmeißt er dich über Bord. Oder glaubst du wirklich, dass er teilen wird?", sagte Sammy.

Das zähe Klebeband zerriss. Ihre Hände waren frei. Sie warf einen hastigen Blick auf die Verriegelung der Deckstür. Zwecklos, das Schloss war verbogen und unbrauchbar.

„Was treibt er wohl da unten? Du musst dich jetzt entscheiden, er wird jeden Moment wieder auftauchen."

„Halt die Klappe. Du wickelst mich nicht ein wie die geilen alten Männer im Casino!"

Bevor Sammy antworten und ihre Show abziehen konnte, flog die Tür hinter ihr auf und der Stoppelkopf des Russen erschien in der Luke.

„Schaff den Koffer runter, und mach das Boot ..."

Weiter kam er nicht. Vom Dach des Hausboots sprang ihn fauchend ein Wesen an, das nur einem Albtraum entwichen sein konnte.

Der Rothaarige kreischte, sein Kumpel stolperte über den Koffer, taumelte und stürzte über die Reling in den Fluss. Steuerlos trieb das Boot in der Strömung.

Auf dem Kasten an der Heckreling hockte der hässlichste Kater, den Sammy je gesehen hatte. Er riss sein schiefes Maul auf, fauchte wie ein Drache und drohte mit einem mörderisch scharfen Gebiss. Er war fett, bösartig wie ein Dachs und besaß nur ein Auge.

Aus der Dunkelheit jenseits der Bordwand schrillten die Hilferufe des Russen herauf, der offenbar nicht schwimmen konnte. Sein Partner wagte sich einen Schritt weit auf den an der Reling befestigten Rettungsring zu. Der Kater hieb mit seiner Pfote nach ihm und erwischte ihn am Handgelenk. Der Rothaarige geriet in Panik, weil er nicht gleichzeitig seinen Kumpel aus dem Fluss ziehen, Sammy bewachen und das Boot steuern konnte.

„Wir treiben auf das Wehr zu", sagte Sammy.

„Was für ein Scheißwehr? Versuch bloß nicht, mich zu verarschen!"

Scheinbar gelassen zuckte Sammy mit den Schultern. „Wollt's dir nur sagen."

Er zog sein Jackett aus und schlug damit nach dem Kater. Der fauchte wütend, preschte zwischen Sammys Beinen hindurch und verschwand durch die offene Tür ins Innere des Bootes. Der alte Kahn zitterte, als sein Kiel den Kiesgrund des Flusses berührte. Der Wasserstand der Lahn war im Verlauf des trockenen heißen Sommers beständig gesunken. Wie ein schlafender Riese wälzte sich das Boot auf die Backbordseite, kam wieder frei und trieb auf das Wehr nördlich der Insel Silberau zu. Der Rothaarige torkelte und ruderte mit den Armen.

Mit einem wütenden Schrei stieß Sammy sich von den Aufbauten ab und stürzte sich auf den Koffer. Sie war ausdauernd und schnell. Auch wenn das Gewicht sie behindern sollte, konnte sie sich in der schwachen Strömung lang genug über Wasser halten, um ans Ufer zu gelangen. Sie begrub den Koffer unter sich und wirbelte herum. Zischend zerteilte eine Messerklinge die Luft vor ihrer Nase, und eine blonde Locke schwebte wie eine Feder zu Boden. Schützend hielt Sammy den Koffer vor die Brust und keilte wie ein Wildesel mit den Beinen aus. Befriedigt hörte sie den Angreifer aufstöhnen.

Sammy schob den Koffer vor sich her und kroch auf allen vieren über das Deck. Sie konnte es immer noch schaffen. Der rettende Fluss war nur noch Zentimeter entfernt. Sie schwang ein Bein über die Reling und suchte mit hektischen Blicken die nachtschwarze Lahn ab. Wie viel Tiefgang besaß so ein Hausboot? War der Fluss bei Niedrigwasser tief genug für einen Sprung aus dieser Höhe, oder würde sie sich den Hals brechen? Silbernes Mondlicht spiegelte sich glitzernd auf den Wellen, die schräg gegen den Rumpf anliefen. Geld, Kies, Kohle, mehr, als sie je zuvor besessen hatte. Mehr, als sie je würde ausgeben können. Wag es einfach, Sammy! Tu es!

Als sich ihre Hand von der Reling löste, legte sich ein eiserner Reif um ihre Kehle. Der wütende Kerl bemühte sich nach Kräften, sie auf das Boot zurückzuziehen. Das Messer! Wo war das Messer? Hatte er das Stilett verloren, als sie ihn zwischen den Beinen getroffen hatte?

Sammy spannte die Muskeln an und wartete auf den scharfen Schmerz zwischen ihren Rippen. Sie strampelte wie eine Wildkatze, krümmte sich und biss ihn in den Unterarm. Angewidert schmeckte sie warmes Blut zwischen ihren Lippen und spuckte Hautfetzen aus. Das Wiesel schrie vor Schmerz auf und lockerte für eine Sekunde seinen Griff. Krachend lief das alte Hausboot auf Grund und legte sich ruckartig auf die Backbordseite.

Sammy fiel. Das Wasser der Lahn schlug klatschend über ihr zusammen. Luftblasen wirbelten vor ihren Augen, alles drehte sich, es gab kein Oben und kein Unten. Ihre Finger schlossen sich krampfhaft um den Griff des Samsonitekoffers. Auch wenn sie wie eine Katze im Fluss ersaufen musste, niemals würde sie den verdammten Koffer loslassen. Sammy ruderte mit den Beinen, spürte aber keinen Grund. Die Fahrrinne der Lahn war tiefer, als sie vermutet hatte. Außerdem hatte sie das Gewicht des Koffers unterschätzt. Der Schatz, den sie gehoben hatte, zog sie unerbittlich nach unten. Noch ahnte sie nicht, dass ihre Gier sie in noch größere Tiefen hinabziehen würde. Tiefer, als sie sich vorstellen konnte.

2

Freitag, 23. August

„Irgendwann erwischt es mich. Ich könnte wetten, dass es heute passiert."

Victor Sawinski tupfte sich mit einem fleckigen Taschentuch den Schweiß aus dem Nacken.

Jan Stettner konnte die Angst seines Partners so deutlich riechen wie den fauligen Gestank, der in der Sommerhitze aus den Kanaldeckeln kroch. Sie fuhren in ihrem weißen *Zivilstreifenwagen* durch die verlassenen Vorortstraßen von Bad Ems. Die meisten Bewohner der Kurstadt an der Lahn hatten sich an einen schattigen Ort zurückgezogen oder streckten die Füße in die kühle Strömung des Flusses.

Ein großes, kaltes Bier wäre nicht schlecht, dachte Stettner. Oder den Kopf in einen Eimer voll Eiswasser stecken ... dann müsste er sich auch nicht mehr Sawinskis unheilvolles Gequatsche anhören.

„Du wirst dir eines Tages selbst ins Bein schießen müssen, um deine Prophezeiungen zu erfüllen", sagte er. „Seit einer Woche erzählst du mir jedes Mal, wenn du in den Streifenwagen steigst, dass du heute todsicher ins Gras beißt. Was ist los mit dir? Streifenkoller?"

„Die Hitze macht mich fertig." Sawinski schaltete die Lüftung auf die höchste Stufe, ohne dass es dadurch merklich kühler im Wagen wurde. „Als ob die Stadt in der Hölle versinkt."

Stettner presste verdrossen die Hände um das Lenkrad. Tarp ließ sie in der alten Karre ohne Klimaanlage endlos Streife fahren. Wahrscheinlich saß er zur selben Zeit im klimatisierten Büro eines einflussreichen Gönners und schmierte seine Karriere. Vielleicht hatte Sawinski ja recht, und sie waren schon längst in der Hölle gelandet, ohne es zu merken. Dort drehten sie nun für den Rest der Ewigkeit ihre sinnlosen Runden – zwei Skelette in einem rostigen Geisterford.

„Ingrid hat vorhin auf meinem Handy angerufen, als du in der Dönerbude warst", sagte Sawinski.

„Was wollte sie?" Stettner zog misstrauisch die Brauen zusammen.

„Weiß ich nicht. Du sollst zurückrufen. Sag mal, warum nennt dich deine Frau eigentlich beim Nachnamen?"

Stettner zuckte mit den Schultern. „Alle machen das. War schon als Kind so."

Sawinski schüttelte den Kopf und schwieg eine Weile. „Ich hänge diesen beschissenen Job an den Nagel", sagte er schließlich. „Ich mach was anderes, Kaufhausdetektiv oder Hausmeister, einen harmlosen, normalen Job, bei dem mir kein durchgeknallter Junkie eine Magnum an die Schläfe hält, so wie der Irre vor fünf Nächten."

Stettner steuerte den Wagen um einen Verkehrskreisel und begann, ihre Routinerunde erneut abzufahren. Er hatte sich also nicht getäuscht, Sawinski kaute noch immer an dem verpatzten Einsatz bei der Tankstelle. Zugegeben ... sie waren fast draufgegangen in jener Nacht.

„Wenn du ein Problem hast, sollte ich das wissen."

„Probleme!“ Sawinski spie das Wort aus wie ein fauliges Stück Fleisch. „Das Problem heißt Rainer Tarp.“

Stettner brummte zustimmend. „Sehe ich genauso. In Koblenz stellen sie eine neue Soko für Gewaltverbrechen auf die Beine. Ich habe mich um den Posten des Teamleiters beworben.“

Überrascht fuhr Sawinski herum. „Mann, das hat Tarp auch getan. Er reißt dir den Kopf ab, wenn er davon erfährt, dass du dich mit ihm um den Job balgst.“

Stettner grinste. „Nicht, wenn ich das Rennen mache.“

Das Funkgerät rauschte und knatterte.

„Wenn man vom Teufel spricht“, sagte Sawinski.

„Wo zur Hölle stecken Sie, Stettner?“ Tarps spröde Stimme schien sogar über Funk den Gestank von kaltem Zigarettenrauch zu verbreiten.

„Ich bin immer wieder erfreut, mit Ihnen zu plaudern, Tarp. Wir fahren uns am Südkreisel die Reifen ab. Womit kann ich Ihr Herz erfreuen?“

„In zehn Minuten will ich Sie in Gräbersberg bei Billinger haben. Und bringen Sie diese Flasche Sawinski mit!“

Rasch überschlug Stettner in Gedanken die Strecke. Gräbersberg war ein verschlafenes Nest zwischen den Hügeln nördlich von Bad Ems. Selbst wenn er raste wie ein Selbstmordkandidat, dauerte die Fahrt mindestens zwanzig Minuten.

„Warum schicken Sie keine Streife, die näher dran ist als wir?“

„In Billingers Steinbruch hat sich ein Verrückter verschanzt, er hat zwei Geiseln in seiner Gewalt. Soll

Bender vielleicht mit ihm verhandeln? Ich will, dass Sie das übernehmen.“

„Wir sind unterwegs. Fordern Sie inzwischen in Koblenz ein SEK an.“

„Erklären Sie mir nicht, wie ich meinen Job zu erledigen habe. Soll ich etwa Ihre Hand halten, weil Sie mit diesem Bauernpack nicht allein fertigwerden? Ich gebe Ihnen zehn Minuten.“ Das Funkgerät knackte.

Stettner knallte das Magnetblaulicht auf das Wagendach. Tarp war arrogant und korrupt, aber zugleich ein fähiger Polizist. Sicher hatte er einen guten Grund für seine Nervosität.

„Ich hab’s dir gesagt. Ich spür’s in den Knochen.“

Sawinski drückte sich in den Beifahrersitz, auf seiner Oberlippe perlten Schweißtropfen. Nachdenklich runzelte Stettner die Stirn. Konnte er sich auf seinen Partner noch verlassen?

„Hör schon mit der Unkerei auf.“ Er trat das Gaspedal durch, überquerte am Nordende der Stadt den Fluss und trieb den altersschwachen *Ford* den Berg hinauf. „Wer ist dieser Billinger?“

Sawinski rief Informationen über sein Smartphone ab. „Tarp meint das Basaltwerk in Gräbersberg. Billinger ist der größte Arbeitgeber im Umkreis. Ohne ihn wäre dieses Nest schon längst eine Geisterstadt.“

„Hört sich nach einem echten Wohltäter an.“

„Freu dich nicht zu früh. Billinger ist einer von Tarps speziellen Freunden.“

Was Sawinski mit einem *speziellen Freund* meinte, verstand Stettner vierzehn Minuten später. Der Motor des Fords rasselte wie ein Asthmakranker im letzten Stadium, als der Wagen das Ortsschild von Gräbersberg passierte. Billingers Firma lag am westlichen Ende der Ortschaft. Die alten Verwaltungsgebäude aus dunklem Basaltgestein schienen aus einem anderen Jahrhundert zu stammen. Stettner fühlte sich in eine archaische Welt zurückversetzt; als hätte sich der *Ford* in eine Zeitmaschine verwandelt und sie ins 19. Jahrhundert zurückkatapultiert. Eine Gestalt im blauen Arbeitsdrillich winkte sie aufgeregt durch einen Torweg. Dahinter klaffte die riesige Schüssel des Steinbruchs wie eine Narbe in der üppigen Natur.

Im Schatten eines baufälligen Schuppens parkte Tarps dunkelgrauer BMW. Der ausgezehrte kleine Mann lief nervös auf und ab und rauchte die unvermeidliche Zigarette.

Als Stettner und Sawinski aus dem Wagen stiegen, trat er hastig die halb gerauchte Kippe aus.

„Endlich. Kommen Sie mit."

Tarp umrundete den Schuppen und deutete auf ein Gewirr aus Förderbändern, monströsen Baggern und Abbaumaschinen. „Er hat sich im obersten Stock der Verladestation verbarrikadiert. Sehen Sie den quadratischen Turm?"

Stettner orientierte sich rasch auf dem fremden Terrain. Eine Schienenspur führte über die Talsohle und endete unter zwei rostigen Silos. Dahinter ragte ein verschachtelter, turmartiger Bau in die Höhe.

„Hat er Forderungen gestellt?"

„Wir sollen ihm seinen Boss auf einem Silbertablett servieren."

„Was will er von Billinger?"

„Ihn in die Hölle schicken, schätze ich."

„Hat er gesagt, wie? Ist er bewaffnet?"

„Woher soll ich das wissen? Wozu habe ich Sie denn angefordert?“

Damit ich meinen Hintern für dich riskiere und du die Lorbeeren kassierst, dachte Stettner.

„Wir brauchen ein SEK.“ Sawinski wischte sich den Schweiß von der Stirn.

„Halten Sie die Klappe“, erwiderte Tarp, „ich bestimme, was hier passiert. Ich lasse mich nicht von einem gehörnten Ehemann vorführen.“

Stettner blickte sich nervös um. Kein Streifenwagen weit und breit, der Parkplatz vor dem Firmengelände war leer, und der Steinbruch glühte verlassen in der Sommerhitze. Hatte Tarp den Verstand verloren? Offenbar wusste bisher außer ihnen niemand von der Geiselnahme.

„Victor hat recht.“ Er rieb sich das unrasierte Kinn. „Das Gelände ist zu unübersichtlich. Der Steinbruch gleicht einem Irrgarten.“

„Seit wann sind Sie denn so ein Hasenfuß, Stettner? Hat Sawinski Sie mit seiner Schwarzseherei angesteckt?“

Stettners Partner presste die Lippen zusammen und starrte wie hypnotisiert auf die Verladestation.

„Zu dritt und ohne Schutzwesten da reinzugehen, ist keine gute Idee“, sagte Stettner kopfschüttelnd.

Tarp grinste. „Wer redet von drei Männern? Zwei Verrückte reichen völlig.“

Ein Lichtreflex ließ Stettner herumfahren. Hinter einem der Fenster des Verwaltungsgebäudes stand eine massige Gestalt mit leuchtend rotem Stoppelhaar und beobachtete sie durch Fernglas. Billinger?

„Wir müssen wissen, was in dem Turm vor sich geht. Wie viel Geiseln befinden sich dort oben? Was will der Mann? Wie tickt er?“, überlegte Stettner.

„Er behauptet, zwei Angestellte in seiner Gewalt zu haben. Das scheint zu stimmen. Billinger hat die Anwesenheitsliste der betrieblichen Zeiterfassung kontrolliert. Außer einem Vorarbeiter und einem Lehrling haben alle zum Feierabend abgestempelt. Drei Leute sind im Urlaub, einer hat sich krankgemeldet.“

Stettner schirmte die Augen mit der Hand ab und beobachtete den Steinbruch. Unter dem glasigen, fahlblauen Himmel staute sich die Hitze wie in einem Kessel, der kurz vor der Explosion stand. Er hielt den Atem an und lauschte. Es war totenstill, kein Vogel sang, kein Windhauch regte sich. Auf einem der windschiefen Strommasten hockten drei Raben wie Figuren aus schwarzem Glas und starrten ihn regungslos an.

„Wir können das nicht allein durchziehen.“

Tarp steckte sich eine neue Zigarette in den Mundwinkel. „Hans-Peter Billinger feiert morgen seinen fünfzigsten Geburtstag. Eine Menge Prominenz aus Bad Ems wird erwartet, darunter wichtige Investoren, die einen Haufen Geld in das marode Basaltwerk stecken wollen. Nichts von dieser hässlichen Geschichte darf nach außen dringen, ist das klar? Der Landrat und sein Gefolge werden sich kaum amüsieren wollen, nachdem die Polizei ein Blutbad veranstaltet hat. Fast jeder in Gräbersberg und den umliegenden Dörfern arbeitet bei Billinger. Wenn der Laden dichtmacht, hat das politische Konsequenzen. Also werden wir hier keinen Staub aufwirbeln, ist das klar? Ich kann Sie nicht ausstehen, Stettner, aber Sie sind nun mal der beste Mann für solche kitzligen Angelegenheiten."

Und der Idiot, der den Kopf hinhalten darf, wenn es schiefgeht. „Was wissen wir über den Täter?"

„Der Mann heißt Ulrich Dreyer. Er hat bis vergangenen Monat im Steinbruch gearbeitet. Billinger hat ihn rausgeworfen. Angeblich hat er ihn beim Saufen erwischt."

„Und wie lautet der wahre Grund für die Kündigung?"

„Es ist kein Geheimnis, dass Billinger sich systematisch durch die Ehebetten von Gräbersberg vögelt. Ich schätze, sein jüngstes erotisches Abenteuer war ein verhängnisvoller Fehler."

„Steck dir die Kippe an, damit du nicht so viel redest, Rainer. Und dann holt diesen Idioten aus der Verladestation. Jede Minute Stillstand kostet mich ein verdammtes Vermögen."

Überrascht fuhren Stettner und Sawinski herum.

Billingers roter Haarkranz leuchtete wie ein brennender Heiligenschein in der tief stehenden Abendsonne. Trotz seiner Leibesfülle hatte er sich ihnen lautlos wie eine Raubkatze genähert. Rasch schätzte Stettner den Unternehmer ein. Er litt unter der bleiernen Hitze, sein Gesicht war fleckig und gerötet. Früher mochte er ein gut aussehender Mann gewesen sein, doch ein ausschweifender Lebenswandel hatte seine Züge entstellt. Stettner spürte ein warnendes Prickeln im Nacken. Dieser Mann wird eines Tages einen Mord begehen, schoss es ihm durch den Kopf.

„Ist das deine ganze Armee?", fragte Billinger.

„Du willst kein Aufsehen erregen, und daran halte ich mich“, antwortete Tarp hastig. „Stimmt die Geschichte mit Dreyers Frau?“

„Das geht dich nichts an. Hol diesen Irren aus der Verladestation, oder du stolperst über eine angesägte Sprosse in deiner Karriereleiter.“

Neugierig verfolgte Stettner den Streit der beiden Männer. Niemals zuvor hatte er Tarp kleinlaut erlebt, Billinger musste wichtig für ihn sein.

„Sie sollten mit Dreyer reden“, sagte Sawinski.

„Wer hat Sie nach Ihrer Meinung gefragt?“, giftete Tarp.

„Wie viele Zugänge hat der Turm?“, wandte sich Stettner an Billinger.

„Der Haupteingang liegt im Erdgeschoss, direkt neben den Gleisen. Es gibt einen zweiten Zugang auf der Westseite. Aber das Treppenhaus ist so marode, dass der Trakt gesperrt ist. Dann wären da noch drei Förderbandtunnel. Aber die sind nur für Wartungsarbeiten zugänglich. Da passt kaum ein erwachsener Mann durch.“

„Gibt es einen Grundriss der einzelnen Stockwerke?“, fragte Sawinski.

Billinger lachte kollernd. „An den Anlagen haben Generationen von Ingenieuren und Maurern gearbeitet. Der ganze Steinbruch ist so oft umgebaut und erweitert worden, dass kein Mensch alle Gänge und Räume kennt. Hier kann man sich wochenlang verstecken, ohne dass es jemand merkt.“

„Wir brauchen eine Hundertschaft, um das Gelände zu sichern“, sagte Stettner.

Tarp trat seine Kippe im sandigen Boden aus. „Halten Sie die Klappe." Er schirmte die Augen mit der Hand ab und starrte auf die in der Sommerhitze flimmernde Grube. „Wer zum Teufel ist das, Hans? Hast du nicht gesagt, alle deine Leute wären längst nach Hause gegangen?"

Stettner wagte sich aus dem Schatten des Schuppens und starrte angestrengt durch die Maschen des Drahtzauns, der die jäh abfallende Steilkante des Steinbruchs sicherte. Eine schlanke Gestalt schlüpfte aus einer Wartungsöffnung des Förderbandtunnels und hetzte gebückt den Schienenstrang entlang. Geschickt nutzte sie die Eisenbahnwaggons als Deckung.

„Das ist der neue Lehrling." Billinger steckte die Finger in den Mund und pfiff durchdringend. Die flüchtende Gestalt hielt inne, blickte kurz auf und lief auf die Stahltreppe zu, die von der Talsohle heraufführte. Der Junge war etwa siebzehn Jahre alt. Sein Haar und die blaue Latzhose waren grau vom Steinstaub. Atemlos gelangte er am oberen Ende der Treppe an.

„Dreyer ... er ist oben bei der Steinmühle ... hat ... Oehlinger gefesselt ... und ... und ..."

„Wer ist noch dort?", schnitt ihm Tarp das Wort ab.

Der Junge schüttelte erschöpft den Kopf. „Niemand. Nur Dreyer ... und Oehlinger. Ich hab den Strick durchgescheuert, mit dem er mich gefesselt hatte ... und dann ... konnte ich abhauen, als er ... er hat ..." Er stützte die Hände auf den Knien ab und übergab sich.

Stettner blickte zum Turm der Verladestation. Im obersten Stockwerk, direkt unter dem Blechdach, musste es heiß wie in der Vorhölle sein. „Bringen Sie ihn in den Schatten. Und sorgen Sie dafür, dass er ausreichend zu trinken bekommt. Rufen Sie einen Krankenwagen."

Billingers Kopf nahm die Farbe einer Aubergine an. „Weiß dein Hilfspolizist überhaupt, mit wem er redet? Ich ..."

„Mach, was er sagt", sagte Tarp gereizt. „Überlass uns den Rest."

Der Junge versuchte es noch einmal. „Dreyer hat ..."

„Ist er bewaffnet?", unterbrach ihn Tarp.

„Nein. Aber ..."

„Mehr will ich nicht wissen. Bring den Jungen in Sicherheit."

Billinger legte dem Lehrling die Hand auf die Schulter. „Du hast nichts gesehen und nichts gehört, klar?"

„Sawinski nimmt die Treppe. Sie gehen durch den Förderbandtunnel, Stettner."

„Du bleibst hier, Victor. Er kann dich nicht zwingen."

„Was soll das, Stettner? Proben Sie den Aufstand? Es wird mir eine Freude sein, Sie zu suspendieren."

„Die Aktion ist gefährlicher Leichtsinn. Ich werde nicht meinen Kopf riskieren, weil Ihr Gönner Ihnen droht, Steine in den Weg zu legen."

„Es reicht, Stettner."

„Ich werde gehen." Sawinski zog seine Waffe aus dem Schulterholster und hetzte die Treppe hinunter.

„Victor! Warte!"

„Na los, Stettner. Passen Sie auf, dass sich Ihr Freund nicht die Eier abschießt."

Stettner achtete nicht auf Tarp. Er folgte Sawinski, zog seine Dienstwaffe und näherte sich im Schutz des Güterzuges der Verladestation. Zwischen zwei Waggons holte er Sawinski ein. „Spiel nicht den Helden,

Victor. Du musst ihm nichts beweisen. Er hat kein Recht, uns einer solchen Gefahr auszusetzen."

Sawinski war leichenblass, seine Augen flackerten fiebrig.

„Ich gehe da jetzt rein, oder ich kann nie wieder eine Uniform anziehen. Ich habe dir nie erzählt, was bei der Tankstelle wirklich passiert ist. Während du im Kassenhaus warst, bin ich im Wagen eingeschlafen. Ich wurde erst wach, als der verdammte Junkie mir die Magnum an die Schläfe hielt. Ich hab geglaubt, es ist aus. Peng! Und der Irre drückt einfach ab. Jede Nacht träume ich von seinen Augen. Der war total durchgeknallt. Wenn ich jetzt kneife, schmeiß ich meinen Job hin. Ich muss da reingehen, verstehst du das?"

Stettner biss sich auf die Lippe. Für ein solches Geständnis gab es kaum einen unpassenderen Augenblick, aber er würde Sawinski nicht im Stich lassen. Abhalten konnte er ihn von diesem Wahnsinn ohnehin nicht. Was hatte Tarp gesagt? *Passen Sie auf, dass der Idiot sich nicht die Eier abschießt.* Genau das würde er jetzt tun müssen.

„Ich nehme den Förderbandtunnel. Versuch, Dreyer hinzuhalten. Sag ihm, Billinger sei unterwegs. Aber geh nicht allein zu ihm rein."

Sawinski wankte wie ein Grashalm in einem Sommersturm. Er zog seine Jacke aus und warf sie Tarp zu, dann wischte er sich die schweißnassen Hände an der Hosennaht ab und spurtete geduckt auf den Eingang zu.

Stettner suchte die Wartungsklappe, die der Junge benutzt hatte, und zwängte sich in den engen Schacht.

***

Tarp zündete sich eine Zigarette an und beobachtete durch ein Fernglas die staubigen Fenster der Verladestation.

„Mach dir keine Sorgen wegen der Party morgen. Wir haben alles unter Kontrolle. Niemand wird von dem kleinen Zwischenfall erfahren."

„Ich hoffe für dich, du weißt, was du tust."

„Ja, das weiß ich. Sag mal, welche Funktion hatte Dreyer im Betrieb inne?", fragte Tarp.

„Er war unser Sprengmeister, wieso? Ist das wichtig?"

Der Lehrling kehrte aus dem Hauptgebäude zurück und reichte Tarp eine Wasserflasche.

„Ich muss Ihnen noch was sagen."

„Mach, dass du nach Hause kommst", knurrte Billinger. „Und zu niemandem ein Wort, sonst kannst du dir deine Papiere abholen."

Der Junge beachtete ihn nicht. „Dreyer hat alles vermint. Er hockt da oben auf zwölf Kisten TNT. Ein Funke reicht aus, und der ganze Steinbruch geht hoch!"

Tarp fuhr herum. "Warum hast du das nicht gleich gesagt, du Idiot?"

„Sie haben mir ja nicht zugehört", schrie der Junge. „Hier fliegt gleich alles in die Luft!"

Der Förderbandtunnel glich einem Schlauch aus Blech, der in steilem Winkel nach oben führte. Neben dem Transportband, das Basaltgestein in die Steinmühle im oberen Stockwerk der Verladestation beförderte, verlief ein schmaler Gitterroststreifen, auf dem Stettner sich nach oben vorarbeitete. Der Wartungsgang war so niedrig, dass er nur gebückt gehen konnte.

Zehn Meter vor dem oberen Ende des Tunnels musste er schweißüberströmt eine Pause einlegen.

Aus dem Maschinenraum über ihm drang eine heisere Stimme zu ihm herunter. Jemand schrie immer wieder Billingers Namen. Dreyer war offenbar stockbetrunken. Er fluchte über Billingers unersättliche Sexgier, nannte ihn ein Schwein und einen Tyrannen, der Gräbersberg seinen dreckigen Fuß in den Nacken stellte.

Stettner presste sich flach auf den heißen Gitterrost und robbte lautlos weiter, bis er das Ende des Tunnels erreicht hatte. Bevor er einen Blick riskieren konnte, flog die Tür des Treppenhauses auf.

Sawinski stürmte mit vorgehaltener Waffe in den Maschinenraum. „Fallen lassen! Auf den Boden runter! Los, auf den Boden!" Seine Stimme überschlug sich und ging in Dreyers irrem Lachen unter.

Stettner zog seine Waffe und streckte vorsichtig den Kopf aus dem Tunnel. Sein aufgeheiztes Blut verwandelte sich in Eiswasser. Die Steinmühle bestand aus zwei tonnenschweren Stahlwalzen, die um eine zentrale Achse liefen. An die vordere Walze war ein glatzköpfiger Mann gefesselt. Er war leichenblass und schien kaum bei Bewusstsein.

Dreyer saß auf einem Stapel Dynamitkisten. In einer Hand hielt er eine Stange TNT, in der anderen ein brennendes Benzinfeuerzeug. Ein Funke reichte aus, um sie alle auf der Stelle zu töten.

„Lassen Sie den Sprengstoff fallen", schrie Sawinski.

Dreyer lachte kreischend und bückte sich ruckartig nach der Schnapsflasche, die vor ihm auf dem Boden stand. Sawinski drückte überhastet ab, aber aus der geringen Distanz konnte er nicht danebenschießen. Die Kugel drang in Dreyers Gehirn und tötete ihn augenblicklich. Das Feuerzeug flog in einem eleganten Bogen durch die Luft und landete in einer offenen Dynamitkiste.

Stettner wirbelte in den Förderbandtunnel zurück. Die Detonation war so gewaltig, dass er sekundenlang keine Luft bekam. Das Holzdach des Turms hob ab wie eine Silvesterrakete, die Verankerungen des Förderbandtunnels rissen aus dem Beton, und der Blechtunnel knickte ein wie ein Kartenhaus. Träge neigte sich die Stahlkonstruktion zur Seite und kippte. Stettner rutschte den Gitterroststeg hinunter und stürzte in einen der offenen Güterwaggons. Über ihm brach der Tunnel zusammen. Eine riesige Blechverkleidung krachte donnernd auf den Waggon, verkeilte sich und rettete ihm das Leben. Basaltbrocken, Mauerteile und Stahlträger prasselten auf das dicke Blech.

Irgendwann drang das Geheul eines Martinshorns durch das Pfeifen in seinen Ohren. Stettner kletterte aus dem Waggon und wankte durch ein Trümmerfeld. Die Explosion hatte weniger Schaden angerichtet, als er angenommen hatte. Außer dem Fachwerkturm der Verladestation schien der Steinbruch intakt. Blaulicht fetzte durch die einsetzende Dämmerung, mehrere Polizeifahrzeuge und ein Notarztwagen näherten sich über die Zufahrt.

Tarp sprang um den tobenden Billinger herum wie ein grauhaariges Rumpelstilzchen. Sein BMW war staubbedeckt und mit Beulen übersät, als wäre er durch einen Hagelschauer gerast.

Stettner schüttelte den Kopf, um das Pfeifen und Klingeln in seinen Ohren zu vertreiben. Wo war Sawinski? Hatten Dreyer und die Geisel die Explosion überlebt? Das war mehr als unwahrscheinlich.

Tarp fuhr herum und glotzte ihn an wie den einzigen Überlebenden eines Atombombenangriffs. „Verdammt, Stettner! Sie besitzen mehr Leben als eine Katze."

Stettner versuchte, zu antworten, hörte aber kaum seine eigene Stimme. Ausgepumpt ließ er sich auf der Motorhaube des BMW nieder.

Tarp grinste mit der Kippe zwischen den Zähnen, als wäre das alles ein großer Spaß. „Sie sind draußen, Stettner. Endlich. Diese Aktion bricht Ihnen das Genick."

„Das war *Ihre* Aktion! Sie hatten den Oberbefehl. Sie haben Victor auf dem Gewissen!"

„Ach, tatsächlich? Sie waren es doch, der Sawinski zu diesem Selbstmordkommando angestachelt hat. Sie konnten ja das Eintreffen des SEK nicht abwarten. Tja, sieht schlecht für Sie aus. Ich hatte Sie Sawinski als Partner zugeteilt, weil Sie älter und erfahrener sind. Und was tun Sie? Sie lassen zu, dass er sich vor Ihren Augen in die Luft jagt."

„Sie verdammter Lügner!"

„Passen Sie auf, was Sie sagen. Billinger hat bereits zu Protokoll gegeben, dass Sie eigenmächtig und entgegen meiner ausdrücklichen Anweisung die Verladestation gestürmt haben. Wenn ich um Ihre Waffe und den Dienstausweis bitten darf? Und zerkratzen Sie mir nicht den Lack, der andere Trottel hat bereits Schaden genug angerichtet."

Was Stettner nun tat, war unvermeidlich. Irgendwann musste es passieren, und der Augenblick war da. Er schnellte vor und ließ seine Faust auf Tarps Nase krachen. Durch die Wucht des Schlages stolperte der Kommissar zurück und fiel in den Staub. Er presste die Hand auf die zerschlagene Nase, um den Blutschwall zu stoppen.

„Das war's, Stettner", sagte Tarp. „Sie hätten mir keinen größeren Gefallen tun können. Sie sind erledigt."

Stettner achtete nicht mehr auf ihn. Aus den Augenwinkeln nahm er verschwommen wahr, wie zwei Sanitäter mit einer aufblasbaren Trage auf den Notarztwagen zuliefen. Auf der Bahre schaukelte ein blutiges Bündel, in dem er mit Mühe Sawinski erkennen konnte. Offenbar glomm noch ein schwacher Lebensfunke in ihm.

Stettner wankte zu dem verbeulten weißen Ford und fuhr los, um Sawinskis Frau zu erklären, warum ihr Mann heute nicht nach Hause kommen würde. Anschließend musste er sich einen neuen Job suchen.

3

Hätte Sammy ihre Show vor vierhundert Jahren auf einem Jahrmarkt abgezogen, wäre sie auf dem Scheiterhaufen gelandet. In diesem abgeschiedenen Nest zwischen den schroffen Hügeln des Westerwalds sah ihr nicht einmal der pensionierte Dorfpolizist auf die Finger. Die Polizeistation in der Ortsmitte existierte seit einem Jahr nicht mehr, inzwischen bot ein Friseur in dem Backsteingebäude seine Dienste an. Was die Beschaffung und Weitergabe von Informationen anbelangte, so arbeitete er ungemein effizienter als die Polizei.

Sammy mischte sich aus einem einzigen Grund unter die geladenen Gäste. Sie hatte den widerspenstigen Koffer im Fluss verloren. Vermutlich hatte die Strömung ihn bereits flussabwärts gespült – wenn das Wiesel die Beute nicht geborgen hatte. Sie musste davon ausgehen, dass sein Kumpel das Bad in der Lahn überlebt hatte und die beiden Diebe ihr längst auf den Fersen waren. Sie wussten jetzt, dass Sammys kleiner Trick wertvoller war als die aufgeweichten Scheine, die dem Rhein entgegentrieben. Sie brauchte Geld, eine Menge Geld, und das möglichst schnell. Die Welt war groß und bunt, und der Boden in Bad Ems wurde ihr entschieden zu heiß unter den Füßen.

Ihr erstes Opfer an diesem Abend war kein großer Fang, eher eine Fingerübung, um sich einzustimmen und die Sinne zu schärfen. Sie warf einen Blick hinauf zu der Villa mit dem überdachten Vorbau aus Basaltsäulen. Hans-Peter Billinger, Chef des einzigen Betriebes von Bedeutung in der Umgebung von Gräbersberg, feierte seinen fünfzigsten Geburtstag. Er bewirtete im Hof großzügig seine Belegschaft, deren Angehörige und alle Bewohner des Dorfes, die Lust verspürten, mit ihm zu feiern. So gut wie alle Einwohner des Ortes waren gekommen. Im Umkreis lebte niemand, der nicht in irgendeiner Form von Billinger abhängig war. Niemand wagte es, sich seinen Unmut zuzuziehen, zumal sich der ungekrönte König von Gräbersberg heute überaus freigebig zeigte.

Brot und Spiele, dachte Sammy amüsiert. Das Brot verteilte Billinger in Form von Bier und Grillkoteletts an das arbeitende Volk, während die Spiele den lokalen Größen aus Politik und Wirtschaft vorbehalten blieben. Die Tische bogen sich unter der Last von Fleischplatten, Salatschüsseln und Suppenkesseln.

Hinter dem Cateringstand führte eine Nebeneingangstür zum Wellnessbereich im Kellergeschoss der Villa. In dem großen, beheizten Pool schwammen die wirklich dicken Fische. Angespannt wartete Sammy auf eine Gelegenheit, in die dekadente Welt jenseits der Säulen eintauchen zu können.

Kurz entschlossen hatte sie den Job als Aushilfskellnerin angenommen. Weniger, um ihr Versprechen einzulösen, einer ehrlichen Arbeit nachzugehen, sondern weil sie auf diese Weise ausreichend Gelegenheit für neue Diebeszüge erhielt.

Sie stellte das Tablett mit den leeren Schnapsgläsern ab und griff nach der Hand des Ortsbürgermeisters, dem die sanfte Berührung nach acht Gläsern Bier vermutlich ein unverhofftes Kribbeln durch den Unterleib jagte. Sammy ließ sich neben Jakob Gonsbach auf der Holzbank nieder und achtete darauf, dass ihr Schenkel seine Hüfte streifte. Bevor sie ihn ansprach, spulte sie die Informationen ab, die sie über Gonsbach zusammengetragen hatte. Ende fünfzig, geschieden, zwei erwachsene Kinder, ein Drittes war mit einer Überdosis Heroin in den Venen vom Dach eines Parkhauses gesprungen. Er war Zigarrenraucher, Liebhaber alter Traktoren und jeden Samstagabend sternhagelvoll. Mit gespieltem Interesse studierte sie die tief eingegrabenen Linien in seiner Handfläche.

„Was wird das? Wollen Sie kontrollieren, ob ich mir vor dem Essen die Finger gewaschen habe?", fragte er scherzend.

Sammy ignorierte das Gelächter ringsum.

„Einer Umfrage zufolge glaubt jeder Zweite an das Übersinnliche – Kartenlegen, Wahrsagen und Horoskope." Leicht besorgt runzelte sie die Stirn, als hätte sie in seiner Hand ein bedrohliches Schicksal entdeckt. „Es kann nie schaden, wenn man weiß, was auf einen zukommt. Finden Sie nicht auch?"

„Wir stehen in Gräbersberg fest auf dem Boden der Tatsachen", antwortete Gonsbach.

Mehrere Gäste nickten heftig und prosteten ihm mit ihren Bierkrügen zu.

Sammy pustete eine vorwitzige blonde Locke aus der Stirn. „Wir werden sehen. Meine Großmutter war ein bekanntes Medium."

„Is nich' lang her, da ham wir hier noch Hexen verbrannt. Ein paar heiße Kohlen liegen bestimmt noch auf'm Grill", lallte ein Mann, dessen Adamsapfel beim Sprechen wie ein Tennisball auf und ab hüpfte.

Gelächter auf den Bänken.

„Mach schon, Jakob! Oder hast du Angst, sie findet was raus, das wir nich' hören soll'n?"

Sie achtete nicht auf die gaffenden Männer und umfasste mit beiden Händen Gonsbachs Rechte.

„Konzentrieren Sie sich. Denken Sie sich eine zweistellige gerade Zahl zwischen fünfzig und hundert. Die beiden Ziffern dürfen nicht identisch sein – also keine achtundachtzig." Sie zwinkerte ihm zu. „Ich wette, ich kann Ihre Wahl vorhersagen."

Gonsbach griff mit der freien Hand nach seinem Bierglas. „In Ordnung. Schieß los."

Sammy blinzelte, schloss die Augen und streckte Gonsbach ihre halb geöffneten Lippen entgegen. Der zarte Vanilleduft ihres Parfums und ihre verlockende Nähe verfehlten ihre Wirkung nicht. Sie hob die Lider einen Spalt und studierte blitzschnell die verräterischen Einzelheiten an seiner Haltung, der Kleidung, seine Gesten und kleinste Veränderungen in seinem Mienenspiel. „Achtundsechzig", sagte sie leise in sein Ohr.

Gonsbach verschluckte sich an seinem Bier, prustete und riss überrascht die Augen auf. „Das gibt's doch nicht. Wie hast du das gemacht?"

Sie lächelte zufrieden und zeichnete spielerisch mit dem Finger die Linien in seiner Handfläche nach. „Wollen Sie noch mehr erfahren? Ich sage Ihnen doch, ich kann sehen, was die Zukunft bringt."

Aufgeregt wischte sich Gonsbach den Bierschaum von den Lippen und schenkte ihr seine ganze Aufmerksamkeit. Sammy verkniff sich ein Grinsen. Es war so leicht, die Leute hinters Licht zu führen. Vor allem, wenn man über eine angeborene Intuition verfügte, die im entscheidenden Moment wie ein Laserscanner funktionierte, der die innere Welt ihres Opfers abtastete wie einen Strichcode.

Der Mann mit dem hüpfenden Adamsapfel schlug sich krachend auf die Schenkel. „Pass bloß auf, Jakob! Die verrät uns noch, in welchem Puff du gestern Nacht wieder rumgehurt hast.“

Diesmal machte das einsetzende Gelächter Gonsbach sichtlich nervös. Er wirkte verwirrt und ein wenig ängstlich, aber gleichzeitig wissbegierig, ob Sammy tatsächlich etwas über seine Zukunft herausfinden konnte. Kurz, er zappelte wie ein Karpfen an der Angel; nicht so fett wie die Fische in Billingers Pool, aber dennoch eine lohnende Beute.

Vor Sammys Augen liefen im Zeitraffer die gesammelten Eindrücke ab; die schlecht gebügelte braune Hose, die beiden Knöpfe an seinem karierten Hemd, die nicht zueinanderpassten, der überraschte Blick, als sie sein Handgelenk berührt hatte, in dem Verlangen und eine versteckte Traurigkeit gelegen hatten. Nun musste sie ihr Wissen nur noch in allgemeingültige Sätze formen; Aussagen, wie sie in den Horoskopen der Tageszeitungen zu finden waren und in denen sich jeder in irgendeiner Form wiederfand.

„Mach es nicht so spannend“, rief der hüpfende Adamsapfel.

Sammy lächelte geheimnisvoll und beugte sich vor, bis ihre Nasenspitze beinahe Gonsbachs Wange berührte.

„Du hast jemanden verloren, der dir nahestand, sehr nahe“, sagte sie leise, „aber deine Einsamkeit wird bald vergehen. Da gibt es eine Frau, die ein Amt bekleidet wie du, ein wichtiges Amt, das sie ernsthaft und mit Freude ausfüllt. Sie wird deine Zuneigung erwidern, wenn du die richtigen Worte findest. Du wirst sie leicht erobern, denn ihr seid Seelenverwandte. Es gibt noch mehr, was ich dir verraten könnte, aber manchmal ist es nicht gut, zu viel über die eigene Zukunft zu wissen. Du weißt genug, um deinen Weg zu gehen.“

Rasch zog sie sich zurück und wartete auf seine Reaktion. Manchmal irrte sie sich in der Einschätzung eines Menschen, aber das kam selten vor. Trotzdem blieb der Augenblick des Wartens jedes Mal ein Nervenkitzel.

„Was hat sie dir ins Ohr geflüstert, Jakob? Du bist ja ganz rot geworden.“

Die meisten Männer im Umkreis waren bereits angetrunken und hätten nur allzu gern mit Gonsbach getauscht.

„Halt die Klappe, Ferger.“ Gonsbach drehte sich zu ihr um. „Geht das auch konkreter?“

Sie legte den Kopf schief. „Mal sehen. Wie wär’s mit etwas Zahlenmagie?“

Gonsbach angelte den Bierkrug vom Tisch und trank ihn in einem Zug aus. „Von dir lasse ich mich jederzeit verzaubern.“

Innerhalb weniger Minuten kannte Sammy seine Lieblingszahlen, sein Geburtsdatum sowie das seiner geschiedenen Frau. Außerdem eine Reihe vielversprechender Informationen, wie das Datum seines Hochzeitstages, seine Schuhgröße und die Ziffern auf dem Nummernschild seines Wagens. Sie bat ihn, drei vierstellige Zahlenfolgen zu nennen, die er für bedeutsam in seinem Leben hielt. So filterte sie die Zahlen heraus, die in Gonsbachs Leben eine Rolle spielten. Ohne es zu ahnen, hatte er ihr mit hoher Wahrscheinlichkeit die Geheimzahlen seiner Kreditkarten und die PIN-Nummer seines Mobiltelefons verraten.

Sie besaß ein gut trainiertes Erinnerungsvermögen und legte die Zahlenkombinationen in einem Winkel ihres Gedächtnisses ab wie im Speicher eines Computers. Um die Kreditkarten würde sie sich später kümmern. Sie gehörten zum zweiten Teil ihrer Masche. Im Augenblick wusste sie genug über ihn, um ihm nun von einer Zukunft zu berichten, nach der er sich sehnte. Dabei genoss sie das berauschende Gefühl, ihn mit einem Fingerschnippen dirigieren zu können wie einen folgsamen Hund.

Das Klirren zerbrechender Biergläser zerstörte die Magie des Augenblicks.

„Samantha! Ich unterbreche deinen Plausch nur ungern, aber wäre es möglich, dass du zur Abwechslung mal arbeitest?"

Sammy zwinkerte dem paralysierten Bürgermeister zu. „Tut mir leid. Wir müssen ein anderes Mal weitermachen." Sie schnappte sich das Tablett mit den leeren Gläsern und eilte zum Cateringstand hinüber.

Sylvie kehrte bereits die Scherben zusammen. Ihre weiße Schürze war am Rand eingerissen, in ihrem feuerroten Gesicht spiegelten sich Zorn und Empörung.

Margot, Sammys Chefin, stellte ein neues Tablett mit Champagnergläsern und einer Auswahl an Longdrinks zusammen.

Sylvie warf einen ängstlichen Blick auf das Tablett. „Ich geh da nicht wieder rein."

„Was ist passiert?", fragte Sammy.

„Stell dich nicht so an. So viel Trinkgeld an einem Abend kannst du den ganzen Sommer lang nicht mehr kassieren", schimpfte Margot.

Sylvie knallte die Schaufel auf den Holztisch. „Ich lass mich nicht begrapschen wie eine Nutte."

Vorsichtig nahm Sammy das Tablett mit den Drinks auf. „Ist schon okay. Ich gehe. Mir macht das nichts aus."

Endlich bekam sie Gelegenheit, sich das Treiben im Pool der Villa anzuschauen. Bevor Margot sie zum Spülen abkommandieren konnte, war Sammy durch den Nebeneingang ins Haus geschlüpft. Es war kurz vor halb zwölf, nicht mehr lange bis Mitternacht. Während sich der Hof von Billingers Villa allmählich leerte, begann im Kellergeschoss hinter verschlossenen Türen die eigentliche Party.

Sammy stieß die Milchglastür auf und balancierte das Tablett in den Wellnessbereich. Ihr stockte der Atem. Über die Agentur, die das Fest für Billingers Geschäftsfreunde ausrichtete, kursierten wilde Gerüchte, die sie für Aufschneidereien gehalten hatte. Die Wirklichkeit war jedoch weitaus beeindruckender als das Geschwätz der Leute. Das glitzernde Wasser im Pool erstreckte sich über eine Länge von fünfundzwanzig Metern und wurde vom Feuerschein Dutzender Fackeln erleuchtet. Auf den seichten Wellen tanzten Rosenblüten und Seerosen. Die Organisatoren hatten den Poolbereich in die Kopie eines römischen Festsaals verwandelt. Entlang des Schwimmbeckens reihten sich Säulenattrappen aneinander. An den Wänden standen Ruheliegen und täuschend echte Nachbildungen römischer Statuen, die ausschließlich erotische Motive darstellten. Der gekachelte Boden war mit exotischen Tierfellen ausgelegt. Durch geschickte Aufteilung hatte man eine Reihe von Separees geschaffen, die mit roten Seidenvorhängen vom Poolbereich abgetrennt waren. Aus einem dieser Separees trat in diesem Augenblick eine der schönsten Frauen, die Sammy je gesehen hatte. Sie war nur mit einem durchsichtigen Schleier bekleidet, der keinen Platz mehr für Fantasie ließ.

„Was glotzt du so?“

Sammy fuhr herum.

Der Mann mit dem eisgrauen Haar hatte sich unbemerkt angeschlichen. Er war von kleiner, ausgezehrter Statur und paffte nervös eine Zigarette. Sie spürte sofort, dass sie ihn mit ihren Hellsehertricks nicht beeindrucken konnte.

„Stell das Tablett ab. Dann sie zu, dass du rauskommst“, schnauzte er sie an.

Fieberhaft suchte Sammy nach einer Möglichkeit, an Billinger heranzukommen. Aus dem Separee hinter ihr drangen Geräusche, die sie an das Grunzen eines Wildschweins erinnerten. Jemand schrie ängstlich auf. Eine klatschende Ohrfeige ließ die helle Frauenstimme verstummen.

Bevor Sammy das Tablett abstellen konnte, riss ein untersetzter Mann mit feuerrotem Haar den Vorhang zur Seite. Grob zerrte er ein Mädchen von knapp zwanzig Jahren hinter sich her und stieß es in den Swimmingpool. Sie schluckte Wasser und paddelte ungeschickt auf den Beckenrand zu. Der Dicke torkelte grinsend an den Pool heran und trat nach der Hand des Mädchens, das sich Halt suchend an die rutschigen Kacheln klammerte.

„Ungeschicktes Luder“, lallte er.

Sie ging unter und tauchte nach Luft ringend wieder auf. Der Dicke hob seinen Fuß und versuchte torkelnd, den Kopf des Mädchens zu treffen.

Sammy schaltete blitzschnell.

„Möchten Sie einen Drink? Piña colada, Tequila oder einen Manhattan?“

Erregt drehte er sich um und prallte mit Sammy zusammen. Die Gläser fielen klirrend auf die Bodenfliesen, das Tablett landete im Pool.

„Was will die hier?“, fragte er und schnaufte.

„Bedienung“, antwortete der Grauhaarige.

Achtlos warf er seine Kippe auf den Boden und trat sie mit der Schuhspitze aus. „Hol neue Getränke, und stell dich beim nächsten Mal nicht so dämlich an.“

Sammy achtete nicht auf ihn. Der Dicke musste Billinger sein – er hatte das Kommando, bezahlte die Party und führte sich auf wie ein Schwein, weil er es sich leisten konnte. Wie die meisten männlichen Gäste trug er eine alberne venezianische Maske, die die Augenpartie bedeckte und nur die wulstigen Lippen frei ließ. Von seinem Hinterkopf standen die roten Haare ab wie die Stacheln eines Igels.

„Ich biete mehr Service als abgestandene Drinks“, sagte Sammy herausfordernd.

Der Grauhaarige streckte die Hand aus und packte sie an der Schulter. „Ich schmeiß sie raus.“

„Nein, warte.“

Der Mann, von dem Sammy vermutete, dass es sich um Billinger handelte, zog die Lippen in die Breite und zeigte blendend weiße Zähne, die künstlich aufgehellt waren – ein sicheres Zeichen von Geld, viel Geld.

„Ich bin sicher, die Dame ist eine Bereicherung für unser Fest. Besorg uns was zu trinken."

Im Mundwinkel des Grauhaarigen zuckte ein Nerv. Einen Moment lang schien es, als wollte er sich widersetzen, aber dann eilte er wortlos auf den Ausgang zu.

„Das ist nur Tarp, unser Wachhund", erklärte Billinger vergnügt. „Er macht sich gern wichtig." Grob riss er den Vorhang des Separees zur Seite. „Hau ab, du langweilst mich", rief er einem Mädchen zu, das sich nackt auf einem Wasserbett rekelte.

Auch seine Schönheit verschlug Sammy den Atem. Wie konnte sich ein Mann mit einem solchen Spielzeug langweilen? Die Prostituierte streifte einen Bademantel aus blauer Seide über und verschwand wie ein Schatten in der Sonne.

Billinger begaffte Sammy geil. „Bist nicht so prüde wie deine Kollegin", stellte er fest.

„Abwarten." Sie setzte sich probeweise auf das Wasserbett. Ihr Herz trommelte einen schnellen Wirbel gegen ihre Brust. Das gefährliche Spiel erregte sie und flößte ihr zugleich Angst ein.

Der Vorhang raschelte. Plötzlich stank es durchdringend nach kaltem Zigarettenrauch. Billinger nahm von dem Grauhaarigen ein Tablett mit Champagnerkelchen entgegen, stellte es auf eine niedrige Marmorsäule und reichte Sammy ein Glas. Seine Hand zitterte leicht. Champagner spritzte über den Rand des Kelches und perlte über seinen Handrücken.

„Ich hasse diese engen Separees, man bekommt kaum Luft.“ Er kicherte wie ein kleiner Junge. „Aber was soll ich machen? Meine Gäste legen Wert auf Privatsphäre.“

Er trank das Glas in einem Zug aus und stellte es auf das Tablett zurück. „Heute ist dein Glückstag. Du kannst in einer halben Stunde mehr verdienen als mit deinem Kellnerinnenjob in einem ganzen Monat.“ Gierig streckte er die Hand nach Sammys Oberschenkel aus. „Das Kapital dazu bringst du mit. Du bist so ... lebendig. Nicht so kalt wie die Scheißnutten da draußen.“

Wie fette Schnecken krochen Billingers Finger über Sammys nackten Schenkel. Er schwitzte, sein Atem ging stoßweise und stank nach Fisch und Alkohol.

Sammy bezwang ihre aufsteigende Panik und schob seine Hand fort. „Nicht so hastig. Lass uns erst ein Spiel spielen.“

Jemand zog den Vorhang zur Seite. Eine üppige Brünette streckte den Kopf in das Separee.

„Raus“, brüllte Billinger.

Sammy nutzte die Ablenkung, um von ihm wegzurücken. Die Magie des Augenblicks war zerstört. Schnaufend drehte er sich nach ihr um und stürzte ein zweites Glas Champagner hinunter.

Sie strich über seine Lippen und leckte sich den Finger ab. „Ich kann dir deine Zukunft vorhersagen.“

Er lachte dröhnend. „Mich interessiert eher die Gegenwart.“ Er streckte seine behaarte Hand nach ihrem blonden Lockenschopf aus und zog ihren Kopf zu sich heran. Sein Griff war eisenhart und fordernd. Durch die Öffnungen der Maske wirkten seine grauen Augen unnatürlich vergrößert. Sammy erschrak. In ihnen lauerte nicht nur Herrschsucht, sondern auch die unstillbare Leidenschaft für Grausamkeit und der zwanghafte Drang, Menschen zu quälen und ihnen Schmerzen zuzufügen.

Sie setzte ihren ganzen Charme ein. „Lass es mich versuchen. Das ist mein Preis."

Unwillig zuckte er mit dem Mundwinkel. „Na schön."

Sammy zog ihre Show ab.

Billinger wählte die Achtundsechzig und gab ein verblüfftes Grunzen von sich. Seine Neugier war geweckt. Sammy beging mehrere Fehler, weil ihre Gedanken sich bereits mit einem möglichen Fluchtweg beschäftigten. Dennoch hatte er ihr nach zehn Minuten vier Zahlenkombinationen verraten. Was sie tatsächlich wert waren, würde sich später erweisen.

Er stürzte einen Alligator hinunter, in den reichlich Curaçao gemixt war, und knöpfte sich das Hemd auf.

Es wurde Zeit für Sammy, das Spiel mit dem Feuer zu beenden. Doch bevor sie reagieren konnte, presste er sie auf das Wasserbett. Sie glaubte, zu ersticken, als sich der Hundert-Kilo-Koloss auf sie wälzte. Angewidert spürte sie seine verschwitzten Hände auf ihrer Haut.

„Schluss mit der Fragerei. Jetzt ... zeige ... ich dir ein Spiel."

Umständlich nestelte er an seiner Hose herum.

Sie geriet in Panik und versuchte, sich unter ihm hervorzuwinden.

Billinger krallte seine Finger um ihren Hals und drückte sie auf das gluckernde Wasserbett. Panisch versuchte sie, sich an seinen schwachen Punkt zu erinnern. Er hatte deutlich verraten, wovor er sich fürchtete, aber sie konnte sich nicht konzentrieren. Er zerrte an ihrem Slip und trieb seine Fingernägel tief in ihr Fleisch. Wovor fürchtet sich dieser mächtige und rücksichtslose Mann? Denk nach! Ihr Kopf fühlte sich leer und taub an, vor ihren Augen tanzten bunte Flecken. Sie hatte gewusst, dass es irgendwann schiefgehen würde. Aber noch war der Tag nicht gekommen. Plötzlich sah sie Billingers größte Furcht klar vor sich.

„Wenn du deine Finger nicht von mir nimmst, werden sie dich in eine Zelle stecken und die Tür zumauern; in eine verdammt kleine Zelle, so klein, dass du dich nicht umdrehen kannst und ersticken wirst wie ein fetter Wal, den das Meer an den Strand gespült hat!"

Billinger gab ein ersticktes Kieksen von sich. Die venezianische Maske war verrutscht und entblößte einen Teil seiner Wangen. Er war plötzlich kreidebleich geworden. Kraftlos rutschte er vom Wasserbett und stieß im Fallen das Tablett um. Die Champagnerkelche zerbrachen klirrend.

„Verfluchte Hexe."

Schwankend kam er auf die Beine, riss den Vorhang aus den Halterungen und stürmte nach Luft ringend hinaus.

Hastig notierte sie auf ihrem Bestellblock die Zahlenkombinationen, die er ihr verraten hatte. Als sie sich umdrehte, erschrak sie. Sie war nicht allein.

Eines der Callgirls blickte ihr über die Schulter. Sie war etwa so groß wie Sammy und von zierlichem Körperbau. In das glänzende pechschwarze Haar waren Dutzende Rastazöpfe geflochten, über der rechten Braue trug sie einen kleinen goldenen Piercingring. Neugierig blickte sie Sammy mit ihren leicht schräg stehenden Augen an. „Coole Nummer.“ Sie warf einen raschen Blick auf den Schreibblock in Sammys Hand. „Kann mir denken, was du damit vorhast.“

„Was willst du?“

„Ich hab euch belauscht. Bring mir bei, wie du das anstellst. Ich besorge uns ein paar Typen, die wir ausnehmen können. Davon gibt’s hier jede Menge.“ Ihre Lippen bewegten sich lautlos, als sie die Zahlen ablas. „Funktioniert das wirklich?“

„Ja.“

„Mach’s noch mal!“

„Warum sollte ich?“

„Weil ich Billinger sonst deinen kleinen Trick verrate.“

Sammy ließ ihre Blicke durch den Raum wandern. Irgendwie musste sie das Mädchen loswerden.

„Der da.“ Sie deutete mit dem Kinn auf einen untersetzten Mann um die fünfzig, der einen schlecht sitzenden Anzug trug und sich in eine Ecke drängte. Mit lüsternen Blicken begaffte er die halb nackten Prostituier ten, die im Pool planschten. Er sah ganz so aus wie jemand, der gern einen Blick in die Zukunft werfen wollte.

4

„Seit einer Stunde starrst du die Villa an wie ein Straßenköter den Vollmond. Hast du Angst, dass Billinger mit der Portokasse durchbrennt? So wie Bergmann?“ Schwickert lachte und trank sein Bier in einem Zug aus. Außer dem Betriebsmeister kannte Pohlmann niemanden, der einen halben Liter Bier durch die Kehle laufen lassen konnte, ohne einmal schlucken zu müssen.

„Vielleicht ärgert er sich, weil er das Beste verpasst“, sagte Meinbach. „Aber so ist das. Wir am Ende der Nahrungskette tragen billiges Bier zur Pissrinne, und die da oben“, er deutete mit seinem Glas auf Billingers Villa, „die da oben saufen Champagner aus Damenschuhen.“ Zur Bestätigung rülpste er.

Mit einem neuen Pils in der Hand prostete Schwickert seinen Kollegen zu. „Lieber saufe ich Bier auf Billingers Kosten als Sekt aus den Latschen meiner Alten.“

Die Umstehenden am Bierrondell brachen in schallendes Gelächter aus.

Pohlmann wandte sich angewidert ab. Billinger verstand es, den Pöbel ruhigzustellen. Rollte jemand ein Bierfass über den Hof, stellten sie das Denken ein.

Meinhard tippte ihm auf die Schulter. „Wieso gehörst du nicht zum erlauchten Zirkel, Heiko? Immerhin bist du der zweite Mann im Betrieb.“

„Iss schlieessslich ver... verheiraded“, lallte Schengler.

Wütend drehte sich Pohlmann um. „Was glaubt ihr eigentlich, was dadrin läuft?“

Schwickert kicherte und machte eine eindeutige Handbewegung. Die anderen lachten grölend.

Pohlmann trank sein Bier aus und knallte das Glas auf den Tresen. „Es geht auch um eure Arbeitsplätze, schon vergessen? Nach der Katastrophe im Steinbruch gestern kann es für uns alle überlebenswichtig sein, potenzielle Geldgeber bei Laune zu halten. Seid froh, dass Billinger euch die Arbeit abnimmt.“

„In seinem Pool würde ich jetzt gern Überstunden schieben“, sagte Schwickert.

„Schieben ist gut!“

Die anderen fielen in sein Gelächter mit ein.

Missmutig schlenderte Pohlmann zu dem großen Schwenkgrill in der Mitte des Hofes hinüber. Arndt Kirchner drehte die restlichen verschrumpelten Bratwürste um. Als er Pohlmann sah, öffnete er mit seinem Feuerzeug eine Bierflasche und bot sie ihm an.

„Du machst ein Gesicht, als plante Billinger, uns am Montag alle rauszuschmeißen.“

„Billinger!“ Pohlmann nahm die Flasche und blickte hasserfüllt zur Villa hinüber.

„Was geht dadrin ab?“, fragte Kirchner.

„Was immer läuft. Verbindungen knüpfen und Rädchen im Getriebe schmieren. Er fährt mit allen Schlitten, die ihm querkommen.“

„Das hat Bergmann auch gemacht.“

„Wir haben den Teufel mit dem Beelzebub ausgetrieben.“

Kirchners Miene verdüsterte sich. „Halt bloß die Schnauze, und hör mit der Sauferei auf. Geh nach

Hause, und leg dich ins Bett, bevor du zu viel quatschst." Er runzelte die Stirn. „Wo ist eigentlich Susanne?"

Pohlmann trank das kalte Bier in großen Schlucken. „Bei ihrem Vater in Bad Ems. Kann sein, dass er die Nacht nicht übersteht." Noch immer schaute er auf den gelben Lichtschimmer, der aus den Fenstern des Anbaus mit dem Swimmingpool drang. Sie war dort drin. Was trieb Billinger in diesem Moment mit ihr? Er konnte mit ihr tun und lassen, was er wollte. Schließlich war das ihr Job, und Billinger hatte dafür bezahlt. Seine Gedanken rasten. Er könnte sich unter einem geschäftlichen Vorwand unter die Gäste mischen oder vorgeben, Unterlagen aus seinem Büro holen zu müssen. Aber Billinger würde sein Spiel durchschauen und ihn rausschmeißen. Und es würde ihm Spaß machen, seine Macht zu demonstrieren. Billinger, der König von Gräbersberg.

Pohlmann steckte die leere Flasche in den Kasten zurück. „Hast du schon mal darüber nachgedacht, dass aller guten Dinge drei sind?"

„Denk nicht mal dran. Du solltest wirklich besser nach Hause gehen", antwortete Kirchner stirnrunzelnd.

Pohlmann ballte die Fäuste und grub seine Fingernägel in die Handflächen, bis ihn der Schmerz zur Besinnung brachte. Kirchner hatte recht. Noch achtundvierzig Stunden, und dieser elende Flecken Gräbersberg konnte seinetwegen in einem Loch im Westerwälder Basaltboden verschwinden. Dann war er weit fort.

„Bis Montag", sagte er und wandte sich zum Gehen.

Auf der Wiese neben dem Hof hatten Helfer am Morgen ein Zelt zum Schutz vor Regen aufgebaut, aber die Vorsicht war unbegründet gewesen. Die Wucht der Gewitter der vergangenen Tage war abgeflaut und der Boden staubig und knochentrocken. Pohlmann befand sich auf halbem Weg zwischen dem Zelt und dem schmiedeeisernen Tor in der Einfassungsmauer, als ihm eine schlanke Gestalt in die Arme lief.

„Nadine!"

Seine sechzehnjährige Tochter wirkte verstört. Ihre Jeans waren mit Grasflecken übersät, ihr T-Shirt an der Seite eingerissen.

„Was ist passiert?"

„Ni... nichts. Ich bin im Dunkeln gestolpert. Das ist alles. Ich ... geh jetzt nach Hause ... ist schon spät." Sie fuhr sich nervös durch die braunen Haare.

„Stimmt was nicht?"

„Alles okay."

„Nadine, warte doch. Hast du einen Schlüssel?"

Sie nickte und beschleunigte ihre Schritte.

Pohlmann blickte sich misstrauisch um. Er war mit Ärger und Zorn über Billingers Großmannssucht aufgeheizt und suchte nach einem Ventil, um den Druck abzulassen.

Im Zelt saßen nur noch vier Männer – der harte Kern der schlimmsten Säufer von Gräbersberg. Keiner von ihnen sah aus, als könne er noch ohne fremde Hilfe stehen. Pohlmann wandte sich nach rechts in die Richtung, aus der Nadine gekommen war. Nach wenigen Metern stieß er auf Billinger. Der massige Mann pinkelte im Schein einer Solarleuchte schnaufend gegen die Mauer.

„Was war hier los?“, fragte Pohlmann.

Billinger grunzte, zog den Reißverschluss hoch und drehte sich um. Auf seiner Wange glühte ein blutiger Kratzer.

„Wonach sieht’s denn aus? Kümmere dich um die Abrechnung der Cateringfirma. Und pass auf, dass die Weiber dich nicht bescheißen.“

Pohlmann trat ihm in den Weg. „Was hast du mit Nadine gemacht? Wenn du ihr auch nur ein Haar gekrümmt hast ...“

Billinger beugte sich schwankend vor. Sein saurer Atem strich über Pohlmanns Gesicht. „Was dann? Merk dir eins, Heiko. Ich nehm mir, was mir passt, und ihr könnt nichts dagegen tun, gar nichts.“ Er drehte sich mit ausgebreiteten Armen im Kreis. „Ich hab euch alle in der Hand.“ Er lachte kollernd, verschluckte sich und spuckte aus. „Ich brauche bloß zuzudrücken, um einen von euch zu zerquetschen, wenn’s mir gefällt.“ Er grinste anzüglich. „Deine Kleine ist ’ne ganz Wilde. Aus der wird mal was.“

Pohlmann schnellte vor und stieß Billinger vor die Brust. Der dicke Mann taumelte überrascht zurück und prallte mit dem Rücken gegen die Mauer.

„Lass deine Finger von dem Mädchen!“

Billinger tastete nach dem brennenden Kratzer in seinem Gesicht. „Treib’s nicht zu weit, Heiko. Ich lasse euch sonst alle hochgehen.“

„Du hängst genauso mit drin wie wir.“

Billinger gewann seine Selbstsicherheit zurück und versetzte Pohlmann seinerseits einen Stoß. „Ich habe mit der alten Geschichte nichts zu tun. Niemand wird mich belangen, hörst du? Niemand! Mach deine Arbeit, und halt die Schnauze, sonst schnapp ich mir deine Alte und vögle sie richtig durch. Wie man hört, hat sie es bitter nötig."

Pohlmann kochte vor Wut. „Wenn du Nadine noch einmal anrührst, werde ich ..."

„Was dann?" Billinger verpasste ihm eine klatschende Ohrfeige und stieß ihn vor die Brust. „Nichts wirst du tun! Gar nichts! Weil du genauso ein Schlappschwanz bist wie die anderen im Dorf. Du wirst das Maul halten, oder ich schmeiß dich raus. So geht das, hörst du? So geht das!" Er schwankte und stützte sich Halt suchend an der Mauer ab. „Euch alle schmeiß ich raus. Ich mach den Laden dicht und hau ab nach Thailand. Da unten ficke ich mir dann das Hirn aus dem Kopf ... so wie es Bergmann gemacht hat." Er kicherte wie über einen gelungenen Streich.

„Solche Drohungen können in Gräbersberg böse enden."

„Undankbares Pack!" Billinger spie ihm vor die Füße. „Ohne mich gehen in diesem Nest die Lichter aus. Nie hätte ich hierher zurückkommen sollen. Ich bin dein Gejammer leid. Du bist gefeuert. Pack am Montag deinen Kram, und lass dich in der Firma nicht mehr blicken."

„Du kannst mich nicht entlassen!"

Billinger tastete sich an der Mauer entlang, bis sein feistes Gesicht von der Dunkelheit verschluckt wurde. Er rülpste und torkelte zur Villa zurück. „Ach, leck mich am Arsch!"

In Pohlmanns Kopf drehte sich alles. Sein Magen rebellierte. Er wandte sich zur Mauer und übergab sich explosionsartig. Beinahe hätte er alles versaut. Noch achtundvierzig Stunden musste er die Nerven behalten, dann lag das alles hinter ihm. Sollte Billinger ihn doch entlassen, wenn er wollte. Dann war er längst weit fort. Keine Minute länger als nötig würde er in diesem verlogenen Kaff bleiben. Denn dann würde etwas Schreckliches geschehen, etwas Unvorhersehbares, etwas, das Billinger, den Ort, und alle, die darin lebten, in einen Mahlstrom aus Blut hinabreißen würde.

5

Seit ihrer Begegnung mit Billinger war Sammy fahrig und unkonzentriert, dennoch erschlich sie sich drei weitere Geheimnummern von Kreditkarten.

Jana folgte ihr wie ein unsichtbarer Schatten. Sie arbeitete wie die anderen Mädchen für die Agentur *Eyes-wide-shut*, die die extravagante Party organisiert hatte. Mit der atemberaubenden Figur und den pechschwarzen Rastazöpfen machte sie jeden Mann auf der Party verrückt.

Sammy hatte geglaubt, den Trick zu beherrschen, wie man Männer um den Finger wickelt. Seit sie Jana bei der Arbeit beobachtete, wurde ihr klar, dass sie noch viel lernen musste.

„Ich komme nicht dahinter, wie du das anstellst", raunte ihr Jana ins Ohr, als sich ein führendes Mitglied der Koblenzer Struktur- und Genehmigungsdirektion zufrieden einen Wodka Lemon von einem Tablett schnappte und von einer wundervollen Zukunft träumte.

„Das kann ich dir nicht in einer halben Stunde beibringen. Dazu braucht man Übung und Geduld."

„Wir wären ein gutes Team. Du suchst die Männer aus, und ich schleppe sie ab."

Sammy beäugte sie misstrauisch.

Jana sprühte vor Lebenslust und Tatendrang. Stets blickte sie leicht belustigt, als wäre die Welt für sie ein großer Spielplatz.

Sie bemerkte Sammys Skepsis und lachte. „Du willst allein arbeiten, nicht wahr?"

„Ja."

„Keine Angst, ich nehme dir deine Kundschaft nicht weg. Ich will nur wissen, wie es funktioniert. Das ist mein letzter Job in Deutschland. Übermorgen bin ich weit weg." Sie breitete die Arme aus und drehte sich spielerisch im Kreis.

Wären die meisten Gäste nicht bereits zu betrunken oder in einem der Separees beschäftigt gewesen, hätte sich augenblicklich eine Traube von gaffenden Männern um sie gebildet.

Sammy schnappte sich einen Drink von einem Tablett. Sie beschloss, dass dies ihr letzter Arbeitstag für lange Zeit sein sollte. Wenn es ihr gelang, die Kreditkarten der Gäste zu stehlen, sollte das Geld reichen, um eine Weile unterzutauchen.

„Gehst du zurück nach Tschechien?", fragte sie.

„Ich hab jemanden kennengelernt."

„Lass mich raten. Einen netten deutschen Mann."

Verärgert zog Jana die Brauen zusammen. „Er geht mit mir fort."

Sammy nickte. „Aber klar doch."

„Du verstehst das nicht. Er muss fort von hier. Und ich *weiß*, dass er verschwinden muss."

„Und reich ist er zufällig auch noch, wie?"

Janas Augen funkelten wie Obsidiansplitter. „Noch nicht. Aber bald."

Sie sparte sich eine Antwort. Das Mädchen sah hinreißend aus, aber sie war naiv und einfältig. Ihr Geschick im Umgang mit Männern verdankte sie nicht ihrer Intelligenz, sondern einem angeborenen Talent. Ihr war es gleich. Jeder sollte sich nehmen, was er vom Leben haben wollte. Wenn er dabei auf die Nase fiel, war das sein Problem.

„Wo ist eigentlich die Garderobe? Irgendwo müssen die Gäste doch ihre Klamotten geparkt haben."

„Im ersten Stock neben Billingers Schlafzimmer."

Die Milchglastür am Ende des Pools fiel klirrend ins Schloss. Billinger kehrte zurück. Er hatte die alberne venezianische Maske abgesetzt, die dem gekauften Sex in den Separees wohl einen Hauch von Eleganz verleihen sollte. Seine Blicke irrten durch den Raum und hefteten sich auf Jana.

Selbst Sammy erkannte sofort, was der vierschrötige Mann wollte: Sex, um sich abzureagieren. Schnellen, harten und brutalen Sex.

„Hau ab, bevor er dich sieht."

Vergeblich sah sich Jana nach dem Bodyguard der Agentur um. Manchmal liefen solche Partys aus dem Ruder. Gestresste Manager, die in ihren Jobs ständig unter Strom standen, lebten ihre unterdrückten Triebe unter dem Einfluss von Alkohol und Kokain hemmungslos aus. Die Spitzen von Konzernen und Versicherungen hatten die leistungssteigernde Wirkung dieser Orgien erkannt und setzten sie unter dem Deckmantel eines Betriebsausflugs auch noch von der Steuer ab. Aus diesem Grund beschäftigten die Agenturen Bodyguards, die sich diskret unsichtbar machten und nur eingriffen, wenn Kunden die Grenze zu Gewalt und Erniedrigung überschritten. Billinger schien sich die Ausgaben dafür gespart zu haben.

Sammy zog sich rasch in den Korridor zurück, der zum Treppenhaus führte. Jana konnte sich selbst am besten helfen. Sie lief die Stufen hinauf ins Erdgeschoss und gelangte nach wenigen Schritten in eine Eingangshalle von gewaltigen Ausmaßen. Der Marmorboden schimmerte knochenbleich und strahlte eine Kälte aus, die Sammy trotz des warmen Sommerabends frösteln ließ.

Der hintere Teil der Villa beherbergte Billingers Privaträume. Sammy öffnete vorsichtig mehrere Türen, bis sie auf ein Zimmer stieß, das man in eine provisorische Garderobe verwandelt hatte. Dutzende Sakkos und teure Maßanzüge hingen an Haken oder waren achtlos über Stuhllehnen geworfen worden.

Neben dem Raum befand sich ein luxuriöses Bad, in dem Billingers spezielle Gäste Gelegenheit hatten, sich für die Orgie im römischen Stil umzukleiden. Rasch durchsuchte sie die abgelegten Kleidungsstücke nach Kreditkarten und Bargeld und stieß auf pures Gold: mehrere Eurocards, darunter die des Bürgermeisters, zwei Barclays Gold Cards auf die Namen Rainer Tarp und Henning Scheurich und eine American Express Gold Card, die Billinger gehörte. Volltreffer! Der Rest war ein Kinderspiel. Mit ein wenig Glück konnte sie die nächsten zwei Jahre Urlaub machen und sich vor allem das Wiesel und seinen russischen Kumpel vom Leib halten.

Sie steckte die Karten ein. Im Treppenhaus flammte Licht auf, Stimmen näherten sich. Sammy wich von der Tür zurück und suchte nach einem Versteck. Die improvisierte Garderobe war an diesem Abend mit Sicherheit der am meisten besuchte Raum im Erdgeschoss, sie saß in der Klemme. Hektisch riss sie die Türen einer Schrankwand auf und fand einen leeren Schrank, der Platz genug für sie bot. Lautlos schlüpfte sie in den stockdunklen Verschlag, zog die Tür hinter sich zu und wartete. Ein roter Lichtschein erhellte das Dunkel, dessen Quelle sie nicht entdecken konnte.

Die Stimmen wurden lauter und entfernten sich wieder. Nicht weit von ihrem Versteck entfernt schlug eine Tür zu. Sie hörte die Stimmen jetzt deutlich. Offenbar befand sich zwischen Garderobe und Schlafzimmer keine solide Mauer, sondern nur das dünne Holz der Schrankrückwand.

Ihr Herz pochte so heftig gegen ihre Rippen, dass sie fürchtete, die Schläge könnten im Zimmer nebenan zu hören sein. Die Dunkelheit und das glühend rote Licht schärften ihre Sinne. Ein dumpfes Poltern, dann noch eins. Eine Frauenstimme lachte hell auf und murmelte schmeichelnde Worte. Der Klang der zweiten Stimme war tief und volltönend. Sammy presste das Ohr an die Rückwand und lauschte. Glas klirrte, ein Gegenstand rollte über den Boden. Die Frau lachte wieder auf. „Fang mich doch, mein Dickerchen!"

Die Worte klangen dumpf und verzerrt durch das Holz, aber sie erkannte die Stimme sofort, den belustigten, lockenden Tonfall, den schwachen osteuropäischen Akzent. Die Frau im Zimmer nebenan war Jana.

Eine Weile blieb alles still, dann stellte sich das rhythmische Quietschen von Bettfedern ein. Leise öffnete Sammy die Schranktür. Es wurde Zeit, zu verschwinden.

Die Geräusche verstummten. Jana lachte, anders diesmal, spöttisch und schadenfroh. Der Mann antwortete mit einem Knurren, das Sammy an ein gereiztes Raubtier erinnerte.

„Lass mich machen. Ich werde ihn schon aufwecken." Das war Janas Stimme.

Ein leises Kichern, ein Stöhnen und Klatschen, ein schwerer Gegenstand fiel zu Boden.

„Sakra prase", stöhnte Jana.

Unschlüssig stand Sammy in der Dunkelheit. Was nebenan geschah, ging sie nichts an. Jana machte ihren Job. Sie wusste, welche Risiken sie damit einging.

Aus dem Nebenraum drangen ein Scharren und Schleifen, dann ein verzweifeltes Gurgeln. Glas oder Porzellan zerbrach. Sammy hielt den Atem an und lauschte.

„Scheißnutte. Drecksweib", murmelte die Männerstimme.

Einen Augenblick blieb alles still, dann setzten die Geräusche wieder ein. Zwei Menschen rangen miteinander, warfen Möbel und schwere Gegenstände um.

Sie wandte sich um und wollte die Schranktür schließen. Ihr Blick fiel auf die rote LED-Leuchte eines DVD-Rekorders, dessen Aufnahmefunktion eingeschaltet war. Auf dem flachen Gerät stand ein kleiner Bildschirm.

Was tust du hier? Hau ab! Hau ab, so lang du noch kannst, rief die Stimme in ihrem Kopf.

Aber Sammy blieb. Sie konnte nicht verhindern, dass ihre Hand den Monitor einschaltete.

6

Victor Sawinski lag regungslos inmitten der piependen und summenden medizinischen Geräte, die seine Lebensfunktionen überwachten. Die Ärzte hatten ihn stabilisiert, antworteten aber auf die Frage nach seinen Chancen nur mit einem Kopfschütteln. Beinahe jeder Knochen in seinem Körper war gebrochen, dazu kamen Lungenquetschungen und schwerste innere Verletzungen. Es war ein Wunder, dass er überhaupt noch lebte.

Stettner saß auf einem Stuhl in der Nähe der Tür zur Intensivstation und starrte mit brennenden Augen ins Leere. Er wartete seit vier Stunden, obwohl man ihm versichert hatte, es sei sinnlos, auf Sawinskis wundersames Erwachen zu hoffen. Das Krankenhauspersonal ließ ihn vorerst gewähren, aber er rechnete jede Sekunde damit, dass sie ihn rauswerfen würden. Leise öffnete sich die dicke, schallisolierte Tür hinter ihm.

„Ich will, dass du gehst."

Müde blickte er auf. In der Tür stand Monika Sawinski. Sie presste die Lippen zu einem harten Strich zusammen, in ihren Augen wechselten sich Wut und Trauer ab.

„Es tut mir leid", sagte Stettner heiser.

„Du trägst die Schuld für das, was geschehen ist. Du bist der erfahrene Polizist. Warum hast du Victor nicht von diesem Wahnsinn abgehalten?"

„Glaub mir, ich habe versucht, ihn zu beschützen. Ich ..."

„Geh mir aus den Augen."

Wortlos griff er nach seiner verschrammten Lederjacke und verließ die Intensivstation. In der Eingangshalle traf er auf Ingrid. Seine Frau war erst gegen Mittag von einer ihrer dämlichen Wohltätigkeitsveranstaltungen zurückgekehrt, die nur einem Zweck dienten; den angeschlagenen gesellschaftlichen Ruf ihres Vaters wiederherzustellen, damit er mit seiner Lieblingsbeschäftigung, seinen Kunden das Geld aus der Tasche zu ziehen, fortfahren konnte.

„Ich habe versucht, dich zu erreichen", sagte er.

„Das Hotel hatte Anweisung, mich nicht zu stören. Du weißt, wie wichtig diese Veranstaltung für meinen Vater war."

„Ach ja, natürlich. Die Veranstaltung."

„Ich erwarte schon lang kein Verständnis mehr von dir für geschäftliche Notwendigkeiten. Aber einen Funken Verantwortungsgefühl könnte der designierte Leiter der neuen Soko allerdings besitzen. Wie konntest du so dumm sein, gegen Tarps ausdrückliche Anweisung zu handeln?"

Stettner fuhr herum. „Tarp lügt. Er war es, der uns befohlen hat, den Steinbruch zu stürmen."

„Wen interessiert das jetzt noch? Ich habe dir oft genug gesagt, dass er in dir einen Konkurrenten sieht. Aber statt auf deine Karriere zu achten, läufst mit dem Sheriffstern auf der Brust herum, um die Welt zu retten."

„Besser, als vor notgeilen Bankern mit dem Hintern zu wackeln und sie um Spendengelder anzubetteln. Hast du Monika gegen mich aufgehetzt?“

„Das war nicht nötig. Victor hat ihr oft genug erzählt, dass du ihn als Hasenfuß verspottest.“

Stettner fuhr sich durch die dunklen, verstrubbelten Haare. Seit zwei Tagen hatte er weder einen Kamm noch einen Rasierapparat gesehen.

„Wir waren ein gutes Team. Victor hatte ein paar Probleme, und ich habe nur versucht, ihm ein bisschen Selbstvertrauen zu geben.“

„Das hast du großartig gemacht, Stettner. Du kannst hervorragend mit Menschen umgehen. Mein Vater hat mich gewarnt.“

„Hat er wieder gedroht, dich zu enterben?“

„Du verschließt die Augen vor der Wirklichkeit, Jan. Idealismus ist eine feine Sache. Doch um Idealist zu sein, muss man Geld haben.“

Er verschränkte die Arme vor der Brust und lehnte sich gegen die Wand. „Eine saubere Moral.“

„Gib zu, du hast es versaut.“

„Ja, ich hätte Victor aufhalten sollen. Ist es das, was du hören willst? Aber er musste da durch, um seine Angst zu überwinden. Es war seine eigene Entscheidung!“

Ingrid schüttelte den Kopf. „Du hast nichts verstanden. Am Montag erwartet dich der Staatsanwalt. Dein Vater wird dich begleiten.“

Er schnellte vor, als stünde die Wand unter Strom. „Woher weißt du das? Was hat Heinrich damit zu tun?“

„Dein Vater ist Rechtsanwalt, schon vergessen? Und ein sehr tüchtiger dazu. Vielleicht kommst du mit seiner Hilfe mit einem blauen Auge davon.“

Stettner kniff die Augen zusammen. „Was habt ihr da ausgeheckt?“

„Das wird er dir selbst sagen. Es ist deine letzte Chance.“ Sie zögerte einen Augenblick. „Es gibt Entscheidungen, die man mit dem Kopf treffen muss – Liebe hin oder her. Ich will nicht vom Gehalt eines Kaufhausdetektivs leben müssen.“

„Ich habe verstanden. Das war deutlich genug.“

Er drehte sich um und verließ das Krankenhaus, ohne sich noch einmal umzusehen. Er fühlte sich wie der Fahrer eines mit Sprengstoff beladenden Lastwagens, der eine steile Straße hinabrast und gerade feststellt, dass die Bremsen ausgefallen sind.

7

Entsetzt wich Sammy zurück und presste die Hände auf den Mund, um nicht zu schreien. Der Taschenspielertrick, mit dem sie ihre Opfer betrog, erschien ihr plötzlich wie ein harmloser Streich. Die brutale Gewalt im Zimmer nebenan dagegen jagte ihr eine Höllenangst ein. Warum hatte sie die Finger nicht von den Bedienknöpfen des Rekorders lassen können? Wenn Billinger herausfand, dass sie auf der anderen Seite der Trennwand gelauscht hatte, bedeutete das ihren Tod. Was sie gesehen hatte, durfte niemand sehen, der am Leben bleiben wollte. Sie schaltete den Monitor aus, ohne noch einmal hinzusehen. Nebenan war alles still. Wie lang hatte sie sich im Schrank versteckt? Zwei Minuten? Eine halbe Stunde? In ihrem Zeitgefühl klaffte ein Riss, in dem die Erinnerung versickerte wie Tinte in Löschpapier.

Hastig schlüpfte sie auf den Gang hinaus. Niemand schien ihre Anwesenheit im Obergeschoss bemerkt zu haben. Im selben Moment öffnete sich die Toilettentür auf der anderen Seite des Korridors. Der Grauhaarige, dem sie am Pool begegnet war, starrte sie an.

„Was hast du hier zu suchen?“

„Ich ... ich wollte meine Jacke aus der Garderobe holen. Es ist draußen kalt geworden.“

Er musterte sie durchdringend. Sammy strich sich nervös die Locken aus der Stirn.

„Ich ... habe sie nicht gefunden. Sie wird wohl doch am Cateringstand liegen." Hastig murmelte sie eine Entschuldigung und wandte sich zum Gehen.

„Wohin so eilig?"

Er packte ihren Unterarm, stieß die Tür zur Garderobe auf und überflog misstrauisch das Durcheinander aus Sakkos, Jacken, Hosen und leichten Sommerhemden. Leise knarrend bewegte sich die Schranktür in der Zugluft.

Endlich ließ der Druck auf Sammys Handgelenk nach.

„Hau ab, und lass dich nicht mehr im Haus blicken. Kümmere dich um die Gäste im Hof."

Sie nickte gehorsam und wandte sich zur Treppe, die zum Pool hinabführte.

„Nicht da lang! Nimm den Lieferanteneingang am Ende des Flurs!"

Kopflos drängte sie sich an dem Grauhaarigen vorbei und atmete erleichtert aus, als er hinter der Biegung des Ganges außer Sicht geriet. Am Fuß der Treppe stieß sie mit einer dunkelhaarigen Frau zusammen, die in diesem Moment die Villa betrat und fahrig eine Entschuldigung murmelte.

Sammy achtete nicht auf sie und stürmte durch den Nebeneingang ins Freie. Unbehelligt erreichte sie den Cateringstand. Auf den Bänken saßen nur noch wenige Gäste, Männer aus dem Dorf, die erst aufstehen würden, wenn das letzte Bierfass leer war.

„Wo bist du so lange gewesen? Wir wollten schon eine Vermisstenmeldung aufgeben."

Erschrocken fuhr sie herum. Sylvie beäugte sie mit einer Mischung aus Furcht und Neugier. Sammy schnappte sich die schmutzigen Gläser und tauchte sie ins Spülbecken.

„Ich hab Billinger bei Laune gehalten. Freut euch auf ein Extratrinkgeld."

Ihre Hände zitterten so sehr, dass sie erleichtert war, sie im Spülwasser verbergen zu können.

Margot knallte ein Tablett mit leeren Gläsern auf den Holztisch. „Ich kann keine Faulenzer gebrauchen. Hol dir am Montag deine Papiere ab."

Sammy zuckte mit den Schultern. Ihr war es gleich. Dieser Abend war ohnehin der Letzte, an dem sie kellnern würde.

Gegen zwanzig nach eins zog Sammy den Reißverschluss ihrer Motorradkombi zu und setzte den Helm auf. Die schrecklichen Bilder verfolgten sie noch immer.

Es geht mich nichts an, es geht mich nichts an.

Mit zitternden Fingern steckte sie den Schlüssel ins Zündschloss, startete die Crossmaschine und fegte die abschüssige Straße hinab. Nachdem sie die verwinkelten Kopfsteinpflastergassen des Ortes hinter sich gelassen hatte, drehte sie das Gas auf und raste über einsame Landstraßen nach Bad Ems. Ging sie mit ihrem Wissen zur Polizei, könnte sie genauso gut freiwillig ins Gefängnis spazieren.

Aus welchem Grund suchten Sie die Garderobe auf, Frau Baring? Was wissen Sie über den Diebstahl von dreizehn Kreditkarten?

Sie würde sich als Zeugin zur Verfügung halten müssen. Man würde ihr untersagen, die Stadt zu verlassen.

Das Wiesel und sein Kumpel würden ihr den Hals umdrehen.

Wütend drehte sie den Gasgriff auf. Je weiter sie Billingers Villa, Jana und das albtraumhafte Erlebnis im Garderobenschrank hinter sich ließ, desto klarer wurde ihr, dass es nur einen Ausweg gab: abhauen, verschwinden, sich in Luft auflösen. Vielleicht sollte sie der Polizei einen anonymen Hinweis geben, dass in Billingers Villa ein Verbrechen verübt worden war. Jana hatte die Gefahr gekannt, Berufsrisiko eben.

Sie erreichte die Ortsgrenzen von Bad Ems, drosselte das Tempo und fuhr langsam durch die Straßen auf der Suche nach einer Bank mit einem Geldautomaten. Nahe der Lahn entdeckte sie eine Filiale der *Nassauischen Sparkasse*. Sie parkte die Enduro auf dem Gehweg und streifte die Handschuhe ab. Mit einer der gestohlenen Kreditkarten verschaffte sie sich Zutritt zum Vorraum der Schalterhalle. Sammy sortierte die Karten und ordnete die Namen darauf den Zahlen zu, die sie Billingers Gästen entlockt hatte. Mit einem stillen Stoßgebet dankte sie dem lieben Gott, dass er sie mit einem phänomenalen Gedächtnis gesegnet hatte.

Die Chancen, dass die Männer ihr unbewusst die Geheimnummern ihrer Kreditkarten verraten hatten, lagen bei etwa sechzig Prozent. Jeder Besitzer einer Kreditkarte hatte die zugehörige PIN-Nummer irgendwo in seinem Unterbewusstsein gespeichert. Bei Bedarf spuckte das Gehirn die benötigte Zahl aus. Durch geschickte Manipulation lenkte Sammy ihre Opfer in die gewünschte Richtung und entlockte ihnen die Nummern, ohne dass es ihnen bewusst wurde. Das Cold Reading war eine ebenso einfache wie geniale Methode.

Die Polizei konnte die Bestohlenen noch so sehr in die Zange nehmen, sie würden stets leugnen, jemals ihre Geheimnummern preisgegeben zu haben, weil sie sich einfach nicht daran erinnern konnten. Diesen Effekt nutzten Wahrsager, um ihre Kunden mit verblüffenden Vorhersagen zu überraschen. Im Grunde war es so leicht wie ein billiger Kartentrick oder eine Showhypnose.

Sammy schob die Kreditkarten hin und her. Rasch entschied sie sich intuitiv für mehrere vierstellige Ziffernfolgen. Bei jeder Kreditkarte hatte sie nur drei Versuche, dann würde der Automat die Karte einziehen.

Auf der Straße leuchtete ein Scheinwerferpaar auf. Ein dunkelgrauer BMW näherte sich und fuhr vorbei.

Sie trat an den Geldautomaten, ohne den Motorradhelm abzunehmen oder das abgedunkelte Visier zu öffnen.

In den nächsten Minuten landete sie fünf Volltreffer. Als Erstes räumte sie das Konto des Bürgermeisters leer. Aus Erfahrung wusste sie, dass die Banken für die meisten Kunden eine Grenze von tausend Euro pro Abhebung am Automaten setzten. Gonsbachs Limit betrug erfrischende dreitausend Euro.

Mit den nächsten beiden Kreditkarten hatte sie noch mehr Glück, denn sie gewährten Zugang zu Geschäftskonten, bei denen das Limit sehr viel höher lag. Sie ergaunerte über fünfzehntausend Euro, nicht schlecht für einen einzigen Abend.

Mehrmals hatte sie mit dem Gedanken gespielt, mit den gestohlenen Karten Überweisungen von höheren Summen zu tätigen. Unter falschem Namen ein Konto zu eröffnen, war kein unüberwindbares Hindernis.

Doch damit hinterließ sie eine eindeutige Spur und setzte sich der Gefahr aus, beim Abheben des Geldes gefasst zu werden. Die Beträge, die sie ergaunerte, waren meist gering genug, dass sie den Kontoinhabern erst nach geraumer Zeit auffielen, aber hoch genug, um ihr ein angenehmes Leben zu ermöglichen. Für ihre Flucht brauchte sie allerdings mehr Geld, sehr viel mehr. Ihre Hoffnung ruhte auf Billinger, dessen Gold Card gerade im Schlitz des Automaten verschwand. Sammy wurde aufgefordert, die Geheimzahl einzugeben. Sie schwitzte unter dem Motorradhelm, ihre Finger zitterten, als sie die vierstellige Nummer eingab.

Falsche Eingabe

Sie versuchte es noch einmal, indem sie die Ziffernfolge umstellte.

Falsche Eingabe

Sie hatte noch einen Versuch, der ebenfalls misslang. Der Automat piepte und zog die Karte ein. Typen wie Billinger waren gerissen und niemals so einfach gestrickt wie die Leute, die für sie arbeiteten.

Enttäuscht steckte sie die anderen Kreditkarten und das erbeutete Geld in ihre Motorradkombi. Die Chancen standen nicht schlecht, dass die Bestohlenen den Diebstahl erst in ein paar Tagen bemerkten. Es war Freitagnacht, und das Wochenende stand vor der Tür. Nach Ablauf von vierundzwanzig Stunden würde sie es mit denselben Kreditkarten in einer anderen Filiale noch einmal versuchen. Immerhin reichte die Beute, um erst einmal aus der Stadt zu verschwinden.

Sie verließ die Bank und blickte wachsam in alle Richtungen. Niemand schien ihr gefolgt zu sein. Die Enduro sprang gehorsam an. Sammy drehte den Gasgriff auf und fuhr los. Nach wenigen Metern fiel ihr Blick auf einen dunklen BMW, der schräg gegenüber der Bankfiliale unter den ausladenden Zweigen einer Kastanie stand. Im Innern flammte das Licht eines Feuerzeugs auf und beleuchtete ein zerfurchtes Gesicht. Ihr Herz schlug so heftig, als wolle es die Lederkombi durchbohren. Der Unbekannte in dem BMW war der grauhaarige Mann, dem sie auf dem Flur vor Billingers Schlafzimmer begegnet war.

8

Montag, 26. August

Stettner stellte seinen Dienstwagen auf dem Parkplatz vor der Polizeiinspektion in Bad Ems ab. Ob er seinen Job bei der Mordkommission aufgab oder nicht, spielte an diesem Morgen keine Rolle. Um die interne Anhörung zu den Vorgängen in Billingers Steinbruch kam er nicht herum. Verdrossen nahm er zur Kenntnis, dass sein Vater auf ihn wartete. Heinrich Stettners lindgrüner Benz stand unmittelbar neben dem Eingang. Obwohl der Wagen über fünfundzwanzig Jahre alt war, glänzte er, als wäre er gestern aus der Fabrik gerollt.

Die Gegensätze zwischen Heinrich und seinem Sohn hätten kaum größer sein können. Stettner legte keinen Wert auf Statussymbole oder Stil, er traf seine Entscheidungen impulsiv und keinen Augenblick eher, als es nötig war.

Heinrich Stettner dagegen war ein erfolgreicher Rechtsanwalt im Ruhestand, dreiundsechzig Jahre alt, schlank und hochgewachsen, und hielt sich so exakt gerade, als hätte er ein Lineal verschluckt. Sein silbergraues, noch immer dichtes Haar war streng gescheitelt. Trotz der schwülen Hitze trug er einen anthrazitfarbenen Zweireiher, eine Weste und auf Hochglanz polierte schwarze Schuhe.

Als er seinen Sohn kommen sah, kniff er missbilligend die Lippen zusammen. „Du hättest dich wenigstens rasieren können."

„Damit ich bei meiner Hinrichtung eine gute Figur abgebe? Immer Haltung zeigen, ich weiß. Erspar mir deine Belehrungen. Warum erscheinst du zu der Anhörung? Ich brauche keinen Anwalt."

„Ingrid bat mich, dir zur Seite zu stehen. Sie befürchtet Konsequenzen für deine weitere Karriere. In der Impulsivität bist du Tarp nicht gewachsen. Ich habe dich vor ihm gewarnt. Er ist skrupellos, machtgierig und gerissen."

Stettner schnitt eine Grimasse. „Du stehst auf meiner Seite? Heute muss wirklich mein Glückstag sein."

„Wir haben keine Zeit für Streitereien. Erzähl mir, was passiert ist." Er hob warnend den Zeigefinger. „Ich will alles wissen, den ganzen Vorgang."

„Du weißt doch längst alles."

„Ich will es von dir hören."

Er blickte seinen Vater zweifelnd an. „Wirst du mir glauben?"

„Jan-Philipp. Du bist dir noch nicht darüber im Klaren, wie tief du in der Klemme steckst. Ich will dir helfen, streiten können wir uns später."

„Wenn du mich bei meinem vollständigen, ungeliebten Vornamen nennst, muss tatsächlich ein Erschießungskommando auf mich warten." Stettner ließ sich in einen der Sessel im Foyer fallen und stützte den Kopf in die Hände.

Zehn Minuten später hatte sich die ernste Miene seines Vaters weiter verdunkelt. „Du hast Tarp vor Zeugen tätlich angegriffen? Das haben weder er noch der Staatsanwalt erwähnt."

„Was kann das bedeuten? Warum sollte Tarp diesen Trumpf nicht ausspielen? Sein größtes Vergnügen besteht darin, auf Leute einzutreten, die bereits angezählt im Dreck liegen. Er wird sich die Gelegenheit nicht nehmen lassen, mich fertigzumachen. Besser, ich komme ihm zuvor."

„Du willst alles hinschmeißen? Das wirst du schön bleiben lassen."

Stettner lehnte sich seufzend zurück. In seinem Schädel rumorten eine schlaflose Nacht und eine Flasche Rotwein. Wer würde als Nächstes auf ihn einprügeln? Er wusste noch nicht einmal, wo er heute Nacht schlafen sollte. Zu Ingrid würde er auf keinen Fall zurückkehren, dazu war er viel zu stur.

„Was will der Staatsanwalt überhaupt von mir? Ich habe Sawinski nicht in die Luft gesprengt."

„Das ist eine offizielle Anhörung. Dir ist doch klar, dass ein internes Ermittlungsverfahren eingeleitet wurde, um den Vorfall zu untersuchen. Es ist ganz normal, dass der Staatsanwalt eingeschaltet wurde." Er blickte auf die Uhr. „Komm jetzt, es ist Zeit."

Der Anhörungsraum lag im ersten Stock. Stettner betrat das Zimmer, in dem es nach Schimmel und vergilbten Akten roch, und wünschte sich plötzlich, er hätte auf seinen Vater gehört und sich wenigstens heute rasiert und dem Anlass entsprechend gekleidet. In seiner zerschlissenen Lederjacke und den verwaschenen Jeans fühlte er sich wie ein Outlaw, dem der Prozess gemacht wurde. Hinter drei Tischen, die man aneinandergeschoben hatte, saßen drei Männer. In der Mitte

Albert Westhofen, der spindeldürre Staatsanwalt mit dem sauertöpfischen Gesicht, rechts von ihm Rainer Tarp, Leiter der Mordkommission und kommissarischer Chef der Dienststelle, und links von Westhofen ein Mann, der Stettner unbekannt war. Er trug eine grüne Trachtenweste mit Hirschhornknöpfen, seine Wangen waren gerötet und von feinen blauen Adern durchzogen, was auf einen erhöhten Blutdruck und übermäßigen Alkoholkonsum schließen ließ.

„Bitte nehmen Sie Platz“, sagte Westhofen.

Er blätterte in seinen Unterlagen und wandte sich an Stettner. „Ich habe Ihren Bericht natürlich gelesen, ebenso ist mir die Darstellung der Ereignisse durch Hauptkommissar Tarp bekannt. Schildern Sie mir den Einsatz mit Ihren eigenen Worten noch einmal.“

Die Bitte des Staatsanwalts beschwor die Bilder jenes Abends vor zwei Tagen herauf. Stettner hatte kein Detail vergessen. Während er den Hergang beschrieb, kehrte er augenblicklich in den Steinbruch zurück. Westhofen unterbrach ihn immer wieder.

„Sie behaupten, Hauptkommissar Tarp gab den Befehl zum Erstürmen der Verladestation. War das, bevor der Auszubildende fliehen konnte oder danach? Wussten Sie von der Existenz des Sprengstoffs? Wer stürmte zuerst in den Maschinenraum, Sawinski oder Sie? Zu welchem Zeitpunkt entschlossen Sie sich für den Weg durch den Fördertunnel?“

Westhofen schoss seine Fragen mit der Geschwindigkeit eines Maschinengewehrs ab und brachte Stettner aus dem Konzept. Er verstrickte sich in Widersprüche, blieb nicht bei dem, was er zuerst ausgesagt hatte, und korrigierte sich, bis er sich an den korrekten Ablauf nicht mehr klar erinnern konnte. In den vergangenen achtundvierzig Stunden hatte er kaum geschlafen. Er war übermüdet, gereizt und erschöpft.

„Wussten Sie, dass Ihr Kollege unter Angstzuständen litt?“, fragte der Staatsanwalt.

„Davon ist mir nichts bekannt.“

„Aber Sie erinnern sich an den Vorfall bei der Tankstelle vor drei Monaten?“

„Ja.“

„Sprachen Sie über private Dinge? Sie fuhren immerhin zusammen Streife.“

„Ja.“

„Dann hat Sawinski Ihnen also erzählt, was damals wirklich geschah?“

In Stettners Kopf heulten die Alarmsirenen auf. Woher wusste der Staatsanwalt, was Sawinski ihm kurz vor der Katastrophe anvertraut hatte?“

„Hat er Sie darüber informiert, dass er nicht mehr in der Verfassung war, seinen Dienst auszuüben?“, bohrte Westhofen nach.

„So kann man das nicht sagen. Er ...“

„Aber Sie wussten, dass Sawinski Angst hatte?“

„Jeder, der Streife fährt, hat zuweilen Angst.“

„Danach habe ich nicht gefragt.“ Er blätterte in seinen Unterlagen. „Mir liegen Zeugenaussagen vor, die bestätigen, dass Sie Victor Sawinski wegen des Überfalls auf die Tankstelle als Feigling verspottet haben. Sie benutzten den Ausdruck ... äh ... Streifenkoller.“

Stettner packte die Stuhllehnen fester und musste sich mit aller Macht beherrschen, nicht aufzuspringen. „Das ist eine Lüge.“

Ungerührt drückte Tarp auf die Playtaste eines kleinen Kassettenrekorders.

„Du wirst dich eines Tages selbst ins Bein schießen müssen, um deine Prophezeiungen zu erfüllen. Seit einer Woche erzählst du mir jedes Mal, wenn du in den Streifenwagen steigst, dass du heute todsicher ins Gras beißt. Was ist eigentlich los mit dir? Streifenkoller?"

Tarp schaltete das Band aus.

Stettner hätte schwören können, dass der Kommissar ein zufriedenes Lächeln unterdrückte.

„Woher haben Sie diese Aufnahme?"

„Das würde mich allerdings auch interessieren", mischte sich Heinrich Stettner ein. „Mit welchem Recht hören Sie private Gespräche ab?"

„Mit gar keinem", antwortete Westhofen. „Die Aufnahme stammt von Victor Sawinski. Offenbar fühlte er sich von seinem Kollegen unter Druck gesetzt und suchte nach einem Mittel, dies zu beweisen."

„Hat er sich über meinen Sohn beklagt? Existiert eine Aktennotiz über eine solche Beschwerde?", fragte Heinrich kalt.

Tarp spielte nervös mit seinem Kugelschreiber. Offenbar brauchte er dringend eine Zigarette. „Nun, er machte Andeutungen", er hob entschuldigend die Hände, „Sie haben recht, ich hätte früher reagieren müssen. In Anbetracht der Ereignisse bedaure ich mein Zögern zutiefst. Schließlich war mir bekannt, dass Herr Stettner zu vorschnellen Aktionen neigt." Er deutete auf den Kassettenrekorder. „Leider erkannte ich das ganze Ausmaß der Misere erst, als wir das Diktiergerät in Sawinskis Jacke fanden. Zu spät, wie sich herausstellte, er kam ja nicht mehr dazu, es mir persönlich zu geben."

Wütend sprang Stettner auf. „Sie sind der abgefeimteste Lügner, der mir je begegnet ist. Spielen Sie doch die ganze Aufnahme ab. Dann wird sich zeigen, dass Sie es waren, der Sawinski im Steinbruch dazu angestachelt hat, den Fördertunnel zu stürmen."

„Bitte sehr."

Tarp drückte unbeeindruckt auf die Playtaste. Auf dem Band war nichts weiter als Rauschen.

„Sawinski hat Ihnen seine Jacke zugeworfen, bevor den Helden spielen musste. Sie haben das Gerät herausgenommen und die Aufnahme gelöscht!"

„Setzen Sie sich!" Westhofens Stimme schnitt wie ein Messer. „Eines kann ich Ihnen versichern, wir spielen hier nicht." Er wandte sich Tarp zu. „Sie trifft keine Schuld. Ich weiß, wie sehr die Doppelbelastung seit Fienolts Ausfall an Ihren Kräften zehrt."

Sein Vater drückte Stettner wieder auf den Stuhl zurück. „Was schlagen Sie vor?", fragte er.

„Nun, wir haben verschiedene Vorgehensweisen diskutiert. Es wird auf jeden Fall eine Verhandlung geben. Nach den vorliegenden Zeugenaussagen haben Sie grob fahrlässig gehandelt, Herr Stettner."

„Das ist nicht wahr." Er zeigte auf Tarp. „Dieser Mann hat den Befehl gegeben, den Maschinenraum zu stürmen. Ich wollte mich dem widersetzen, aber Victor musste unbedingt den Helden spielen."

„Weil Sie ihn dazu getrieben haben", sagte Westhofen kalt. „Inwieweit Sie Ihre Dienstpflichten verletzt haben, wird ein Richter klären."

„Ich habe getan, was ich für richtig hielt. Sawinski war für sich selbst verantwortlich." Selbst in seinen Ohren klang das nach einer verzweifelten Ausrede.

„Sie sind älter und diensterfahrener", sagte Tarp. „Sawinski wurde Ihnen zugeteilt, damit er von Ihnen lernt."

Stettner spannte die Muskeln an. Wenn Tarp noch eine einzige weitere Lüge hinzufügte, würde er das intrigante Schwein zerkrümeln wie eine vertrocknete Zigarette.

„Sie sprachen von einer Möglichkeit, eine Verhandlung zu umgehen", sagte Heinrich Stettner.

Westhofen nickte. „Sie werden verstehen, dass niemandem an einem Skandal gelegen ist. Wir möchten die Sache auf dem kleinen Dienstweg bereinigen."

Zum ersten Mal meldete sich der Mann mit der Trachtenjacke zu Wort.

„Mein Name ist Anton Grubenbauer. Ich bin Sonderermittler des Bayerischen Landeskriminalamtes. Um die organisierte Kriminalität wirksamer bekämpfen zu können, stellen wir im Augenblick mehrere Teams zusammen, die verdeckt arbeiten werden. Ich brauche dazu Mitarbeiter, die in Eigenregie schnelle Entscheidungen treffen können, über Berufserfahrung verfügen und das nötige Fingerspitzengefühl besitzen. Leute wie Sie, Herr Stettner. Ihre Vergangenheit interessiert mich nicht. Mir gefällt, was ich über Sie gelesen habe. Ich könnte mir vorstellen, dass Sie Ihre Fähigkeiten bei uns weit besser einsetzen könnten als hier in Bad Ems. Einzige Bedingung: Sie kommen nach München und nehmen dort eine neue Identität an." Seine Hand beschrieb einen Kreis. „Und das hier ... können Sie vergessen."

Stettner schwieg. Die Gedanken überschlugen sich hinter seiner Stirn. Eine erstklassige Falle hatte Tarp ihm da gestellt. Suspendierung und Rauswurf oder die Abschiebung auf einen Posten, auf dem er ihm nicht mehr in die Quere kommen konnte.

Heinrich Stettner blickte auf seine Armbanduhr. „Lassen Sie uns zehn Minuten Pause machen. Ich denke, wir sollten Ihren Vorschlag kurz beraten."

Westhofen nickte. „Natürlich."

Stühle scharrten. Tarp zog ein zerknittertes Päckchen Zigaretten aus der Tasche, Westhofen und Grubenbauer verschwanden durch eine Tür an der Rückseite des Raumes. Die schräg gestellten Jalousien zerhackten das grelle Sonnenlicht in Streifen und tauchten das Zimmer in ein sonderbares Spiel aus Licht und Schatten. Stettner nahm jedes Detail in überirdischer Klarheit wahr. Er erwachte erst wieder aus seiner Trance, als sein Vater ihm einen Becher Kaffee in die Hand drückte.

„Du solltest das Angebot annehmen."

„Ich lasse mich nicht kaufen."

„Niemand verlangt das. Geh nach München, und bleibe dort eine Zeit lang. Wenn Gras über die Sache gewachsen ist, kannst du dich zurückversetzen lassen."

„Und Tarp ist der Gewinner. Merkst du nicht, dass er das alles inszeniert hat, um mich aus dem Weg zu räumen?"

„Du hast ihm den Ball vor die Füße gespielt."

„Welche Chancen habe ich in einer Verhandlung?"

Heinrich schüttelte den Kopf. „Nicht besonders gute. Du hast alles getan, um Westhofen von deinem überschäumenden Temperament zu überzeugen. Dazu kommt die verdächtige Aufnahme."

Stettner schüttelte den Kopf. „Victor war immer offen zu mir. Wir waren Freunde. Er hätte mich niemals so hintergangen."

„Ich habe dir schon hundertmal gepredigt, dass du zu vertrauensselig bist."

„Wir fuhren zusammen Streife. Wir haben einander vertraut, weil wir es mussten, um zu überleben. Ich werde beweisen, dass Tarp dahintersteckt."

„Mach dich nicht lächerlich. Mag sein, dass Tarp dir eine Falle gestellt hat. Aber du bist bereitwillig mit beiden Beinen hineingetappt. So, wie du immer in alles springst, ohne nachzudenken. Ingrid ist mit der Regelung übrigens einverstanden."

Er fuhr herum. „Ah, ihr habt bereits alles entschieden. Gut. Sehr gut. Ihr habt nur eine Kleinigkeit vergessen."

„Und die wäre?"

„Ich habe keine Lust, euer Scheißspiel mitzuspielen."

„Ingrid macht sich Sorgen. Sie will verhindern, dass du deine Karriere wegschmeißt. Du könntest viel erreichen."

„Ja, das kann ich. Ohne euch." Stettner warf den Pappbecher in den Mülleimer neben dem Kaffeeautomaten. „Sag ihnen, sie können mich mal. Ich kündige." Zornig stapfte er auf die Treppe zu.

„Stettner! Jan ... überlege bitte ein einziges Mal, bevor deine Füße loslaufen!"

Er antwortete nicht, trampelte die Stufen hinunter und fühlte sich plötzlich befreit. Es wurde Zeit, einen tiefen Schnitt zu machen, mochte er noch so schmerzhaft sein. Er hatte keine Ahnung, was danach kommen würde, aber eins wusste er sicher, es würde ein neues Leben sein, eines ohne Lügen und Intrigen.

9

Hans-Peter Billingers Schweiß vermischte sich mit der heißen Seifenlauge im Waschbecken. Zum dritten Mal innerhalb einer Stunde säuberte er seine Hände mit einer groben Bürste, bis seine Finger krebsrot leuchteten. Noch immer glaubte er einen schwachen Blutgeruch wahrzunehmen, durchsetzt mit dem Gestank von Angst und Gewalt. Endlich drehte er den Wasserhahn zu und trocknete seine Hände ab, die aus zahllosen feinen Rissen bluteten. Die Augustsonne stand bereits hoch am Himmel und stach mit ihren grellen Lichtfingern in den Spiegel über dem Waschbecken. Billingers Gesicht war teigig, auf seinen Wangen glühten hektische rote Flecken. Er lockerte den Krawattenknoten und öffnete den obersten Hemdknopf. Die Luft im Büro kam ihm stickig und verbraucht vor. Sein Spiegelbild verschwamm und flimmerte wie eine Fata Morgana. Für einen Moment verwandelte sich der harmlose Spiegel zu einem Tor in die Vergangenheit, hinter dem glitschige, feuchte Stufen in einen lichtlosen Keller führten.

Entsetzt japste er nach Luft, riss die Fenster auf und sog rasselnd die Morgenluft in seine Lungen. Seit zwei Tagen quälten ihn die Erinnerungen an den Keller. Der schreckliche Ort schlich sich in seine Träume und bahnte sich einen Weg an die Oberfläche seines Bewusstseins, um nun auch am helllichten Tag in seinem Kopf herumzuspuken.

Es klopfte an der Tür.

Er fuhr herum. „Nicht jetzt!", keuchte er mit erstickter Stimme.

Heiko Pohlmann trat ein und schloss die Tür hinter sich. Er sah aus, als hätte er ein dreitägiges Saufgelage hinter sich.

„Was zum Teufel machst du noch hier? Du bist gefeuert."

Billingers Prokurist warf die Post auf den zerkratzten Eichenholzschreibtisch.

„Du wirst mich nicht entlassen."

Ärgerlich blickte Billinger auf. Er hatte weder Lust noch Zeit, sich Pohlmanns jämmerliche Versuche anzuhören, seinen Job zu retten. Doch etwas hielt ihn davon ab, ihn aus dem Büro zu werfen. Pohlmanns Augen lagen tief in den Höhlen und flackerten wie zwei Irrlichter. Das bleiche Gesicht und die schwarzen Haare verstärkten das Gefühl, einer wandelnden Leiche gegenüberzustehen. Etwas irritierte ihn an seinem Angestellten, eine unmerkliche Veränderung in seiner Haltung, seinem Wesen. Es musste etwas geschehen sein, von dem er nichts wusste, etwas Entscheidendes, das Pohlmann in ein tödlich verwundetes Tier verwandelt hatte, ein Tier, das aber immer noch gefährlich genug war, um sich an seinem Jäger zu rächen, bevor es verendete.

„Was willst du?"

„Du wirst deine Finger von meiner Tochter lassen. Wenn ich dich noch einmal in ihrer Nähe erwische, zeige ich dich wegen versuchter Vergewaltigung an."

„Mmh. Die Polizei gräbt manchmal alte Leichen aus. Erstaunlich, was man nach so vielen Jahren im Grab noch herausfinden kann. Tarp hat mir davon erzählt."

Mit unsicheren Schritten ging Pohlmann um den Schreibtisch herum und trat zu Billinger ans Fenster. Er hatte eine Fahne. „Weißt du, was sie im Gefängnis mit Kinderschändern anstellen?"

Billinger wich kreidebleich zurück. „Hau ab ... und ... mach deine Arbeit."

Pohlmann nickte unmerklich. Ohne ein weiteres Wort verließ er das Büro.

Erschüttert wankte Billinger zu seinem Sessel. Was nur war mit Pohlmann geschehen, dass dieser Feigling ihm plötzlich die Stirn bot? Er musste auf ihn aufpassen. Bisher hatte er den Mund gehalten und seine Rolle gespielt, aber unter der Oberfläche brodelte es. Der unscheinbare Mann mit der Stirnglatze erschien ihm auf einmal wie der Prototyp eines Amokläufers. Manchmal fehlte nur ein winziger Anlass, um einen unter Druck stehenden Kessel zur Explosion zu bringen.

Trotz der Hitze genehmigte Billinger sich einen Wodka und fächerte die Post auseinander. Der Alkohol breitete sich warm in seinem Bauch aus und dämpfte die brodelnde Unruhe. Sie hatten alles getan, was nötig war. Tarp war nicht dumm, er wusste, wie man Spuren verwischte.

Unter der Geschäftspost befand sich ein Päckchen ohne Absender, das mit dem Hinweis *privat* an ihn adressiert war. Er riss den Klebestreifen auf und stieß auf ein einzelnes Blatt Papier, auf dem in herkömmlicher Computerschrift drei Sätze standen:

ICH WEISS WO JANA IST
ICH WILL 1.000.000 EURO
WARTEN SIE AUF MEINE ANWEISUNGEN

Hektisch kippte er den Inhalt des Päckchens aus. Unter den Schaumstoffflocken, die auf seinen Schreibtisch rieselten, fand er ein billiges Prepaidhandy und ein angesengtes Knochenfragment. Er wusste genau, zu welchem Skelett dieser Knochen passte. Fünf Minuten später war ihm klar, dass der Erpresser nicht bluffte.

10

„Niemand außer uns weiß von der Sache."

Nachdenklich zupfte Henning Scheurich an seiner fleischigen Unterlippe. „Das ist ausgeschlossen."

„Offensichtlich nicht." Billinger lief nervös hinter den weit geöffneten Fenstern seines Büros auf und ab.

Scheurich hielt einen Tischventilator vor sein Gesicht und griff nach dem Cognacschwenker auf dem Schreibtisch. „Ist dir in der Nacht jemand gefolgt?"

„Nein."

„Bist du sicher?"

„Ich habe nicht darauf geachtet, verdammt. Schließlich hatte ich ... andere Sorgen", sagte Billinger wütend. „Wie kommt der Kerl an den Knochen?"

Scheurich trank glucksend den Branntwein aus. Sein Hals war fleckig und gerötet, die Hitze und der Alkohol waren Gift für seinen Blutdruck.

„Seit vorgestern vermisse ich meine Kreditkarten", sagte er.

„Hast du sie sperren lassen?"

Der Autohändler zuckte mit den Schultern. „Bin noch nicht dazu gekommen. Ohne Geheimzahl nutzen die sowieso niemandem etwas."

„Du bist ein leichtsinniger Idiot. Deswegen bist du auch pleite. Ihr Ossis könnt einfach nicht mit Geld umgehen."

„Ich bin nicht pleite. Das ist nur ein vorübergehender Engpass. Nach dem Quatsch mit der Abwrackprämie musste jedem Autohändler klar sein, dass die Absätze sinken werden. Ich habe gutes Geld verdient. Außerdem lebe ich seit über dreißig Jahren in diesem Kaff, vergiss das nicht."

„Deinen sächsischen Akzent bist du trotzdem nie losgeworden." Billinger nahm ihm den Cognacschwenker ab. „Streng jetzt dein versoffenes Hirn an. Wer kann von der Sache wissen?"

„Mhm. Was ist mit Pohlmanns Frau? In ein paar Tagen wird sie die Töpferei wieder eröffnen."

„Sie war in jener Nacht in Bad Ems. Das weiß ich genau. Und überhaupt, woher sollte sie wissen, dass ...", Billinger fuhr auf, „ob wir irgendwas übersehen haben? Etwas vergessen, das sie entdeckt hat?"

Scheurich rülpste. „Nein. Tarps Überheblichkeit ist kaum zu ertragen, aber er macht keine Fehler. Das muss ihm der Neid lassen."

„Eine blendende Zukunft, eine einmalige Gelegenheit", murmelte Billinger abwesend. „So ein dummes Gequatsche."

Scheurichs Miene hellte sich auf. „Sag das noch mal!"

„Was?"

„Das mit der Zukunft. Sag bloß, sie hat dir auch aus der Hand gelesen?"

Billinger drehte sich verblüfft um. „Du meinst die blonde Kellnerin mit den Spaghettilocken? Hat sie ihre Show bei dir auch abgezogen?"

Scheurich kratzte sich im Schritt. „Sie hatte was. Keine Ahnung, wie sie das macht, aber mir war auf einmal, als hätte mich das Miststück verhext. Jetzt fällt mir ein, dass ich sie kurz vor Mitternacht aus dem Nebeneingang im Erdgeschoss kommen sah."

„Was hatte sie dort zu suchen?"

„Ich dachte, du hättest dich mit ihr vergnügt. Sie wirkte irgendwie verstört."

Ächzend ließ sich Billinger in seinen Ledersessel fallen und trommelte nervös mit den Fingern auf der Schreibtischplatte. „Ich hatte dem Cateringservice erlaubt, den Ankleideraum neben dem Schlafzimmer als Garderobe einzurichten. Ob der Teufel wollte, dass sie etwas gehört hat?"

Scheurich massierte seine Unterlippe. „Oder gesehen."

„Scheiße." Billinger goss sich noch einen Cognac ein. „Traust du ihr das zu? Eine Erpressung?"

„Der traue ich alles zu. Das ist ein ausgekochtes Luder."

„Was machen wir jetzt?"

„Wir?"

Er schnellte vor und packte Scheurich am Kragen. „Pass auf, was du sagst, Henning. Mitgefangen, mitgehangen."

„Nimm deine Pfoten weg! Ich habe niemanden ermordet."

Billinger stieß ihn von sich und sank schnaufend zurück in seinen Sessel. „Wirklich nicht? Als ich nach unten ging, um Tarp zu suchen, lebte sie jedenfalls noch."

Scheurich drehte das angekohlte Knochenfragment in seinen Fingern. „Das spielt keine Rolle mehr. Wir haben ein ganz anderes Problem."

„Nehmen wir an, es war die Schlampe vom Cateringservice. Warum sollte sie ausgerechnet mich erpressen? Du kommst als Täter genauso gut infrage“, überlegte Billinger.

Überrascht blickte Scheurich auf. „Manchmal frage ich mich, wie du es geschafft hast, dir Bergmanns Firma unter den Nagel zu reißen. Das war *deine* Party, *du* spielst den Wohltäter, der sein Füllhorn über Gräbersberg ausschüttet. *Du* stinkst nach Geld!“ Er kratzte sich hinter dem Ohr. „Ich frage mich nur, was sie außer einem angesengten Knochen sonst noch in der Hand hat.“

Billinger sprang auf, als wäre der Sessel unter ihm explodiert. Er stürzte aus dem Büro und kehrte nach wenigen Minuten mit hochrotem Kopf zurück.

„Das Miststück hat die verfluchte DVD! Sie war in der Garderobe und hat den Rekorder entdeckt.“

Scheurich prustete vor Lachen. „Sag bloß, du hast dich selbst beim Sex mit der Tschechin gefilmt?“

Scheurich bog sich vor Lachen. „Wenn du deine privaten Sexvideos mit einem Festplattenrekorder aufzeichnen würdest, wüssten wir wenigstens, wer der Nutte die Lichter wirklich ausgedreht hat.“

Billinger streckte seine Hand nach dem Telefon aus. „Ich rufe Tarp an. Er wird uns helfen.“

„Gute Freunde sind doch ein Segen. Leg auf.“

„Bist du verrückt? Tarp ist genau der Mann, den wir jetzt brauchen.“

„Tarp ist ein kettenrauchendes Arschloch.“

„Wen kümmert das, solange er uns von Nutzen ist?“

„Im Augenblick ist er von dir abhängig. Willst du ihn wirklich in die Lage versetzen, den Spieß umdrehen zu können?“

Billinger knallte den Hörer auf die Gabel. Tarp besaß eine Reihe von Tugenden, die er schätzte. Mit der richtigen Unterstützung würde er auf dem Weg, den er eingeschlagen hatte, weit kommen. Er war ehrgeizig, skrupellos und machtbesessen. Dennoch würde er ihn niemals zu seinen Vertrauten zählen. Der grauhaarige Kommissar war ein Kontrollfreak und unerträglich arrogant. Er war fest davon überzeugt, dass Gott ihm ehrfürchtig seinen Thron anbieten würde, sollte er wider Erwarten eines Tages in den Himmel gelangen. Als Marionette an den Schnüren dieses Psychopathen zu hängen, entsetzte ihn beinahe so sehr wie die Vorstellung einer beengten Zelle, in der er auf unabsehbare Zeit gefangen und den Launen seiner Mithäftlinge ausgeliefert sein würde. „Was machen wir dann? Soll ich diesem Biest etwa eine Million in den Rachen werfen?"

„Wir werden ihr eine Falle stellen. Aber das kostet dich eine Kleinigkeit."

„Wie wär's, wenn du mir erst mal die fünfzigtausend zurückzahlen würdest?"

„Du bekommst das Geld – mit Zinsen, wie vereinbart. Ich will dir ein Geschäft vorschlagen, bei dem du nur gewinnen kannst. Und dabei soll auch für mich etwas abfallen."

Billinger kniff lauernd die Augen zusammen. „Was willst du?"

„Du kannst nicht zur Polizei gehen, dann bist du geliefert. Also wirst du zahlen müssen und verlierst eine Million Euro. Ich will zehn Prozent Finderlohn, wenn ich das verhindern kann. Es ist ein faires Angebot. Überleg's dir."

Ungeduldig trommelte Billinger einen Wirbel auf die Tischplatte. „Wie können wir sicher sein, dass es bei der ersten Forderung bleibt?"

„Ich werd's dir gleich verraten." Scheurich legte den Knochen auf den Schreibtisch zurück. „Vielleicht stammt das Ding ja von einem Köter oder einer verdammten Kuh, und sie will uns nur Angst einjagen."

„Ja. Ja, sie blufft nur." Billinger nickte heftig. „Das hat sie dauernd gemacht! Dieser ganze Hokuspokus mit der Wahrsagerei war ein Bluff!"

„Aber sie hat die DVD."

„Sie macht uns fertig! Die Schlampe zockt uns ab!"

„Das wird sie nicht", sagte Scheurich.

Das Prepaidhandy, das Billinger in dem Paket gefunden hatte, blinkte plötzlich und spuckte eine flötende Melodie aus. Scheurich blickte ihn abwartend an. „Gilt unser Deal?"

Billinger streckte die Hand nach dem Handy aus. „Meinetwegen. Aber ich nehme dich beim Wort. Bau bloß keinen Mist!"

„Okay. Lass mich das machen." Scheurich griff nach dem Handy und meldete sich. Eine Weile hörte er schweigend zu. „Wann?", fragte er dann. „Ja, ich habe verstanden. Ich werde dort sein. Ja, allein. Keine Polizei."

Die Verbindung wurde unterbrochen.

Billinger zappelte vor Aufregung. „Und? Was will sie?"

„Was wohl? Dein Geld!"

Wütend knallte er das Glas in die Bar zurück. „Ich bring das Miststück um!"

Scheurich nickte zustimmend. „Eine gute Idee. Und jetzt hör mir zu."

11

Stettner zerrte die widerspenstige Schublade aus ihren Halterungen und kippte den Inhalt über dem Karton auf seinem Schreibtisch aus. Sollte er überhaupt etwas von dem unnützen Kram mitnehmen? Besser, er ließ das Zeug dort, wohin es gehörte: in der Vergangenheit.

Keuchend stieß Bender die Glastür auf und warf seine Dienstmütze auf einen Stuhl. Sein Gesicht war krebsrot und schweißbedeckt.

„Die Hitze schafft mich.“ In seinem eigentümlichen Schaukelschritt watschelte der dicke Polizist zum Kühlschrank, nahm sich eine Dose Cola und leerte sie glucksend. Verlegen beobachtete er Stettner.

„Ich wollte nur sagen, dass ... also wir finden, es ist ...“

Vielleicht sollte er den Rest des Plunders einfach in den Schubladen lassen, überlegte Stettner. „Sag doch einfach, was du meinst, Horst.“

„Also, was ich sagen wollte ... Schade, dass du gehst. Wir wissen alle, dass Tarp ein Arschloch ist.“

„Danke, das habe ich noch gar nicht bemerkt.“ Er klappte den Karton zu und beschloss, ihn in den Müllcontainer im Hof zu werfen. Hinter ihm klickte der Verschluss einer weiteren Coladose.

„Was wirst du jetzt anfangen?“, fragte Bender.

„Ich weiß noch nicht. Mach’s gut, Horst. Pass auf, dass Tarp euch nicht gegeneinander ausspielt. Er liebt das.“

Bender zerknüllte kopfschüttelnd die leere Coladose. „Mann, du hast Nerven."

Mit dem Karton unter dem Arm verließ Stettner die Welt, in der er die vergangenen sechs Jahre zugebracht hatte, ohne sich noch einmal umzudrehen. Plötzlich hatte er es eilig, den Karton in den Container zu schmeißen. Seine Blicke streiften seine ehemaligen Kollegen hinter der Glaswand zu seiner Rechten ... der dicke Bender, Stahl und Pfeifer und der sauertöpfische Lauert von der Spurensicherung ... sie alle waren nun Vergangenheit.

In dem quadratischen Glaskasten am Ende des Korridors schwebten dichte Rauchschwaden. Die Sprinkleranlage musste kurz davorstehen, Alarm auszulösen. Tarps sonore Stimme tönte über den Flur.

„... Disziplin und Fleiß. Das sind die Tugenden, die Sie von Ihren deutschen Kollegen lernen können ..."

Mario Moretti lehnte an seinem Schreibtisch und hörte sich aufmerksam Tarps Vortrag an. Ein Tischventilator blies den Zigarettenqualm wie eine Nebelbank auf ihn zu.

Stettner verkniff sich ein Grinsen. Neben dem turmhohen Moretti wirkte Tarp wie ein Frettchen mit Lungenkrebs. Er musste den Kopf in den Nacken legen und auf den Schuhspitzen wippen, um Moretti auf Augenhöhe zu begegnen. Stettner kannte den Halbitaliener, der seit sechs Wochen Tarps Assistent war, nur flüchtig. Wie man sich erzählte, hatte Moretti die Stelle aus eigenem Antrieb ergattert. Er musste entweder verrückt oder masochistisch veranlagt sein. Tarp bemerkte Stettner und stapfte auf die Bürotür zu.

„Schreiben Sie sich das hinter die Ohren, Moretti. Morgen früh habe ich Ihren Bericht."

Als Tarp auf den Gang trat, stieß er beinahe mit dem Kopf an den Karton unter Stettners Arm.

„Ich hoffe, Sie haben nichts vergessen. Das ist ihr letzter Besuch im Präsidium", sagte er grinsend.

„Keine Sorge, ich hatte nur versäumt, Ihnen die Schnauze zu polieren."

Tarp steckte sich eine Zigarette zwischen die Zähne und reckte angriffslustig das Kinn vor. „Nur zu. Es wird mir ein Vergnügen sein, Ihnen ein weiteres Verfahren an den Hals zu hängen."

„Was haben Sie eigentlich gegen mich?"

„Nichts, Stettner, gar nichts. Aber ab und zu muss man mal richtig durchfegen, sonst nistet sich Ungeziefer in den Ecken ein."

„Ah, Sie schulen um? Kammerjäger ist die richtige Berufswahl. Sie wissen ja bestens, wie eine Kakerlake aussieht. Schließlich rasieren Sie jeden Morgen eine."

Stettner drängte sich an ihm vorbei in Morettis Büro. Tarp lief dunkelrot an.

„Treiben Sie es nicht zu weit. Es gibt immer noch etwas, das ein Mann verlieren kann. Was haben Sie hier überhaupt noch zu suchen?"

„Ich verabschiede mich von meinen Kollegen. Hauen Sie schon ab Spielen Sie ein bisschen im Dreck."

Tarps Handy klingelte, der Kommissar griff in seine Jackentasche und wandte sich ab.

Er schlug die Tür hinter sich zu. Der Luftzug wehte Tarp die Kippe aus dem Mund. Stettner war plötzlich neugierig, warum Moretti freiwillig Tarps Tiraden ertrug. Er deutete auf den Schreibtisch des Kommissars.

„Warum tun Sie sich das an? Lieber würde ich in der Hölle Kohlen schaufeln als mir mit Tarp ein Büro teilen."

Moretti grinste. „Weil ich etwas lernen will. Tarp suchte einen Assistenten. Ich habe gehört, er sei gut. Der zweitbeste Ermittler im Umkreis von hundert Kilometern."

„Mag sein. Und warum nehmen Sie nicht Nachhilfe beim Besten?"

„Der hat gerade seinen Job hingeschmissen. Hören Sie, ich ... Wir alle wissen über die Geschichte mit Sawinski Bescheid. Die meisten glauben, dass ..."

„Es interessiert mich nicht, was die meisten glauben."

„Ich sag's Ihnen trotzdem. Alle hoffen, dass Sawinski wieder aufwacht. Er könnte Ihre Version bestätigen."

„Es würde meine Entscheidung nicht ändern." Rasch drehte er sich um und blickte auf den Gang hinaus. Tarp war verschwunden.

„Na, wenn's mit dem Teamwork nicht mehr klappt, könnten Sie mir ja ein paar Tipps geben, wie ich mit Tarp besser klarkomme", sagte Moretti und lächelte.

„Mhm, warum nicht?"

„Wie kann ich mich revanchieren?"

„Ich suche eine Bleibe. Sie kennen nicht zufällig ein trockenes Plätzchen, wo ich ein paar Nächte unterkriechen kann?"

Moretti überlegte, plötzlich hellte sich sein langes Pferdegesicht auf. „Ich wüsste was ... auf jeden Fall billig und trocken ... na ja, solange Sie nicht leicht seekrank werden, sollten Sie zufrieden sein. Aber der Besitzer kommt erst heute Abend aus dem Urlaub zurück." Moretti streckte ihm die Hand hin. „Ich heiße übrigens Mario."

Stettner ergriff Morettis Pranke und ließ sich kräftig durchschütteln. „Stettner reicht vollkommen. Das sagen alle." Er kritzelte seine Telefonnummer auf einen Zettel. „Rufen Sie mich an, wenn die Bude frei ist."

Den Rest des Tages verbrachte Stettner mit der Suche nach einem neuen Job. Er stellte schnell fest, dass er nicht die geringste Lust verspürte, seine neu gewonnene Freiheit gegen eine Beschäftigung als Nachtwächter, Türsteher in einer Dorfdisco oder als Bodyguard für eine Securityfirma einzutauschen. Es dämmerte bereits, als er aus einem Taxi stieg und sich auf die Suche nach Morettis Traumwohnung machte. Die Sonne war hinter einem Gespinst aus milchigen Wolken verschwunden, das sich wie ein riesiges Gitternetz über den Himmel zog und die schwüle Hitze des Tages in dem engen Flusstal einsperrte wie unter einer unsichtbaren Glocke.

Am Ufer der Lahn lagen Schiffe und Boote in allen Formen und Größen vertäut; winzige Jollen und blendend weiße Jachten mit funkelnden Chromleisten, Ausflugsschiffe und Ruderboote und dazwischen Hausboote, die mit ihren klobigen Aufbauten wirkten, als hätte ein ungeschickter Zimmermann sie aus einem groben Stück Holz geschnitzt. Stettner setzte sich auf eine Mauer und starrte in das dunkle Wasser der Lahn. Alle Entscheidungen, die er in den vergangenen zwei Tagen getroffen hatte, fühlten sich gut und richtig an, ganz gleich, welche tiefen Einschnitte in sein Leben sie bedeuteten. Doch nun fehlte eine Perspektive, ein Fingerzeig des Schicksals, was er mit seiner neu gewonnenen Freiheit anfangen sollte. In diesem für ihn so wichtigen Augenblick der Selbsterkenntnis blitzte ein einzelner Sonnenstrahl durch die faserige Wolkendecke und brach sich auf dem Rumpf eines alten Hausbootes. Elektrisiert erhob sich Stettner und ging wie ferngesteuert auf das rostige alte Ding zu. Er erlebte einen jener seltenen und bedeutsamen Momente im Leben, die man niemals wieder vergisst.

Das alte Boot maß etwa fünfundzwanzig Meter in der Länge und war grün und weiß gestrichen. Die verblichene Farbe blätterte in großen Flocken vom Rumpf ab, doch Stettner beachtete den erbärmlichen Zustand nicht. Etwas an dem alten Kahn zog ihn unwiderstehlich an. Beinahe zärtlich strich er über die Reling, die mit so vielen Schichten Farbe bepinselt worden war, wie das alte Boot Jahre auf dem Buckel hatte. Der Bug wies mehrere frische Kratzer auf, daneben prangten die zerkratzten Buchstaben *S T Y X*.

Styx, der Höllenfluss. Der Name passte zu dem Verlauf, den sein Leben genommen hatte. Vielleicht war er ein zynischer Wink des Schicksals.

Stettner hielt den Atem an, als er in einem der Fenster ein von der Sommersonne verblichenes Schild mit einer Telefonnummer und den magischen Worten *Zu verkaufen* entdeckte. Er sehnte sich nach diesem Boot, wie er nie zuvor etwas in seinem Leben begehrt hatte. Das Schiff lag nur aus einem Grund hier: Es hatte auf ihn gewartet. Rasch notierte er sich die Telefonnummer. Erst dann fiel sein Blick auf den Kaufpreis, der in ungelenken Ziffern unter der Nummer stand. Sein Mut sank, denn er wusste, dass er das erforderliche Geld niemals aufbringen konnte. Keine Bank der Welt würde einer verkrachten Existenz wie ihm einen Kredit gewähren, um diesen alten Pott zu kaufen. Dennoch war er sich sicher, dass das Boot ihm gehören würde. Irgendwie. Irgendwann.

12

Dienstag, 27. August

„Warum bist du so nervös? Sie ist nichts weiter als eine ungezogene Göre, der wir den Hintern versohlen werden." Scheurich schlug die Heckklappe des Wagens zu.

Billinger lief auf dem schmalen Damm unruhig auf und ab. Im silbernen Licht des Vollmonds sah es aus, als wandle er auf dem See. Über dem Wald im Westen schimmerte ein letzter grauer Streifen Tageslicht. Noch immer hörte man das vielstimmige Krächzen der Raben. Auf den Feldern rings um Gräbersberg waren sie zur Plage geworden, und auch im Ortskern hockten sie zu Dutzenden auf Stromleitungen und Dachfirsten.

„Und wenn sie schlauer ist, als wir denken? Sie könnte mit dem Geld abhauen oder ..."

Scheurich drückte ihm eine Plastiktüte an die Brust. „Das wird sie nicht. Sie wird überhaupt keine Gelegenheit haben, sich aus dem Staub zu machen."

„Warum muss die Geldübergabe ausgerechnet auf der verfluchten Insel im See stattfinden?"

„Es war ihr Vorschlag. Sie scheint sich hier auszukennen. Aber sie hat den Platz schlecht gewählt; für uns dagegen ist er ideal. Zur Ruine des Hofes führt nur die alte Straße über den Damm. Wir können sie überhaupt nicht verfehlen."

Billinger warf einen Blick in die Einkaufstüte. Eine Million Euro Schwarzgeld in nicht registrierten Scheinen. „Du hättest wenigstens einen Koffer nehmen sollen.“

„Sie hat auf der Tasche bestanden. Hör jetzt auf, dich verrückt zu machen. Wir haben noch zehn Minuten.“

„Sie könnte durch den Wald fliehen.“

Scheurich schüttelte den Kopf. „Nein, kann sie nicht. Das Gelände entlang des Ufers besteht nur aus Schlamm und Sumpf. Der Damm ist die einzige Möglichkeit, um mit einem Motorrad zur Insel zu gelangen.“

„Woher weißt du, dass sie mit einem Motorrad kommt?“

„Sie kam am Freitag mit einer Kawasaki nach Gräbersberg. Ich bin Autohändler, vergiss das nicht. Da achtet man automatisch auf solche Sachen.“

„Sie wird uns reinlegen.“

„Hör auf, dir Sorgen zu machen. Ich weiß, was ich tue.“

Scheurich fischte ein schwarzes Kästchen von der Größe eines Handys aus der Tüte.

„Was ist das?“, fragte Billinger.

„Ein Peilsender, für alle Fälle. Leg ihn zurück, du machst mich nervös.“

Billinger stapfte auf den Wald zu. „Was ist mit dem Wagen? Die Polizei kann feststellen, welcher Wagen an einem Unfall beteiligt war.“

„Wenn sie ihn findet. Der Mazda ist bereits verkauft. Übermorgen steht der Schrotthaufen auf dem Hof eines Händlers in Tschechien. Der taucht nie wieder auf.“

„Und wenn du sie verfehlst?“

„Der Mazda hat einen hübschen Frontbügel, um lästige Viecher von der Straße zu schieben. Er wird ihr das

Genick brechen, bevor sie überhaupt begreift, was passiert."

„Was ist, wenn sie Kopien von der DVD gemacht hat?"

Scheurich zuckte mit den Schultern. „Na und? Sie wird keine Gelegenheit mehr bekommen, davon Gebrauch zu machen."

Das Prepaidhandy auf der Motorhaube des Mazdas summte und begann auf dem Blech zu tanzen.

„Warum hat sie uns überhaupt das Telefon geschickt?", fragte Billinger.

„Wahrscheinlich hat sie Angst, die Polizei könnte ihre Anrufe zurückverfolgen. Bei Prepaidhandys ist das unmöglich. Außerdem wird sie wohl kaum deine Privatnummer kennen. Sie ruft einfach dieses Handy an."

„Du kennst dich gut aus mit solchen Sachen. Woher ...?"

„Still jetzt."

Scheurich griff nach dem Handy und meldete sich. Er lauschte schweigend und beendete das Gespräch dann.

„Sie kommt. Wir ziehen es durch wie geplant."

Er warf Billinger das Handy zu und stieg in den schwarzen Mazda. Billinger war nun allein auf der unheimlichen Insel in der Mitte des großen Sees nördlich von Gräbersberg. Der Vollmond glänzte wie eine Silbermünze und überzog die Ruinen des alten Bauernhauses mit fahlem Licht.

***

Sammy bremste die Kawasaki ab und brachte sie vor der Abzweigung zum Stillstand. Die unverhoffte Chance, mit einem Schlag einen riesigen Batzen Geld zu ergaunern, erregte sie bis in die Fingerspitzen. Es war kurz vor Mitternacht. Wenn alles glattging, war sie in zehn Minuten Millionärin.

Die kurvenreiche Landstraße schlängelte sich am Nordufer des Sees entlang, wie geschaffen, um mit dem Motorrad mögliche Verfolger abzuschütteln. Hinter der Abzweigung war der weitere Weg Richtung Gräbersberg von einer Baustellenbake versperrt. Auf einer Länge von einem Kilometer glich die Straße einem Minenfeld. Baufahrzeuge und Betonrohre machten ein Durchkommen unmöglich.

Der Scheinwerfer der Enduro streckte seinen Lichtfinger nach der mit Schlaglöchern übersäten Zufahrtstraße aus, die zu einem verfallenen Gehöft auf der Insel im See führte. Sammy hatte die Gegend am Nachmittag erkundet, um auf mögliche Fallen vorbereitet zu sein. Ihr gefiel die Vorstellung nicht, dass nur ein einziger Weg zur Insel führte. Sie schwor sich, weder den Motor der Kawasaki auszuschalten noch abzusteigen. Das Motorrad war ihr einziger Trumpf in diesem waghalsigen Spiel. Es bedeutete Wendigkeit und Schnelligkeit.

Die Geldübergabe sollte weniger als eine Minute dauern. Billinger würde nicht zögern, ihr das Lebenslicht auszublasen, wenn sich ihm die Chance dazu bot. Aber für eine Million Euro war Sammy bereit, das Risiko einzugehen. Eine Million Euro! Ihre Hände schwitzten unter den Motorradhandschuhen. Mit einer Million konnte sie den Rest ihres Lebens auf den Bahamas verbringen, wenn ihr der Sinn danach stand, oder so viel Erdbeereis essen, bis sie kotzen musste. Mit einer Million konnte sie, o Mann, mit einer Million konnte sie anstellen, was sie wollte. O Mann, o Mann!

Sie drehte den Gasgriff und lenkte die Kawasaki auf die alte Zufahrtsstraße. Den schwarzen Geländewagen im Wald bemerkte sie nicht. Ihre Gedanken kreisten um eine Million Euro.

Der asphaltierte Weg führte einen halben Kilometer durch dichten Mischwald, der sich zum See hin lichtete. Die Böschung links und rechts des Fahrdammes fiel zwei Meter steil ab und mündete in Sumpfwiesen und nach Fäulnis stinkendem Schlamm.

Sie folgte der Straße, bis der Wald zurückwich und den Blick auf den See freigab. Das schwarze Wasser glitzerte im Mondlicht wie Öl. Rasch überquerte sie die trockengefallene Furt, die je nach Wasserstand des Sees über oder knapp unter der Oberfläche lag. Die Insel selbst bildete ein etwa achtzig mal sechzig Meter großes gezacktes Oval, in dessen Mitte der alte Bauernhof lag. Die Gebäude formten ein U und umrahmten einen Innenhof. Neben einem Schuppen, dessen Dachsparren wie die Knochen eines Urzeitskeletts in den Himmel stachen, parkte eine beigefarbene Mercedes-Limousine. Sammy ließ die Kawasaki ausrollen und hielt neben dem Benz; darauf bedacht, zu ihrer Linken einen ausreichend großen Wendekreis offen zu halten.

Billinger trat aus einer der Türöffnungen. Diesmal trug er keine Maske. Sein rotes Stoppelhaar leuchtete im Licht des Motorradscheinwerfers wie ein teuflischer Heiligenschein. In der rechten Hand hielt er eine Plastiktüte.

Sammy öffnete den Reißverschluss ihrer Lederkombi und zeigte Billinger stumm die DVD. Wachsam näherte sich ihr der massige Mann. Das grelle Scheinwerferlicht vertiefte die Aknenarben auf seinen Wangen und warf groteske Schatten auf sein Gesicht. Billinger hatte wässrige graublaue Augen, die Sammy mit unverhohlener Wut anstarrten, eine breite Nase und volle, sinnliche Lippen, die seinem groben Gesicht einen grausamen Zug verliehen.

Misstrauisch kam er näher und streckte die Hand nach der DVD aus. Hastig zog sie den Arm zurück. „Erst das Geld."

„Woher weiß ich, dass das die Original-DVD ist?"

„Weil ein Datum in deiner Handschrift auf der Hülle steht, du Idiot." Ihre Stimme klang dumpf durch das geschlossene Visier.

Billingers Mundwinkel zuckte nervös. Mit hochgezogenen Schultern stand er sichtlich angespannt vor dem Motorrad, bereit, sich jeden Moment auf sie zu stürzen, um ihr die DVD zu entreißen.

„Wie kann ich sicher sein, dass du keine Kopien gemacht hast?"

„Gar nicht. Nimm die DVD, und gib das Geld her, oder lass es bleiben." Sammy spielte mit dem Gasgriff und ließ den Motor aufheulen.

Beide streckten gleichzeitig die Arme aus. Billinger schnappte nach der DVD wie ein Hai nach dem Bein eines Tauchers. Sammy riss ihm die Tüte aus der Hand und stopfte sie hastig in eine Umhängetasche, ohne ihn aus den Augen zu lassen. Dann drehte sie das Gas auf, wendete und raste über den Damm auf den Wald zu.

Es hatte geklappt! O Mann, es hatte geklappt! Eine Million Euro, eine Million, o Mann! Ihr Herz raste und rumpelte. Und es war ein Kinderspiel gewesen!

Die nachtschwarzen Schatten der Bäume und Büsche entlang des Dammes flogen unsichtbar vorbei, bis zur

Kreuzung waren es nur noch wenige Dutzend Meter. War sie erst einmal auf der Landstraße, konnten weder Billinger noch irgendeine Macht der Welt ihre Flucht verhindern. Wie es sich wohl anfühlte, wenn die Scheinchen auf sie herabregneten? Ein Geldbad! Ja, sie würde in dem Zeug baden wie der alte Dagobert Duck! Die Abzweigung flog vorbei, Sammy drosselte das Tempo und bog in die Landstraße ein.

Der Schmerz war nicht besonders schlimm, er währte nur Bruchteile einer Sekunde. Das schreckliche Geräusch des Aufpralls dagegen hallte eine Ewigkeit in Sammys Kopf nach. Etwas traf sie hart am linken Oberschenkel. Die Kawasaki rutschte unter ihr weg und schleuderte in die Nacht hinaus. Grelles Scheinwerferlicht blendete sie, ein Gitter aus Chrom ragte turmhoch über ihr auf. Dann drehte sich die Welt plötzlich rasend schnell. All das geschah in wenigen Sekunden und brannte sich unauslöschlich in ihr Gedächtnis ein. Sie prallte mit der Schulter auf den Asphalt, wurde von der Wucht des Stoßes herumgewirbelt und überschlug sich. Oben war unten, und unten war oben. Sammy spürte, wie die Motorradkombi aufriss und der raue Straßenbelag das Leder bis auf die nackte Haut darunter abhobelte. Die Leitplanke raste auf sie zu und grub sich tief in ihren Integralhelm. Nun war die Nacht ganz nah bei ihr.

13

Billinger sah den Feuerschein von der Insel aus. Die Flammen schossen hoch empor und würden sogar den Nachthimmel über Gräbersberg erhellen. Ein Feuer war niemals Teil des Plans gewesen. In jüngster Zeit liefen immer mehr Dinge aus dem Ruder; zu viele, um sie noch kontrollieren zu können. Scheurich war ein Idiot. Er hätte ihm nie vertrauen sollen.

Er stieg in den Wagen und ließ den Motor aufheulen. Kies spritzte unter den Reifen auf, als der Benz die Zufahrt entlangraste. An der Einmündung zur Landstraße stoppte er.

Der Frontbügel des Mazdas war verbeult und eingedrückt. Das Mädchen lag auf der Straße, den Kopf unter der Leitplanke.

Scheurich tanzte wie ein Teufelsanbeter um das brennende Motorrad herum und versuchte vergeblich, mit einem Handfeuerlöscher die Flammen zu ersticken.

Billinger lief auf die Kawasaki zu, aber die große Hitze hielt ihn zurück. Außer sich vor Wut packte er den Autohändler an der Schulter und schüttelte ihn.

„Was ist passiert? Wo ist mein Geld? Wo ist meine Million, du Rindvieh?“

Scheurich antwortete nicht. Sein gerötetes Gesicht glänzte vor Schweiß. Auf seiner Wange hatte sich eine Brandblase gebildet. Der Feuerlöscher spuckte Schaumflocken aus und rülpste ein letztes Mal.

Billinger schirmte das Gesicht mit dem Arm ab und zog ein brennendes Bündel aus dem Feuer. Ascheflocken wehten davon, als er die verschmorte Plastiktüte auf den Asphalt warf.

„Das ... das ist nicht mein Geld. Sag, dass das nicht mein Geld ist!"

„Ich ... hab sie ... erwischt. Ich wollte das Geld holen, da explodierte das verdammte Motorrad."

„Geh mir aus dem Weg, du Vollidiot!" Billinger stieß ihn zur Seite und trampelte wie ein rothaariges Rumpelstilzchen auf den Resten der Plastiktüte herum. Alles, was er retten konnte, war ein angesengtes, von einer Banderole zusammengehaltenes Bündel Geldscheine.

Mit einem Knall platzte der Hinterreifen des Motorrads.

Er stolperte erschrocken zurück und plumpste auf die Straße. Das Bündel fiel ihm aus der Hand und landete auf dem Asphalt, die Banderole riss auf. Ein Windstoß trieb den Rest seiner Million auf den See hinaus. Billinger heulte auf wie ein Kind, dessen Lieblingsspielzeug zerbrochen ist. Sein Blick streifte Sammy, die bewegungslos auf der Straße lag.

„Ist sie tot?"

Scheurich warf den Feuerlöscher in den Kofferraum des Mazdas. „Woher soll ich das wissen? Auf jeden Fall wird sie nicht mehr lange leben. Zeit, zu verschwinden." Er zog einen Blechkanister aus dem Wagen und schraubte den Deckel ab.

Billinger kroch auf allen vieren über die Straße und jammerte über sein verbranntes Geld. Ächzend zog er sich an der Leitplanke hoch.

„Verfluchtes Miststück. Dafür wirst du bezahlen. Für alles wirst zu bezahlen."

Immer wieder trat er auf sie ein und ließ seine Wut an dem leblosen Körper aus.

„Hör auf mit dem Quatsch. Die ist längst hinüber!" Scheurich stieß ihn zur Seite und übergoss Sammy mit Benzin. Plötzlich stutzte er und streckte schnüffelnd wie ein Straßenköter die Nase in die Luft. „Da kommt ein Auto. Fahr den Mercedes zur Insel zurück!"

Eilig warf er den leeren Benzinkanister in den Kofferraum und fuhr den Mazda in sein Versteck hinter dem Brennholzstapel zurück.

***

Sammy schlug mühsam die Augen auf und sah zwei dämonische Gestalten wie Scherenschnitte vor dem Hintergrund eines lodernden Feuers einen grotesken Veitstanz aufführen. Ihre Mutter war nie religiös gewesen, und ihr Vater hatte sie dazu angeregt, mit offenen und skeptischen Augen die Welt zu betrachten. Sie glaubte weder an die Verheißung des Himmelreichs noch an die Abgründe der Hölle. Konnte es sein, dass sie sich geirrt hatten?

Die stechenden Schmerzen holten sie ganz in die Wirklichkeit zurück. Die Teufelsfratzen lösten sich auf und verwandelten sich in zwei Männer, die lautstark stritten. Sie öffnete das Helmvisier einen Spalt. Im Feuerschein leuchtete ein roter Haarkranz auf. Das war kein Dämon, sondern Billinger!

Etwas war schiefgegangen, aber was? Sammy versuchte, sich zu konzentrieren, doch ihre Gedanken flossen zäh wie erkaltende Lava. Beißender Benzingestank raubte ihr den Atem. Vorsichtig bewegte sie Arme und Beine. Ihr Körper war mit Prellungen und Schürfwunden übersät, und das Luftholen verursachte Schmerzen, aber ihre Knochen schienen heil zu sein. Durch den Spalt im Visier verfolgte sie, wie die beiden Männer kopflos auseinanderstoben. Billinger hetzte zu seinem Benz, während sein Komplize einen schwarzen Geländewagen hinter einen Stapel aufgeschichteter Baumstämme manövrierte.

„Er biegt nach Süden ab“, rief er.

Sammy spitzte die Ohren. Durch den Helm hörte sie die Stimme nur undeutlich, aber sie war darin geübt, auf Kleinigkeiten zu achten. Eindeutig erkannte sie den schwachen sächsischen Akzent wieder. Der Fahrer des Geländewagens war derselbe Mann, der die Verhandlungen geführt hatte. Sie hatten sie reingelegt! Sie verfluchte ihre Gier. Die Aussicht auf eine Million Euro hatte sie leichtsinnig und unvorsichtig werden lassen.

Zwei geisterhafte Lichtfinger wanderten wie das Feuer eines Leuchtturms zwischen den Bäumen entlang und entfernten sich wieder. Kies knirschte unter schweren Stiefeln. Billinger kehrte zurück.

Sammy spannte die Muskeln an. Die beiden Männer hatten bereits bewiesen, dass sie keine Hemmungen zeigten, zu töten. Innerhalb weniger Minuten hatte sie eine Million Euro gewonnen und wieder verloren. Das Geld bedeutete nichts mehr, jetzt zählte nur noch das Überleben.

Der Vorderreifen des Motorrads explodierte in der Hitze des Feuers. Sammy sprang auf und wollte auf den Wald zurennen. Kaum war sie auf den Beinen, als ein stechender Schmerz durch ihre Hüfte fuhr und ihr linkes Bein einknickte. Aus dem geplanten Spurt wurde ein jämmerliches Hinken.

„Sie haut ab! Halt sie auf", rief Billinger.

Scheurich hob ein brennendes Teil der Motorradverkleidung von der Straße auf und schleuderte es auf Sammy, die den Waldrand fast erreicht hatte. Die benzingetränkte Lederkombi fing sofort Feuer. Sammy schrie auf, stolperte über einen Feldstein und rollte als lebendige Fackel den Hang hinunter. Ein scharfer Gegenstand schlitzte das Leder auf und bohrte sich in ihre rechte Seite. Sie prallte gegen morsche Baumstämme, riss Geröll und Steine mit und stürzte in das knöcheltiefe Wasser am Fuß des Dammes. Panisch wälzte sie sich darin herum, bis die Flammen verlöschten, und suchte anschließend Deckung im mannshohen Schilf. Sie wartete, bis sich ihr rasender Herzschlag beruhigt hatte, und hörte Billinger fluchen. Stiefel platschten durch das Brackwasser.

Sammy orientierte sich am Feuerschein der brennenden Kawasaki und humpelte durch den zähen Matsch auf die Landstraße zu. Die streitenden Stimmen ihrer Verfolger schallten durch den Wald. Scheurich schrie nach einer Taschenlampe, und Billinger antwortete mit wütendem Gebrüll. Wenn sie weiter solchen Krach machten, würden sie den ganzen Ort aufwecken, der zweihundert Meter entfernt friedlich schlief.

Einen Augenblick zögerte Sammy und blieb erschöpft stehen. Vielleicht war es sicherer, tiefer in den Auenwald am Rand des Sees einzutauchen und sich bis Tagesanbruch im Schilf zu verstecken. Aber ihre Verletzungen schienen ernster zu sein, als sie zunächst vermutet hatte. Jeder Schritt schmerzte, als stecke ein

Nagel in ihrer Hüfte. An Rücken und Schultern hatten die Flammen Zeit genug gehabt, sich durch das dicke Leder der Motorradkluft zu fressen. Ihr mit Brandwunden und Prellungen übersäter Körper schrie nach Ruhe.

Sie biss die Zähne zusammen und bahnte sich einen Weg durch das sumpfige Unterholz. Ihr Kopf fühlte sich heiß an, als ob sie fieberte, die Haare klebten schweißnass an ihrer Stirn.

Billingers Geschrei klang näher als noch vor wenigen Augenblicken. War sie in dem finsteren Sumpf im Kreis gelaufen? Ihr wurde endgültig klar, dass er sie niemals laufen lassen würde. Es spielte keine Rolle, ob sie das Geld verloren hatte und er wieder im Besitz der verfluchten DVD war. Solange sie lebte, war sie mit ihrem Wissen eine Gefahr für ihn.

Erschöpft taumelte sie weiter. Etwas stimmte mit dem Helm nicht, ihr Kopf schien vor Hitze zu explodieren. In der Dunkelheit stolperte sie über eine Wurzel und fiel in den zähen Schlamm. Von Todesangst getrieben, stemmte sie sich hoch und lief weiter. Der Feuerschein lag jetzt etwa dreißig Meter links über ihr, bis zur Landstraße konnte es nicht mehr weit sein. Sicher bot die Baustelle ein Versteck – eins der noch nicht verlegten Kanalrohre, ein Baufahrzeug, irgendetwas.

Kurz darauf stieß sie auf eines der Betonrohre. Vor Schmerz halb ohnmächtig kroch sie hinein. Die Hitze wurde unerträglich. Sammy tastete nach dem Helmverschluss, aber mit den dicken Motorradhandschuhen fand sie den Clip des Kinnbandes nicht. Sie streifte die Handschuhe ab und versuchte es erneut. Erst jetzt wurde ihr klar, warum sie in der Betonröhre überhaupt etwas sah. Als sie den Helm berührte, verbrannte sie sich die Finger. Der mit Benzin getränkte Kunststoff schwelte noch immer. Sie schrie vor Schmerz auf und fummelte hektisch am Kinnverschluss. Bevor sie den Helm endlich abstreifen konnte, hatten die Flammen sich durch das Visier gefressen. Heißes Plastik tropfte auf ihr Gesicht und die Augenpartie. Voller Panik riss sie sich den Helm vom Kopf. Ihre Augen! O Gott, ihre Augen brannten! Hektisch schlug sie die Hände vor das Gesicht und erstickte die Flammen. Die enge Röhre schnürte ihr die Kehle zu. Sie sprang auf, prallte mit der Stirn gegen das Betonrohr und verlor die Besinnung.

Eine fremde Stimme weckte Sammy. Sie wusste nicht, wie lange sie bewusstlos in dem Rohr gelegen hatte. Jemand musste das Feuer gelöscht haben, die Nacht war rabenschwarz.

„Hallo? Ist da jemand? Brauchen Sie Hilfe?“

Sammy wollte antworten, brachte aber nur ein Krächzen hervor. Ihre Kehle war wund und ausgetrocknet.

„Hallo?“

Schritte näherten sich, ein Scharren drang als verzerrtes Echo in die Betonröhre.

„Ich ... bin hier!“

Die wenigen Worte kosteten sie unendlich viel Kraft. Ein unerträglicher Schmerz wütete unter ihren versengten Augenlidern. Sammy zwang sich, sie einen Spalt zu öffnen. Die Nacht blieb schwarz. Von einer schrecklichen Ahnung erfüllt, bewegte sie die Finger vor ihrem Gesicht hin und her. Aber da war nichts, gar nichts. Sammy war blind.

14

Mittwoch, 28. August

„Was kann ich dafür, wenn diese Umweltschutzaffen sich an ihre Lieblingsbäume anketten?“, brüllte Pohlmann. „Wir sprengen, wie geplant um fünfzehn Uhr.“

„Sie stehen mit ihren Transparenten nur fünfzig Meter von der Abbruchkante entfernt. Der Explosionsdruck wird ihnen die Trommelfelle zerreißen. Außerdem blockieren sie die Zufahrt zum Steinbruch.“

„Das ist nicht mein Problem. Ich muss einen Betrieb leiten. Billinger soll Tarp anrufen. Die Polizei wird sich um die Chaoten kümmern. Sie begehen Hausfriedensbruch. Wenn bei der Sprengung ein paar Althippies und Baumficker draufgehen, ist das nicht meine Schuld. Jede Stunde Verzögerung kostet uns einen Haufen Geld.“

„Vielleicht sollten wir noch mal mit ihnen reden“, schlug Schwickert vor. „Seit der Ausweitung des Basaltabbaus klagen auch Anwohner in Dahlhausen über Risse in ihren Häusern.“

Durch mein Haus zieht sich kein Riss, sondern ein Graben, dachte Pohlmann. Und der verläuft mitten durch mein Ehebett.

„Die Erweiterung des Steinbruchs ist offiziell genehmigt“, beharrte er. „Das Bergbauamt hatte keine Einwände. Wir brauchen das zusätzliche Abbaugebiet, sonst können wir den Betrieb schließen.“ Er blickte

Schwickert hart an. „Wie alt bist du, Hans? Fünfundfünfzig? Oder sechsundfünfzig? Entweder sprengen wir weiter, oder du kannst die nächsten zehn Jahre von Hartz IV leben, bis du deine kümmerliche Rente bekommst. Was würdest du davon halten?" Pohlmann zog sein Handy aus der Tasche und studierte das Display.

„Was ist eigentlich los mit dir, Heiko?", fragte Schwickert.

„Gar nichts. Ich mache meinen Job. Und das solltest du auch."

„Keine Sorge." Schwickert setzte seine Schiebermütze auf. „Du hast dich verändert, seit Billinger dich zum Geschäftsführer gemacht hat."

Pohlmann antwortete nicht und eilte auf sein Büro zu. Jana hatte sich noch immer nicht gemeldet. Ihm blieben nur noch sechs Stunden. Er schlug die Tür hinter sich zu und wählte erneut ihre Nummer, aber wie zuvor konnte er sie nicht erreichen. Ohnmächtig verfolgte er den Lauf des Sekundenzeigers der Schreibtischuhr. Er musste etwas unternehmen. Wenn sein Plan missglückte, würde er den ganzen verdammten Ort in die Luft jagen. Billinger, die verfluchte Insel und den Steinbruch.

Das Telefon klingelte. Pohlmanns Mundwinkel zuckte nervös. In der Leitung war Susanne, seine Frau.

„Ich brauche dich in der Töpferei."

„Ich kann jetzt nicht weg."

„Hast du vergessen, dass wir am Freitag eröffnen wollen?"

„Nein."

„Du hast versprochen, den Ofen und den Begehkanal zu reinigen."

Pohlmann starrte aus dem Fenster. Über dem nahen Wald türmten sich bleigraue Wolkengebirge auf. Die schwüle Hitze war kaum noch zu ertragen und machte die Leute verrückt. Auf dem Drahtzaun, der den Firmenparkplatz von der Wildnis dahinter abgrenzte, hockten zwei fette Krähen. Sie kreischten unentwegt. Obwohl der Zaun fünfzig Meter von seinem Fenster entfernt war, schienen die Vögel ihn mit ihren schwarzen Augen genau zu beobachten und auf den Augenblick zu warten, in dem er Blut vergießen würde; das Blut all jener, die ihn daran hinderten, aus diesem vergifteten Nest zu fliehen.

Susannes Stimme drang aus weiter Ferne an sein Ohr.

„Heiko? Hörst du mir überhaupt zu?"

„Ja", sagte er mechanisch. „Ich komme."

Ferngesteuert legte er auf und verließ das Büro. Ferngesteuert, das war er; beherrscht von einem furchtbaren, weit in der Vergangenheit liegenden Ereignis.

„Ich bin außer Haus", rief er Billingers Sekretärin zu.

„Darf ich fragen, wann Sie wieder im Betrieb sein werden?"

„Nein." Pohlmann knallte die Tür hinter sich zu und hastete die Treppen hinunter zum Hinterausgang, der zum Parkplatz führte. Die Krähen hockten noch immer auf dem Drahtzaun. Als er die Wagentür zuschlug und den Motor startete, flatterten sie protestierend auf und verschwanden im Wald, hinter dem sich der See erstreckte.

Pohlmann traf seine Frau in der Werkstatt an. Sie saß an der Töpferscheibe und arbeitete an einem schlanken Gefäß, das langsam Gestalt annahm. Als Susanne vor einigen Monaten die alte Töpferei von ihrem Großvater geerbt und den Wunsch geäußert hatte, den Betrieb wieder zum Leben zu erwecken, war Pohlmann erfreut gewesen, dass sie endlich eine Aufgabe gefunden hatte, die sie erfüllte. Seit der Geburt von Nadine hatte sie nicht mehr gearbeitet. Die Töpferei bot ihr die Möglichkeit, ihren erlernten Beruf als Keramikerin wieder auszuüben. Doch die erhoffte positive Veränderung ihres nörglerischen und argwöhnischen Charakters war ausgeblieben. Stattdessen hatte sie sich mit einer Besessenheit in die Arbeit gestürzt, die ihn erschreckte. Wie immer, wenn ein neues Interesse Susannes Leidenschaft entfachte, ordnete sie ihr bald alles andere in ihrem Leben unter, ihre Familie eingeschlossen. Susannes Eifer, die Töpferei zum Mittelpunkt ihres Ehrgeizes zu machen, bedeutete für ihn und Nadine zahllose Stunden Schufterei. Er hatte gehofft, dass die fehlenden finanziellen Mittel die Wiedereröffnung der Manufaktur verhindern würden, doch zum Erbe des Töpfereibetriebs hatten überraschenderweise fünfzigtausend Euro gehört, die sie ohne zu zögern in ihren neuen Wahn gesteckt hatte.

Sie blickte kaum von ihrer Arbeit auf, als er mit finsterer Miene die Werkstatt betrat.

„Mach den Ofenraum sauber. Ich muss heute Nacht die Ware brennen, damit ich morgen glasieren kann."

Er seufzte. Wenn er nicht die richtigen Worte fand, würden sie sich bis zum Morgengrauen streiten. Er war erschöpft. „Ich kann nicht einfach aus dem Betrieb verschwinden, um Blumentöpfe zu stapeln."

Sie starrte konzentriert auf ihre Hände, die geschickt einen eleganten Bogen aus dem feuchten Ton formten. „Ich will nicht, dass du länger für dieses Schwein arbeitest."

Nervös suchte er den Posteingang seines Handys nach einer Nachricht ab. „Mir bleibt nichts anderes übrig."

„Ich werde genug verdienen."

Er überschlug rasch die Rechnungen eines Monats, die Susannes anspruchsvollen Lebensstil belegten. Sein gut bezahlter Job als Billingers Prokurist und Fußabstreifer reichte gerade aus, damit sie nicht im Schuldensumpf versanken. Susannes Hoffnungen entsprangen ihrer Besessenheit, mit der sie sich auf die neue Aufgabe stürzte. Bald würde sie die Lust an der Töpferei wieder verlieren und sich über ihre mit Ton verkrusteten Fingernägel beklagen. An der vorauszusehenden Pleite würden in ihren Augen andere die Schuld tragen.

Ihm blieben noch fünfeinhalb Stunden.

„Steh nicht rum wie ein Gartenzwerg! Unterstütz mich ein einziges Mal!", maulte sie. „Wenn du schon nichts für deine Tochter tust", fügte sie halblaut hinzu.

An der Tür zum Brennraum drehte er sich um. „Was meinst du damit?"

Susanne hielt die Töpferscheibe an. „Du hast nicht mal verhindert, dass Billinger Nadine hinter dem Bierzelt begrapscht."

„Sie hat gesagt, es wäre nichts passiert."

„So, hat sie nicht? Warum sollte sie auch? Es hätte ja doch nichts geändert. Schließlich ist er ja dein Chef, nicht wahr?“

Es hatte keinen Sinn. Ein Wort ergab das andere, ohne zu einem Ergebnis zu führen. Er war die endlosen Streitereien leid. Stattdessen suchte er nach einem Besen und stellte fest, dass es ihm gleichgültig war, was aus Susanne wurde, wenn er fortging. Nadine würde er vermissen. Er hatte sich geschworen, sie nachzuholen, wenn er sich in seinem neuen Leben eingerichtet hatte. Im Kofferraum seines Wagens lag ein gepackter Koffer. Aber Jana meldete sich nicht. Seit drei Tagen.

Er öffnete die Schamottetüren des Brennofens und zog die Gestellwagen heraus, auf denen die Brennware in den Ofen geschoben wurde. Der eigentliche Boden des Ofens lag einen Meter unter den Gleisen und war mit Keramikscherben, Dreck und Ascheresten aus vergangenen Jahrzehnten übersät.

Wenn er Jana nicht erreichte, verfielen die Flugtickets. Ob er umbuchen sollte? Ohne sie würde er nicht fliegen. Im schlimmsten Fall musste er seine Flucht verschieben und sich der Gefahr aussetzen, dass Susanne oder Billinger seine Absichten vorzeitig errieten.

Ratlos stieg er in den Ofenraum hinab und schaufelte den Schutt in eine Schubkarre. Nachdem er die Ladungen von zwei Karren in einer entlegenen Ecke des Hofes hinter der Werkstatt entsorgt hatte, stieß er auf mehrere seltsam geformte Bruchstücke, die ihn an Knochen erinnerten. Ob der alte Felten im Ofen ab und zu seine überfahrenen Katzen verbrannt hatte?

Pohlmann warf den Katzenknochen in die Schubkarre.

„Wem gehört diese Handynummer?"

Er sah auf. Susanne ragte über ihm auf. Sie hielt sein Handy in der Hand und funkelte ihn wütend an. „Du hast diese Nummer heute schon über zwanzigmal angerufen."

Ausgelaugt stützte er sich auf die Schaufel. „Ist dir eigentlich klar, dass deine grundlose Eifersucht unsere Ehe zerstört?"

„Dann sag mir, wen du so oft angerufen hast."

„Einen Kunden, Susanne. Nur einen Kunden, den ich dringend sprechen muss, aber meldet sich nicht. Offensichtlich ist er verreist und hat das niemandem bei Billinger mitgeteilt. Im Hof stehen fünf Kipper, die nicht losfahren können, bis zur Ladekante mit Basaltschotter vollgestopft. Reicht das als Erklärung?"

Susanne war aschfahl geworden. Wortlos legte sie das Handy auf ein Regal und kehrte in die Töpferwerkstatt zurück. Pohlmann seufzte. Später, am Abend, würde das Spiel seine Fortsetzung finden. Susanne würde sich betrinken und in Selbstmitleid baden. Dann würde sie anfangen, sich zu bestrafen – so lange, bis er ihr Absolution erteilte.

Natürlich stammten die Schnitte an ihren Unterarmen von den scharfen Bruchkanten der alten Tongefäße in der Töpferei – und niemals von Verletzungen, die sie sich absichtlich zugefügt hatte. Was sie häufig tat, wenn sie sich wegen ihrer krankhaften Eifersucht gestritten hatten.

Susanne war ein Scheidungskind. Ihre Eltern hatten sich getrennt, als sie zehn Jahre alt gewesen war. Aber nun war sie eine erwachsene Frau, Mutter einer hübschen sechzehnjährigen Tochter. In ihrer neurotischen

Angst, verlassen zu werden, bemerkte sie nicht, wie sie ihren Mann damit aus dem Haus trieb. Er hatte sie niemals betrogen, obwohl er mehr als einmal Gelegenheit dazu gehabt hatte. Anfangs aus Liebe, dann aus Gewohnheit und schließlich aus fehlendem Mut hatte er sie niemals unter Druck gesetzt. Susanne gehörte in die Hände eines Psychiaters. Aber da ihre Mutter unter den Augen von Pflegern und Ärzten aus dem dritten Stock einer psychiatrischen Klinik gesprungen war, zwang sie keine Macht der Welt auf die Couch eines Nervenarztes.

Und dann hatte er Jana kennengelernt.

Pohlmann nahm die Schaufel wieder auf und blickte auf die Armbanduhr. Es war kurz vor sechs. Billinger verließ die Firma stets als Letzter, kurz vor halb sieben. Ihm blieben noch vier Stunden. Plötzlich überkam ihn unbändige Lust, all die verstaubten Blumentöpfe, Vasen und Wandteller aus Terrakotta zu zertrümmern. Stattdessen ließ er seine Rastlosigkeit an den Tonscherben im Brennofen aus und schuftete, bis seine Wut auf dieses verfluchte Gefängnis einer tiefen Erschöpfung gewichen war.

Zwei Stunden später kletterte er aus dem Kanal unter dem Ofen und verließ die Werkstatt durch den Hinterausgang. Zehn Minuten später parkte er auf dem Firmenparkplatz und schlich über dunkle Flure zu seinem Büro. Bergmann – Billingers Vorgänger – war ein Gauner gewesen, ein Schlitzohr, das mit abgefeimten Tricks und Kaltschnäuzigkeit gleichermaßen Geschäftspartner und Finanzamt betrogen hatte. Übertroffen wurde der alte Tyrann nur von seinem Nachfolger Hans-Peter Billinger. Dank seiner Prokura wusste

Pohlmann über die Finanzlage der Firma genau Bescheid; allerdings in einem Umfang, der Billinger in helle Aufregung versetzt hätte, hätte er davon gewusst. Bevor er Geschäftsführer wurde, hatte Pohlmann das Computernetz der Firma betreut. Bergmann hatte ihn, den vermeintlich stillen und fügsamen Mann, unterschätzt, und diesen Fehler beging Billinger ebenfalls. Pohlmann kannte alle Zugänge zum Firmennetz, die Passwörter, und vor allem Billingers versteckte Buchführung.

Im Lauf der Jahre hatte der Unternehmer über eine Million Euro zur Seite geschafft, von der niemand etwas ahnte. Niemand außer seinem Geschäftsführer. Pohlmann loggte sich in das Schattennetzwerk ein und bereitete die Transaktion von einer Million Euro auf ein Nummernkonto in der Schweiz vor. Seine Verwirrung wuchs, als er nach Janas Verschwinden auf ein weiteres Puzzleteil stieß, das er nicht erklären konnte. Was er sah, konnte nur ein Buchungsfehler sein. Einen Augenblick lang vergaß er Susannes Eifersucht und Billingers Demütigungen und starrte auf den Bildschirm, ohne zu verstehen. Das Programmfenster verschwamm vor seinen Augen, als jemand das Licht einschaltete.

„Wusste ich doch, dass du es versuchen würdest“, sagte Billinger spöttisch. „Hast du wirklich geglaubt, du könntest mit meinem Geld abhauen? Du bist ein solcher Narr, Heiko!“

Pohlmann stierte Billinger an wie eine Geistererscheinung. Der korpulente Mann trat an den Schreibtisch heran und zog mit einem Ruck das Netzkabel aus dem Monitor. „Warum machst du nicht Feierabend? Es war ein langer Arbeitstag. Und du hast noch viele harte Arbeitstage vor dir."

Für Pohlmann verging die Zeit im Schneckentempo. Plötzlich war Billinger über ihm, drehte den Stuhl herum und stützte sich mit den Armen auf den Lehnen ab. Sein gerötetes Gesicht war so nahe, dass er die feinen blauen Adern auf dessen Wangen zählen konnte. Sein saurer Atem stank nach Wodka.

„Pass gut auf, Heiko. In Gräbersberg geschieht nichts, womit ich nicht einverstanden bin. Niemand macht sich aus dem Staub oder zieht mir die Hosen runter." Spöttisch tätschelte er Pohlmanns Wangen. „Keine Angst, ich werde dich nicht rausschmeißen. Ich hab's mir anders überlegt. Du wirst hierbleiben und deinen beschissenen Job erledigen. So lange, wie ich es will. Wenn es sein muss, bis in alle Ewigkeit. Hast du das verstanden?"

„Wo ... wo ist das Geld?"

„Welches Geld?" Billinger versetzte dem Bürostuhl einen Stoß. „In meiner Firma läuft alles so, wie es das Finanzamt vorschreibt. Dafür habe ich meinen Geschäftsführer. Sollte es schwarze Kassen geben, ist das dein Problem, Heiko. Und jetzt mach, dass du rauskommst."

Pohlmann schlich zur Tür wie ein geprügelter Hund. Die Hölle war die unendliche Wiederkehr desselben Tages. Und dieser Tag begann heute.

„Fürchtest du dich niemals im Dunkeln?", fragte er leise.

Billinger lachte meckernd. „Ich habe keine Angst vor Gespenstern."

„Die Toten können sich nicht mehr wehren. Aber die Lebenden."

Er verließ die Firma auf dem gleichen Weg, den er gekommen war, und stellte seinen Wagen im Hof der Töpferei ab. Die Fenster zur Werkstatt waren dunkel. Er durchsuchte Schubladen und Schränke, bis er eine angebrochene Flasche Rotwein fand – er kannte Susannes Verstecke. Dann ging er hinüber zum Ofenraum, setzte sich auf eine Kiste und zog den Korken aus der Flasche. Billingers Million verlor an Bedeutung. Er musste Jana finden. Er konnte neues Geld verdienen, ganz gleich, wohin er mit ihr ging.

Pohlmann spülte die trockene Kehle mit dem billigen Chianti und wählte Janas Nummer. Irgendwo in der Nähe ertönte ein Handy-Klingelton. Es dauerte eine ganze Weile, bis er einen Zusammenhang zwischen dem Rufzeichen an seinem Ohr und dem Klingeln herstellte. Irritiert sprang er auf und stieß die Flasche um. Der Rotwein ergoss sich wie Blut auf den Lehmboden und versickerte im Tonstaub.

Das Klingeln kam aus einer Ecke hinter dem Brennofen, aus einem Stapel Blumentöpfe, die dort seit Jahrzehnten verstaubten. Er stieß den Stapel um. Krachend zersprangen die alten Tontöpfe, ein gelbes Handy tauchte aus den Scherben auf. Er schaltete sein eigenes Telefon aus. In der plötzlichen Stille rauschte das Blut in seinen Ohren. Hektisch versuchte er zu begreifen, was seine Entdeckung bedeutete. Das auffällige Handy gehörte Jana, daran gab es keinen Zweifel. Aber wie kam es hierher? Warum war sie in der Töpferei gewesen? Hatte sie ihn gesucht? War sie freiwillig hier gewesen, oder hatte sie jemand dazu gezwungen? Im Grunde bewies seine Entdeckung noch nicht einmal, dass Jana überhaupt hier gewesen war. Er wählte noch einmal ihre Nummer, um ganz sicherzugehen, dass er sich nicht getäuscht hatte. Das gelbe Telefon begann auf dem staubigen Boden zu vibrieren und flötete eine Melodie.

Ihm wurde erschreckend klar, dass Jana sich nicht melden konnte, weil etwas Unvorhergesehenes eingetreten war; etwas, mit dem keiner von ihnen gerechnet hatte. In diesem Augenblick glaubte er fest daran, dass seit jenem schwarzen Tag vor fünf Jahren ein Fluch auf ihm lastete und er bis zum Ende der Ewigkeit dazu verdammt war, in diesem verfluchten Nest zu verrotten.

15

Sammy erwachte in der Dunkelheit. Ihre Finger ertasteten einen Verband, der in Augenhöhe fest um ihren Kopf gewickelt war. Die Berührung löste neuen Schmerz aus, der sich nicht auf ihre Augen beschränkte. Er breitete sich wie eine schwarze Springflut in jeder Faser ihres Körpers aus, und jede Bewegung wurde zur Qual.

Erstaunt bemerkte sie, wie schnell ihre verbliebenen Sinne den Verlust des Augenlichts kompensierten. Jede Masche des Mullverbandes erzeugte unter ihren Fingerspitzen ein deutliches Bild, jedes Geräusch nahm sie mit überirdischer Klarheit wahr.

Jemand öffnete eine Tür, Schritte näherten sich, Stoff raschelte.

„Wo bin ich?“ Ihre Stimme klang rau und fremd.

„Im St.-Josef-Stift in Bad Ems.“

„Wieso kann ich nichts sehen?“

Der unsichtbare Besucher zog sich einen Stuhl heran und setzte sich. „Sie hatten einen Unfall.“

Die Stimme war männlich. Tief, kräftig und sanft.

Ihre Gedanken schlugen einen Salto in die Vergangenheit. Sie erinnerte sich an das Feuer, an ihre Flucht durch den Sumpf, an Billinger und das Geld. Das verfluchte Geld.

„Ich habe Durst.“

Stuhlbeine scharrten über Linoleumboden, Geräusche formten sich zu Bildern. Jemand nahm ihre Finger und schloss sie um ein kühles Glas, stützte ihren Kopf und half ihr zu trinken.

Das Wasser erfüllte sie mit neuem Leben. Sie bat um mehr.

„Wer sind Sie?“, fragte sie.

„Ich bin Dr. Weinau.“

„Was stimmt mit meinen Augen nicht?“

„Sie haben Verbrennungen auf beiden Augenlidern erlitten. Soweit wir feststellen konnten, ist die Netzhaut nur leicht beschädigt. Aber es sind weitere Untersuchungen notwendig.“

Die Frage, die sie stellen wollte, ängstigte Sammy mehr als alles, was sie in den vergangenen Tagen erlebt hatte, mehr als alles, was ihr jemals im Leben widerfahren war.

„Werde ich wieder sehen können?“

Die fremde Hand legte sich beruhigend auf ihren Unterarm. Sie fühlte sich warm und fest an.

„In ein paar Tagen entfernen wir den Verband. Ich kann jetzt noch keine hundertprozentige Diagnose stellen, aber die Chancen stehen gut, dass Sie keine bleibenden Schäden zurückbehalten.“

Papier raschelte. Sie spürte einen schwachen Luftzug auf der Haut.

„Dann wären da noch diverse Prellungen, Hautabschürfungen und Brandverletzungen“, fuhr der Arzt fort. „Man könnte sagen, Sie sehen aus, als wären sie unter ein übergroßes Waffeleisen geraten. Aber es gibt nichts, was wir nicht wieder zusammenflicken können. Haben Sie Schmerzen?“

„Ja."

„Die Schwester wird Ihnen gleich ein Schmerzmittel geben." Der Doktor schien zu zögern. „Da wäre noch etwas ... Draußen wartet ein Polizist auf Sie, den eine Menge Fragen quälen. Wenn Sie sich nach ein bisschen Gesellschaft sehnen, schicke ich ihn herein. Aber die Entscheidung überlasse ich Ihnen. Wenn Sie sich noch zu schwach fühlen, vertröste ich ihn auf ein anderes Mal."

„Ein ... Polizist?"

Die Hand war wieder da und tätschelte ihren Arm. „Er wird Sie nicht gleich einsperren", antwortete der Arzt scherzhaft. „Übrigens habe ich die Schwestern angewiesen, regelmäßig nach Ihnen zu sehen. Den Alarmknopf haben wir an Ihrem Bett festgeklebt, neben Ihrer rechten Hand. Wenn Sie etwas brauchen, klingeln Sie einfach."

Stuhlbeine scharrten wieder über den Boden.

„Gibt es jemanden, den wir über Ihren Aufenthalt bei uns informieren sollen?"

Sammy unterdrückte den Wunsch, zu schreien. Niemals in ihrem Leben hatte sie sich so hilflos und einsam gefühlt.

„Nein", antwortete sie. „Niemanden."

„Und der Polizist?"

„Schicken Sie ihn nur herein."

Schritte entfernten sich, das Rascheln eines Arztkittels und das Geräusch einer Tür, die ins Schloss fiel.

Sammy lauschte und vergaß zu atmen. Hatte der Arzt nicht gesagt, ein Polizist sei da? Wartete er auf dem Gang? Oder war er bereits im Zimmer? Die Angst kroch wie eine Giftschlange unter ihre Bettdecke. Jeder konnte dieses Zimmer betreten, ohne dass sie es bemerkte. Er konnte lautlos die Tür öffnen, sich an ihr Bett schleichen und ihr die Kehle zudrücken. Jeder. Das Wiesel. Der Russe. Oder Billinger.

Ihre Finger ertasteten den Alarmknopf. Sie versuchte, sich seine Position genau einzuprägen. Wie lange dauerte es wohl, bis sie erstickte, weil ihr Billinger ein Kissen auf das Gesicht drückte? Ob eine Krankenschwester schneller hier war?

Sammy hörte ein leises Räuspern. Es war jemand im Zimmer, sie war ganz sicher.

„Mein Name ist Mario Moretti. Ich habe Sie gestern Nacht gefunden."

Ausgerechnet ein Polizist! Ob der Zufall seine Hand im Spiel hatte? Wusste dieser Moretti von der gescheiterten Geldübergabe? Hatte Billinger die Polizei eingeschaltet? Aber wie konnte er das, wo er doch selbst bis zum Hals im Dreck steckte?

„O Mann, habe ich ein Glück", sagte Sammy. „Kaum fährt mich einer über den Haufen, findet mich die Polizei."

„Darf ich mich setzen?"

Morettis Stimme klang voll und weich, ein bisschen schüchtern.

„Aber klar doch", erwiderte Sammy. „Warum nicht? Leider kann ich Sie nicht sehen." Ihre Hand beschrieb einen Kreis. „Sie sind ... irgendwo da, nicht wahr?"

„Ich sitze neben Ihrem Bett."

Sammy glaubte, bei den Worten Verlegenheit aus seiner Stimme herauszuhören. Wieso war ein Polizist verlegen, der ein Verhör führte?

„Wie konnten Sie so schnell am Unfallort sein?“, fragte sie.

„Ich war nicht dienstlich unterwegs. Mein Onkel wohnt in der Nähe, und auf dem Rückweg bemerkte ich das Feuer.“

In ihr keimte Hoffnung. Morettis Auftauchen war nichts weiter als das zufällige Zusammentreffen zweier gleichzeitig ablaufender Ereignisse gewesen.

„Und nun wollen Sie wissen, was passiert ist?“ Angespannt wartete sie auf seine Entgegnung. Mit ein bisschen Glück wusste er gar nichts. Ihr musste schnell eine glaubhafte Geschichte einfallen.

„Mitten in der Nacht stoße ich auf einer wenig befahrenen Landstraße auf ein brennendes Motorrad, und kurz darauf finde ich eine schwer verletzte junge Frau in einer Betonröhre. Wenn Sie mich so fragen ... ja, ich will wissen, was passiert ist.“

Sie musste Zeit gewinnen. Vielleicht konnte sie ihre Show abziehen, ohne dass sie ihre schönen Augen dabei einsetzte.

„Darf ich Sie etwas fragen?“

„Eigentlich sollte ich die Fragen stellen“, antwortete er. „Aber fragen Sie. Sie haben eine Menge durchgemacht. Ich will Sie nicht länger belästigen als nötig.“

Sie versuchte es mit einem Lächeln. „Ich fühle mich nicht von Ihnen belästigt.“ Sie hätte schwören können, dass Moretti rot wie ein Stoppschild wurde.

„Sie sind noch jung, nicht wahr? Für einen Polizisten, meine ich.“

„Ich bin sechsundzwanzig.“

Sie streckte den Arm aus. „Geben Sie mir Ihre Hand. Ich kann Ihnen etwas über die Zukunft verraten.“

„Nun, das kann ich ebenfalls. Der Unfallverursacher hat Sie fast umgebracht und wird straffrei ausgehen, wenn wir ihn nicht mit Ihrer Hilfe schnappen."

Sie griff ins Leere. Ein peinliches Schweigen entstand. Unerwartet spürte sie dann doch seine Hand auf ihrem Unterarm.

„Ich bin hier, um Ihnen zu helfen. Ihr Führerschein ist auf den Namen Samantha Baring ausgestellt."

„Sagen Sie Sammy zu mir."

„Okay, also Sammy. Woran erinnern Sie sich?"

Sie konzentrierte sich auf die Techniken, die sie benutzte, um in den Opfern ihrer Betrügereien wie in einem offenen Buch zu lesen. Moretti war jung und unerfahren, Frauen gegenüber schüchtern, ein wenig unsicher, aber trotzdem ließ er sich nicht ablenken. Sie würde kein leichtes Spiel mit ihm haben.

„Es war dunkel. Ich habe von dem Unfallverursacher so gut wie nichts gesehen."

„Wohin wollten Sie?"

„Eine Freundin in Gräbersberg besuchen."

„Sie wohnen in Nassau?"

„Ja."

„Die Strecke über Bad Ems wäre kürzer gewesen."

Sammy überlegte fieberhaft. „Stimmt. Aber sie ist mit Schlaglöchern gepflastert, die gefährlich werden können, wenn man bei Dunkelheit mit einem Motorrad unterwegs ist." Sie entzog ihm ihre Hand. „Ist das so etwas wie ein Verhör? Brauche ich da nicht einen Anwalt?"

„Ich befrage Sie nur zum Unfallhergang und versuche herauszufinden, was passiert ist."

„Es ging alles rasend schnell. Der Wagen schoss aus einem Feldweg und erwischte mich ohne Vorwarnung. Er ließ mir keine Gelegenheit, um auszuweichen."

„Wir haben schwarze Lackspuren an Ihrem Motorrad gefunden."

„Ja, es könnte ein schwarzer Mazda gewesen sein. Aber ich bin nicht sicher, es war dunkel."

„Den Fahrer konnten Sie nicht erkennen?"

Sammy schüttelte den Kopf. Ihre Gedanken beschäftigten sich mit Billinger. Er würde es wieder versuchen. So oft, bis sie tot war.

„Hat die Zeitung über den Unfall berichtet?", fragte sie.

„Das Übliche. Soll ich es Ihnen vorlesen?"

„Vorlesen?"

Sie hörte das Piepen eines Handys. „... wurde die verletzte Frau in das St.-Josef-Hospital in Bad Ems gebracht", las Moretti laut.

Sammy biss sich auf die Unterlippe. Billinger würde heute als Erstes die Morgenzeitung lesen. Sie hatte ein Problem.

„Wie sind Sie überhaupt in das Abflussrohr gelangt?", fragte Moretti.

„Ich ... ich weiß es nicht mehr. Ich kann mich an fast nichts erinnern. Ich war in Panik, völlig durcheinander. Meine Lederjacke hatte Feuer gefangen, und ich hatte nicht bemerkt, dass das Feuer auf den Helm übergesprungen war. Die Kawasaki brannte ... und ich befürchtete, der Tank könne explodieren. Von da an kann ich mich an nichts mehr erinnern."

„Eine retrograde Amnesie ist nicht ungewöhnlich nach Verkehrsunfällen dieser Art. Hat der Arzt etwas von einem Gedächtnisverlust erwähnt?“

„Ich hatte noch keine Gelegenheit, mit ihm darüber zu sprechen.“

„Wenn Ihnen noch etwas einfällt, können Sie mich jederzeit anrufen. Ich lasse Ihnen meine Karte da. Bitten Sie eine Krankenschwester, die Nummer für Sie zu wählen.“

Er stand auf und schob den Stuhl vermutlich an seinen Platz zurück.

„Müssen Sie schon gehen?“, fragte sie leise.

„Wenn Sie nichts weiter über den Unfallhergang aussagen können, muss ich warten, bis es Ihnen wieder einfällt. An Ihrer Stelle würde ich mich auch ein bisschen einsam fühlen. Ich rede mal mit dem Arzt. Vielleicht ist ja inzwischen ein Zimmer im Hauptgebäude frei geworden. Die sind total überbelegt hier.“

Morettis Worte alarmierten Sammy. „Wie meinen Sie das?“

„Hat denn niemand mit Ihnen darüber gesprochen?“, fragte er verwundert. „Dieser Flügel wird renoviert und ist im Augenblick nicht an den Krankenhausbetrieb angeschlossen. Soviel ich weiß, ist dies das einzige belegte Zimmer auf diesem Flur. Klar, Sie können es ja nicht sehen. Das Zimmer liegt ganz am Ende des Flügels. Ich habe eine Ewigkeit gebraucht, um Sie zu finden. Vom Schwesternzimmer im ersten Stock bis hierher habe ich mich dreimal verlaufen. Noch nicht mal der Lift funktioniert.“

Instinktiv tastete sie nach dem Alarmknopf am Bettgestell. Sie steckte in der Klemme. Niemand würde sie schreien hören, wenn Billinger kam. Ihr musste etwas einfallen, und zwar schnell, sonst würde die kommende Nacht ihre Letzte sein.

„Warten Sie!“, sagte sie schnell.

„Ja?“

„Könnten Sie ... ich ... brauche Polizeischutz.“ Angestrengt lauschte sie in die Dunkelheit. War Moretti schon gegangen? Erleichtert hörte sie das Rascheln von Papier, als blätterte er einen Notizblock um.

„Wer bedroht Sie?“, fragte Moretti.

Sammy sprudelte eine wilde Geschichte hervor. Noch während die Einzelheiten in ihrem Kopf entstanden, begann sie bereits fest daran zu glauben, dass sich alles genau so und nicht anders zugetragen hatte.

„Der Unfall war kein Zufall. Er wird es wieder versuchen.“

„Wer?“

„Ich kenne seinen Namen nicht.“

Sammy erfand einen aufdringlichen Verehrer, der ihr seit zwei Monaten auf Schritt und Tritt folgte. Als sie mit seiner Beschreibung fertig war, glaubte sie, den Mann vor sich zu sehen: südländischer Typ mit türkischem Akzent, schwarzes, im Nacken zu einem Pferdeschwanz gebundenes Haar, ein dünner Oberlippenbart, leicht hervorstehende Froschaugen, schlank, etwa einen Meter siebzig groß. Sammy fantasierte eine auffallend orange-grüne Jacke, Cowboystiefel aus hellem Leder und einen schwarzen Sportwagen – einen Mazda MX-5.

„Und Sie sind sicher, dass dieser Mann den Unfall verursacht hat?“

„Er tauchte auf der Straße zum See auf und verfolgte mich. Auf der Geraden vor der Baustelle überholte er und rammte meine Maschine."

„Mm. Das Kennzeichen könnte nützlich sein."

Sammy dachte sich eines aus. Sollten sie danach suchen, bis sie schwarz waren. Hauptsache, vor ihrer Zimmertür wachte ein Polizist.

Morettis Kugelschreiber kratzte über den Notizblock.

„Warum haben Sie das nicht gleich gesagt?"

„Er hat mich unter Druck gesetzt. Der Typ ist echt krank! Er verfolgt mich und behauptet, ich sei sein Eigentum ... und dass mich niemand sonst anfassen darf, weil er ... weil er ..."

„Womit hat er Ihnen gedroht?"

„Mein Gesicht. Er hat gedroht, mir das Gesicht aufzuschlitzen, damit mich niemand mehr ansieht. Und er hat mich davor gewarnt, zur Polizei zu gehen."

Fleißig schrieb Moretti mit.

„Ich ... dachte, ich sei hier in Sicherheit. Aber da wusste ich noch nicht, dass man mich in Einzelhaft gesteckt hat."

Der Kugelschreiber klickte. Glaubte Moretti ihre Geschichte?

„Wenn er in der Zeitung liest, dass ich hier bin, wird er kommen und mich umbringen." Ihre Angst war jetzt nicht mehr gespielt, auch wenn sie Moretti anlog.

„Ich kann nichts versprechen, aber ich werde mit meinem Vorgesetzten reden. Außerdem spreche ich mit dem Arzt. Es muss in dieser Bruchbude doch ein freies Zimmer geben, das nicht am Ende der Welt liegt."

„Danke."

„Sie sind hier gut aufgehoben. Glauben Sie mir, wenn die Schwestern das Gerücht aufschnappen, dass ein Mann Sie in diese Lage gebracht hat, möchte ich nicht in seiner Haut stecken, wenn sie ihn hier erwischen. Einen besseren Schutz können Sie von mir gar nicht bekommen. Eins ist mir immer noch nicht klar", sagte er. „Wie sind Sie denn nun in das Betonrohr gelangt?"

„Ich lag unter der Leitplanke und sah, wie er aus dem Wagen stieg. Was, glauben Sie, hätte er gemacht, wenn er festgestellt hätte, dass ich noch lebe? Als die Reifen der Kawasaki im Feuer explodierten, nutzte ich seinen Schreck aus und verkroch mich in dem Rohr."

Moretti antwortete nicht. Er schien über ihren Bericht nachzudenken. Suchte er nach Widersprüchen?

„Das Rohr ist ziemlich weit vom Unfallort entfernt. Das war keine der Betonröhren, die zur Baustelle gehören, sondern ein Entwässerungskanal des sumpfigen Geländes entlang des Sees."

Sammy fuhr sich mit der Hand über den Augenverband. „Hören Sie, wenn Sie mir nicht glauben wollen, lassen Sie es bleiben. Es hat mich nicht besonders interessiert, ob dieses Rohr zu einer Baustelle oder einem Kanal gehört."

„Ich muss Ihnen diese Fragen stellen, wenn ich Ihnen helfen soll."

„Warum sollte ich lügen?"

Sie drehte den Kopf von seiner Stimme weg.

„Sie dürfen mich nicht missverstehen. Es gehört eben zur Routine."

Sammy lauschte auf ein Geräusch. Moretti schien noch im Zimmer zu sein.

„Sie glauben mir nicht."

„Es wäre besser gewesen, Sie wären gleich mit der Wahrheit herausgerückt."

„Tut mir leid ... ich habe Angst. Werden Sie mit Ihrem Vorgesetzten reden?"

„Ja. Versprochen."

16

Billinger stürmte durch den Verkaufsraum des Autohauses Scheurich in Gräbersberg, stieß die verglaste Tür zum Büro auf und warf schwitzend die *Rhein-Zeitung* auf den Schreibtisch. Scheurich saß in seinem Ledersessel, die klobigen Arbeitsschuhe ruhten auf dem Tisch in einem Chaos aus Rechnungen und Werkstattberichten. Gelangweilt griff er nach der Zeitung und fächelte sich Luft zu.

„Lies das", keuchte Billinger atemlos.

Scheurich faltete die Zeitung auseinander und studierte die rot markierte Unfallmeldung.

„Sie liegt im St.-Josef-Stift. Wird dort nicht umgebaut? Das könnte uns einen Vorteil verschaffen", sagte er.

„Und wenn sie mit der Polizei redet?"

„Eine Trickdiebin? Das wäre das Dümmste, was sie tun könnte. Vergiss nicht, sie will immer noch dein Geld. Nein, sie wird dich wieder erpressen; so lange, bis sie hat, was sie will."

„Sie hat bestimmt Kopien von der DVD gemacht. Wir wissen nicht mal, wie viele. Sie kann mich immer wieder unter Druck setzen!"

Scheurich kippte seinen Sessel nach vorn. „Warum musst du auch Filme von deiner Nuttenfickerei drehen?"

„Sie hat mich in der Hand. Das wird nie ein Ende nehmen."

„Doch, das wird es. Wir müssen nur beenden, was wir begonnen haben."

Billinger hielt inne, stützte die Hände auf den Schreibtisch und reckte das Kinn vor. Von seinem roten Igelhaar tropfte eine Schweißperle auf eine Mahnung des Finanzamtes. „Du hast gesagt, du wirst sie erwischen! Todsicher!"

„Ich gebe zu, sie hat sich als äußerst zäh erwiesen. Aber wir werden sie trotzdem zum Schweigen bringen. Lass mich telefonieren, und warte im Verkaufsraum. Es ist nicht gut, wenn man uns zu oft zusammen sieht."

Billinger warf einen belustigten Blick durch die Glasscheibe. „Du meinst, es ist glaubhafter, wenn ich mich für deine japanischen Klapperkisten interessiere?"

„Mach schon."

„Wen rufst du an?"

„Jemanden, der mir noch einen Gefallen schuldet."

Billinger trollte sich. Soeben hatte eine junge Frau den Verkaufsraum betreten. Ihr Haar war schwarz wie ein Rabenflügel und fiel lang und glatt auf ihre Schultern. Ihre hautengen Jeans steckten in braunen Lederstiefeln – eine exakte Ausgabe seines Lieblingsspielzeuges.

„Kann ich Ihnen helfen?"

Mit einem gewinnenden Lächeln strebte er auf sie zu und riss ihr in Gedanken die Kleider vom Leib. Begeistert führte er die automatische Höhenverstellung eines Sportwagensitzes vor und dozierte über Motorenleistungen und Drehmomente, von denen er nicht die geringste Ahnung hatte. Sie ließ sich beeindrucken und verfiel seinem rauen Charme. Geil glotzte er auf ihren

Hintern, während sie das hervorragende Platzangebot des Kofferraums begutachtete.

Scheurichs Stimme riss ihn aus seinen Fantasien. Er entschuldigte sich und kehrte in das Büro zurück.

Der Autohändler knallte die Tür hinter ihm zu. „Du solltest zu einem dieser Psychoheinis gehen, bevor sich der Ausrutscher von Freitagnacht wiederholt. Kannst du keine Minute an etwas anderes als Sex denken?"

„Nein. Du weißt doch, dass ich alles ficke, was nicht bei drei auf den Bäumen ist", antwortete er grinsend.

„Deine verfluchte Dauergeilheit wird uns noch in den Knast bringen."

Billingers Grinsen verschwand wie fortgezaubert. Es passte ihm nicht, dass Scheurich die Initiative ergriff, andererseits war er erleichtert, jemanden für die Drecksarbeit gefunden zu haben. Er beschloss, einen kleinen Köder für ihn auszuwerfen und Scheurich gleichzeitig zu zeigen, dass er seinen heruntergekommenen Laden ohne seine kleinen Spenden würde schließen müssen. Er warf einen Blick durch die offene Tür zur Werkstatt, seine Miene verdüsterte sich. In einer Ecke neben den Hebebühnen stand ein schwarzer Geländewagen mit verbeulter Schnauze.

„Warum ist der verdammte Wagen noch nicht weg? Wenn die Kleine redet, wird die Polizei überall nach ihm suchen!"

„Reg dich ab. Morgen früh ist er verschwunden. Der Fahrer des Transporters hat sich verspätet.

„Ich hoffe, du hast deine Leute im Griff. Was hast du herausgefunden?"

Scheurich grinste.

„Als hätte der Teufel seine Hand im Spiel. Es wird eine Kleinigkeit, das lästige Mädchen loszuwerden."

Er berichtete von der Überbelegung, dem Chaos in der Klinik durch die Bauarbeiten und von Sammys abgelegenem Zimmer.

„Was hast du vor?"

„Ich schätze, ich werde ihr einen kleinen Krankenbesuch abstatten. Lass mich überlegen ..."

„Denk nicht zu lange nach, sonst könnte sich dein Kreditrahmen bei mir verdammt schnell schließen. Dein letzter Plan hat mich eine Million Euro gekostet."

Scheurich zündete sich eine Zigarette an und blies spielerisch Rauchkringel in die Luft. Noch einmal studierte er den Zeitungsartikel. „Hier steht, dass sie vorübergehend erblindet ist", sagte er. „Das Mädchen wird durch ihre Behinderung einen kleinen Unfall erleiden. Einen, den sie selbst verschuldet.

17

Sammy verlor ihr Zeitgefühl. Kaum war sie eingeschlafen, weil ihr erschöpfter Körper Ruhe forderte, wachte sie von Schmerzen geplagt wieder auf. Die Prellungen, Brand- und Schürfwunden quälten sie trotz starker Schmerzmittel. Es klopfte leise an der Zimmertür. Sofort suchten ihre Finger den Alarmknopf. Die Schwester war erst vor einer Viertelstunde da gewesen.

„Wer ist da?"

Die Tür öffnete sich, jemand trat in den Raum.

„Ich bin's, Mario Moretti. Ich dachte, ich schau noch mal vorbei. Ich hoffe, ich habe Sie nicht geweckt?"

Sie entspannte sich. „Ich war ein wenig eingenickt. Haben Sie mit Ihrem Vorgesetzten gesprochen?"

„Ja. Er sieht keine ausreichende Gefahrenlage für eine Personenüberwachung."

Die Angst kehrte zurück, stärker und übermächtiger als zuvor.

„Aber ... aber das kann doch nicht wahr sein! Dieser Typ, der mich verfolgt, ist echt krank. Wenn er weiß, wo er mich findet, bringt er mich um."

„Dr. Weinau hat die Nachtschwester angewiesen, jede halbe Stunde nach Ihnen zu sehen. Es ist leider kein anderes Zimmer frei, noch nicht mal eine Besenkammer."

„Na, vielen Dank. Eine halbe Stunde reicht, um eine Blinde abzumurksen. Sie können mir auch gleich eine Zielscheibe auf die Stirn malen."

„Der Doktor hat mir versprochen, Sie auf eine andere Station zu verlegen, sobald ein Bett frei wird."

„Wenn ich dann noch lebe."

„Die Kollegen von der Nachtschicht werden verstärkt vor dem Krankenhaus Streife fahren. Ich kann Ihre Angst verstehen, aber ich glaube nicht, dass sich der Kerl hierherwagt. Solche Typen sind impulsiv und ungehemmt, aber sie gehen nicht planvoll vor. Sie sind zu feige, um einen gezielten Mord zu begehen."

„Können Sie sich vorstellen, wie es ist, blind zu sein?"

Moretti seufzte. „Ich versuche es die ganze Zeit. Sie können jederzeit Alarm schlagen, dann wird die Schwester in zwei Minuten bei Ihnen sein."

Sammy presste die Lippen zusammen. Wenn sie nur sehen könnte! Sie hörte, wie er sich am Nachttisch zu schaffen machte. Sammy hielt die meisten Menschen gern auf Distanz, auch wenn sie sie mochte. Dass sie wegen ihrer Blindheit den Abstand nicht selbst bestimmen konnte, irritierte sie zutiefst. „Was tun Sie da?"

„Ich habe Ihnen ein Radio mitgebracht – weil Sie doch nichts sehen können. So können Sie wenigstens Musik hören oder Nachrichten."

Sie spürte, dass er sich verlegen zurückzog. Einmal mehr war sie verblüfft darüber, wie schnell ihre restlichen Sinne das fehlende Augenlicht zu ersetzen begannen.

„Danke. Das ist sehr nett von Ihnen."

„Also, äh ... ich will Sie nicht länger stören."

„Warten Sie." Sammy streckte ihren Arm nach ihm aus. „Geben Sie mir Ihre Hand."

„Meine Hand?"

Zögernd kam Moretti ihrer Bitte nach. Sammy tastete nach seiner Handinnenfläche und fuhr mit den Fingern an den Linien und Rillen entlang. *Ich wette, das gefällt dir.* „Das war nicht nur so dahingesagt heute Morgen. Ein bisschen kann ich wirklich in die Zukunft sehen, auch in Ihre."

Moretti schien sich unbehaglich zu fühlen, aber sie hielt seine Hand fest. Ihm blieb nichts anderes übrig, als sich auf die Bettkante zu setzen.

„Denken Sie sich eine gerade Zahl zwischen fünfzig und hundert." Sammy zog ihre Show ab. Achtundsechzig. Treffer. Moretti war jung und schüchtern und aller Wahrscheinlichkeit nach ohne feste Bindung. Sonst wäre er nicht extra gekommen, um ihr zum Trost ein Radio zu schenken. Innerhalb weniger Minuten kannte sie ihn gut genug, um ihn manipulieren zu können.

„Es ist kein Zufall, dass wir uns hier getroffen haben."

„Wie meinen Sie das?"

„Nichts geschieht ohne Grund. Sie werden sehen."

Moretti schmolz dahin. Schneller, als sie erwartet hatte. Als der junge Polizist sie nach zwanzig Minuten verließ, war sie sicher, dass er sich die Nacht um die Ohren schlagen würde, um sie zu beschützen. Immerhin hatte er versprochen, seinen Kollegen *ein wenig auf die Finger zu schauen*, wie er sich ausdrückte. Zufrieden schlief sie ein.

Das leise Quietschen der Türangel riss Sammy aus einem unruhigen Schlaf. Sofort war sie hellwach. Im Zimmer war es heiß und stickig.

„Wer ist da?"

„Schwester Carmen. Alles in Ordnung?“, fragte eine Stimme gelangweilt.

Sammy wischte sich Schweißtropfen von der Stirn. Der Verband über ihren Augen juckte und brannte. „Könnten Sie ein Fenster öffnen?“

Sie hörte, wie die Schwester das Zimmer durchquerte und die Gardine zurückzog. „Besser?“

„Ja, danke.“

Die Schwester verließ das Zimmer, und es wurde wieder still.

Das Nachtpersonal auf der Station musste sie für hysterisch halten. Für die wenigen Pflegekräfte gab es mehr als genug zu tun. Dass sie zweimal in der Stunde zusätzlich den Weg zu ihrem Zimmer auf sich nehmen sollten, würde ihre Arbeitslaune nicht gerade bessern.

Ihr Kopf sank auf das Kissen zurück. Nie konnte sie sicher sein, wer durch diese Tür trat, eine harmlose Krankenschwester oder Billinger, um ihr den Hals umzudrehen. Sie tastete nach dem Alarmknopf und fand ihn nicht sofort. Einer der Klebestreifen hatte sich gelöst, der Schalter baumelte lose an seiner Schnur. Hektisch drückte Sammy das Klebeband an das Bettgestell. Sie musste einfach nur wach bleiben, mit den Fingern auf dem Alarmknopf. So konnte sie binnen Sekunden reagieren, falls der nächste Besucher keine fürsorgliche Schwester war. Aber noch bevor sie den Gedanken zu Ende führen konnte, schlief sie erschöpft ein.

So wie ihre Vorfahren vor Jahrtausenden unruhige Nächte am Lagerfeuer verbrachten, weil sie den Angriff eines Raubtieres fürchteten, weckte Sammy ihr angeborener Instinkt vor Gefahr. Jemand hatte das Zimmer betreten, dessen war sie sich sicher. Der schwache Geruch eines herbsüßen Aftershaves schwebte in der Luft.

Der Unbekannte versuchte, seine Atemgeräusche zu unterdrücken, aber es gelang ihm nicht ganz. Er schien erregt zu sein oder war über den Korridor gehetzt, um sich vor den Schwestern zu verbergen. Sammy tastete nach dem Alarmknopf, aber er war nicht mehr da, wo er sein sollte. Das Klebeband hatte sich endgültig gelöst.

Ein leises Klingeln drang durch die Dunkelheit. Sie hatte dieses Geräusch schon einmal gehört, konnte es jedoch nicht eindeutig zuordnen. Sie wollte schreien, aber Todesangst schnürte ihr die Kehle zu. Um besser hören zu können, setzte sie sich im Bett auf und drehte den Kopf. Hatte sie am Ende nur ein Traum genarrt? Ein schwacher Luftzug strich über ihr Gesicht ... richtig, das Fenster stand offen.

Die Augustnacht war drückend und schwül. Das Krankenhausnachthemd klebte feucht an ihrem Körper, ihre Brandwunden pochten dumpf. Da war das leise Klingeln wieder. Es rührte vom Infusionsständer her, der dicht neben dem Bett stand. An ihrem Handgelenk war ein Zugang gelegt, von dem aus ein Schlauch zu dem Ständer lief, an dem die Schwester einen Beutel mit einer Lösung befestigt hatte, die den durch die Verbrennungen entstandenen Flüssigkeitsverlust ausgleichen sollte. Bewegte der warme Nachtwind den Infusionsbeutel und erzeugte das Klingeln? Ihre Muskeln waren zum Zerreißen angespannt. Jeden Augenblick erwartete sie den tödlichen Angriff.

Beinahe war sie sicher, dass das Atmen aufgehört hatte. Dann wieder glaubte sie, der Eindringling hielte die Luft an, um sich nicht zu verraten. Ihre Hand tastete am Bett entlang. Wo war der Alarmknopf? Ihre Finger stießen das Wasserglas um. Morettis Radio wackelte und fiel zu Boden. Im Infusionsbeutel gluckerte die Kochsalzlösung, die Gardinenschnur klapperte leise gegen den Fensterrahmen. Ein Windstoß fuhr durch den Raum und wehte Sammy den Geruch des süßlich-herben Rasierwassers ins Gesicht.

„Wer sind Sie? Was wollen Sie hier? Hauen Sie ab, oder ich schreie!"

„Oh, tut mir leid, wenn ich Sie geweckt habe. Die Kontrolle der Infusion stand an."

Es war eine männliche Stimme, heiser und gepresst, mit einem leichten sächsischen Akzent. „Sie werden gleich wieder einschlafen. Ich habe nur den Infusionsbeutel ausgetauscht. Es ist alles in Ordnung, entspannen Sie sich."

Sammy sank zurück auf das Kissen. Ihr Herz raste, ihr war schwindlig. Eine tiefe Müdigkeit überkam sie, stärker und endgültiger als die Angst. Gedanken tauchten auf wie Seifenblasen und zerplatzten, bevor Sammy sie zu Ende denken konnte. Etwas stimmte nicht, eine Kleinigkeit. Mit aller Kraft wehrte sie sich gegen den Schlaf, und dann war die Erkenntnis plötzlich da. Auf der Station arbeiteten keine männlichen Pflegekräfte! Sie erinnerte sich genau an Morettis Worte.

Entschlossen stemmte sie sich hoch und stellte entsetzt fest, wie schwach sie war. Ihre Arme knickten ein, als bestünden sie aus Knetgummi. Sie wollte schreien, brachte aber nur ein Lallen zustande.

In der Dunkelheit erklang ein meckerndes Lachen, das sie schon einmal gehört hatte. In einem der Separees in Billingers Villa.

Mit letzter Kraft kämpfte sie sich hoch, aber eine Hand stieß sie mühelos wieder zurück. Schritte entfernten sich und hallten als verzerrte Echos in ihrem Kopf wider. Panisch suchte sie nach dem Notfallknopf und drehte sich auf die Seite, um den Boden neben dem Bett abzusuchen. Die Bewegung löste einen heftigen Schwindelanfall aus, alles drehte sich um sie. Jeden Moment würde sie das Bewusstsein verlieren. Sie musste wach bleiben, bis eine der Schwestern kam. Wach bleiben, wach bleiben! Sie wiederholte die beiden Wörter wie ein Mantra, um der Dunkelheit zu entfliehen. Wenn sie jetzt einschlief, gab es kein Morgen mehr.

Sammy verlor das Gleichgewicht und stürzte aus dem Bett. Die Infusionsnadel riss aus dem Port an ihrem Handgelenk, der Ständer stürzte um und landete krachend auf dem Linoleumboden. Der Schmerz explodierte in ihrer verletzten Hüfte und durchbrach für einen Augenblick den lähmenden Dämmerzustand. Glasscherben des zerbrochenen Wasserglases schnitten in ihre Handfläche, ohne dass sie es bemerkte. Sie wollte zur Tür kriechen, Hilfe holen, aber ihr wurde entsetzlich klar, was Blindheit bedeutete. Sie hatte dieses Zimmer nie gesehen, sie wusste nicht einmal genau, wo sich die Tür befand. Irgendwo rechts vom Bett musste sie sein, aber wo? Hilflos kroch Sammy auf dem kalten Boden umher, bis sie mit dem Kopf an eine Wand stieß. Ihre Finger berührten einen runden Bolzen, ein Türscharnier? Die Dunkelheit kroch von ihren Augen in ihr Herz und breitete sich wie eine schwarze Wolke aus. Dann fühlte Sammy zum zweiten Mal innerhalb von vierundzwanzig Stunden gar nichts mehr.

18

Mario Moretti war seit achtzehn Stunden auf den Beinen, seine Augen brannten vor Müdigkeit. Tarp hatte bereits dreimal versucht, ihn zu erreichen, aber er hatte sich nicht gemeldet. Offiziell war er nicht im Dienst, irgendwann musste auch der eifrigste Polizist ein paar Stunden schlafen. Gegen Mitternacht war er, getrieben von einer warnenden Unruhe, ins Krankenhaus gefahren. Was er in seiner Freizeit trieb, war seine Privatsache. Auch wenn Tarp ihn morgen früh auseinandernehmen würde, wenn er von seinem Privateinsatz erfuhr, fühlte er sich dennoch großartig. Um Sammy zu beschützen, würde er sich notfalls die ganze Nacht um die Ohren schlagen.

Er war Polizist geworden wegen einer naiven Heldenverehrung für die Cops und Fernsehdetektive, die vor vielen Jahren seine kindliche Fantasie bevölkert hatten. Natürlich sah der harte Alltag anders aus. Den größten Teil seines Arbeitstages verbrachte er mit dem Studium verstaubter Fallakten und dem niemals enden wollenden Schreiben von Berichten. Dazu kamen die Schikanen des egomanischen Kettenrauchers Rainer Tarp, denen er sich freiwillig unterwarf. Tarp war ein Soziopath, ein zynischer Diktator, der allerdings über einen außergewöhnlichen kriminalistischen Scharfsinn verfügte. Und da Morettis kindliches Traumbild eines italienischen Eliot Ness noch immer in ihm schlummerte, sah er Tarp als eine Art strengen Lehrmeister an, den es zu ertragen galt.

Sein Instinkt hatte ihn nicht getrogen, Sammy schwebte in großer Gefahr. Nervös lief er auf dem stillen Korridor auf und ab und trank bitteren Automatenkaffee. Endlich öffnete sich die Tür am Ende des Flures, Gummisohlen quietschten auf dem Linoleumboden. Er warf den leeren Pappbecher in einen Abfallkorb und lief gespannt dem jungen Stationsarzt entgegen.

„Wie geht es ihr?"

„Wir haben ihr den Magen ausgepumpt und sie stabilisiert. Es war knapp. Die Nachtschwester hatte ihre Runde gerade erst zu Ende gebracht. Herzlichen Glückwunsch zu Ihrer Spürnase. Sie haben Samantha Baring das Leben gerettet."

Moretti kniff argwöhnisch die Lippen zusammen.

„Ich frage mich, wie jemand mitten in der Nacht zum Hauptportal hineinspazieren und die Klinik wieder verlassen kann, ohne dass sich die Nachtschwester am Empfang daran erinnert."

„Ich kann Ihnen nicht ganz folgen. Es handelt sich hier um kein Verbrechen." Er griff in die Tasche seines Arztkittels und zeigte Moretti eine Medikamentenpackung. „Wir haben neben ihrem Bett ein starkes Schlafmittel gefunden, ein Barbiturat, mit dem man sich todsicher umbringen kann, wenn man genug davon schluckt."

Die Packung war leer.

„Die Dosis hätte einen Elefanten einschläfern können", fügte der Doktor hinzu.

Nachdenklich drehte Moretti die Medikamentenpackung in den Fingern. „Ich habe sie gestern zweimal besucht. Sie machte auf mich keinen depressiven Eindruck. Warum sollte sie sich umbringen? Ihre Heilungschancen stehen gut."

„Es ist Aufgabe eines Psychiaters, das herauszufinden."

„Wie konnte sie an das Schlafmittel gelangen? Haben Sie Ihre Bestände überprüft?"

„Selbst ohne ihre augenblickliche Behinderung kann sie sich das Mittel nicht hier in der Klinik besorgt haben. Alle Medikamente werden streng unter Verschluss gehalten. Sie hat es wohl mitgebracht. Finden Sie es heraus. Auf jeden Fall muss ich den Amtsarzt informieren. Ihnen als Polizist brauche ich ja nicht zu erklären, dass dieses Vorgehen bei Suizidversuchen üblich ist. Der Kollege wird dann entscheiden, ob Frau Baring in die geschlossene Psychiatrie eingewiesen wird." Der Arzt gähnte und ging auf das Stationszimmer zu.

„Kann ich zu ihr?", rief Moretti ihm nach.

„Kommen Sie morgen wieder. Sie schläft. Innerhalb der nächsten zehn Stunden wird sie nicht ansprechbar sein. So lange bleibt sie zur Beobachtung auf der Intensivstation."

Moretti blickte den Gang entlang und überlegte. Irgendwie passte das alles nicht zusammen. Zugegeben, Sammys Geschichte war alles andere als glaubhaft. Aber sie hatte mit keinem Anzeichen zu erkennen gegeben, dass sie ihres Lebens überdrüssig war. Andererseits hatte sie sich bedroht gefühlt. Was in dieser Nacht geschehen war, konnte man durchaus als Mordversuch interpretieren. Doch um diese Theorie beweisen zu können, fehlte jegliches Indiz. Die Beschreibung des Mannes, der Sammy bedrängt hatte, war zu schablonenhaft, ohne wirkliche Aussagekraft. Wenn der Unbekannte tatsächlich hinter dem Anschlag steckte, wäre er nie so subtil vorgegangen. Er hätte das getan, was er Sammy angedroht hatte: ihr das Gesicht mit einem Messer aufzuschlitzen. Moretti war überzeugt, dass mehr hinter dieser Geschichte steckte, als er zunächst vermutet hatte. Er folgte dem Bereitschaftsarzt ins Schwesternzimmer.

„Ich will mir das Zimmer noch einmal ansehen."

Der Doktor goss Kaffee aus einer Thermoskanne in eine Tasse. „Ich habe nichts dagegen. Allerdings glaube ich nicht, dass sie etwas finden, was der Suizidthese widerspricht."

In Sammys Zimmer deutete tatsächlich nichts auf ein Verbrechen hin. Moretti trat an das offene Fenster. Das Zimmer befand sich im Erdgeschoss, vor den Fenstern lief ein Balkon entlang, auf dem die Raucher unter den Patienten ihre Zigaretten qualmten. Die Wiese unterhalb der Klinik lag nur anderthalb Meter unter dem Fußboden des Balkons. Hatte die Nachtschwester deswegen niemanden durch das Hauptportal kommen sehen? War der Angreifer durch das Fenster gestiegen und auf demselben Weg wieder verschwunden?

Moretti blickte sich im Zimmer um. Der Infusionsständer lag umgestürzt in der Ecke neben dem Bett. Ein Teil der Infusionslösung war ausgelaufen, der Rest befand sich noch in dem durchsichtigen Beutel. Er löste die Klammer und hielt den Beutel an einem Zipfel hoch. Dornmann, der Pathologe, sollte sich darum kümmern. Möglicherweise hatte der Täter die Infusionslösung präpariert. In diesem Fall besaß er eine erhebliche kriminelle Energie, hinter der ein ausreichend starkes

Motiv für einen Mord stecken musste. Der Täter war ein hohes Risiko eingegangen, entdeckt zu werden. Die Geschichte mit dem gewalttätigen Verehrer nahm Moretti Sammy nicht ab. Sie verbarg etwas vor ihm, und Moretti war fest entschlossen, ihr dieses Geheimnis zu entlocken.

19

Donnerstag, 29. August

Nach einer viel zu kurzen Nacht war Moretti am frühen Morgen nach Koblenz in die Gerichtsmedizin gefahren und hatte Dornmann so lange bearbeitet, bis er versprach, sich des Infusionsbeutels anzunehmen. Nun wartete er ungeduldig im Büro des glatzköpfigen Pathologen, einem fensterlosen Loch, das nur von einer knisternden Neonröhre erhellt wurde. Moretti dämmerte dahin und glitt in einen Tagtraum hinüber, in dem Sammy ihren Verband abnahm und er endlich erfuhr, welche Farbe ihre Augen hatten. Dornmanns Stimme holte ihn unsanft in die Wirklichkeit zurück.

„Träumen Sie?"

Moretti blinzelte und schlug die Augen auf. „Was?"

„Ob Sie einen Kaffee möchten, habe ich gefragt."

„Gerne, wenn's keine Umstände macht."

Dornmann goss Kaffee in zwei Tassen. „Weiß Tarp eigentlich von der Geschichte? Ich habe keine Lust, mir schon wieder einen Anpfiff einzufangen. Sein Wutausbruch vergangenen Freitag reicht mir für die nächsten Wochen."

Moretti grinste. „Schießen Sie schon los, Doktor. Was haben Sie herausgefunden?"

„Eins muss man Ihnen lassen. Sie haben einen Riecher. Der Infusionsbeutel mit der Ringer-Lactat-Lösung ist tatsächlich präpariert worden", sagte er.

„Welchen Zweck erfüllt diese Lösung?“

„Man verabreicht sie zum Beispiel bei Dehydratation, die durch Verbrennungen hervorgerufen wird. Wie sind Sie auf die Idee gekommen, jemand habe den Beutel mit einer Überdosis Schlafmittel versetzt?“

Moretti zuckte mit den Schultern. „Intuition.“

„Darin war genug Luminal, um einen Elefanten einzuschläfern.“

„Luminal?“

„Der Handelsname von Phenobarbital, einem Barbiturat. Das Zeug wird nur noch als Antiepileptikum eingesetzt. Barbiturate machen schnell abhängig, und der Nutzen ist zweifelhaft. Eine Überdosis wirkt in der Regel tödlich, wenn nicht schnell eingegriffen wird.“

„Also ein rezeptpflichtiges Medikament.“

„Gut erkannt. Mit Baldrian kann man niemanden umbringen. Aber kein verantwortungsbewusster Arzt verschreibt heute noch Phenobarbital als Schlafmittel.“

„Entweder ist unser Mann also in eine Apotheke eingebrochen, oder er ist Epileptiker oder ...“

„Oder es war jemand vom Krankenhauspersonal.“

„Ein Suizidversuch war es auf keinen Fall. Niemand, der vorübergehend erblindet ist, macht sich die Mühe, die Tabletten einzeln aus der Packung zu nehmen und dann in der Infusion aufzulösen.“

Dornmann massierte seine Glatze. „Ich gebe Ihnen einen guten Rat, Moretti. Holen Sie sich Tarps Erlaubnis. Wenn er merkt, dass Sie ohne ihn in einem Fall herumstochern, reißt er Ihnen den Dickschädel ab.“

„Ein Fall? Sie haben also noch mehr Indizien entdeckt, die auf ein Verbrechen hindeuten?“

„Könnte man so ausdrücken“, sagte Dornmann.

Er legte den leeren Infusionsbeutel auf den Tisch und schaltete eine starke Halogenlampe an.

„Erkennen Sie das winzige Loch?“

Moretti beugte sich vor, um besser sehen zu können.

„Ich wette, es stammt von einer Injektionsnadel. Ihr Unbekannter hat die Tabletten in Wasser aufgelöst und dann in den Beutel gespritzt. Ganz schön raffiniert.“

Moretti pfiff durch die Zähne. „Und er ging kein Risiko ein, erkannt zu werden. Sammy kann wegen ihrer Augenverletzung nichts sehen. Er konnte sogar das Licht einschalten und ihr in aller Ruhe die tödliche Überdosis verabreichen. Dann ließ er die leere Medikamentenpackung zurück und machte sich aus dem Staub.“

„Sie muss aufgewacht sein und ihn überrascht haben, sonst hätte niemand etwas Verdächtiges bemerkt.“

Moretti stand auf und schob den Stuhl zurück. „Danke. Wenn Sie mal Hilfe brauchen, lassen Sie es mich wissen. Und kein Wort gegenüber Tarp, bis ich mehr weiß, einverstanden?“

Dornmann zuckte mit den Schultern. „Sie müssen ja wissen, was Sie tun.“

20

Eine Krankenschwester informierte Moretti, dass Sammy in ein freies Bett im Hauptgebäude verlegt worden war. Als er das Zimmer betrat, drehte sie suchend den Kopf in seine Richtung.

„Wer ist da?“

„Die Polizei wieder mal. Mario Moretti“, sagte er scherzend.

Sammys Gesicht war wächsern. Sie wirkte verändert, schreckhaft und verängstigt. Trotz ihrer vorübergehenden Blindheit hatte sie gestern noch Zuversicht ausgestrahlt und sich einen Spaß daraus gemacht, ihn um den Finger zu wickeln. Davon konnte heute keine Rede mehr sein.

Sie versuchte ein Lächeln, was gründlich misslang. „Setzen Sie sich doch.“

Moretti zog sich einen Stuhl heran. „Wie geht es Ihnen?“

„Wie sehe ich denn aus?“

„Als wären Sie dem Tod gerade noch von der Schippe gesprungen.“

„Der Arzt sagt, es sei knapp gewesen. Wenn Sie mich nicht gefunden hätten ...“

„Denken Sie nicht darüber nach. Was ist gestern Nacht passiert?“

Stumm wandte sie das Gesicht von ihm ab.

„Wer hat ein Interesse daran, Sie zu ermorden?“

„Ich habe Ihnen doch von dem Verrückten erzählt."

Moretti biss sich auf die Lippen. Irgendwie musste er die Wahrheit aus ihr herausholen.

„Ich hatte gehofft, Sie würden mir vertrauen."

Sammy antwortete nicht.

„Ich will Ihnen helfen. Aber dazu müssen Sie mir die Wahrheit sagen."

„Das habe ich. Aber Sie glauben mir ja doch nicht."

„Sammy, dieser Mann, den Sie beschrieben haben, existiert nicht. Das Nummernschild, an das Sie sich erinnert haben wollen, gehört zu einem roten VW Passat und nicht zu einem schwarzen Mazda MX-5."

„Dann hat er die Schilder gestohlen."

„Nein, das hat er nicht. Der Besitzer des Wagens ist für ein paar Tage an die See gefahren. Er vermisst weder seine Nummernschilder, noch weiß er von einem Diebstahl. Ich glaube, es war einfach Pech, dass es das Kennzeichen, das Sie erfunden haben, tatsächlich gibt. Haben Sie wirklich geglaubt, ich prüfe das nicht nach?"

Sammy schwieg. Einen Moment lang dachte er, sie sei eingeschlafen. „Was verschweigen Sie mir?"

Ihre Hände krampften sich um die Bettdecke. Es dauerte lange, bis sie antwortete. „Ich ... ich habe etwas beobachtet. Etwas, das ich nicht hätte sehen dürfen."

Erleichtert atmete Moretti aus. Endlich kam er der Wahrheit näher.

„Ich ..."

Es klopfte. Eine Krankenschwester steckte den Kopf zur Tür herein. „Herr Moretti?"

„Nicht jetzt."

„Ein Herr Tarp möchte Sie sprechen."

Tarp? Was hatte der hier verloren? Woher wusste der Kommissar überhaupt, dass er hier war? Von einer bösen Vorahnung erfüllt, verließ Moretti das Krankenzimmer.

Wie ein nervöser Gecko lief Tarp den Gang auf und ab. Als er Moretti erblickte, zuckte ein Nerv in seinem Mundwinkel.

„Sind Sie wahnsinnig, Moretti? Was wird das hier? Ich habe vergangene Nacht dreimal versucht, Sie zu erreichen. Die Russen räumen die Spielbank in Bad Ems aus, und Sie spielen den Babysitter für eine notorische Lügnerin, die regelmäßig versucht, sich umzubringen!"

Moretti rührte sich nicht von der Stelle, als Tarp sich dicht vor ihm aufbaute und den Kopf in den Nacken legte.

„Sie lügt nicht. Ich war gerade so weit, dass sie ..."

„Und ich war gerade so weit, mich nach einem neuen Assistenten umzusehen."

Tarp nahm eine zerknitterte Zigarettenpackung aus der Seitentasche seines Sakkos.

„Sie dürfen hier nicht rauchen", sagte Moretti.

Der Kommissar ignorierte den Hinweis und redete sich in Rage. „Das gibt einen solchen Haufen Minuspunkte, dass Sie Dornmanns Kellerloch schrubben werden, bis es glänzt, um den abzutragen."

Der Stationsarzt steckte den Kopf aus dem Schwesternzimmer. „He, Sie! Machen Sie sofort die Zigarette aus!"

Mit der Kippe zwischen den Zähnen drehte Tarp sich zu ihm um. „Was halten Sie davon, wenn ich mit Ihrem Chef eine Partie Golf spiele und wir ein bisschen über Ihre Laufbahn plaudern?"

„Entweder folgen Sie meinen Anweisungen, oder ich muss Sie auffordern, die Klinik zu verlassen."

Tarp kümmerte sich nicht um ihn. Er wippte auf den Schuhspitzen und tippte Moretti auf die Brust. „Ich gebe Ihnen einen guten Rat. Lassen Sie die Finger von dem Mädchen."

„Und wenn ich Hinweise auf ein Verbrechen habe?", beharrte Moretti.

„In zehn Minuten sitzen Sie in Ihrem Büro und stecken Ihre unerfahrene italienische Nase in die Akten, die sich auf Ihrem Schreibtisch stapeln. Es existiert kein Fall Samantha Baring, und es wird auch keinen geben, haben Sie das verstanden? Es ist Sache der Schutzpolizei, den Unfallhergang zu klären. Oder möchten Sie lieber mit Bender Streife fahren?"

Der Stationsarzt trat verärgert auf den Gang und berührte Tarp an der Schulter. „Machen Sie die Zigarette aus."

Der warf die Kippe auf den Boden und trat sie mit dem Absatz aus.

„Hauen Sie ab, oder ich stelle diese Scheißklinik auf den Kopf. Ihre Patienten verabreichen sich ihre Medikamente selbst und bringen sich fast damit um. Was halten Sie davon, wenn ich eine Untersuchung einleite?" Er zeigte auf Sammys Zimmertür. „Führen Sie diese Verrückte dem Amtsarzt vor. Das Mädchen gehört zu ihrer eigenen Sicherheit in die geschlossene Psychiatrie. Ich werde mich heute Nachmittag vergewissern, dass Sie entsprechende Maßnahmen eingeleitet haben." Er warf Moretti den Autoschlüssel zu. „Ich muss telefonieren. In fünf Minuten finde ich Sie in meinem Wagen."

Tarp trampelte den Gang entlang und hämmerte in der Halle auf den Liftknopf.

„Netter Chef", sagte der Arzt. „Es muss Spaß machen, mit ihm zusammenzuarbeiten."

„Manchmal komme ich aus dem Lachen gar nicht mehr heraus."

Moretti drehte sich um und kehrte in Sammys Zimmer zurück. Noch war er nicht bereit, aufzugeben. Ihm blieben fünf Minuten.

„Tut mir leid. Wir wurden unterbrochen", entschuldigte er sich.

„Sie werden eine Menge Ärger wegen mir bekommen. Sie müssen das nicht tun."

Er straffte sich und wuchs ein Stück. „Doch, genau das ist meine Aufgabe. Ich verwalte keine Verbrechen, ich versuche, sie zu verhindern. Und ich will zu keinem Tatort gerufen werden, um Ihren Tod untersuchen zu müssen." Er blickte gehetzt auf die Armbanduhr. „Was genau haben Sie denn nun beobachtet?"

Sammy drehte den Kopf zum Fenster, obwohl sie das gleißende Sonnenlicht nicht sehen konnte. Vielleicht spürte sie die Wärme auf dem Gesicht.

„Nichts. Gar nichts. Der Doktor hatte recht. Ich wollte mich umbringen, weil ich Angst habe, zu erblinden. Es gibt kein Verbrechen, dass Sie aufklären oder verhindern könnten."

Seine Gedanken polterten durcheinander wie die Würfel in einem Spiel, das er zu verlieren drohte. Er hatte Mühe, diese Kehrtwende so schnell zu verarbeiten. „Vorhin haben Sie zum ersten Mal die Wahrheit gesagt, das wissen wir beide. Warum lügen Sie nun wieder?"

Sie antwortete nicht.

„Vor wem haben Sie Angst? Selbst wenn Sie etwas getan haben, für das die Polizei Sie belangen könnte, kann ich mir nicht vorstellen, dass Sie deswegen leichtsinnig Ihr Leben fortwerfen wollen. Darum ... wer bedroht Sie?"

„Ich habe einen Mord beobachtet", sagte sie leise.

„Einen ... Mord?"

„Der Mann, mit dem Sie gerade gestritten haben, ist das Ihr Chef?"

Er nickte stumm, bis er sich daran erinnerte, dass Sammy ihn nicht sehen konnte. „Ja. Warum fragen Sie nach ihm?"

„Ich habe seine Stimme wiedererkannt. Er war dabei, als der Mord geschah."

„Das ist nicht Ihr Ernst."

„Ich wusste, Sie würden mir nicht glauben."

Tarp war egozentrisch und rechthaberisch, aber dennoch ein Polizist, er gehörte zu den Guten, den Jungs von Eliot Ness.

„Sie meinen, er hat die Tat selbst begangen?"

„Ich weiß es nicht. Auf jeden Fall deckt er den Mörder. Und er weiß, dass ich etwas gesehen habe. In jener Nacht folgte er mir und beobachtete mich, ich bin ganz sicher."

„Deshalb haben Sie die Wahrheit verschwiegen ... weil Sie der Polizei nicht vertrauen."

Nun sah er seinen Streit mit Tarp mit anderen Augen. Es war kein Zufall, dass er im Krankenhaus auftauchte und genau über Sammy informiert war.

„Er wird seine Drohung wahr machen. Wenn Sie wirklich Zeugin eines Verbrechens sind und er verhindern will, dass Sie aussagen, wird er Sie in die geschlossene Psychiatrie einweisen lassen. Damit fallen Sie als verlässliche Belastungszeugin aus. Ein cleverer Plan – wenn wir zulassen, dass er funktioniert. Ich werde mit dem Arzt reden. Das Krankenhaus ist kein sicherer Ort mehr für Sie. Sie brauchen Schutz."

Sammy drehte ihm das Gesicht zu. „Psychiatrie? Er kann mich doch nicht in die Klapsmühle stecken, nur weil es ihm in den Kram passt!"

„Die Ärzte haben in Ihrem Blut große Mengen eines Barbiturats gefunden. Die leere Medikamentenpackung lag neben Ihrem Bett. Alles deutet darauf hin, dass Sie versucht haben, sich das Leben zu nehmen. Die Klinikleitung muss den Vorfall dem Amtsarzt melden. Er wird entscheiden, ob weiterhin Suizidgefahr besteht. Zu diesem Zweck wird er Sie in die geschlossene Psychiatrie einweisen. So lauten die Gesetze in unserem Land."

Sie richtete sich mühsam auf. „Das kann er nicht machen! Ich bin nicht verrückt!"

Moretti setzte sich zu ihr auf die Bettkante und ergriff ihre Hand. Sie war eiskalt.

„Sie müssen mir jetzt die Wahrheit sagen, Sammy. Keine weiteren Lügen mehr, versprochen?"

Sie nickte stumm.

„Haben Sie versucht, sich umzubringen?"

„Nein."

„Gut. Vertrauen Sie mir."

„Sie können mich nicht beschützen, das haben Sie selbst gesagt."

Moretti hatte einen genialen Einfall, der sich geradezu aufdrängte. „Ich nicht, aber ich kenne jemanden, der es kann“, sagte er, „einen Privatdetektiv, und einen verdammt guten noch dazu.“

21

„Ein Privatdetektiv? Sind Sie übergeschnappt, Moretti? Ich trete am Montag meine erste Schicht als Wachmann an."

„Dann haben Sie ja noch Zeit, sich ein paar Scheine zu verdienen."

Moretti versetzte seinem Drehstuhl einen Stoß und ließ ihn herumwirbeln. Der dicke Bender, der sich hinter der Glasscheibe im Büro nebenan mit einem Aktendeckel Luft zufächelte, flog vorbei. Stettners Stimme quakte entrüstet aus dem Hörer.

Moretti grinste. Er war sich auf eine intuitive Art sicher, dass dies genau der richtige Job für Stettner war. „Ich stelle mir Sie gerade als Wachmann vor", unterbrach er ihn. „Ebenso könnte man versuchen, einen streunenden Hund zu einem Vereinsdackel umzuerziehen. Hören Sie sich meinen Vorschlag an, bevor Sie ablehnen. Nebenbei könnten Sie sich bei Tarp für Ihren Rauswurf revanchieren."

„Tarp?" Stettner schien plötzlich interessiert.

Moretti schilderte seinen Plan.

„Das wird niemals funktionieren", antwortete Stettner. „Ich habe noch nicht mal ein Büro oder eine Hundehütte, in der ich sie in Sicherheit bringen könnte."

„Ich glaube, da irren Sie sich. Wir treffen uns in zwei Stunden am Lahnufer vor dem Spielcasino."

„Wozu?"

Moretti grinste. „Ich will Ihnen Ihr neues Zuhause zeigen."

Stettner stellte seinen verbeulten Fiat Punto am vereinbarten Treffpunkt ab. Misstrauisch lauschte er auf das rasselnde Husten im Motorraum, das die Türverkleidung zum Vibrieren brachte. Die Hälfte seiner kargen Ersparnisse hatte er in dieses Wrack gesteckt. Ohne Auto keine Arbeit und ohne Arbeit keine Kohle, so einfach war das. Die Anstellung als Wachmann war der einzige Job, den er hatte bekommen können, die einzige Tätigkeit, von der er etwas verstand. Morettis Vorschlag hörte sich verrückt an, aber andererseits hasste Stettner seinen neuen Job bereits, bevor er ihn angetreten hatte. Auf dem Rücksitz lag die neue Uniform, die er ebenfalls hasste. Uniformen bedeuteten, sich Regeln unterwerfen zu müssen, die andere aufgestellt hatten. Er missachtete grundsätzlich Regeln, die er nicht selbst aufgestellt hatte.

Seufzend zog er den Zündschlüssel ab. Wer weiß, vielleicht war Morettis Idee ja gar nicht so schlecht. Er stieg aus und ersparte es sich, den Wagen abzuschließen. Stehlen würde ihn ohnehin niemand. Im schlimmsten Fall schob ihn jemand aus Mitleid zum Schrottplatz, wie man einen altersschwachen Gaul zum Schlachthof karrte.

Moretti war nirgends zu sehen. Stettner blickte sich suchend um und entdeckte sofort die *Styx*. Das alte Hausboot lag noch am selben Platz und übte einen unerklärlichen Zauber auf ihn aus. Jeder andere hätte in dem alten Kahn mit den weiß-grünen Bordwänden nur einen Rosthaufen gesehen, der in Kürze dem Fiat in die

Schrottpresse folgen würde. Für ihn hingegen verkörperte das Boot Freiheit, Unabhängigkeit und einen individuellen Lebensstil.

Das verblichene Schild mit der Aufschrift *Zu verkaufen* hing noch immer in einem der Fenster. Auf dem Deck lag ein dreifarbig gescheckter, einäugiger Kater und genoss die warmen Strahlen der Abendsonne. Sein Schwanz hing zwischen der Reling an der Bordwand herab und zuckte, als träume sein Besitzer wild. Sehnsüchtig strich Stettner mit den Fingerspitzen über die raue Schiffshaut. Ein paar Eimer frische Farbe würden das Boot in seinen Augen in eine Luxusjacht verwandeln.

Hastig zog er die Hand zurück und verdrängte den Wunsch, es besitzen zu wollen. Er würde niemals das Geld dafür aufbringen können. Wo blieb nur Moretti? Hätte sich sein früherer Kollege keinen anderen Treffpunkt aussuchen können?

„Hier oben, Stettner!"

Überrascht hob er den Kopf. Moretti stand neben dem Laufsteg an der Reling und winkte ihn herauf. Traumwandlerisch setzte Stettner einen Fuß auf die Planke.

„Ich heiß übrigens Mario." Moretti streckte die Hand aus.

„Stettner. Einfach nur Stettner. Hat der alte Kahn etwas mit deinem grandiosen Plan zu tun?"

„Ich werd's dir gleich erklären. Darf ich dir zunächst deine Klientin vorstellen?"

Abwesend nickte Stettner und sah sich verstohlen um. Die Aufbauten waren flach gehalten, das Boot wirkte von hier oben sehr viel kleiner, aber es wäre groß genug für ihn. Wie betäubt folgte er dem plappernden Moretti und konnte sich nicht erinnern, wie er in die große Kajüte gelangt war. Das Wasser der Lahn spiegelte sich an der Decke und überzog den Raum mit einem goldenen Schimmer.

Alles meins. Ich will es haben. Ich muss dieses Boot haben.

Am anderen Ende der Kajüte befand sich eine gemütliche Sitzecke mit einem auf dem Boden verschraubten Tisch. Auf einem der Stühle saß eine blonde junge Frau. Der weiße Verband über ihren Augen verstärkte die unnatürliche Blässe ihrer Haut. Sie wirkte erschöpft und ausgezehrt. Ängstlich versuchte sie herauszufinden, wer sich ihr näherte.

Auf der Sitzbank am Fenster saß ein Mann um die sechzig mit grau meliertem Haar. Auf eine entfernte Art kam er Stettner bekannt vor, obwohl er sicher war, ihm nie zuvor begegnet zu sein. Er trug einen anthrazitfarbenen Anzug mit Einstecktuch und passender silbergrauer Krawatte und machte sich Notizen auf einem Smartphone. An seinem Handgelenk bemerkte Stettner eine dezente goldene Uhr, der man ihren Wert dennoch ansah. Vermutlich kostete sie mehr, als er in einem Jahr als Wachmann verdienen würde.

Der Mann steckte das Telefon ein, stand auf und begrüßte Moretti auf Italienisch. Sie schüttelten sich überschwänglich die Hände und umarmten sich wie alte Freunde.

„Darf ich vorstellen?", sagte Moretti. „Deine Klientin, Samantha Baring."

Stettner gab ihr artig die Hand und zeigte Moretti den Vogel.

„Sagen Sie Sammy zu mir."

„Also gut, dann, äh ... Sammy."

„Und das hier ist mein Onkel Antonio Tremante. Toni, das ist Jan Philipp Stettner."

Tremante schüttelte Stettners Hand wie einen Pumpenschwengel. „Ich habe schon viel von Ihnen gehört. Mein Neffe berichtet nur das Beste von Ihnen. Ich freue mich aufrichtig, zu hören, dass Sie ihm mit Ihrer Erfahrung ein wenig unter die Arme greifen."

„Loben Sie mich nicht zu viel, sonst bekomme ich noch rote Ohren", erwiderte Stettner mit einem gequälten Blick auf Moretti.

„Antonio ist Rechtsanwalt. Er besorgt uns einen Gutachter für Sammy, damit wir dem Antrag auf Einweisung in die Psychiatrie erfolgreich widersprechen können."

„Eine sehr gute Idee, sich selbstständig zu machen", sagte Tremante. „Sie werden hervorragende Arbeit als Detektiv leisten." Sein Handy klingelte. „Entschuldigen Sie mich einen Moment. Ein wichtiger Klient, da muss ich rangehen." Mit energischen Schritten strebte er an Deck.

Nun wurde Stettner klar, warum der Anwalt ihm so bekannt vorgekommen war. Er war eine perfekte, fünfunddreißig Jahre ältere Ausgabe von Moretti.

Er beugte sich zu Moretti. „Lass nächstes Mal den Philipp weg, sonst versenke ich dich mit einem Betonklotz an den Füßen in der Lahn. Ich kann den Namen nicht ausstehen."

Moretti grinste breit.

Sammy lauschte irritiert. „Sie sind ja gar kein Privatdetektiv", platzte sie heraus.

„Klar bin ich ein Detektiv. Was kann ich für Sie tun?"

„Wie viele Fälle haben Sie denn schon gelöst?“

„Eine Menge“, log er. „Vertrauen Sie mir.“

Zunächst hörte er sich Morettis Geschichte an, die er in dem Telefonat nur grob angerissen hatte.

Sammy schwieg die meiste Zeit und steuerte nur wenig bei. Sie schien verängstigt und unsicher zu sein – verständlich, nach dem, was ihr widerfahren war.

„Sie sagen, Sie haben etwas beobachtet, was Sie nicht hätten sehen dürfen, haben sogar einen Mord erwähnt. Können Sie das ein bisschen genauer ausführen?“, fragte er.

Sammy rutschte nervös auf ihrem Stuhl herum.

„Dein Onkel ruft nach dir, Mario.“

„Was? Oh, ja, natürlich.“ Moretti verschwand an Deck.

„Sie können ihm vertrauen“, erklärte Stettner.

Sammy nickte und knetete ihre Hände. „Ich weiß. Aber seinem Chef nicht.“

„Ich habe in meinem Leben eine Menge Arschlöcher kennengelernt, Sammy. Tarp ist mit Sicherheit das Größte, das mir je begegnet ist. Aber er ist kein Mörder.“

„Sie glauben mir auch nicht.“

„Immerhin beschuldigen Sie den Leiter der Mordkommission, in ein Kapitalverbrechen verwickelt zu sein. Überzeugen Sie mich.“

„Sie haben gelogen. Das ist Ihr erster Fall als Privatdetektiv, nicht wahr?“

„Na und? Das ist der erste Mord, den Sie beobachtet haben. Jeder fängt mal an.“

„Das gefällt mir. Schade, dass ich Sie nicht sehen kann. Welche Farbe haben Ihre Augen?“

„Ist das wichtig?“, fragte er stirnrunzelnd.

„Für mich schon."

„Sie sind braun. Wenn es Sie beruhigt, ich habe sechs Jahre Streifendienst hinter mir und die vergangenen zwei Jahre als Sonderermittler gearbeitet. Vor zwei Tagen habe ich meinen Job an den Nagel gehängt und brauche dringend ein bisschen Kleingeld. Überzeugt Sie das?"

„Warum haben Sie alles hingeworfen?"

Er schwieg. Dieses Mädchen mit den vorwitzigen blonden Locken hatte die unangenehme Art, genau die richtigen Fragen zu stellen.

„Warum wollten Sie kein Polizist mehr sein, Jan Philipp?", bohrte sie weiter.

„Okay. Wenn Sie wollen, dass ich Ihren Fall übernehme, erwähnen Sie als Erstes nie wieder das böse P-Wort. Einfach Stettner, das reicht."

Sammy lachte. „Okay. Sagen Sie niemals Samantha zu mir, wenn Sie auch nur einen Cent sehen wollen."

Er musste lachen. Es klang seltsam fremd in der großen Kajüte, als gehöre die Stimme jemand anderem. Er hatte sich schon lange nicht mehr lachen gehört.

„Okay, ich sage Ihnen, warum ich gekündigt habe. Tarp hat mich fertiggemacht. Sie stellten mich vor die Wahl: entweder Strafversetzung oder Rauswurf. Da bin ich freiwillig gegangen."

„Oh. Davon hat Mario nichts erwähnt."

„Wozu auch?"

„Vielleicht kann ich Ihnen helfen, sich an Tarp zu rächen."

Er schüttelte den Kopf. „Sie missverstehen mich. Ich habe nicht die Absicht, Vergeltung zu üben. Tarp soll aus meinem Leben verschwinden, genauso wie die

Leute, die ihn decken. Wenn er in die Sache verstrickt ist, werde ich versuchen, ihn zu überführen, damit er vor Gericht gestellt wird. Aber ich gebe zu, viele meiner ehemaligen Kollegen werden eine Party feiern, wenn dieser arrogante Idiot von der Bildfläche verschwindet. Also tun wir ihnen den Gefallen. Und nun zu Ihnen. Was ist in Billingers Haus passiert?"

Sammy schilderte den Abend bis zu dem Moment, als sie im Ankleidezimmer neben dem Schlafzimmer die Kamera im Schrank entdeckt hatte.

„Da war dieses Mädchen, mit dem ich unten am Pool geredet hatte, Jana. Sie war nackt bis auf einen dieser durchsichtigen Schleier, die die Mädchen alle trugen. Dann schnappte sie sich einen Schal, der über der Stuhllehne hing, und begann zu tanzen. Sie war eine sehr gute Tänzerin."

„Was war das für ein Schal?"

„Ein dunkler Seidenschal. Sie legte ihn sich um die Schultern und spielte damit herum wie eine Stripperin. Die Show diente nur dazu, Billinger heißzumachen. Schließlich zahlte er gut dafür."

Billinger! Zum zweiten Mal innerhalb weniger Tage platzte der vierschrötige Mann in sein Leben. Das konnte kein Zufall sein! Nachdenklich rieb er sich das unrasierte Kinn.

„Konnten Sie Billinger erkennen?"

Sammy schüttelte den Kopf. „Nicht direkt. Die meisten Männer trugen diese albernen venezianischen Masken, auch der Mann im Schlafzimmer. Aber die Statur passte zu ihm, ebenso die kurzen stacheligen, roten Haare."

„Was geschah dann?"

„Sie nahmen beide Kokain. Billinger verteilte das Zeug in Streifen auf dem Glastisch. Jana wollte es unbedingt mit einem zusammengerollten Fünfhundert-Euro-Schein schnupfen. Billinger schien das zu gefallen. Ich hatte das Gefühl, er war ziemlich blau."

Das Kokain dämpfte die Wirkung des Alkohols und versetzte Billinger kurzzeitig in einen Rauschzustand, in dem er sich unbesiegbar fühlte. Jana spielte mit dem starken Mann wie ein ahnungsloses Kind mit dem Feuer. Sie tanzte aufreizend um ihn herum, neckte und lockte ihn, nur um sich ihm immer wieder zu entziehen.

„Sie war total high. Billinger wollte schnellen Sex, aber Jana hörte nicht auf, mit ihm zu spielen. Als er sie schließlich einfing, schnaufte er wie eine heiß gelaufene Dampflok. Jana zog ihm die Hose aus, aber bei ihm regte sich nichts. Sie fing an zu kichern. Die Stimmung kippte, doch sie merkte es nicht. Jana wurde hysterisch und bekam einen Lachkrampf, als sie seinen kleinen Freund so schlapp sah."

Das Lachen machte Billinger wütend. Die verdammte Nutte sollte damit aufhören. Aber Jana konnte nicht. Sie schlang sich den Seidenschal um den Hals, nahm ein Ende in die Hand und tat so, als müsse sie dem kleinen Billinger Luft zufächeln, um ihn wiederzubeleben.

„Plötzlich wusste ich, was geschehen würde. Ich wollte Jana warnen, sie anschreien, damit sie mit dem gefährlichen Spiel aufhörte, aber ich war wie gelähmt."

Bevor ich reagieren konnte, schnellte Billinger vor, packte blitzschnell die Enden des Schals und begann Jana zu würgen. Er schrie und brüllte, und in einem makabren Tanz wankte er mit ihr durch das Schlafzimmer. Dabei stieß er Stühle und Möbel um, weil ihn seine herabgelassene Hose behinderte.

Jana tat, was ich auch getan hätte. Sie erwischte mit den Fingern seine Eier und drückte zu. Billinger grunzte überrascht und stieß sie von sich. Jana taumelte, stolperte rückwärts über einen umgeworfenen Hocker und fiel mit dem Kopf auf eine Ecke des Glastisches. Dann war plötzlich alles totenstill. Ich biss mir in die Faust, weil ich Angst hatte, zu schreien und mich dadurch zu verraten. Billinger hätte mich auch umgebracht, wenn er mich entdeckt hätte."

„Und Jana?"

„Sie rührte sich nicht mehr. Ich glaube, sie lag auf dem Rücken neben dem Tisch. Ich weiß es nicht mehr genau."

„Und was tat Billinger?"

„Er stürmte aus dem Zimmer. Ich hörte ihn die Treppe hinabpoltern. Dann bin ich aus dem Ankleidezimmer geflohen. Auf dem Flur stieß ich auf Tarp."

„Was wollten Sie überhaupt in dem Zimmer?"

„Draußen war es kalt geworden. Ich wollte meine Jacke holen."

Die Antwort kam klar und schnell, vielleicht ein bisschen zu schnell. In Stettners Hinterkopf flammte eine Warnlampe auf. „Und dann?"

„Ich bin durch den Nebeneingang auf den Hof hinausgelaufen", fuhr Sammy fort.

„Und haben einfach weitergearbeitet, nachdem Sie einen Mord beobachtet hatten?"

„Irgendwie geschah das automatisch. Wir mussten den Stand abbauen und den Lieferwagen einräumen. Ich hatte einfach keine Zeit zum Nachdenken. Alles war so ... bizarr ... so unwirklich; als sei nichts von alledem tatsächlich geschehen. Gegen eins bin ich dann nach Hause gefahren. Das ist alles."

Mit der Erfahrung von Hunderten Verhören filterte Stettner die wesentlichen Informationen aus Sammys Geschichte heraus. Moretti war zu vertrauensselig, hier passten eine Menge Dinge nicht zusammen. Zu viele, um genau zu sein. Eines jedoch stand zweifelsfrei fest. Wenn Sammy nicht versucht hatte, sich selbst zu töten, trachtete ihr jemand nach dem Leben; jemand, der bereit war, hohe Risiken einzugehen, um Erfolg zu haben.

„Und Sie haben nicht zufällig nachgesehen, ob in dem Rekorder eine DVD steckte, die dann unauffällig in Ihrer Tasche verschwand?"

„Nein. Was sollte ich damit?"

„Sie hätten Kapital daraus schlagen können."

„He! Sehe ich aus wie eine Erpresserin?"

Er überlegte. Sammy steckte in der Klemme, so oder so. Wahrscheinlich wusste Billinger genau, dass sie nicht zur Polizei gehen konnte. Tarp würde dafür sorgen, dass mögliche Ermittlungen im Sand verliefen. Warum sollte Billinger trotzdem versuchen, sie umzubringen? Wollte er sichergehen, dass sie auf keinen Fall mehr reden konnte?

„Was werden Sie jetzt unternehmen?", fragte Sammy.

„Nachdenken." Stettner schob seinen Stuhl zurück, ging die Stiege hinauf und suchte Moretti. Er stand an der Reling, in ein Gespräch mit seinem Onkel vertieft.

„Werden Sie den Fall übernehmen?", fragte Tremante.

„Ich weiß es noch nicht."

Stettner strich mit der Hand über das rostige Geländer. Der hässliche Kater stupste ihn an, rieb den einäugigen Kopf an seinem Hosenbein und schlich miauend um seine Füße.

„Ich sehe mal nach Sammy", sagte Moretti mit einem düsteren Blick auf Stettner.

„Sehr ungewöhnlich", sagte Tremante.

„Ja. Diese Geschichte gefällt mir nicht."

Tremante deutete auf den Kater. „Ich meinte Jabba. Normalerweise meidet er Menschen. Ich habe noch nie erlebt, dass er freiwillig auf einen Fremden zugeht."

Der Kater gab ein rostiges Quietschen von sich, das zu dem heruntergekommenen Boot passte.

„Jabba? Wer hat ihm denn diesen Namen verpasst?"

„Ich glaube, das war Mario. Werden Sie den Fall übernehmen, Herr Stettner?"

„Kein Herr, nur Stettner, das reicht. Sagen Sie mal, gehört dieses Boot Ihnen?"

Tremante lehnte sich besitzergreifend an die Reling. „Wie man's nimmt. Es gibt immer mal wieder Klienten, die knapp bei Kasse sind. Ich nahm das Boot als Anzahlung, was sich als schlechter Deal herausstellte. Niemand kauft mir den Rosthaufen ab."

„Na, so ein Pech." Stettner überlegte fieberhaft, wie er den Anwalt überzeugen könnte, ihm den Rosthaufen billig zu überlassen. Er wechselte schnell das Thema, bevor Tremante sein Interesse bemerkte. „Sie kennen doch sicher eine Menge reiche Leute", sagte er leichthin. „Leute, die sich einen guten Anwalt leisten können."

„Könnte sein."

„Sagt Ihnen der Name Billinger etwas?"

„Hans-Peter Billinger?"

„Den Vornamen kenne ich nicht. Ihm gehört eine Basaltfirma in Gräbersberg."

„Steht Ihre Frage mit der jungen Dame unter Deck in Zusammenhang?"

Der einäugige Kater kletterte behäbig auf einen Kasten an der Heckreling und suchte Stettners Aufmerksamkeit. Er kraulte ihn hinter den Ohren, bis Jabba zufrieden schnurrte.

„Könnte schon sein. Sie sind ihm nicht zufällig schon einmal begegnet? In Ihrer Kanzlei vielleicht?"

Tremante grinste breit und entblößte zwei Reihen blendend weißer Zähne. Ein Raubtiergebiss. „Sie gefallen mir. Mario hat nicht zu viel versprochen. Nebenbei gefragt ... interessiert Sie dieses Boot?"

„Vielleicht. Sie wissen, dass ich es mir nicht leisten kann."

„Darüber lässt sich reden. Um auf Ihre Frage zurückzukommen ... ja, ich kenne Hans-Peter Billinger. Allerdings lege ich keinen Wert auf seine Freundschaft, wenn Sie das meinen. Was hat er denn angestellt?"

„Etwas sehr Unanständiges, das er nicht ungeschehen machen kann."

„Und Ihre Klientin ist in die Sache verstrickt?"

Stettner blickte zum Niedergang hinüber. „Manchmal sehen Leute etwas, was sie besser nicht gesehen hätten."

„Ah, verstehe. In der Tat eine sehr unangenehme Lage. Werden Sie den Fall nun übernehmen? Ich frage aus reiner Neugier."

„Nein, wahrscheinlich nicht. Um ehrlich zu sein, diese Detektivgeschichte war Marios Idee. Ich bin nicht begeistert davon."

„Sie passt zu Ihnen. Ich hätte übrigens auch einen Auftrag für Sie."

Stettner gab Jabba einen Klaps. Der Kater trollte sich. „Fangen Sie auch noch damit an?"

„Hören Sie sich zuerst mein Angebot an, bevor Sie ablehnen." Sein Arm beschrieb einen Kreis. „So ein Boot verursacht Kosten."

„Kann ich mir denken." Er versuchte, sich Tremante als Freizeitkapitän auf einer Segeljacht vorzustellen, oder auf einem Golfplatz. An Bord dieses alten Kahns wirkte er so deplatziert wie Jabba auf einer Rassekatzenschau.

„Ich bin auf der Suche nach einem alten Freund", fuhr Tremante fort, „nun, sagen wir lieber Geschäftspartner. Vor fünf Jahren verschwand er spurlos. Meine Nachforschungen ergaben, dass er sich nach Thailand abgesetzt hat. Zuvor verkaufte er seine Firma an einen Nachfolger. Für meinen Freund war das ein sehr ungewöhnliches Verhalten."

„Und Sie haben ihn nie wieder gesehen?"

„Bedauerlicherweise nicht. Ich engagierte sogar einen Privatdetektiv, um ihn aufzuspüren. Leider erwies der sich als schlechte Wahl und tauchte mit dem Vorschuss unter."

„Das nennt man Pech. Ihr Freund schuldet Ihnen nicht zufällig Geld?"

Tremante lachte und verwandelte sich plötzlich wieder in Morettis älteren Bruder. „Nun, der Nachfolger, an den Walter Bergmann – so der Name meines Freundes – sein Unternehmen verkauft hat, war Hans-Peter Billinger."

„Ich sehe da keinen Zusammenhang."

„Vielleicht gibt es keinen. Als der Name fiel, erinnerte ich mich an den Fehlbetrag auf meinen Konten. Auch wenn ich ihn längst verschmerzt habe, juckt die alte Narbe hin und wieder."

„Und was wollen Sie von mir?"

Tremante lächelte. „Ich glaube, dass Sie der richtige Mann sind, um Bergmann aufzuspüren."

„Sie glauben nicht an die Geschichte mit dem Lebensabend unter Palmen?"

„Nein. Bergmann war ein harter Verhandlungspartner, aber ein fairer Geschäftsmann. Er zahlte seine Rechnungen pünktlich."

„Warum sollte ihn diese Einstellung daran hindern, auf seine alten Tage das Leben zu genießen?"

„Sein Leben war das Unternehmen, verstehen Sie? Müßiggang war ihm verhasst." Tremante warf einen abschätzenden Blick auf Stettners Fiat. „Er fing mit einem alten Lastwagen an, und zehn Jahre später beschäftigte er fünfzig Mitarbeiter. Ich kann nicht glauben, dass ihm seine Firma von heute auf morgen nichts mehr bedeutete. Zudem ließ er seine Lebensgefährtin zurück, die kurz darauf einen Nervenzusammenbruch erlitt, von dem sie sich nie wieder ganz erholt hat. Die arme Elfie, ich mochte sie sehr."

„Das hört sich beinahe so an, als hegten Sie einen konkreten Verdacht."

Tremante zuckte mit den Schultern. „Ich will niemanden zu Unrecht beschuldigen. Unter uns, wenn ich Sie wäre, würde ich mir diesen Billinger genauer ansehen.

Er tauchte wie aus dem Nichts auf und übernahm innerhalb von wenigen Tagen Bergmanns Firma. Kommt Ihnen das nicht sonderbar vor?"

„Menschen tun oft sonderbare Dinge. Sie meinen also, wenn ich ein bisschen in Billingers Nest herumstochere, fallen mir vielleicht Ihre Außenstände in den Schoß."

„So in etwa."

„Ich muss Sie enttäuschen. Sammys Fall werde ich nicht übernehmen."

„Ich bin überrascht, dass Sie der Herausforderung aus dem Weg gehen."

„Sie lügt. Ich halte sie für eine Schwindlerin."

„Ihre Verletzungen sind echt."

„Der Punkt geht an Sie."

„Nun, ich könnte mir vorstellen, dass meine Art der Bezahlung Sie umstimmen wird."

„Keine Chance. Behalten Sie Ihr Schwarzgeld."

„Aber, aber. Ein angesehener Rechtsanwalt führt doch keine schwarzen Kassen!"

Stettner lachte. „Natürlich nicht. Wo hatte ich nur meinen Kopf?"

Tremante wurde ernst. „Bringen Sie mir Bergmann, und die *Styx* gehört Ihnen."

Jabba miaute auffordernd.

„Solange Sie an diesem Fall arbeiten, können Sie hier wohnen. Ich übernehme weiterhin die Liegekosten", sagte Tremante.

„Das ist tatsächlich Ihr Ernst", stellte Stettner fest. „Und die Spesen?"

„Tragen Sie selbst. Bringen Sie mir Bergmann, und ich überschreibe Ihnen das Boot. Ehrlich gesagt wäre ich froh, den alten Kahn loszuwerden. Ich kann nicht ständig ein Auge darauf werfen. Vor einer Woche haben ein paar Rowdys das Boot für eine nächtliche Spritztour benutzt. Glücklicherweise führte die Lahn Niedrigwasser, und die *Styx* trieb ans Ufer. Ich will mir gar nicht ausmalen, wie hoch die Bergungskosten gewesen wären, wenn das Boot über das Wehr bei der Insel Silberau gestürzt wäre oder die Fahrrinne blockiert hätte."

Stettner spürte die Reling unter seinen Händen. Alles, was er sich erträumte, erschien in Reichweite: das Boot, ein unabhängiges neues Leben. Morettis Idee war gar nicht so übel. Warum nicht als Detektiv arbeiten?

„Ihr Angebot ist äußerst großzügig. Aber wenn Bergmann tot ist, bekommen Sie Ihr Geld nicht wieder."

Tremante zuckte mit den Schultern. „Finden Sie es heraus."

Stettner blickte ihm in die Augen. „Er hat Sie reingelegt, nicht wahr? Wie viel schuldet Ihnen Bergmann?"

Der Anwalt ging nicht auf die Frage ein. Er hielt ihm die Hand hin. „Schlagen Sie ein?"

Irgendwo gab es einen Pferdefuß, er konnte die Falle beinahe riechen. Aber was hatte er zu verlieren? Mit einem Handschlag besiegelte er die Abmachung. Dann ging er nach unten, um sich mit seinem neuen Zuhause vertraut zu machen und seinen ersten Fall zu übernehmen.

Die Sonne versank hinter den steilen Berghängen im Westen und tauchte das Wasser der Lahn in tiefe Schatten. Der zerzauste, alte Kater folgte Stettner würdevoll wie ein Berglöwe. Er benahm sich, als hätte er die ganze Sache eingefädelt.

22

Freitag, 30. August

Nadine Pohlmann schlang den Trageriemen ihrer Tasche über die Schulter, trank den lauwarmen Kakao aus und verließ die Küche durch die Hintertür.

„Nadine?“, rief ihr Vater. „Denk daran, deiner Mutter heute Nachmittag in der Töpferei zu helfen.“

Das Mädchen antwortete nicht.

„Nadine?“

„Ich bin spät dran!“

Ihr dunkelbrauner Haarschopf verschwand rasch in der einsetzenden Dämmerung. Pohlmann starrte ihr aus rot geränderten Augen nach. Die brodelnde Unruhe, die ihn in den vergangenen Wochen immer wieder gequält hatte, war nun sein ständiger Begleiter. Sein Leben geriet zusehends aus den Fugen, er fühlte sich wie eine Labormaus, die verzweifelt den Ausgang des Labyrinths suchte.

Es kam ihm vor, als hätte der Erdboden Jana verschluckt. Ihr Handy bewahrte er unter einem losen Dielenbrett in der Fischerhütte am See auf, an dem Ort, an dem sie sich getroffen hatten. Vor einigen Jahren hatte er die Jagdpacht für das nördliche Waldgebiet entlang des Sees übernommen. Das Blockhaus gehörte dazu. Seine einsamen Streifzüge waren die letzte Rückzugsmöglichkeit von einem Leben, das ihm zunehmend verhasst war. Wie ein Stern der Verheißung war

Jana an seinem Himmel erschienen, jedoch so schnell verloschen wie eine Sternschnuppe.

Er schüttete den Rest Kaffee in den Ausguss und streifte seine Jacke über. Mit Billingers Million hätten sie ein neues Leben beginnen können. Hatte Jana gewusst, dass das Geld längst verloren war, und ihn fallen gelassen?

Auf der Fahrt zur Firma kreisten seine Gedanken unablässig um das gelbe Handy. Außer ihm hatten nur Susanne und Nadine Zugang zur Töpferei. Susanne hätte den Fund niemals verschwiegen, sondern ihn zum Anlass genommen, ihr Schicksal in Rotwein zu ertränken und ihm eine Szene zu machen. Nadine schien ebenfalls nichts von dem Handy zu wissen.

Er passierte Scheurichs Autohandel. Der Verkaufsraum lag noch im Dunkeln, im Büro dahinter glomm ein trüber Lichtschein. Gerüchten zufolge schwebte das Geschäft dicht über dem bodenlosen Loch einer Pleite.

Pohlmann trat auf die Bremse, bog in eine Seitenstraße ein und umrundete den Block. Scheurich war Wehrführer der freiwilligen Feuerwehr von Gräbersberg. Er hatte einen Zweitschlüssel für das Gemeindehaus und die anderen öffentlichen Einrichtungen im Ort. Außerdem gewährten ihm der Wirt des *Dorfkrugs*, der Vorstand des Fußballvereins und andere Institutionen Zugang zu ihren Gebäuden. Im Brandfall, wenn es um Sekunden ging, bedeutete dies einen entscheidenden Vorteil. Auch für die Töpferei, die seit acht Jahren leer gestanden hatte, besaß Scheurich einen Schlüssel. Zudem war er als Billingers Spießgeselle verschrien.

Pohlmanns Gedanken rasteten ineinander wie gut geschmierte Zahnräder. Er bog auf den Hinterhof ein und trat heftig auf die Bremse. Ein Autotransporter versperrte die Einfahrt. Der Fahrer hupte und drängte ihn gestenreich zur Seite. Der Lastwagen hatte mehrere Gebrauchtwagen geladen, zwei silberne Opel, einen roten Fiesta und einen schwarzen Mazda Geländewagen mit einem verbogenen Frontgrill.

Pohlmann ließ den Transporter passieren und stellte den Wagen im Hof ab. Die Tür zur Werkstatt stand offen, aus dem Büro fiel Licht auf den öligen Betonboden.

Scheurich las in einer Zeitung und blickte kurz auf, als Pohlmann das Büro betrat.

„Schon wieder die Kupplung?“, fragte er gelangweilt.

Pohlmann antwortete nicht. Er mochte Scheurich nicht, Billingers schmieriges Helferlein, dessen Finger in jedem schmutzigen Geschäft steckten, das in Gräbersberg getätigt wurde. Seine Ahnung reifte zur Gewissheit, dass die beiden etwas mit Janas Verschwinden zu tun hatten. Er griff in seine Jackentasche und legte das Handy auf den Kofferraum eines Unfallwagens.

„Ich will wissen, wie dieses Telefon in die Töpferei kommt.“

Scheurich faltete betont langsam die Zeitung zusammen. „Warum fragst du nicht einfach deine Tochter“, sagte er. „Sieht aus wie eins von den quietschbunten Weiberhandys.“

Pohlmann ballte die Fäuste. „Das ist Janas Handy.“

„Ich kenne keine Jana.“

„Du weißt genau, wen ich meine. Sie war auf Billingers Party.“

„Da war so eine scharfe Tschechin mit Rastazöpfen, die einem das Hirn aus den Eiern saugen konnte. Meinst du etwa die?"

Scheurich stand auf, nahm einen ölverschmierten Kittel vom Haken neben der Tür und ging in die Werkstatt. Pohlmann lief ihm nach.

„Was habt ihr mit ihr gemacht?"

„Billingers Gäste aus der Welt der Schönen und Reichen gingen mir auf die Nerven", sagte Scheurich. „Okay, ich bin mit ihr losgezogen. Ja, ich hab's mit ihr getrieben. In deiner beschissenen Töpferei."

„Warum dort?"

„Weil ich einen verdammten Schlüssel habe und sie mir ein paar Extrawünsche erfüllen sollte. Sie muss ihr Handy verloren haben, als sie mir einen geblasen hat. Bist du nun zufrieden?"

Pohlmann hob den Schraubenschlüssel. „Und dann?"

„Keine Ahnung. Sie ist zurück zur Villa. Warum interessiert dich das?" Seine Miene hellte sich auf, er grinste. „Ach, so ist das. Du hast dich in die Kleine verknallt. Mensch, Heiko! Wie viel hat sie dir abgenommen?"

„Sie hat mich nicht bestohlen."

„Klar hat sie das. Sie hat dich abgezockt und sich aus dem Staub gemacht. Mach keinen Quatsch und beruhige dich. Wenn dir Susanne nicht reicht, kann ich dir jede Menge andere Weiber besorgen. Sag mal ... wo hast du das Handy denn gefunden?"

„In einem alten Blumentopf. Ich hatte gerade den Brennofen sauber gemacht."

Scheurich drehte sich verblüfft um. „Du hast den Ofen sauber gemacht?"

„Wir eröffnen am Samstag die Töpferei."

Der Autohändler kicherte. Etwas schien ihn ungeheuer zu amüsieren.

„Hör auf zu lachen."

Aus Scheurichs Kichern wurde ein kollerndes Lachen.

„Hör auf", schrie Pohlmann wutentbrannt. Er schnellte vor und stieß ihn vor die Brust. Der Autohändler stolperte und stürzte rückwärts die drei Stufen zum Büro hinab. Pohlmann blieb auf der obersten Stufe stehen und überragte ihn drohend. „Ich lasse euch alle hochgehen. Verlass dich drauf. Ob ich dafür in den Knast gehe, ist mir egal."

Scheurich rieb sich den schmerzenden Nacken und kam schwerfällig auf die Füße. „Das wirst du schön bleiben lassen."

„Womit könntest du mir noch drohen? Ich habe längst nichts mehr zu verlieren."

Pohlmann lief in die Werkstatt zurück und steckte das Handy ein. Seine Wut wich Trauer und Verzweiflung. Jana hatte nie einen Cent von ihm angenommen. Sie brauchte das Geld nicht. Sie verdiente an einem Wochenende mehr als er in einem Monat. Dennoch hasste sie, was sie tat, und hatte damit aufhören wollen.

Die Tür zum Büro kreischte schrill in den Angeln. Scheurich hob sich als massiger schwarzer Schatten von dem hellen Hintergrund ab.

„Mach keinen Quatsch, Heiko. Sie ist es nicht wert, egal, was sie dir versprochen hat."

„Du hast doch überhaupt keine Ahnung."

Scheurich schüttelte den Kopf und lachte. „Du bist nicht der Erste, der auf die Nutte mit den treuen Augen reinfällt. Bevor du durchdrehst, solltest du dir mit deiner verdammten Schrotflinte lieber selbst das Hirn aus dem Schädel blasen. Das wäre für uns alle das Beste."

Pohlmann presste die Finger um Janas Handy, bis das Plastik protestierend knirschte. Er lief aus der Werkstatt und fuhr nach Bad Ems. Dort kaufte er in einem Laden für Jagdbedarf zwanzig Packungen Schrotmunition *Rottweil Superskeet,* Kaliber 12.

Der Händler stellte die Packungen auf den Tresen. „Habt ihr zufällig eine Wildschweinplage in Gräbersberg?", fragte er neugierig.

Pohlmann strich das Wechselgeld ein.

„Ja. Sie werden immer dreister und treiben sich schon im Dorf herum. Es wird Zeit, etwas dagegen zu unternehmen."

23

„Ich will nicht allein auf diesem rostigen Kahn bleiben. Es grenzt an ein Wunder, dass wir die Nacht überlebt haben. Dieser Schrotthaufen knirscht und knackst, als würde jeden Moment der Boden herausbrechen.“

Sammy klapperte mit der Tasse. „Bekomme ich noch einen Kaffee?“

Stettner stöhnte leise auf, schnappte sich die Tasse und ging in die winzige Kombüse. Sein Kopf dröhnte von dem schweren italienischen Rotwein, den Morettis Onkel kistenweise im Rumpf gelagert hatte. Sammy schien das Zeug besser zu vertragen als er. Gestern Abend hatte sie nicht genug davon bekommen können. Erst gegen halb zwei war er in seine Koje gefallen, nachdem er seine Habe auf das Boot geschleppt und mit Sammy Brüderschaft getrunken hatte. Er goss Kaffee in die Tasse und kratzte sich die Bartstoppeln am Kinn. Hatte er oder hatte er nicht? Er konnte sich beim besten Willen nicht daran erinnern.

„Wo bleibt der Kaffee?“, rief Sammy aus der Hauptkabine.

Obwohl sie nur ein paar Stunden geschlafen hatte, war sie bereits am frühen Morgen aufgekratzt wie eine junge Katze. Trotz ihrer Meckerei über das Boot schien ihr der Aufenthalt auf der *Styx* gutzutun. Wenn man bedachte, was sie in den vergangenen zwei Tagen durchgemacht hatte, besserte sich ihr Zustand verblüffend schnell.

Angestrengt kramte Stettner in seiner Erinnerung. Hoffentlich hatte er nichts Intimes ausgeplaudert. Er mochte es nicht, wenn die Leute zu viel über sein Innenleben wussten.

Jabba streckte den Kopf zum Fenster herein und miaute.

„Dein Futter steht an Deck", brummte Stettner.

Der Kater warf ihm einen vorwurfsvollen Blick zu, der so viel zu bedeuten schien wie: *Wie konntest du so dämlich sein und dieses schrill kreischende Wesen in mein Zuhause sperren?* Er miaute noch einmal kläglich und trollte sich dann. Stettner kehrte in die Kajüte zurück.

„Was wirst du jetzt unternehmen?", fragte Sammy.

Er stellte den Kaffee auf den Tisch, fuhr sich mit der Hand durchs Haar und gähnte. „Du behauptest, einen Mord beobachtet zu haben. Also muss es eine Leiche geben. Die müssen wir finden, sonst können wir rein gar nichts beweisen. Das ist der einzige Weg, Billinger loszuwerden."

Sammy schlürfte den heißen Kaffee. „Vergiss nicht, diesen Bergmann aufzutreiben, sonst fliegst du hier schnell wieder raus."

Stettner wusste, dass sie recht hatte. Zwei Fälle und keinen einzigen Anhaltspunkt. Auch wenn er am liebsten allein arbeitete, hatte ihm bei der Kripo ein ganzes Team zur Seite gestanden. Keine schlechte Idee! Er kehrte in die Kombüse zurück, fischte sein Handy aus der Lederjacke und wählte Morettis Nummer. Der meldete sich verschlafen. Offenbar vertrug er den Wein seines Onkels ebenfalls nicht.

„Pass auf, Mario. Ich muss alles über diesen Billinger wissen. Aus welchen Verhältnissen stammt er? Hat er irgendwelche perversen Neigungen? Welches Klopapier benutzt er? Einfach alles! Überprüfe, ob er schon mal straffällig geworden ist; er ist Geschäftsmann, vielleicht hatte er mal Ärger mit dem Finanzamt. Und dann brauche ich alles, was du über Walter Bergmann herausfinden kannst."

„Stettner", stöhnte Moretti, „zufällig habe ich noch ein paar andere Sachen auf meinem Schreibtisch liegen. Tarp ..."

„Ach ja, Tarp ... In welchem Verhältnis steht er zu Billinger?"

„Tarp fährt Schlitten mit mir, wenn er merkt, dass ich mich noch immer mit Sammy beschäftige."

Stettner warf einen Blick in die Kajüte. Jabba leistete Sammy Gesellschaft. Leise zog er die Schiebetür zu. „He, Mario! Wer hat Sammy denn angeschleppt? Und von wem stammt die verflixte Idee mit dem Privatdetektiv?"

„Ja, ja, schon gut. Ich schau mal, was ich tun kann." Er legte auf.

„Kannst du mir mal helfen, Stettner?"

Sammy saß am Tisch und presste die Finger um die Kaffeetasse. „Ich brauche ein paar Sachen aus meiner Tasche. Duschen will ich auch."

Er begriff, dass ihre Ungezwungenheit nur gespielt war. Wie würde er sich fühlen, wenn er vorübergehend erblindet wäre?

Neben der Kaffeetasse lag eine angebrochene Packung Tabletten. Schon gestern hatte er beobachtet, dass Sammy die Pillen einwarf wie Pfefferminzbonbons. Er drehte die Packung und las die Kurzbeschreibung auf der Rückseite. Das Präparat war ein starkes Schmerzmittel, ein Opiat. Eilig hatte der Apotheker die Tagesdosis auf die Verpackung gekritzelt, *morgens und abends je eine halbe Tablette*.

„Sag mal, wie viele von den Dingern schluckst du eigentlich?"

Sammy grinste. „Heute Morgen hab ich schon zwei eingeworfen. Die sind prima. Ich fühle mich richtig gut. Fit genug, um mit dir die Stadt unsicher zu machen."

Kopfschüttelnd legte er die Packung zurück. Darum war sie so aufgekratzt. Eine Klientin auf Speed hatte ihm gerade noch gefehlt.

„Wo ist deine Tasche?"

„Dort, wo du sie gestern Abend abgestellt hast."

Er fühlte sich an Ingrid erinnert. Plötzlich wurde ihm bewusst, wie weit sein altes Leben bereits hinter dem Horizont verschwunden war. Aber eigentlich vermisste er nichts. Schließlich entdeckte er Sammys Sporttasche unter der Sitzbank.

„Okay. Ich zeige dir das Bad."

Er griff nach ihrer Hand und führte sie durch die Kajüte. Sie tastete nach dem Türgriff. Er half ihr und berührte ihre Finger.

„Ich komme schon klar", zischte Sammy.

„He, ich wollte nur ..."

„Ich rufe, wenn ich etwas brauche."

„Ich ... ich reiche dir die Sachen durch den Türspalt. Ich ... du kannst dich auf mich verlassen. Ich ... äh ... schau nicht hin."

Sie tastete nach seinem Gesicht, berührte seine Wangen, das stoppelige Kinn und fuhr dann mit den Fingern die Kontur seiner Nase entlang zu den Augenbrauen. Schließlich vergrub sie ihre Hände in seinem Haar. „Du bist hübsch, Stettner. Aber rasieren solltest du dich mal."

„Mhm." Es machte ihn nervös, wie sie so vor ihm stand.

„Wirst du das Schwein kriegen, das mir das angetan hat?"

„Ja. Verlass dich drauf." Es klang überzeugter, als er war.

„Aber gucken wirst du trotzdem."

„Nein, werde ich nicht."

Er drängte sich an ihr vorbei in das winzige Bad und legte ihre Sachen zurecht.

„Du stehst genau vor der Dusche. Über der Abtrennung hängt ein Badetuch."

Sein Handy klingelte. Eilig lief er durch den kurzen Gang in die Kajüte. Es war lange her, dass ihn eine Frau so berührt hatte. Dagegen waren Ingrids Hände kalt und gefühllos wie die Greifwerkzeuge eines Roboters.

Stettner drückte die Empfangstaste. Wie auf ein Stichwort meldete sich seine Frau. Sie wollte die Einzelheiten der Scheidung besprechen. Er ließ sie reden und beobachtete Jabba, der seinen Napf geleert hatte und ein Sonnenbad nahm.

„Mach, was du für richtig hältst", unterbrach er sie. „Es ist mir egal, was du tust." Stettner beendete das

Gespräch, scrollte die Einträge in seinem privaten Telefonbuch entlang und löschte ihre Nummer.

Das Rauschen der Dusche verstummte. Sammy rief nach ihm. Sie war so ganz anders als Ingrid. Spontan, voller Leben und verrückter Einfälle. Er ging zum Bad und schalt sich einen Narren, weil er glaubte, in Sammy einen Seelenzwilling zu sehen. Das war sie nicht. Die Vorstellung, dass irgendwo dort draußen auf jeden Menschen das fehlende Puzzleteil wartete, war eine Illusion. Stettner hasste Illusionen. Sie dienten nur dazu, Hoffnungen zu wecken, die sich niemals erfüllten.

24

Stettners Fiat bog in die Straße zum See ein.

„Warum müssen wir unbedingt zur Unfallstelle fahren?“, fragte Sammy.

„*Wir* fahren dorthin, weil du nicht alleine bleiben wolltest.“

„Soll ich mich ohne Gegenwehr abmurksen lassen? Deine Katze wird mich wohl kaum vor Billinger beschützen können.“

„He! Jabba ist ein würdevoller alter Kater. Er hat zwar nur ein Auge, aber du solltest ihn trotzdem nicht unterschätzen. Im Ernst – außer mir und Moretti weiß kein Mensch, dass du dich auf der *Styx* versteckst.“

„Ein Auge ...“, wiederholte Sammy abwesend.

„Was hast du? Erschreckt dich das so sehr?“

Sie antwortete nicht, lehnte den Kopf an die Nackenstütze und stöhnte. Die aufputschende Wirkung der Überdosis Schmerztabletten kehrte sich allmählich ins Gegenteil. Sammy war schläfrig und gereizt.

„Du machst doch jetzt nicht schlapp, oder?“, fragte Stettner.

Trotzig schüttelte sie den Kopf. „Es ist nur ... Ich habe eine Scheißangst. Ich fühle mich sicherer, wenn ich bei dir bin.“

„He, war das etwa ein Kompliment?“

„Bilde dir bloß nichts darauf ein, Stettner. Schließlich bezahle ich dich dafür, dass du den Aufpasser spielst.

Sag mal, wie viel kostet so ein Privatdetektiv eigentlich?“

„Achtzig Euro, weil du es bist. Ein absoluter Dumping-Sonderpreis.“

„Am Tag?“

„In der Stunde.“

Sammy fuhr hoch, als hätte sich eine Feder durch den Autositz in ihr Hinterteil gebohrt. „Was? Dann bin ich ja heute Abend schon pleite!“

Stettner grinste. „Bleib ganz ruhig. Wir werden schon eine Lösung finden. Wie viel kannst du denn auftreiben?“

„Ich weiß nicht. Können wir nicht einen Festpreis ausmachen?“

„Aber sicher“, murmelte Stettner. „Dann bin ich eben heute Abend pleite.“

„Musst du immer so nuscheln? Was hast du gesagt?“

Er warf einen Blick auf den Verband, der ihre Augen und zum Teil ihre Ohren verdeckte. „Ich habe gefragt, wo genau die Unfallstelle liegt.“

Beleidigt verschränkte sie die Arme vor der Brust. „Fahr am See entlang Richtung Gräbersberg. Irgendwann stößt du auf eine Baustelle. Dort führt ein geteerter Weg rechts in den Wald. Genau da ist es passiert.“

Sie erreichten die Stelle zehn Minuten später.

„Und wenn Billinger hier auftaucht?“, fragte Sammy unsicher.

„Warum sollte er sich bei dieser Hitze im Wald herumtreiben?“

Stettner hielt an, stieg aus dem Wagen und sah sich um. Sammy kurbelte die Seitenscheibe herunter.

„Was machen wir überhaupt hier?“

„Ich will mich nur ein bisschen umsehen. Irgendwo muss ich mit meinen Ermittlungen anfangen. Bleib im Wagen."

Dort, wo der Wirtschaftsweg auf die Landstraße traf, glänzte ein Brandfleck auf dem Teer. Warum lag der Ort des Aufpralls abseits der Straße? Warum war das Motorrad überhaupt in Brand geraten? In welche Richtung war der Verursacher geflohen? Die Baustelle verhinderte die Weiterfahrt, zum Wenden fehlte der Platz. Je genauer er den Ort betrachtete, desto mehr Ungereimtheiten fielen ihm auf. Stettner folgte seinem Instinkt und kämpfte sich durch das Unterholz. Nach wenigen Metern stieß er hinter einem Stapel geschnittener Fichtenstämme auf Reifenspuren. Die Antriebsräder eines Wagens hatten sich tief in den Waldboden eingegraben, als der Fahrer mit aller Kraft das Gaspedal durchgetreten hatte. Im Gras lagen zwei Zigarettenkippen. Er wickelte sie in ein Taschentuch und steckte es ein. Jemand hatte hier im Wald gewartet. Hatte er gewusst, dass Sammy kam?

„He, Stettner! Wo steckst du?"

Sammy stand auf der Höhe der Einmündung und drehte sich im Kreis. Er kehrte zum Asphaltweg zurück.

„Du solltest doch im Wagen bleiben."

„Hast du was entdeckt?", fragte sie. Es klang beinahe so, als befürchtete sie, er könnte tatsächlich auf eine Spur stoßen.

„Nein."

Dann lass uns zurückfahren."

„Warum hast du es so eilig?"

Sammy stöhnte, Stettner wanderte scheinbar ziellos umher. Kurz darauf fand er etwas, was den Unfallhergang noch mysteriöser erscheinen ließ. Unter einem Brombeerstrauch lag ein Bündel angesengter Geldscheine, sauber mit einer Papierbanderole umwickelt. Rasch zählte er die Scheine und pfiff durch die Zähne. Es waren zehntausend Euro. Sammy hatte Moretti angelogen. Zwar hatte sie eine glaubhafte Erklärung nachgeliefert, aber auch diese Version ihrer Geschichte steckte voller Unwahrheiten.

Fünf Meter vom Wagen entfernt trat er leise aus dem Wald. Konnte Sammy wirklich nichts sehen, oder war auch der Verband eine Täuschung? Er schlich lautlos auf den Wagen zu und wedelte mit den Armen in der Luft. Sammy lehnte an der Motorhaube, kaute nervös an den Fingernägeln und reagierte nicht auf seine Bewegungen. Entweder spielte sie ihre Rolle perfekt, oder sie war tatsächlich blind.

„Es macht mich nervös, wenn ich nicht weiß, wo du dich herumtreibst", rief sie.

„Ich stehe genau vor dir."

Sammy fuchtelte mit den Armen in der Luft herum, erwischte sein T-Shirt und zog ihn an sich.

„Hör auf, mit mir zu spielen. Das ist nicht lustig." Ihre Hände berührten sein Kinn. „Soll ich dir mal die Augen zuhalten, damit du weißt, wie das ist?" Sie barg ihren Kopf an seiner Brust und schlang die Arme um ihn. Ihr Haar roch sauber und frisch.

„Ich habe Angst, Stettner."

Behutsam löste er sich von ihr. „Ich will nur noch wissen, wohin dieser Weg führt. Dann fahren wir zurück."

„Wohin soll er schon führen? Zum See wahrscheinlich. Wieso interessiert dich das?", maulte sie.

„Ich will es eben wissen."

Sie seufzte und hakte sich bei ihm unter. Nach dreihundert Metern wich der Wald zurück und machte dem See Platz, der still und eben wie ein Spiegel in der Mittagshitze glänzte. Die Sonne zauberte glitzernde Reflexe auf die Oberfläche. Nur das Krächzen eines Raben durchbrach die unheimliche Stille über dem Gewässer. Auf den kahlen Ästen einer verkrüppelten Kiefer nahe dem Ufer waren etwa zwanzig der großen Vögel versammelt. Der Anblick bot ein gespenstisches Bild: der totenstille See, der kahle Baum und die Raben. Ein verrückter Gedanke schoss ihm durch den Kopf. Die Raben beobachteten Sammy und ihn und heckten einen mörderischen Plan aus. Stettner stand mit beiden Beinen fest auf dem Boden der Tatsachen und glaubte nicht an Hokuspokus, Wahrsagerei oder unheilvolle Vorzeichen. Doch die Raben auf dem verdorrten Baum erschienen ihm wie ruhelose Seelen, die um den dunklen See schlichen und auf den Tag ihrer Rache warteten.

Einer der Vögel krächzte, schlug mit den Flügeln und erhob sich in den Himmel. Die anderen folgten ihm wie auf ein unsichtbares Zeichen. Das Rauschen ihrer Schwingen erfüllte die flirrende Luft.

„Was ist das?“, fragte Sammy.

Widerstrebend löste sich Stettner von dem Gefühl düsterer Vorahnungen und legte ihr den Arm um die Schulter. „Nur ein paar Raben, weiter nichts.“

„Was hat das zu bedeuten? Dieses Kaff wird von den Biestern geradezu belagert. Überall hocken sie und starren einen mit ihren bösartigen schwarzen Augen an.“

„Sie sind nicht böse. Es sind einfach nur Vögel.“

„Sie waren auf Billingers Fest. Überall. Sie saßen auf den Bäumen rings um den Hof, auf den Dachfirsten und der Mauer. Ein paar von ihnen haben sich bis zum Cateringstand vorgewagt."

„Wahrscheinlich hat das Essen sie angelockt."

Seine Worte klangen zu sehr nach einer Ausrede. Der ungewöhnlich große Schwarm erzeugte auch in ihm Unbehagen.

Sammy zog an seiner Hand. „Lass uns abhauen."

„Gleich."

Der geteerte Weg führte geradewegs in den See hinein und tauchte in der Mitte des Gewässers wieder auf. Dort erhob sich ein flacher Hügel wie der Buckel einer Schildkröte. Durch das flimmernde Laubkleid der Birken am Ufer schimmerten die weißen Quadrate eines Fachwerkhauses.

Stettner ging auf das Wasser zu. Im Wald war es schattig und kühl gewesen, doch am Ufer brannte die Augustsonne gnadenlos vom Himmel. Der Damm, der zur Insel führte, war mit getrocknetem Schlamm bedeckt. Er hatte sich nicht getäuscht. Wahrscheinlich war der See künstlichen Ursprungs, und die Straße hatte früher zu dem Haus auf der Insel geführt. Autoreifen hatten ihren Abdruck im Schlamm hinterlassen. Zwischen den Spuren entdeckte er das schmale Profil eines Motorradreifens.

„He! Was machen Sie da?"

Sammy zuckte zusammen und streckte Hilfe suchend den Arm nach ihm aus. „Stettner! Wo zum Teufel steckst du?"

„Genau neben dir."

Am Waldrand stand ein schlanker Mann in den Vierzigern mit randloser Brille und Stirnglatze. Er trug festes Schuhwerk und Jagdbekleidung. Über seiner Schulter hing an einem Trageriemen eine Schrotflinte. Das grelle Sonnenlicht spiegelte sich in den Brillengläsern und zauberte ein irres Flackern auf seine Augen. In Stettners Fantasie verwandelte sich der vermutlich harmlose Jäger in einen verrückten Hinterwäldler, der Appetit auf frisches Menschenfleisch hatte. Er sprang über den Graben und kam auf sie zu. Drei Meter vor ihnen blieb er stehen und legte die Hand auf das Gewehr.

„Am Nordufer ist Baden verboten."

„Wir sind nicht zum Schwimmen hier." Stettner entschloss sich für einen Frontalangriff und stürmte mit ausgestreckter Hand auf den Mann zu. „Ich bin Philipp Hoffner ... der Schriftsteller."

Der Mann ließ seine Hand auf der Schrotflinte ruhen und beobachtete ihn misstrauisch.

Stettner dagegen tat das, was er in kritischen Situationen immer tat, er plapperte drauflos und erfand eine wilde Lügengeschichte.

„Meine Frau und ich wollen uns in der Gegend niederlassen. Wir haben uns ein bisschen umgesehen – ein herrliches Fleckchen. Sagen Sie, das Haus dort drüben auf der Insel, kann man das kaufen?"

„Was wollen Sie damit?"

„Nun, ein Schriftsteller braucht vor allem eins, wenn er arbeitet: Ruhe. Das Anwesen erscheint mir ideal. Gehe ich recht in der Annahme, dass der See nicht natürlichen Ursprungs ist?" Er deutete auf die im Wasser verschwindende Straße. „Ist das eine Furt? Kann man mit einem Geländewagen auf die Insel gelangen?“

Der Mann rückte nervös seine Schrotflinte zurecht. „Sie stellen mir eine Menge Fragen.“

Stettner lächelte breit. „Schriftsteller sind leidenschaftlich neugierig.“

„Wenn Sie Ihre Nase in Sachen stecken, die Sie nichts angehen, werden Sie in Gräbersberg Ärger bekommen. Suchen Sie sich lieber anderswo eine Bleibe.“ Er schwenkte das Gewehr und beschrieb mit dem Lauf einen Kreis, der den Wald und den See einschloss. „Das alles ist Naturschutzgebiet, der See eingeschlossen.“

Stettner bückte sich nach einem flachen Stein und ließ ihn übermütig über das Wasser schnellen. „Und Sie sind sicher, dass das Haus nicht zu verkaufen ist?“

„Diese Bruchbude? Nie im Leben. Wenn Sie’s genau wissen wollen, fragen Sie den Bürgermeister. Das Land gehört der Gemeinde. Aber ich sage Ihnen gleich, dass es sinnlos ist.“

„Danke für den Tipp!“

Stettner nahm Sammy an der Hand. Der Fremde machte ihnen widerwillig Platz.

„Nette Leute gibt’s hier“, sagte er, als sie außer Sichtweite waren.

„Wer war das?“

„Ein Idiot mit einer Schrotflinte. Vielleicht hat er Enten gejagt. Oder kleine blonde Mädchen.“

„He, das ist nicht komisch.“

„Schon gut. Bleib hier beim Wagen. Ich will mir noch was ansehen.“

Sammy stöhnte gequält. „Was denn noch?“

Er überquerte die Zufahrtsstraße. Auf der anderen Seite fiel das Gelände steil ab und mündete in einer sumpfigen Wiese. Die zur Straße gewandte Seite des Feuchtgebietes war von einer Böschung begrenzt. Dort befand sich eine Schleuse, die den Zulauf zum See regelte. Die Baustelle mit den Kanalrohren war mehr als hundert Meter entfernt. Moretti hatte berichtet, dass Sammys Motorradkombi mit Dreck und Schlamm verschmutzt gewesen war, als er sie gefunden hatte. Sie hatte die ganze Zeit gelogen und log noch immer. Nachdenklich zog er das angesengte Geldbündel aus der Hosentasche. Was auch immer hier vorgefallen war, es war kein Unfall gewesen. Die Reifenspuren bewiesen, dass Sammy mit ihrem Motorrad auf der Insel gewesen war. Er kehrte zu ihr zurück und fasste einen Entschluss.

„Wir fahren nach Gräbersberg."

„Was? Ich bin doch nicht verrückt! Warum bindest du mir nicht gleich einen Betonklotz an die Füße und schmeißt mich in diesen blöden See?"

„Weil er nicht tief genug ist."

„Stettner ... was soll das?"

„Bleib ganz ruhig. Ich werde dich keiner Gefahr aussetzen, klar?"

„Bist du sicher, dass sie dich bei der Polizei nicht rausgeschmissen haben, weil du zu oft ins Blaulicht gestarrt hast?"

Stettner achtete nicht auf sie. Seine Gedanken kreisten um die Puzzleteile, die er nur noch zusammensetzen musste. Er lenkte den Fiat auf die Straße, in wenigen Minuten erreichten sie Gräbersberg. Der kleine Ort lag in einer Senke, die sich wie eine überdimensionale

Schüssel zwischen die schroffen Hügel zwängte. Das Dorf löste Beklemmung in ihm aus. In dem engen Talkessel schien das Sonnenlicht nie den schattigen Grund zu erreichen.

Sammy hatte recht. Es gab auffallend viele Raben. Sie hockten auf den Stromleitungen und hüpften krächzend auf Kaminen und Dachfirsten herum. Stettner bremste den Wagen ab und hielt neben einer gebückten alten Frau, die trotz der Sommerhitze eine dicke schwarze Jacke trug. Er kurbelte die Seitenscheibe herunter.

„Können Sie mir sagen, wo ich den Bürgermeister finde?"

„Was willst du denn vom dem?", fragte Sammy leise.

„Ich will mehr über das Haus auf der Insel wissen. Lass mich meine Arbeit machen, und frag nicht dauernd."

Ärgerlich verschränkte sie die Arme vor der Brust und maulte eine Antwort.

Stettner hörte nicht hin. Die Alte war inzwischen weitergetippelt. Er stieg aus dem Wagen und lief ihr nach. „Wo geht's denn zum Bürgermeister?", fragte er noch einmal.

Sie achtete nicht auf ihn. „Der Stein", rief sie mit krächzender Stimme, „der Stein macht alle verrückt! Der blutende Stein!"

„Was für ein Stein?"

„Der Rabenstein. Der Stein auf dem Buckel! Alle sterben, die ihn berühren."

Sie tippelte weiter, ohne sich umzudrehen. Ihr flammend rotes, mit grauen Strähnen durchzogenes Haar umwehte sie wie eine grässliche Aureole. Waren denn alle in diesem Kaff verrückt?

„Den Bürgermeister finden Sie in der Töpferei. Die Straße runter und dann rechts."

Hinter dem Gartenzaun auf der anderen Straßenseite stand eine rotgesichtige Frau.

„Danke für den Hinweis", rief Stettner und deutete mit dem Daumen über die Schulter. „Wer war denn das?"

„Das ist die alte Bolander." Die Frau tippte sich an die Stirn. „Sie lebt im Altenheim in Stromtal. Dort büxt sie regelmäßig aus, durch den Wald sind's keine zwei Kilometer nach Gräbersberg. Ich werde mal dort anrufen. Bestimmt suchen sie schon überall nach ihr."

Stettner kehrte zum Wagen zurück.

„Was war los?", fragte Sammy.

„Fünfzig Jahre Inzucht."

„O Mann, Stettner! Es macht keinen großen Spaß, sich allein auf seine Ohren verlassen zu müssen. Außerdem habe ich Kopfschmerzen, und mir ist kotzübel. Ist es zu viel verlangt, wenn du mir erklärst, was um mich herum passiert?"

Er fuhr los. „Wie lange musst du den Verband noch tragen?"

„Ein paar Tage. Manchmal möchte ich ihn einfach runterreißen."

„Das wirst du schön bleiben lassen."

Am Ende der Straße stoppte er und bog nach links ab. Vor einem Ziegelsteingebäude mit hohen Bogenfenstern mühten sich eine Frau Ende dreißig und ein etwa sechzehnjähriges Mädchen mit einem riesigen Blumentopf ab, in dem ein Buchsbaum steckte.

Stettner fuhr an der Töpferei vorbei, bog in die nächste Seitenstraße ein und stellte den Fiat neben einer mannshohen Gartenmauer ab. Die Zweige einer mächtigen Kastanie verbargen den Wagen vor neugierigen Blicken.

„Rühr dich nicht vom Fleck. Ich bin gleich wieder da."

Ohne auf Sammys Protest zu achten, überquerte er die Straße. Im Hof hinter der Töpferei lagerten rostige Maschinenteile. In einer Ecke türmte sich ein Berg aus Tonscherben und zerbrochenen Blumentöpfen. Er wandte sich dem Eingang des Ladens zu, in dem die Tonware ausgestellt und verkauft wurde, und folgte seinem Instinkt, ohne genau zu wissen, was er suchte. Das Bild der Reifenspuren und des halb verfallenen Hauses auf der Insel verfolgte ihn. Sein Instinkt sagte ihm, dass dort die Fäden zusammenliefen. Wenn ihn sein sprichwörtliches Glück nicht verließ, bekam er Gelegenheit, die Dörfler ein bisschen nervös zu machen.

Er betrat den Laden und spürte ein Prickeln im Nacken, das er immer empfand, wenn er auf der richtigen Fährte war. Die Frau und das Mädchen bauten Stehtische auf und dekorierten sie mit Trockenblumen und Mini-Blumentöpfen. Sie sahen einander so ähnlich, dass er sie sofort als Mutter und Tochter erkannte. Vor dem Schaufenster mühten sich drei Männer mit einem Bierfass ab und diskutierten lautstark darüber, wie das Fass am besten anzustechen sei.

„Wir öffnen erst morgen", begrüßte ihn die Frau.

Stettner nickte. „Hübsche Sachen haben Sie hier. Aber eigentlich suche ich den Bürgermeister."

Die Männer hatten das Fass angestochen und füllten die ersten Gläser. Wenn sie in dem Tempo weitertranken, würden sie morgen ein neues Fass heranschaffen müssen. Ein grobschlächtiger Mann Ende fünfzig wischte sich den Schaum aus dem Bart. „Was wollen Sie denn vom Bürgermeister?"

„Ich bin auf der Suche nach einem Haus."

„Sie wollen nach Gräbersberg ziehen?", fragte einer der beiden anderen.

„Mal sehen."

„Die Gemeinde hat neues Bauland ausgewiesen, gar nicht mal so teuer. Auf jeden Fall billiger als in Bad Ems."

Die Männer lachten und prosteten sich zu.

„Ich interessiere mich mehr für das Haus auf der Insel im See."

Das Lachen erstarb.

„Woher wissen Sie von dem alten Bauernhof?"

Mit fachmännischem Blick begutachtete Stettner eine Terrakottavase.

„Ein alter Freund hat's mir empfohlen."

„Das Haus ist nicht zu verkaufen."

„Sind Sie der Bürgermeister?"

Der Bärtige nickte. „Gonsbach, mein Name."

Behutsam stellte Stettner die Vase zurück. „Vielleicht überlegen Sie es sich anders. Am Preis soll's nicht scheitern."

„Dort soll es spuken", sagte die Tochter der Ladenbesitzerin.

„Ich glaube nicht an Gespenster", sagte Stettner.

„Sollten Sie aber. Hier gehen die Uhren anders als in der Stadt", sagte Gonsbach.

„Möchten Sie ein Bier?", fragte die Frau.

„Gern."

Stettner nahm ein volles Glas entgegen und prostete den Männern zu. Sie schienen wenig Lust zu verspüren, mit ihm anzustoßen.

„Nehmen Sie lieber einen Bauplatz im Neubaugebiet", riet ihm Gonsbach. „Ist auch nicht so feucht wie am See."

„Ich würde es mir trotzdem gern mal ansehen."

Der Bürgermeister setzte sein Glas so heftig auf dem Stehtisch ab, dass das Bier überschwappte.

„Lassen Sie die Finger von der Bruchbude. Der Hof fällt Ihnen über dem Kopf zusammen."

„Aber er gehört doch der Gemeinde, nicht wahr?"

Gonsbach starrte ihn finster an. „Ihr Freund hat Ihnen einen ziemlich schlechten Rat erteilt."

Stettner trank sein Bier aus. „Meinen Sie? Vielleicht kennen Sie ihn. Er heißt Walter Bergmann. Vor ein paar Monaten habe ich ihn auf Phuket getroffen. Ich soll Sie übrigens von ihm grüßen ... und den ganzen Ort noch dazu."

Aus dem Augenwinkel sah Stettner eine Spinne über den Holzfußboden huschen und so schnell in einem Loch unter der Fußleiste verschwinden, als wäre eine Eidechse hinter ihr her. Es war so still im Laden geworden, dass er hören konnte, wie die winzigen Chitinbeine über die Dielen klickten. Die drei Männer verharrten regungslos wie Tonfiguren.

Stettner wandte sich an die Ladenbesitzerin. „Ob ich wohl mal die Toilette benutzen dürfte?"

Sie deutete stumm mit den Daumen auf eine Tür.

„Danke."

Stettner schloss die Tür hinter sich, ging an der Toilette vorbei und steckte seine Nase in die Werkstatt und die kleine Halle, die Trockenkammer und Brennofen beherbergte. Im Halbdunkel stieß er sich das Schienbein an einer verbeulten Schubkarre. Dreck und Tonscherben fielen leise klappernd auf den Betonboden. Die Sonne drang nur mühsam durch die staubigen Fenster und tauchte die Werkstatt in diffuses Zwielicht. Fluchend rieb er sich das Schienbein und hielt sich am Holm der Karre fest. Sein Blick fiel auf ein bleiches Fragment, das er zunächst für das Bruchstück eines missratenen Blumentopfes gehalten hatte. Die vermeintliche Scherbe entpuppte sich jedoch als Knochenfragment, zu groß, um von einem Hund oder einer Katze zu stammen. Er steckte den Knochen in die Hosentasche zwischen die Geldscheine und trat an eins der verdeckten Fenster. In dem engen Hinterhof staute sich die Hitze wie in einem Backofen. Wie eine Fata Morgana waberte der hellblaue Fiat auf der anderen Straßenseite in der flirrenden Luft. Sammy hatte die Seitenscheiben heruntergekurbelt. Ihre braun gebrannten Beine ragten aus der Fensteröffnung, sie wackelte gelangweilt mit den Zehen. Stettner fluchte lautlos. Sammy musste in diesem Bauernkaff auffallen wie eine Rassekatze auf einer Viehauktion. Die Anwesenheit Fremder im Ort würde sich wie ein Lauffeuer verbreiten; ein Feuer, das Billinger schnell erreichen und Sammy gefährlich werden konnte. Rasch überquerte er den Hof, kletterte über einen Gitterzaun und riss die Fahrertür auf.

„He, was soll das?"

„Zieh dein Fahrwerk ein, Sammy. Du lockst jedes Wesen im Dorf an, dem ein Bart wächst. Ein totes Mädchen ist schon eins zu viel."

Stettner startete den Motor. Hinter dem Ortsschild gab er Gas und fuhr Richtung Norden.

„Was hast du herausgefunden?", fragte Sammy.

„Irgendetwas stimmt in diesem Kaff nicht. Als ich den Namen Bergmann erwähnte, erbleichten sie, als hätten sie ein Gespenst gesehen. Ich bin sicher, dass er Thailand nie erreicht hat, und das scheinen eine Menge Leute hier genau zu wissen." Er zog das Knochenfragment aus der Hosentasche und drückte es Sammy in die Hand. „Das habe ich in der Töpferei gefunden."

Sie drehte den Knochen hin und her. „Was ist das?"

„Wie fühlt es sich denn an? Ich schätze, das ist alles, was von deiner Freundin Jana übrig geblieben ist."

Sammy kreischte und ließ den Knochen fallen.

„Ich lasse ihn von der Gerichtsmedizin untersuchen, dann wissen wir mehr", sagte Stettner.

Im Rückspiegel tauchte ein Lastwagen auf, der schnell aufholte. Frontscheibe, Kühlergrill und Nummernschild des großen Langholztransporters waren mit eingetrocknetem Schlamm verdreckt.

Stettner trat das Gaspedal durch, dennoch holte der Laster auf.

„Was will der Kerl von uns?", murmelte er.

„Stimmt was nicht?" Sammy kratzte sich nervös unter dem Verband.

„Jemand verfolgt uns. Mach dir keine Sorgen, den hängen wir ab."

Der Fahrer des Transporters strafte ihn Lügen. Der Laster holte auf und schob den Fiat vor sich her wie ein Spielzeugauto.

„Wir hängen ihn ab, ja?" Sammy kroch tiefer in ihren Sitz.

Stettner trat das Gaspedal durch, aber die sechzig PS des Punto konnten gegen die Kraft des Lasters nichts ausrichten. Der Fahrer hatte den Zeitpunkt gut abgepasst und gewartet, bis Stettner nach der kurvigen Seestraße auf eine lange Gerade eingebogen war, auf der er die größere Wendigkeit seines Fiats nicht ausspielen konnte.

Erneut schüttelte sie ein heftiger Schlag, ein Netz von Rissen überzog die Heckscheibe. Im hinteren linken Radkasten ratterte verbogenes Blech über den Reifen.

„Wir haben in ein Wespennest gestochen. Sie haben verdammt schnell reagiert."

„Häng ihn ab! Warum hängst du ihn nicht ab?"

„Ich versuch's ja!"

Er wechselte mehrmals die Spur, aber der Fahrer des Lasters spielte das gefährliche Spiel mit. Der alte Fiatmotor rasselte und klopfte. Stettner stemmte den Fuß auf das Gaspedal, doch der Wagen reagierte nur noch stotternd. Das Lenkrad bockte unter seinen Händen wie ein Wildpferd. Der Langholztransporter setzte zum Überholen an und befand sich Sekunden später auf gleicher Höhe. Der Fahrer riss das Lenkrad herum. Das gewaltige Gewicht des Lasters rasierte den Außenspiegel ab und schob den Fiat unerbittlich von der Straße.

„Mach doch was. Die bringen uns um", schrie Sammy.

Billinger schien Freunde in Gräbersberg zu haben, die vor einem weiteren Mord nicht zurückschreckten. Fieberhaft suchte Stettner nach einem Ausweg. Hinter einem schmalen Waldgürtel zu seiner Rechten schimmerte das blaue Wasser des Sees. Zweihundert Meter vor ihnen bog ein Waldweg von der Straße ab. Der Laster scherte nach links aus und krachte dann wieder mit der Wucht seiner zwanzig Tonnen in die Flanke des Fiats. Aus dem Radkasten drang ein metallisches Schleifen, Rauch stieg aus den Ritzen der Motorhaube auf.

Stettner riss das Steuer herum, doch der Fahrer des Lasters musste seine Absicht erraten haben. Mit ohrenbetäubendem Rumpeln raste der Transporter hinter dem Fiat in den Wald hinein. Der Motor dröhnte auf, als ein Felsbrocken den Auspuff dicht unter dem Motorblock abriss, grober Kies trommelte wie Gewehrfeuer gegen den Wagenboden.

Der Holzlaster holte auf und krachte in das Heck des Fiats. Die hintere Stoßstange wirbelte davon wie ein Papierflieger. Der mit Schlaglöchern gespickte Schotterweg erwies sich als tödliche Sackgasse. Hinter einer Kurve tauchte ein herabgelassener Schlagbaum auf.

„Runter“, rief Stettner.

Sammy kauerte sich zu einer Kugel zusammen.

Der Detektiv grub seine Finger mit aller Kraft in den Lenkradkranz und wappnete sich für den Aufprall.

Der Schlagbaum zertrümmerte Scheinwerfer und Kühlergrill und brach an seinem Sockel ab. Der Fiat schoss wie von einer Sprungfeder getrieben über einen Kiesplatz, raste über den Rand einer Barriere aus Basaltfindlingen und stürzte in den zwei Meter tiefer gelegenen See. Mit einem gewaltigen Platschen tauchte er in das Wasser ein und sank wie ein Stein.

„Was ist das? Was rauscht da? Sind wir im See gelandet? O Gott, wir werden ersaufen wie die Ratten!“

„Nein, werden wir nicht.“

Der Fiat setzte auf dem flachen Seegrund auf. Sie würden lediglich nasse Füße bekommen. Durch den aufgerissenen Wagenboden strömte bereits das Wasser ins

Wageninnere. Stettner kurbelte die Seitenscheibe herunter und wartete, bis der Wasserdruck sich ausgeglichen hatte. Sammy wimmerte, als das Wasser über ihre Knie stieg.

Stettner löste ihre Sicherheitsgurte, drückte die Tür auf und half ihr aus dem Wagen.

Der Holzlaster wendete auf dem Kiesplatz und holperte in einer mächtigen Staubwolke davon.

„Wahrscheinlich sollte das nur eine Warnung sein."

„Nur eine Warnung? Die haben uns fast umgebracht. Hilf mir hier heraus."

„Warte!"

Er beugte sich ins Wageninnere und suchte nach dem Knochenfragment. Erleichtert schloss sich seine Faust um das einzige Beweisstück, das er hatte auftreiben können.

Vom Ufer aus rief er Moretti an. Eine halbe Stunde später tauchte dessen roter Lancia zwischen den Bäumen auf.

„Die Feuerwehr ist unterwegs", begrüßte er Stettner.

„Hier gibt's nichts zu löschen", bemerkte Sammy säuerlich.

„Der Fiat muss aus dem See heraus, bevor Benzin und Öl auslaufen."

Stettner stapfte in seinen nassen Sachen auf den Lancia zu. „Wir müssen reden." Er deutete mit dem Daumen auf Sammy und formte mit den Lippen ein lautloses „Allein."

25

Sammy saß in der Kajüte der *Styx* und rührte in einer Tasse Kaffee. Seit der Bruchlandung im See klebte sie wie eine zweite Haut an Stettner. Vor zwei Tagen hatte sie sich trotz ihrer Behinderung noch cool und clever gegeben. Doch seit ihrer Flucht vor dem Holztransporter blieben ihre bissigen Kommentare aus. Sie war still und in sich gekehrt. Vielleicht begriff sie erst jetzt, in welchen Schwierigkeiten sie steckte.

Stettner warf ihr einen nachdenklichen Blick zu, stieg an Deck und reichte Moretti eine Flasche Bier.

„Die Bergung wird dich eine Stange Geld kosten, mehr als die alte Karre wert ist", sagte der Italiener.

„Danke, dass du mich daran erinnerst. Aber ich habe ja jetzt einen lukrativen Job. Schön, wenn man so gute Freunde hat."

Moretti trank einen Schluck Bier und lachte. „Gib zu, es macht dir Spaß."

„Die Geschichte gefällt mir nicht. Ich werde den Fall abgeben."

„Das wirst du nicht. Du liebst dieses Boot und willst es haben."

„An Bergmann werde ich dranbleiben. Ich rede von Sammy. Sie hat uns die ganze Zeit angelogen, und sie lügt noch immer."

„Der Anschlag im Krankenhaus war nicht vorgetäuscht."

„Ich weiß nicht. Sie könnte die Tabletten selbst in den Infusionsbeutel gegeben haben."

„Wie hätte sie das anstellen sollen? Stettner, sie ist blind. Wenn sie sich wirklich hätte umbringen wollen, warum hat sie dann die Tabletten nicht einfach geschluckt?"

„Kann sie wirklich nichts sehen?"

„Ich habe sie gefunden in jener Nacht, vergiss das nicht. Das Feuer hatte sich durch den Sichtschutz des Motorradhelms gefressen. Heißes Plastik war auf ihre Augenlider getropft. Der Arzt kann dir die Verbrennungen bestätigen."

Stettner lehnte sich gegen die Reling. „Hast du die Narben an ihren Handgelenken gesehen? Ich wette, sie hat nicht zum ersten Mal versucht, sich umzubringen."

„Welche Narben?"

„Mario, das ist eine der ersten Lektionen, die ein Polizist lernt: Schau dir die Menschen genau an, mit denen du zu tun hast. Sammy hat an beiden Unterarmen Narben, als hätte sie versucht, sich die Pulsadern aufzuschneiden."

„Ja, verdammt. Ich wollte es tun. Aber das ist zehn Jahre her."

Überrascht drehten sich die beiden um.

Sammy stand am oberen Ende der Stiege. Offenbar hatte sie die Unterhaltung verfolgt.

„Als mein Vater starb, war ich vierzehn", erklärte sie. „Ich glaubte, die Welt müsse zusammenbrechen. Ich wusste nicht mehr weiter. Mit einem Cutter wollte ich mir die Pulsadern aufschneiden. Es hat verflucht wehgetan, aber verblutet bin ich nicht. Und weißt du auch warum, du Superdetektiv?" Sie streckte die Arme aus und drehte die Handgelenke nach oben. „Weil ich es versaut habe. Hat man dir bei deiner dämlichen Polizeitruppe nicht beigebracht, dass man sich die Pulsadern in Längsrichtung aufschneiden muss?"

Es passierte nicht oft, dass ihm die Worte fehlten. Stettner wandte sich zur Reling und trank sein Bier aus.

„Sie hat recht", sagte Moretti überflüssigerweise.

„Ich hab's satt, immer wieder als Versagerin abgestempelt zu werden. Ich war vierzehn, du Idiot", schrie Sammy.

Stettner drängte sich an ihr vorbei und polterte die Stiege hinab. Zwei Minuten später kehrte er an Deck zurück.

„Okay, Sammy. Machen wir reinen Tisch. Wenn du mich noch einmal anlügst, kannst du dir einen anderen Wachhund suchen."

„Stettner, ich glaube, du übertreibst ...", sagte Moretti.

Ärgerlich fuhr er herum und hielt ihm ein angekohltes Bündel Geldscheine unter die Nase.

„Das habe ich am Unfallort gefunden. Außerdem Reifenspuren, die beweisen, dass Sammy mit ihrem Motorrad auf dieser mysteriösen Insel war. Wenn du nicht so verknallt wärst, hättest du bemerkt, dass der Brandfleck auf der Straße nicht zum Unfallhergang passt, wie sie ihn beschrieben hat."

Moretti lief bis in die Haarspitzen rot an.

„Ich bin nicht ... verknallt."

„Wo kommt das Geld her?", fragte Stettner Sammy.

„Das ... weiß ich nicht. Ich ... war nicht auf der Insel. Die Spuren können auch von einer Crossmaschine stammen. Die Kids rasen dauernd auf ihren aufgemotzten Öfen durch den Wald."

„Du hast selbst gesagt, dass es in Gräbersberg stinkt“, warf Moretti ein.

„Aber nein, die Leute sind furchtbar nett dort. Sie sammeln Knochen und haben uns sogar ein Stück begleitet. Wolltest du nicht deinen Fiat trocken föhnen, Stettner?“, sagte Sammy.

„Was für ein Knochen?“, fragte Moretti.

„In der Töpferei habe ich ein angekohltes Knochenfragment gefunden. Könnte menschlich sein“, entgegnete Stettner.

„Dornmann soll sich darum kümmern.“

„Können Sie mir noch immer keinen Polizeischutz gewähren?“, fragte Sammy. „Die haben heute wirklich versucht, uns umzubringen.“

Moretti zog Stettner am Ärmel. „Vielleicht sagt sie nicht immer die Wahrheit, aber sie schwebt in Gefahr“, sagte er leise. „Als du mich vorhin angerufen hast, tauchte Tarp in Benders Büro auf.“

Überrascht fuhr Stettner herum. „Was will denn Tarp von ihm? Er hält Bender doch für einen Vollidioten.“

„Tarp hält jeden für einen Idioten, vergiss das nicht. Er hat ihn über dich ausgequetscht. Was du jetzt machst, wo du wohnst und so weiter.“

„Und Bender hat ihm brühwarm von der *Styx* erzählt.“

Moretti nickte finster. „Ich bin immer noch überzeugt, dass an Sammys Geschichte etwas dran ist. Es muss einen Grund geben, warum sie immer wieder lügt. Ich habe mich ein bisschen umgehört. Tarp war tatsächlich auf Billingers Party. Die beiden verbindet so etwas wie eine Zweckgemeinschaft, in der jeder vom anderen profitiert. Billinger neigt zu sexuellen Eskapaden, aus denen ihn Tarp schon mehrfach herausgehauen hat. Im Gegenzug nutzt Billinger seinen Einfluss, um Tarps Karriere voranzutreiben."

„Wenn Sammy zufällig zwischen die beiden geraten ist, könnte das tatsächlich gefährlich für sie werden", gab Stettner zu.

„He! Ich bin vielleicht blind, aber nicht taub. Wenn es was zu tuscheln gibt, wäre ich gern mit von der Partie!"

Stettner drehte sich um und musterte Sammy nachdenklich. Die *Styx* war kein sicheres Versteck mehr.

„Du brauchst keinen Polizeischutz. Ich bringe dich an einen sicheren Ort."

„Wolltest du mich nicht vor fünf Minuten noch loswerden?", fragte sie.

„Ich hab's mir anders überlegt."

„Oh! Woher der plötzliche Sinneswandel? Hältst du mich am Ende doch für ehrlich?"

„Zwei Menschen sind verschwunden, wenn auch ihr Verschwinden zeitlich weit auseinanderliegt. Möglicherweise hängen die beiden Fälle zusammen."

Moretti nickte. „Der Ort verbindet beide."

„Und die Menschen, die in Gräbersberg leben."

„Was hast du jetzt vor?", fragte Moretti.

„Wir werden in Bewegung bleiben. Und du bringst Dornmann dazu, in Rekordzeit diesen Knochen zu untersuchen. Ich will alles wissen, was uns irgendwie weiterhelfen könnte."

„Ohne DNA-Abgleich wird das schwierig werden."

„Dornmann säuft wie ein Loch, aber er ist ein guter Pathologe."

Stettner führte Sammy vorsichtig die Stiege hinunter. „Wir gehen packen."

„Packen? Ich bin doch gerade erst eingezogen."

„Wir machen einen kleinen Ausflug." Er blieb stehen. „Verflixt. Mario, ich brauche deinen Wagen."

Der Italiener wehrte ab. „Kommt nicht infrage. Ich mach dir einen besseren Vorschlag."

26

Stettner nahm den Autoschlüssel in Empfang und unterschrieb den Kaufvertrag. „Haben Sie eigentlich nur rostige blaue Fiats?“, fragte er grollend.

Der Händler steckte den Vertrag ein. „Noch zwölf Stück. Bei dem Preis können Sie froh sein, wenn überhaupt noch Farbe auf dem Blech klebt. Viel Spaß damit.“

Missmutig betrachtete der Detektiv den hellblauen Fiat Punto. Der Wagen war ein Klon der Rostlaube, die nun auf dem Weg zur Schrottpresse war. Er half Sammy in den Wagen und stieg ein.

„Warum bleiben wir nicht auf dem Hausboot?“, fragte sie.

„Kann sein, dass ich nicht besonders schlau bin, sonst säße ich im weich gepolsterten Nest einer reichen Anwaltstochter“, antwortete Stettner. „Aber eins habe ich“, er tippte an seine Nasenspitze, „einen Riecher. Wenn Tarp hinter mir her schnüffelt, weiß er jetzt, wo er mich finden kann – und dich dazu.“ Er startete den Motor. „Dieser Mann ist zu gefährlich, um ihn nicht ernst zu nehmen.“

„Er hat dich ganz schön reingerissen, was?“

„Man sieht sich immer zweimal im Leben.“

„Wohin fahren wir?“

„Wart’s ab.“

Die Fahrt führte die schroffen Hügel um Bad Ems hinauf und weiter über die Höhen entlang des Lahntals. Kurz vor dem Ziel bog Stettner in einen geteerten Weg ab, der durch dichten Nadelwald führte. Nach einem Kilometer lichtete sich der Wald und machte hellen, luftigen Birken Platz. Dort mündete die Zufahrt auf einen freien Platz, an dessen Ostseite ein schmiedeeisernes Tor die Weiterfahrt versperrte. Stettner stieg aus dem Wagen und öffnete das Vorhängeschloss, zu dem er einen Schlüssel besaß. Dann fuhr er auf das dahinterliegende Grundstück und stellte den Fiat vor einem verwinkelten Forsthaus aus gelb und rot gebrannten Ziegeln ab.

„Wo sind wir hier?“, fragte Sammy, „es riecht nach Wald.“

Stettner schloss die Haustür auf. „Treffer. Schade, dass du es nicht sehen kannst. Es würde dir gefallen. Das ist das Jagdhaus meines Vaters.“

„Ihr habt ein Jagdhaus?“

„Es ist eher ein Ferienhaus. Mein Vater nutzt es seit Jahren nicht mehr. Er hat immer davon geredet, dass er dorthin ziehen will, wenn er in Pension geht, und dann ist er doch in seiner Stadtwohnung geblieben.“

„Kennt Tarp das Jagdhaus?“

„Dies ist der letzte Ort, an dem er nach dir suchen würde. Er weiß, dass ich meinen Vater niemals um Hilfe bitten würde.“

„Dieser ... Tarp ... er ist doch Polizist, so wie du einer warst. Wie kann er Billinger decken, wenn der einen eiskalten Mord begangen hat?“

„Weil er korrupt ist bis ins Mark. Tarp ist arrogant, machtbesessen und rücksichtslos in der Wahl seiner

Mittel, wenn es darum geht, seine Ziele zu erreichen. Ich schätze, er hofft, dass Billinger ihn in gesellschaftliche Kreise einführt, die ihm bisher verwehrt geblieben sind. Tarp will in die Politik. Dort kann er dann seiner Lieblingsbeschäftigung nachgehen: Intrigen spinnen. Aber um sein Ziel zu erreichen, braucht er einflussreiche Gönner. Ich schau mal nach den Sicherungen."

Im Anbau zwischen dem Haus und dem Schuppen, der als Garage diente, schraubte Stettner die Hauptsicherungen ein. Dann fuhr er den Fiat in den Schuppen und verschloss das Tor der Zufahrt. Die Dämmerung zog herauf. Im Westen türmten sich grauschwarze Wolkengebirge auf, selbst im Schatten der Birken war die Luft drückend schwül. In der Ferne kündigte Donnergrollen ein Hitzegewitter an. In weniger als einer Stunde würde der Himmel pechschwarz sein. Von düsteren Vorahnungen geplagt, kehrte Stettner ins Haus zurück.

Sammy kauerte auf einem Stuhl in der Küche. Während der Fahrt war sie ungewöhnlich schweigsam gewesen. Er schloss einen Moment die Augen und versuchte, sich vorzustellen, wie es sein musste, blind zu sein.

„Stettner, bist du das?"

„Ja. Mach dir keine Sorgen."

In Wahrheit hatte er keine Ahnung, wie er diesen Fall lösen sollte. Sammys Hilflosigkeit erwies sich als ein immer größer werdendes Problem. Er konnte sie keine Sekunde allein lassen. Wie sollte er Bergmann finden oder Janas Leiche, wenn er für Sammy den Babysitter spielen musste?

Sie schien seine gedrückte Stimmung zu spüren. „Was brütest du aus?“

Er fuhr sich nervös durch das Haar. Sie entwickelte ein unheimliches Gespür für seine Launen.

„Ich such nach einem Hebel, mit dem ich die Tür zu Billingers Verbrecherkeller aufstemmen kann.“

Dieser Hebel fiel Stettner zehn Minuten später in den Schoß. Über den steil zum Rheinufer abfallenden Felsen zuckten die ersten Blitze des herannahenden Gewitters, als er einen Anruf erhielt.

„Tarp hier“, meldete sich sein ehemaliger Vorgesetzter.

Stettner ließ beinahe das Telefon fallen. Was zur Hölle wollte Tarp von ihm? Wenn er sich die Mühe machte, ihn persönlich anzurufen, heckte er einen Plan aus. Und wenn Tarp eine Intrige ersann, war Stettner am Ende stets der Verlierer gewesen.

„Sie sagen ja gar nichts. Habe ich Sie so erschreckt?“, fragte der Kommissar.

„Nichts, was Sie tun, könnte mich jemals erschrecken. Sie stecken so tief im Sumpf aus Korruption und Selbstsucht, dass ich einfach nur zu warten brauche, bis Sie in dem Schmutz ersticken, mit dem Sie um sich werfen“, antwortete Stettner.

„An Ihnen ist ein Poet verloren gegangen. Ich nehme es als Kompliment.“

„Was wollen Sie?“

„Ihnen ein Geschäft vorschlagen.“

„Schon wieder? Beim letzten Mal wurde ich das Gefühl nicht los, übers Ohr gehauen worden zu sein.“

„Ich hörte, Sie haben einen neuen Job.“

„Was geht Sie das an?“

„Es geht Ihre Klientin etwas an. Im Augenblick drehen wir uns alle ziellos im Kreis. Ich biete Ihnen eine Lösung an."

„Ich höre."

„Wir treffen uns um dreiundzwanzig Uhr auf der Insel im See bei Gräbersberg. Der Ort dürfte Ihnen bekannt sein, Sie haben ja bereits großes Interesse daran gezeigt. Bringen Sie die DVD mit – und alle Kopien. Alle. Haben Sie das verstanden?"

„Warum sollte ich das tun?"

„Weil Sie Ihre Begegnung mit dem Holzlaster sicher noch nicht vergessen haben. Jemand wird nervös und neigt zu vorschnellen Handlungen, die für Ihre Klientin tödlich ausgehen könnten. Sehen Sie in mir einen Friedensstifter. Wenn Sie meinen Rat befolgen, werden alle davon profitieren. Und seien Sie pünktlich."

Es klickte in der Leitung. Stettner kehrte in die Küche zurück. Ein Blitz spaltete den Himmel und tauchte die Jagdtrophäen an den Wänden in zuckendes, kaltes Licht.

„Wer war das?", fragte Sammy.

„Ein alter Freund, der mich unbedingt treffen will."

Die Uhr über dem Kamin zeigte zweiundzwanzig Uhr fünfundzwanzig an. Bis Gräbersberg brauchte er eine halbe Stunde. Ob Tarp wusste, wo er sich aufhielt, und die Zeit, die er für die Fahrt brauchte, einkalkuliert hatte?

„Ich bleibe nicht allein in diesem Hexenhaus!", maulte Sammy.

Stettner schüttelte den Kopf und tippte eine Nummer in sein Handy. „Das wirst du auch nicht." Er wartete, bis sich eine verschlafene Stimme meldete. „Mario? Komm sofort zum Jagdhaus meines Vaters."

„Stettner, hinter mir liegt eine Zwölf-Stunden-Schicht. Irgendwann muss ich auch mal schlafen."

„Sammy ist hier, und sie braucht deinen Schutz."

„Oh, ja dann ..."

Stettner grinste und erklärte ihm den Weg. „Beeil dich!"

Er unterbrach die Verbindung. „Mario wird gleich hier sein."

„Was hast du vor?"

Er setzte sich zu ihr an den Tisch und nahm ihre Hand in seine.

„Sammy, du hast es faustdick hinter den Ohren und lügst, dass sich die Balken biegen. Aber du musst mir jetzt die Wahrheit sagen. Besitzt du eine DVD aus Billingers Rekorder? Existieren Kopien von der Aufnahme?"

Sammy zögerte. Schließlich antwortete sie: „Nein. Ich habe nie eine DVD besessen und auch keine Kopien. Nachdem ich den Mord an Jana beobachtet hatte, dachte ich nur noch an Flucht. Ich war zu Tode erschrocken, als ich Tarp auf dem Flur begegnete."

„Billinger ist aber überzeugt davon, dass du diese Aufnahme besitzt, und er wird dich erst in Ruhe lassen, wenn er sich wieder sicher fühlt."

Er wünschte sich, ihre Augen sehen zu können. Der Verband erschwerte ihm, zu überprüfen, ob sie die Wahrheit sagte, und erleichterte ihr das Lügen. Er war sicher, dass sie ihm noch immer etwas verheimlichte.

„Komm bloß nicht auf die Idee, Billinger zu erpressen. Das ist eine Nummer zu groß für dich."

„Ich habe keine DVD“, sagte sie entschlossen.

Stettner nickte. „Wenn du mich anlügst, lege ich den Fall nieder. In einer halben Stunde treffe ich mich mit Tarp. Ich kann nicht länger auf Mario warten.“ Er zog sein Handy aus der Tasche und nahm einige Einstellungen vor. „Ich lasse dir das Telefon da, für alle Fälle. Du brauchst nur auf die Ruftaste rechts unten zu drücken und wirst sofort mit ihm verbunden. Wenn es nötig sein sollte, kann er die ganze Truppe aus Bad Ems mitbringen.“

„Das wird Tarp niemals erlauben.“

„Er wird nicht da sein, um sich einzumischen.“

Er schob den Stuhl zurück und wandte sich zur Tür.

„Stettner?“

„Ja?“

„Pass auf dich auf.“

Eilig verließ er das Jagdhaus. Der aufkommende Sturm riss ihm beinahe die Tür aus der Hand. Noch wütete das heftige Sommergewitter auf der anderen Rheinseite. Blitze zuckten über den Nachthimmel und bildeten einen chaotischen Vorhang aus gleißendem Licht. Auch Sammys Geschichte wurde immer undurchsichtiger. Nichts war so, wie es schien.

27

Stettner war erst vor zehn Minuten aufgebrochen, aber Sammy erschien die Zeit wie eine Ewigkeit. Ihre Augenlider juckten und brannten. In zwei oder drei Tagen würde ihre Blindheit Vergangenheit sein. Es wurde Zeit, dass sie das Spiel drehte, aber dazu brauchte sie ihren Kopf, Mut und vor allem ihre Sehkraft.

Das Geld war also nicht verbrannt. Das Bündel Geldscheine, das Stettner im Wald gefunden hatte, erhärtete Sammys Verdacht. Der Unfall hatte von Anfang an zu Scheurichs Plan gehört, und sie war darauf hereingefallen. Sie sollte bei dem Versuch, Billinger zu erpressen, ums Leben kommen, und Scheurich erwies sich als Helfer in der Not. Unglücklicherweise sollte bei dem Mordversuch Sammys Motorrad in Brand geraten und Billingers Million in Flammen aufgehen – ein unvorhersehbarer Zufall, an dem Scheurich keine Schuld traf, und ein cleverer Plan dazu. Der Autohändler war auf einen Schlag seine Schulden los. Niemand würde nach der Million suchen, denn sie war ja vor Billingers Augen verbrannt.

Du bist ein cleverer kleiner Teufel, Henning Scheurich, dachte Sammy widerwillig fasziniert. Doch dann hatte ein Zufall den gerissenen Plan durchkreuzt. In seiner Eile, die Plastiktüte mit dem Geld in Sicherheit zu bringen, hatte er ein Bündel Banknoten verloren. Pech für ihn, dass Stettner die Scheine gefunden hatte.

Zu ihrer Erleichterung zog der Detektiv die falschen Schlüsse aus seinem Fund. Was kümmerte es sie? Sollte er ruhig weiter an die Geschichte mit der Erpressung glauben.

Eine Zeit lang hatte sie mit dem Gedanken gespielt, ihn zu verführen. Sie war gespannt darauf, wie er aussah. Sein lockiges Haar und das Gesicht mit dem Dreitagebart hatten sich gut angefühlt. Im Team zu arbeiten, bot durchaus Vorteile. Mit Stettners großer Klappe und ihrem Talent, aus den kleinsten Regungen und Änderungen in Körperhaltung und Gestik ihrer Opfer an wertvolle Informationen zu gelangen, würden sie unschlagbar sein, eine Trickdiebstahlvariante von Bonnie und Clyde. Mann, das gefiel ihr, das gefiel ihr sogar sehr.

Stettner war ständig abgebrannt. Finanzielle Not hatte schon so manchen vom Pfad der Tugend abweichen lassen. Außerdem hatte Tarp ihm übel mitgespielt. Vielleicht fehlte nur noch ein kleiner Anstoß, um Stettner auf die andere Seite des Gesetzes zu ziehen. Eine heiße Nacht auf diesem vergammelten Hausboot wäre genau das Richtige. Schließlich wusste sie, wie man Männer verführte. Mit ihren blonden Locken und der aufregenden Figur war es ein Kinderspiel, sie um den Finger zu wickeln. Seit Sammy von einem blassen Teenager zu einer jungen Frau herangewachsen war, setzte sie ihren Körper bewusst ein. Es machte ihr einen Heidenspaß, die Jungs am Nasenring hinter sich herzuziehen. Warte nur, bis du meine grünen Augen siehst, Stettner, dachte sie.

Eine plötzliche Gewitterbö ließ die alten Balken knacken. Sie schreckte hoch. Hinter dem Heulen des

Sturms versteckte sich ein Geräusch, das keinen natürlichen Ursprung besaß, das Knarren von Dielenbrettern unter den Schritten eines schweren Körpers. Sie setzte sich kerzengerade auf und lauschte angestrengt.

„Mario, bist das?"

Regentropfen prasselten schwer wie Bleischrot auf die Dachschindeln und wuchsen schnell zu einem ohrenbetäubenden Trommelfeuer an. Sekunden später überdeckte der Gewitterregen jeden anderen Laut. Ein Donnerschlag ließ das Jagdhaus in seinen Grundfesten erzittern. Sammy zuckte zusammen und stieß mit der Schuhspitze gegen das Tischbein. Stettners Handy rutschte über den Tisch. Instinktiv versuchte sie, es festzuhalten, aber ihre Fingerspitzen katapultierten das Telefon in die Dunkelheit hinaus. Das helle Klappern von Plastik übertönte für einen Moment sogar das Stakkato des Regens auf dem Dach. Wieder knarrte eine Bodendiele, ganz nah diesmal. Dann klingelte Stettners Handy.

***

Moretti trommelte ungeduldig auf das Lenkrad. Die Scheibenwischer flitzten unermüdlich hin und her und wurden der Regenflut kaum mächtig. Durch den Wasservorhang auf der Windschutzscheibe schimmerten verschwommene rote und weiße Lichter. Ein blauer Fleck blitzte rhythmisch wie ein Irrlicht auf. Moretti öffnete die Wagentür. Noch bevor er ganz ausgestiegen war, war er bis auf die Knochen nass. Petrus schien einen riesigen Eimer im Himmel umgekippt zu haben. Moretti irrte durch den Wolkenbruch und lief auf das Blaulicht zu. Zwei Streifenpolizisten leiteten den

Verkehr um. Einer von ihnen schrie eine Warnung, als die Wassermassen einen gusseisernen Kanaldeckel anhoben und fortschwemmten wie ein Papierschiffchen.

„Ich muss hier durch!“ Moretti zeigte seinen Dienstausweis.

„Unmöglich“, rief der Polizist zurück. „Die Uferstraße ist überflutet. Sie müssen über die Brücke am Nordende der Stadt!“

Moretti starrte auf die anschwellende Flut, die einen Teil der Asphaltdecke mitgerissen hatte. Wenn er sich wie all die anderen in der Autoschlange durch den Stadtverkehr kämpfen musste, bedeutete das einen Umweg von einer Stunde. Stettner würde ihn mit Tarp zusammen in ein Fass stecken und in die Lahn werfen, wenn Sammy etwas zustieß. Er zog sein Handy aus der Tasche und wählte die Nummer des Detektivs.

***

Nach dem sechsten Klingeln sprang die Mailbox von Stettners Handy an. Sammy tastete unsicher an der Wand entlang auf die Stimme zu, doch bevor sie das Telefon erreichte, hörte das Klingeln auf. Ebenso plötzlich verstummte das Prasseln des Regens auf dem Dach. Hatte das Unwetter seine Kraft erschöpft? In der einsetzenden Stille hörte Sammy Atemzüge, die mit ihren eigenen nicht synchron waren. Der schwache Geruch eines herbsüßlichen Rasierwassers kitzelte in ihrer Nase. Sammy kannte den widerlich klebrigen Gestank, es war das gleiche Rasierwasser, das der Attentäter im Krankenhaus benutzt hatte. Sie war nicht allein.

Sie zögerte einen Moment und riss sich dann entschlossen den Verband von den Augen. Es blieb genauso dunkel wie zuvor. Hatte der Arzt sich geirrt? Blieb sie für immer blind? Zugluft strich über ihr Gesicht und kühlte die brennenden Augenlider. Sie drehte sich im Kreis und bemerkte einen schwachen Schimmer. Nie zuvor war sie so erleichtert gewesen, ein Licht zu erblicken.

Wachsam trat sie auf den Korridor hinaus. Durch die Milchglasscheiben der Haustür fiel diffuses Licht. Mit Urgewalt kehrte das Unwetter zurück und verwandelte für Sekundenbruchteile die Nacht in gleißend hellen Tag. In der Nähe schlug ein Blitz ein, der den Boden unter Sammys Füßen erbeben ließ. Der unmittelbar folgende Donnerschlag brachte die Fenster zum Klirren. Fremde Augen starrten sie boshaft an, ganz nah vor ihrem Gesicht. Ihr Besitzer war fest entschlossen, sie zu töten.

***

Stettners Fiat rumpelte über den Schotterweg zum See und stoppte an der Furt. Im Südwesten rollte Donner über den unsichtbaren Horizont. Einzelne Regentropfen klatschten schwer auf das Autodach, die Raben in den Bäumen rings um den See stießen trotz der biblischen Finsternis noch immer heisere Schreie aus. Schliefen diese Biester eigentlich nie? Vorsichtig fuhr Stettner über den schmalen Damm zur Insel. Im Hof der Ruine stand Tarps dunkelgrauer BMW. Stettners Erzfeind lehnte an der Motorhaube und rauchte die unvermeidliche Zigarette.

„Ah, Stettner. Wenigstens sind Sie pünktlich."

Wachsam stieg der Detektiv aus dem Wagen.

„Eins muss Ihnen der Neid lassen, Tarp. Ich hätte nicht darauf gewettet, dass Sie den Mut aufbringen, sich hier allein mit mir zu treffen. Oder haben sich ein paar Ihrer Speichellecker in den Büschen versteckt? Können Sie sich auf deren Beistand verlassen, wenn ich Ihnen die Schnauze poliere?"

Tarp trat die Kippe aus. „Hören Sie mit den Kindereien auf. Sie sind hier, um einen Deal für Ihre Klientin auszuhandeln. Alles andere darf Sie jetzt nicht interessieren." Er verzog die schmalen Lippen zu einem verächtlichen Lächeln. „Aber Ihre unprofessionelle Arbeitsweise ist mir ja bekannt. Sie werden sich gewaltig anstrengen müssen, um in Ihrem neuen Job den Kopf über Wasser zu halten. Der Staat alimentiert Sie nicht mehr."

Über dem Wald flackerten Blitze auf. Eine Gewitterbö schüttelte die schlanken Birken am Ufer. Innerhalb weniger Augenblicke begann der Regen so dicht wie ein Vorhang zu fallen. Sie flohen unter das überhängende Scheunendach.

„Ein theatralisches Plätzchen haben Sie da ausgesucht. Wie geschaffen für einen Totschlag", sagte Stettner.

„Halten Sie die Klappe, und hören Sie mir zu." Tarp zündete sich eine neue Zigarette an. „Haben Sie die DVD?"

„Zuerst will ich wissen, was in jener Nacht in Billingers Villa geschah."

„Das ist unwesentlich."

Stettner spähte unter dem Dach hervor. „Der Regen lässt bald nach. Ich kann auch wieder fahren. Es wird mir ein Vergnügen sein, Ihren Freund und Gönner

Billinger des Mordes zu überführen – und Sie der Beihilfe."

„Sie haben nicht die Spur eines Beweises, dass überhaupt ein Verbrechen begangen wurde."

Erstaunt zog Stettner die Augenbrauen hoch. „Warum machen Sie sich dann die Mühe, dieses romantische Treffen zu arrangieren? Sind Sie am Ende auch noch schwul, Tarp?"

Der Kommissar baute sich drohend vor ihm auf. „Irgendwann wird Sie Ihre große Schnauze in ernste Schwierigkeiten bringen."

„Das sagen alle. Was ist in Billingers Villa passiert?"

„Sie haben das Video nicht gesehen, nehme ich an?"

„Und wenn ich es gesehen habe?"

„Nun, man könnte tatsächlich den Eindruck gewinnen, das Mädchen hätte sich bei seinem Sturz tödliche Verletzungen zugezogen, aber dem ist nicht so."

„Dann soll sie aussagen, was wirklich geschah."

„Die Dinge sind nicht ganz so einfach. Selbstverständlich würde Billinger das Mädchen zu einer Aussage bewegen, um jeden Vorwurf aus der Welt zu schaffen, aber das ist leider nicht möglich. Um seine guten Absichten zu beweisen, hat er es großzügig entlohnt und in seine Heimat zurückgeschickt. In Deutschland mag die kleine finanzielle Entschädigung nicht viel wert sein, aber in Tschechien stellt sie ein Vermögen dar. Leider kennt niemand den Aufenthaltsort von Jana Kovac."

Stettners Gedanken überschlugen sich. Wenn Tarp die Wahrheit sagte, zu wem passte dann der Knochen aus der Töpferei? Hatte er Bergmann bereits gefunden, ohne es zu ahnen?

„Ich verstehe. Somit kann Billinger auch nicht beweisen, dass ihr außer einer Beule am Kopf nichts fehlt."

„So könnte man es ausdrücken. Ein Umstand, den sich Ihre Klientin zunutze macht."

„Sie bestreitet einen Erpressungsversuch."

„Ach, kommen Sie, Stettner. Das Mädchen lügt, wenn es den Mund aufmacht. Selbst Sie mit Ihrem beschränkten Verstand müssten das begriffen haben. Ich biete Ihnen einen fairen Handel an."

„Und der wäre?"

„Jeder Bürger ist verpflichtet, ihm bekannt gewordene Straftaten zur Anzeige zu bringen. Unterlässt er das, kann er nach § 258 StGB wegen Strafvereitelung belangt werden. Wenn bekannt wird, dass Sie die Trickdiebstähle von Frau Baring decken, ist Ihre Detektei erledigt, noch bevor sie richtig in Schwung kommt."

Misstrauisch zog Stettner die Brauen zusammen. „Was soll das heißen?"

„Ach, davon wissen Sie nichts?" Tarp lächelte amüsiert. „Natürlich hat sie das verschwiegen, es war nicht anders zu erwarten gewesen. Nun, ich kläre Sie gerne auf. Das Mädchen hat sich eine clevere Masche ausgedacht. In den vergangenen achtzehn Monaten hat Samantha Baring bei sechs verschiedenen Catering-Unternehmen gearbeitet. Ihre Jobs haben ihr Zutritt zu Partys und Festen der gehobenen Gesellschaft verschafft, wo sie den Gästen auf perfide Weise die Geheimzahlen ihrer Kreditkarten entlockte und anschließend mit den gestohlenen Karten die Konten abräumte. Und genau das tat sie auch auf Billingers Geburtstagsparty. Wonach, glauben Sie, hat sie in der Garderobe gesucht? Wie es der Zufall wollte, stieß sie dabei auf den DVD-Rekorder, mit dem Billinger seine Sexeskapaden aufzeichnet. Und nun benutzt sie die Aufnahme als Druckmittel.“

„Das rechtfertigt keinen Mordversuch. Wer hat die Schlaftabletten im Infusionsbeutel aufgelöst?“

„Wahrscheinlich sie selbst. Haben Sie sich mal ihre Handgelenke angesehen? Dürfte ich nun um das Beweismittel bitten?“

Was Tarp sagte, klang geradlinig, logisch und entsprach wahrscheinlich der Wahrheit. Trotzdem weigerte sich Stettner, sie anzuerkennen. Zu sehr war ihm Tarp verhasst. „Wer kommt noch für eine Erpressung infrage?“

Ungeduldig wippte Tarp mit den Schuhspitzen. „Ach, Stettner. Kommen Sie mir jetzt nicht mit dem großen Unbekannten. Sie wissen ebenso wie ich, dass das Mädchen lügt. Ich kann Ihnen nur raten, auf meinen Vorschlag einzugehen. Sie geben mir die DVD und alle Kopien. Im Gegenzug verzichtet die Staatsanwaltschaft auf eine Anklage wegen Trickbetrugs und Diebstahls. Glauben Sie mir, ich habe mehr als genug Beweise zusammengetragen, um Samantha Baring für die nächsten Jahre hinter Gitter zu bringen. Noch liegt die Akte in meinem Schreibtisch, aber das lässt sich ändern.“

Stettner überdachte seine Möglichkeiten. Wie lange brauchte Dornmann für die Knochenanalyse? Woher nahm er Material für einen DNA-Vergleich? Und wenn er sich irrte und der Knochen zu einem altersschwachen Hund gehörte, den man im Brennofen eingeäschert hatte?

„Ich brauche mehr Zeit, um Ihre Angaben zu überprüfen“, sagte er.

„Sie haben keine Zeit, Stettner. Billinger ist ... sagen wir mal ... eine wichtige Sprosse auf meiner Karriereleiter – das wissen Sie längst. Leider neigt er zu Jähzorn und vorschnellen Entscheidungen. Ich weiß nicht, wie lange ich ihn noch besänftigen kann. Er könnte auf dumme Gedanken kommen, deren Ausführung allerdings schwer zu beweisen sein dürfte."

„Sammy bestreitet, die DVD zu besitzen."

Tarp ließ sein Feuerzeug klicken und zündete sich eine neue Zigarette an. „Dann sollten Sie sie schnell davon überzeugen, mit der Wahrheit herauszurücken, sonst wandern Sie beide in den Knast. Ich gebe Ihnen eine Stunde. Wenn ich dann nicht im Besitz der DVD bin, wird ein Durchsuchungskommando auf Ihrem rostigen Kahn einen Teil des Erpressergeldes finden. Was das bedeutet, brauche ich Ihnen nicht zu erklären."

„Damit kommen Sie niemals durch, Tarp. Selbst wenn die Erpressungsgeschichte stimmt, stammt das Geld mit Sicherheit aus schwarzen Kassen."

„Bilanzen kann man so und so lesen." Er blickte auf die Armbanduhr. „An Ihrer Stelle würde ich mich lieber beeilen."

Stettners Gedanken drehten sich im Kreis. Tarp hielt alle Trümpfe in der Hand und erwies sich erneut als Meister im Intrigenspiel. Er hatte diese Runde verloren, aber es sollte nicht die Letzte sein, dafür würde er sorgen.

28

Sammys Augenlider schmerzten bei jedem Blinzeln, aber sie konnte sehen! Endlich war sie nicht mehr hilflos wie ein neugeborenes Baby. Vor Freude und Erleichterung lachend, strich sie mit den Fingerspitzen über den Spiegel vor ihr. Das schemenhafte Gesicht, das sie erschreckt hatte, war lediglich eine Reflexion, hervorgerufen vom Licht der Lampe vor dem Haus.

Ihre Augen begannen von dem angestrengten Starren zu tränen, und das blasse Ebenbild im Spiegel verschwamm wieder. Plötzlich war sie froh über die Dunkelheit, selbst der schwache Widerschein der Lampe stach wie ein Messer aus Licht in ihre Augen.

Das Unwetter hatte nur eine kurze Pause eingelegt. Sammys Lachen ging im donnernden Crescendo des Regens unter. Im Spiegel erschien ein zweites Augenpaar. Bevor sie reagieren konnte, explodierte ein heftiger Schmerz in ihren Kniekehlen, kraftlos knickten ihre Beine ein. Jemand vergrub seine Hand in ihren Locken, riss ihren Kopf zurück und schlug ihn zweimal gegen die Holzvertäfelung. Vergeblich kämpfte sie gegen die Dunkelheit an, die sich in ihr ausbreitete.

Als sie erwachte, hämmerte der Regen noch immer mit sintflutartiger Wucht auf die Dachschindeln. Die Welt sah seltsam verkehrt aus, alles schien auf dem

Kopf zu stehen und an ihr vorbeizuziehen. Dann wurde ihr klar, dass sie ihre Beine nicht bewegen konnte.

Sammy hob den Kopf und sah einen unförmigen Schatten, der sich schwarz von der fahlen Milchglasscheibe der Haustür abhob. Jemand hatte ihre Knöchel mit einem groben Kälberstrick gefesselt und zog sie wie einen Sack voller Unrat hinter sich her. Ihre Finger glitten über Holzpaneele, einen Teppich und den Stoff eines Vorhangs. Sie ertastete sie einen kalten metallischen Gegenstand, hielt sich daran fest und riss einen schweren Garderobenständer um. Der Unbekannte keuchte überrascht auf, das Seil lockerte sich einen Augenblick. Instinktiv zog Sammy die Beine an und brachte ihn damit zu Fall. Wütend stürzte er sich auf sie und presste sie mit seinem Gewicht zu Boden. Schwielige Hände legten sich um ihre Kehle und drückten unerbittlich zu. Sammy geriet in Panik. Das Leben strömte so schnell aus ihr heraus wie Wasser aus einem löchrigen Eimer. Sie schlug um sich und trat nach dem Mann, was ihn nur noch wütender machte und zu größerer Anstrengung anspornte.

Ein Blitz erleuchtete den Flur taghell. In seinem Licht erkannte Sammy schwarze Kleidung und eine schwarze Motorradmaske – und sie roch Scheurichs ekelhaft süßliches Rasierwasser. Ihre Hände rutschten kraftlos von seinen Armen ab und ruderten Hilfe suchend durch die Luft. Sie stieß gegen eine Kommode, eine Lampe fiel klirrend zu Boden und zerbrach. Sammy packte den Lampenfuß und zog an dem Kabel, das in der Fassung abriss. Winzige blaue Blitze zuckten durch das Dunkel. Sie versuchte ihre Beine zu befreien, um dem Scheißkerl in die Eier treten zu können, aber

Scheurich bot ihr keine Gelegenheit dazu. Er kniete auf ihr und presste ihre Oberschenkel auf den Boden. Sammy ertastete den Fuß der Lampe, schlug zu und traf ihn an der Schläfe. Scheurich grunzte wütend und lockerte für einen Moment seinen Würgegriff.

Obwohl sie den Schlag ziellos geführt hatte, tropfte warmes Blut auf ihr Gesicht, also hatte sie ihn erwischt. Bevor sie erneut auf ihn einschlagen konnte, wand er ihr die Lampe aus der Hand und schleuderte sie in die Dunkelheit. Blitzschnell krallten sich seine Hände wieder um ihre Kehle. In Todesangst tastete Sammy nach einer Waffe und spürte das Lampenkabel unter ihren Fingerspitzen. Mit einer letzten, verzweifelten Anstrengung stieß sie Scheurich die blanken Drahtenden gegen den Unterarm.

Der Effekt war enorm. Er kippte zuckend zur Seite, der eiserne Griff um Sammys Hals löste sich. Sie wand sich unter ihm hervor und befreite sich von den Fesseln. Die Tage, die sie in Blindheit verbracht hatte, erwiesen sich nun als wertvolle Erfahrung. Ihre geschärften Sinne orientierten sich rasch in der Dunkelheit. Vor ihr lag eine Treppe, die zum Obergeschoss hinaufführte. Sammy kam auf die Füße und stolperte auf die steile Stiege zu. Scheurich erholte sich schnell von dem Stromschlag. Auf halber Höhe holte er sie ein und riss sie zu Boden. Sammy wehrte sich erbittert. Keuchend und fluchend rangen sie in der Finsternis miteinander, bis Sammy einen Glückstreffer landete und Scheurich mit der Stiefelspitze am Kinn traf. Er verlor den Halt und polterte die Stufen hinab.

Sammy floh auf die offene Empore. Hier oben dicht unter dem Schindeldach schluckte das Prasseln des

Regens jedes andere Geräusch. Mit tränenden Augen starrte sie in die Tiefe. Am Fuß der Treppe bewegte sich ein Schatten.

„Du kommst hier nicht mehr lebend raus, du verdammtes Miststück", knurrte Scheurich.

Sie ignorierte die Drohung und lief auf die nächste Tür zu. Dahinter verbarg sich ein Schlafzimmer, an dessen Giebelseite eine Glastür auf einen Balkon hinausführte. Wenn sie Glück hatte, führte von dort ein Weg nach unten. Sie legte den Hebel um, schlüpfte durch den Spalt nach draußen und zog die Tür hinter sich zu.

Der Sturmwind fegte sie beinahe von den Beinen. Die Holzbohlen waren glitschig vom Regen, der ihr von Westen her ins Gesicht klatschte. Langsam gewöhnten sich ihre Augen an den schwachen Schimmer, der von der Lampe im Eingangsbereich des Hauses heraufdrang. Durch die vom Unwetter gepeitschten Birken flackerten im tief unter ihr liegenden Rheintal Straßenlampen und Positionslichter von Frachtkähnen auf dem Fluss wie Glühwürmchen in einem Wirbelsturm. Die kalte Luft schmerzte auf ihren verkrusteten Augenlidern, noch immer sah sie die Welt verschwommen und undeutlich, aber sie war nicht mehr blind und hilflos.

Die Hoffnung gab ihr neue Kraft. Sie trat an die Brüstung und untersuchte die Holzkonstruktion. Vier senkrechte Balken trugen den Balkon, der über die ganze Breite des Jagdhauses verlief.

Sammy hielt den Atem an und lauschte. Hinter dem unaufhörlichen Trommeln des Regens und den gelegentlichen Donnerschlägen lauerte noch ein anderes, kaum zu unterscheidendes Geräusch, ein mächtiges und kraftvolles Rauschen.

Plötzlich erzitterte der Balkon unter ihr. Ein zweiter, gleißender Blitz spaltete den Nachthimmel und enthüllte die Ursache. Aus dem hügeligen Waldgebiet hinter dem Jagdhaus stürzte ein reißender Wildbach wie ein Tsunami die terrassenförmigen Hänge herab und führte entwurzelte Bäume, Felsbrocken und aufgeweichte Erde mit sich. Erschrocken wich Sammy vom Geländer zurück und drückte sich an die Hauswand. Das Rauschen des Sturzbaches löschte alle anderen Geräusche aus. Lautlos öffnete sich hinter ihr ein Fenster. Scheurich schlang seinen Arm um ihren Nacken und presste ihre Kehle zusammen. Sammy schrie, aber ihre Stimme verlor sich im Tosen der entfesselten Elemente. Aus dem Hang löste sich eine Schlammlawine und unterspülte die Fundamente der beiden vorderen Stützpfeiler. Der Balkon neigte sich ächzend nach vorn, die Bodenbretter splitterten und rissen aus ihren Verankerungen. In Todesangst biss sie Scheurich in den Handrücken. Er schrie überrascht auf und ließ sie los. Sammy fiel und rutschte auf das Geländer zu. Träge löste sich der Balkon vom Haus und kippte wie ein betrunkener Riese nach vorn. Ein tischgroßes Bruchstück landete klatschend in der eiskalten Flut. Innerhalb von Minuten hatte das Unwetter den schmalen Bachlauf in einen Mahlstrom verwandelt, der jedes Hindernis auf seinem Weg fortriss. Sammy tanzte auf dem schäumenden Wasser wie ein Korken und trieb auf die steil zum Rheintal abfallende Felswand zu. Binnen Sekunden erreichte sie die Felsbarriere, hinter der sich der Sturzbach in einen bodenlosen Wasserfall verwandelte. Dröhnend verkeilten sich die Reste des Balkons zwischen den Felsen. Unter den Brettern schoss das Wasser in weitem Bogen über die Kante des Steilhangs und drohte Sammy in den Abgrund zu spülen. Der letzte verbliebene Stützbalken zerbrach wie ein Streichholz, klatschte in das wirbelnde Wasser und schoss mit tödlicher Wucht auf Sammy zu.

Moretti stieß einen saftigen italienischen Fluch aus und trat auf die Bremse. Durch den Umweg hatte er in dem stockdunklen Waldgebiet die Orientierung verloren. Die von der Hauptstraße abzweigenden Schotterwege glichen einander wie Zwillinge. Immer wieder hatte er versucht, Stettner zu erreichen, aber der Detektiv meldete sich nicht. Moretti hasste Alleingänge. Nie konnte Stettner planmäßig vorgehen. Seine sprunghaften, intuitiven Entscheidungen hatten seinen Partner Sawinski fast in den Wahnsinn getrieben. Noch immer verstummten die Gerüchte nicht, dass Stettners Leichtsinn und seine Dickköpfigkeit zu der Katastrophe in Billingers Steinbruch geführt hatten. Moretti ahnte, dass Tarp diese Version der Ereignisse in Umlauf gebracht hatte, aber was machte das für einen Unterschied? Die Leute plapperten sie nach, bis niemand mehr die Wahrheit kannte. Was blieb, war die Erinnerung an eine falsche Entscheidung Stettners, die Sawinski in einen lebenden Leichnam verwandelt hatte.

Es war zwanzig nach elf. Moretti war seit vierzig Minuten unterwegs und musste eine Entscheidung treffen. Noch einmal rief er sich die Wegbeschreibung ins Gedächtnis. Wenn er den höchsten Punkt der Hügelkuppe nach dem Ortsausgang von Lahnstein passiert hatte, führte nach fünfhundert Metern ein Schotterweg zum Jagdhaus. Dieser Weg? Oder ein anderer? Er löste den Fuß von der Bremse und steuerte den Wagen in den Feldweg. Wenn er sich irrte, würde er in jedem Fall zu spät kommen, falls Sammy in Gefahr geriet.

Sammy erwischte mit knapper Not den herabhängenden Ast einer Kiefer und zog sich auf ein kleines Felsplateau. Die zerstörte Balkonkonstruktion, die ihr als Floß gedient hatte, stürzte donnernd über die Kante des Steilhangs.

Im Nordwesten riss die Wolkendecke auf. Fahles Mondlicht enthüllte das ganze Ausmaß der Katastrophe. Die Front des Jagdhauses glich einer Ruine, vom Balkon ragten nur noch die gezackten Stümpfe der Pfeiler aus dem Schlamm. Quer über den Kiesplatz zog sich eine Spur der Verwüstung.

Stettners sprichwörtliches Glück schien auf sie abzufärben, denn anders war es nicht zu erklären, dass sie den lebensgefährlichen Ritt ohne Verletzungen überlebt hatte und unversehens auf einen Fluchtwagen stieß. Auf dem Wendeplatz vor dem Jagdhaus stand ein weißer Geländewagen.

Sammy schlich am Waldrand entlang auf den Wagen zu. Ihre Sehkraft kehrte allmählich zurück, und sie konnte immer mehr Einzelheiten erkennen. Die Fahrertür stand offen, das Standlicht war eingeschaltet. Von Scheurich fehlte jede Spur. Wenn er so in Eile gewesen war, dass er das Licht hatte brennen lassen, steckte wahrscheinlich auch der Schlüssel im Zündschloss. Sammy hielt den Atem an und lauschte. Nein, sie täuschte sich nicht. Ein Wagen näherte sich. Kam Moretti endlich?

Sie schnellte hoch, aber eine Hand riss sie grob zurück. Scheurich tauchte aus dem Unterholz auf und schlang seinen Arm um ihre Kehle.

„Wir zwei machen jetzt eine kleine Reise, du Miststück“, knurrte er.

Er schlug sie mit dem Kopf gegen einen aufgetürmten Stapel Baumstämme, schleifte sie zum Wagen und zerrte sie in den Kofferraum. Dumpf hörte sie, wie Scheurich die Wagentür zuschlug. Der Motor sprang an und die grobstolligen Reifen wühlten den Boden auf, so wie die Nacht in Billingers Villa Sammys Leben in ein Chaos verwandelt hatte.

29

Samstag, 31. August

Aus dem Wald hinter der Villa stiegen Nebelschwaden auf. Die bleigraue Dämmerung hing wie ein Leichentuch über Gräbersberg. Das Unwetter der vergangenen Nacht hatte keine dauerhafte Abkühlung gebracht, bereits zu dieser frühen Stunde war es unerträglich schwül. Hans-Peter Billinger hetzte von einem Raum zum nächsten und riss Fenster und Türen auf. Die drückende Hitze verstärkte in ihm das Gefühl, eingesperrt zu sein, und schloss verborgene Türen in seinem Unterbewusstsein auf. In den Verstecken seiner Seele erwachten längst vergessen geglaubte Dämonen. Er konnte das Feuer riechen. Der Brandgeruch und der Gestank von verbranntem Fleisch krochen in seine Nase und schienen an seiner Kleidung zu haften, als wäre er wieder dort, wo alles begonnen hatte. Hastig streifte er Jackett und Krawatte ab, öffnete auch das Fenster in seinem Büro und sog tief die Morgenluft ein. Trotzdem wich der verkohlte Geschmack auf seiner Zunge erst, nachdem er zwei Fingerbreit Wodka heruntergestürzt hatte. Der Schnaps rann über sein Kinn und tropfte auf sein Hemd. Bald darauf setzte er seine beruhigende Wirkung frei und brannte heiß in seinem Bauch.

Der Keller. Das Feuer. Die Raben. Warum drängten sich die Schrecken seiner Kindheit gerade jetzt in sein Bewusstsein?

Mit blutunterlaufenen Augen stierte er aus dem Fenster. Auf dem Drahtzaun, der den Steinbruch sicherte, hockten drei Rabenvögel. Sie legten die Köpfe schief und starrten ihn mit ihren unergründlichen schwarzen Augen an, als schmiedeten sie einen mörderischen Plan. Billinger stieß einen erstickten Schrei aus, schloss das Fenster und zog so überhastet die Vorhänge zu, dass der Stoff aus den Halteringen riss. Es waren nur Vögel, dumme, stumpfsinnige Kreaturen. Mochten sie auch schlauer sein als die meisten anderen Tiere, so waren sie doch niemals in der Lage, planvoll gegen ihn vorzugehen. Er ließ sich von den Gespenstern der Vergangenheit narren.

Er ging in den hinteren Teil des Hauses, um sein fleckiges, verschwitztes Hemd zu wechseln. Im Schlafzimmer stieß er auf Susanne Pohlmann.

„Was machst du hier?"

„Hast du vergessen, dass du mich fürs Putzen bezahlst?"

Billinger knöpfte sein Hemd auf. Die Wärme des Alkohols strömte in seinen Unterleib. Der Anblick von Susanne Pohlmann in seinem Schlafzimmer erregte ihn explosionsartig. Sie trug ein knappes, pinkfarbenes Top und enge, über den Knien abgeschnittene Jeans. Auf ihren nackten Unterarmen glitzerten feine Schweißtropfen, die Billingers Fantasie anstachelten.

Sie warf einen blauen Vereinsschal auf das Bett, den jemand achtlos liegen gelassen hatte. Dann drehte sie

Billinger den Rücken zu und bückte sich, um das Kabel aus dem Staubsauger zu ziehen.

Er trat von hinten an sie heran und umfasste ihre Hüften.

„Lass mich los. Ich bin zum Arbeiten hier“, sagte sie.

„Ich bezahle dich fürs Ficken, nicht fürs Staubsaugen.“ Er nestelte an ihrer Gürtelschnalle.

Sie krümmte sich zusammen und biss ihn in die Hand.

„Au! Verdammtes Weibsstück!“

Wütend stieß er sie von sich. Sie stolperte über den Staubsauger und plumpste auf den Teppich neben dem Bett. Der Anblick weckte in Billinger ein düsteres Déjàvu.

„Ich bin keine von deinen Nutten!“, zischte sie.

Billinger lutschte an der Bisswunde auf seinem Handrücken. „Hältst dich für was Besseres, was? Aber das bist du nicht. Ohne mich bist du nur das Anhängsel dieses Versagers. Vergiss nicht, mein Geld bedeutet deine Freiheit.“

„Freiheit? Ist ein Hund frei, wenn er an seiner Kette im Kreis laufen kann?“

Billinger ließ seine Hose herunter.

„Hör auf zu quatschen, und komm her.“

Angewidert blickte sie auf sein entblößtes Geschlechtsteil.

„Wir sind quitt“, sagte sie. „Du hast bekommen, was du wolltest, und mich dafür bezahlt.“

„Ich bestimme, wann du entlassen bist.“

Er machte einen Schritt in ihre Richtung, stolperte über seine Hose und landete auf ihr. Sie begann sich heftig zu wehren, was seine Geilheit anstachelte. Er kniete auf ihr, lachte und schlug ihr mit der flachen Hand ins Gesicht.

„Merk dir eins, keiner im Dorf widersetzt sich mir, oder er fliegt raus. Ich entscheide, wer fett werden darf und wen ich verhungern lasse. Keiner verlässt diesen Ort ohne meine Erlaubnis."

„Du ... bist ... ja verrückt."

Angewidert versuchte sie, sich unter ihm hervorzuwinden.

„Alle tanzen nach meiner großen Pfeife. Alle. Wie wär's, wenn du ein bisschen auf ihr spielen würdest? Wie wär das, Susanne?"

Grob versuchte er, den Gürtel ihrer Jeans zu öffnen. „Gib's doch zu. Du langweilst dich mit Heiko. Wann hat er es dir zum letzten Mal richtig besorgt? Ich wette, das ist eine Ewigkeit her."

„Lass ... mich ... los!"

Billinger grunzte geil und zerrte an ihrem Reißverschluss. Ohne Vorwarnung traf ihn ein harter Schlag im Nacken. Er schnappte nach Luft, kippte zur Seite und rollte auf den Rücken. Pohlmann ragte über ihm auf. Er zitterte und atmete heftig, als wäre er gerannt.

Billinger barg stöhnend den Kopf in den Händen. Pohlmann zog seine Frau hoch und schob sie aus dem Zimmer.

„Dafür werdet ihr bezahlen, alle beide."

Schwankend kam er auf die Beine.

Pohlmann stellte sich ihm in den Weg.

„Fass nie wieder meine Frau an."

„Hau ab, du Schwachkopf!", knurrte Billinger.

Pohlmann versetzte ihm einen halbherzigen Stoß. Billinger fing sich und grinste trotz seiner Schmerzen.

„Ich ficke, wen ich will. Wenn Susanne keine Lust mehr hat, mir zu Diensten zu sein, dann vielleicht deine kleine Tochter? Ich könnte ihr eine Menge beibringen."

„Deine Geilheit wird uns alle hinter Gitter bringen! Die Leute werden nervös. Tarp soll dafür sorgen, dass dieser Privatdetektiv verschwindet."

„Der ist bereits erledigt. Mach dir keine Sorgen wegen des Idioten."

„Lass die Finger von Nadine."

„Oder was?"

Pohlmann drehte sich in der Tür um. „Wir haben die Schnauze voll von dir. Du weißt, wie so was enden kann."

„Mach, dass du rauskommst, und nimm deine frigide Schlampe mit. Von euch hat sowieso keiner den Mut, sich mit mir anzulegen. Ich seid nichts weiter als ein erbärmlicher Haufen Feiglinge."

„Ich habe dich gewarnt." Pohlmann schlug die Tür hinter sich zu.

30

Stettner schlenderte zu den steilen Felsen am Rand des Abgrunds hinüber. Als Kind hatte er die Sommertage in den Wäldern verbracht und war zwischen den gefährlich zum Rheintal abfallenden Felsen herumgeklettert. Dort gab es Höhlen und Verstecke in Hülle und Fülle, die nur darauf warteten, von einem wagemutigen Jungen erkundet zu werden.

Zwischen den Felsbrocken hatte sich ein sperriges Trümmerstück des Balkons verkantet. Der über die Ufer getretene Wasserlauf hatte dahinter ein Gewirr aus Treibholz aufgeschichtet. Von Sammy fehlte jede Spur.

Stettner wandte sich um und ging zum Jagdhaus zurück.

Sein Vater stand mit unbewegter Miene vor der breiten Schlammspur, die sich vom Fischteich hinter dem Haus bis zum Steilhang zog. Bossi, der alte Jagdhund, wich nicht von seiner Seite und schien die Unruhe seines Herrn zu spüren. Der vom Unwetter aufgeweichte Hang hinter dem Teich war wie eine Lawine in das Wasser gerutscht und hatte einen Mini-Tsunami ausgelöst. Der Damm am Kopfende des Teiches hatte dem enormen Wasserdruck nicht standgehalten und war gebrochen. Als Folge war der kleine Bachlauf, der als regulierender Ablauf diente, binnen Sekunden zu einem reißenden Fluss angeschwollen und hatte Holz,

Geröll und Baumstämme mitgerissen und den Balkon an der Vorderseite des Jagdhauses zerstört.

In der Diele und in einem der Schlafzimmer gab es Spuren eines Kampfes. Was war hier in der vergangenen Nacht geschehen?

Moretti eilte geschäftig auf Stettner zu. „Ich habe einen Suchtrupp angefordert", sagte er, „Männer mit Kletterausrüstung. Wir haben übrigens frische Reifenspuren entdeckt. Ich werde veranlassen, dass Lauert Abdrücke macht."

Mehr gab es hier nicht zu tun. Stettner kehrte zu seinem Vater zurück, der die Schäden am Haus begutachtete.

„Seit Mutter tot ist, bist du nicht mehr hier gewesen", sagte Heinrich Stettner. „Warum ausgerechnet gestern Abend? Das war doch kein Zufall."

„Nein, war es nicht."

„Was wolltest du im Jagdhaus?"

„Ich habe eine Klientin in Sicherheit gebracht, auf die zwei Mordanschläge verübt wurden."

„Und dir ist kein besserer Ort eingefallen?"

„Der Platz war ideal. Nicht mal Tarp wäre auf den Gedanken gekommen, hier nach ihr zu suchen."

Sein Vater blickte zum Schotterweg hinüber. Zwei Streifenwagen näherten sich dem Tor. „Was hat Tarp damit zu tun?"

„Das weiß ich noch nicht. Aber ich krieg's raus, verlass dich drauf."

„Ich habe dich vor ihm gewarnt. Aber du wolltest nicht hören. Weil du nie auf das hörst, was ich dir sage."

„Fang nicht wieder mit der alten Leier an", brummte Stettner.

„Wo ist deine Klientin jetzt?"
„Ich weiß es nicht."
„Du hast sie allein gelassen."
„Ja, verdammt. Ich musste Ermittlungen anstellen, und ich kann schließlich nicht überall gleichzeitig sein."
Stumm ging sein Vater ins Haus. Sein Schweigen machte alles nur noch schlimmer. Stettner war sich seines Versagens nur allzu bewusst. Vielleicht war er einfach nicht für diesen Job geboren.
Ein Mannschaftswagen hielt vor dem Haus. Drei Männer stiegen aus und legten Kletterausrüstungen an. Moretti erklärte ihnen, wo sie nach Sammy suchen sollten. Sein Handy klingelte. Er meldete sich, nickte und kam dann auf Stettner zu.
„Dornmann hat die Ergebnisse der Knochenuntersuchung."
„So schnell?"
„Ich habe ihm ein bisschen Feuer gemacht. Komm mit. Die Kollegen sagen mir sofort Bescheid, wenn sie Sammy gefunden haben."
Stettner stieg in seinen Fiat und folgte Morettis Lancia nach Koblenz. Während der Fahrt hing er düsteren Gedanken nach.

Dornmann sah an diesem drückend schwülen Augustmorgen so grau aus wie seine bleichen Gäste in den Kühlfächern. Er gab seinem Rollhocker einen Stoß, sauste von einem der Obduktionstische zu seinem Schreibtisch hinüber und deutete auf Stettner. „Was will der hier? Ex-Polizisten und Privatschnüffler haben keinen Zutritt zur Pathologie."

Der Detektiv grinste, griff zielsicher nach dem leeren Ordner im Aktenschrank und studierte das Etikett der Ouzoflasche.

„Ja, ja, die Hitze macht durstig. Brauchen Sie vor dem Frühstück einen kräftigen Schluck, um die kleinen grauen Zellen zu schmieren?"

Dornmann kicherte. „So eine Nachtschicht ist anstrengend. Wollen Sie einen?"

Stettner verzog das Gesicht. „Besten Dank. Sie sollten mal die Marke wechseln. Dann können wir darüber reden."

„Was haben Sie herausgefunden?", fragte Moretti ungeduldig.

Dornmann rollte auf seinem Hocker zum Computer und druckte einen Stapel Papier aus. „Steht alles in meinem Bericht."

Moretti schnappte sich das oberste Blatt. „Habe ich mich so unklar ausgedrückt? Es gibt keinen offiziellen Bericht. Gnade Ihnen Gott, wenn Sie eine Kopie an Tarp schicken."

Dornmann runzelte die Stirn. „Tarp ist der Leiter der Mordkommission. Ich bin dazu verpflichtet. Wenn er Wind davon bekommt, dass ich ..."

„Dann erfährt er eben nichts davon. Wir können dichthalten, nicht wahr, Mario?" Stettner warf Dornmann einen Seitenblick zu. „Oder hegen Sie plötzlich Sympathien für Tarp?"

„Bestimmt nicht."

„Dann schießen Sie mal los, Doktor.

Dornmann sortierte seinen Bericht. „Das Knochenfragment stammt von einem menschlichen Oberschenkel."

Moretti pfiff durch die Zähne. „Ich wusste es. Ich habe dir gesagt, Sammy lügt nicht."

Stettner verschränkte die Arme vor der Brust und lehnte sich gegen den Aktenschrank. „Abwarten."

Dornmann nickte. „Damit enden auch schon die Übereinstimmungen mit Ihrem Verdacht, Moretti. Der Knochen gehört zu einem Mann um die fünfzig. Genauer kann ich das nicht bestimmen."

„Sonst noch was?"

„Ja." Er nahm seine randlose Brille ab und begann sie umständlich zu putzen. „Stettner, verraten Sie mir, wie Sie das machen? Sie haben ein schier unglaubliches Glück. Wenn Sie auf etwas stoßen, ist es jedes Mal genau das richtige Puzzleteil."

„Und das wäre?"

Der Pathologe setzte seine Brille wieder auf. „Der Knochenweist eine schlecht verheilte Bruchstelle auf. Da muss ein richtiger Stümper von Arzt am Werk gewesen sein. Aus der Art des Bruches lässt sich schließen, dass unser Mann mit Sicherheit eine Gehbehinderung zurückbehalten hat."

„Sind Sie sicher?", fragte Moretti stirnrunzelnd. „Wir suchen eine etwa fünfundzwanzigjährige Frau, die vermutlich aus Tschechien oder Ungarn stammt."

„Der Abnutzungsgrad des Gelenkkörpers lässt keinen anderen Schluss zu. Der Mann war mindestens Ende vierzig, eher Anfang fünfzig."

„Das könnte stimmen", murmelte Stettner. Er zog sein Handy aus der Jackentasche und wählte eine Nummer.

„Hier unten im Hades gibt's keinen Handyempfang", sagte Dornmann und seufzte. „Nehmen Sie das hier." Er reichte Stettner das Festnetztelefon.

„Aber ja!" Moretti klatschte in die Hände. „Das ist Walter Bergmann."

Stettner schüttelte den Kopf. „Nein, das ist nicht Bergmann. Bergmann war schon über sechzig, als er verschwand."

Antonio Tremante meldete sich nach dem dritten Klingeln. Stettner schaltete den Lautsprecher ein.

„Herr Tremante? Hier spricht Stettner. Ich habe Informationen für Sie. Vielleicht können Sie meine Ermittlungsergebnisse bestätigen."

„Ich werde sehen, was ich tun kann."

„Können Sie den Privatdetektiv, den Sie mit der Suche nach Walter Bergmann beauftragt haben, beschreiben?"

„Lassen Sie mich einen Augenblick nachdenken. Er wurde mir von einem Freund empfohlen. Ja, ich erinnere mich, er hieß Luigi Valli. Kam aus der Lombardei nach Deutschland, aus Como glaube ich."

„Wie alt war dieser Valli?"

„Um die fünfzig. Warum fragen Sie?"

„Hatte er besondere Kennzeichen?"

Tremante überlegte. „Aber ja. Er hinkte. Ich erinnere mich, dass er das deutsche Wetter verfluchte."

„Ich glaube, wir haben ihn gefunden."

„Sehr schön. Könnte ich ihn dann bitte sprechen?"

„Das wird nicht möglich sein. Vielleicht sollte ich sagen, wir haben gefunden, was von ihm übrig ist. Ich melde mich, wenn ich mehr weiß."

Stettner legte auf und wandte sich an Moretti. „Mario, was hast du über Billinger herausgefunden?"

„Noch nichts. Ich bin noch nicht dazu gekommen."

„Hol das nach. Und ich will alles über diese Insel im See wissen."

Moretti nickte grimmig. „Als Erstes werde ich die Töpferei auseinandernehmen. Wenn es sein muss, drehe ich jede Tonscherbe einzeln um."

Sein Handy summte. Er meldete sich und hörte eine Weile schweigend zu.

„Brechen Sie die Aktion ab. Ich lasse die Fahndung auslösen." Zu Stettner sagte er: „Sie haben keine Spur von Sammy gefunden. Die KTU hat Reifenspuren von drei Fahrzeugen sichergestellt. Zwei dürften von meinem Wagen und deinem Fiat stammen. Es war also noch jemand im Jagdhaus."

„Sie hat sich abgesetzt."

Moretti riss überrascht die Augen auf. „Ich gehe davon aus, dass Sammy entführt wurde. Es gibt Spuren eines Kampfes."

Stettner schüttelte den Kopf. „Sammy hat uns von Anfang an belogen, und sie führt uns wieder an der Nase herum. Es hat keinen Mord in Billingers Schlafzimmer gegeben."

„Woher willst du das wissen?"

„Nenn es von mir aus Intuition." Er gähnte. „Ich hau mich jetzt für ein paar Stunden aufs Ohr. Und dann kümmere ich mich um Bergmann. Vielleicht finde ich von ihm auch noch einen Knochen."

„Du machst einen Fehler, Stettner. Ich bin überzeugt davon, dass Sammy in Gefahr schwebt."

Stettner klopfte seinem Freund auf die Schulter. „Nimm's nicht so schwer. Frauen wie Sammy gibt's wie Sand am Meer."

„Ich bin nicht in sie verknallt", rief Moretti wütend. „Hier geht es um Mord!"

„Sie hat einen Narren aus dir gemacht, Mario. Und bevor sie aus mir auch noch einen macht, spiel ich nicht mehr mit. Wach auf, sie ist eine Schwindlerin."

„Aber die Kampfspuren im Jagdhaus, die Reifenabdrücke ..."

„Sie hat Billinger erpresst und sich dann aus dem Staub gemacht. Ich gehe jede Wette ein, dass Sammy nie blind gewesen ist."

Stettner schnappte sich seine Lederjacke und ließ Dornmanns Gruft hinter sich.

31

Moretti ließ sich zornig auf einen Stuhl fallen.

„Eieiei!“, kommentierte Dornmann Stettners Abgang. „Nehmen Sie es ihm nicht übel. Stettner ist ein Einzelgänger, mit dem keiner lange klarkommt.“ Nachdenklich wiegte er den kahlen Schädel. „Aber er war ein verflucht guter Ermittler. Ich habe noch nie erlebt, dass er sich irrt.“

Moretti schwieg trotzig. Dornmann sollte seine Lebensweisheiten für sich behalten. Er wusste selbst, dass Stettner einen phänomenalen Riecher hatte. Aber diesmal täuschte er sich gewaltig.

Mario Moretti blockierte mit seinem Lancia die Zufahrt zur Töpferei und bahnte sich einen Weg durch die Menge. Befriedigt stellte er fest, dass Bender den kleinen Keramikbetrieb abgeriegelt hatte. Zwei Uniformierte spannten ein Absperrband um die beiden Linden vor dem Gebäude und sperrten damit die Schaulustigen aus. Der ganze Ort schien auf den Beinen zu sein.

Moretti schlüpfte unter der Absperrung hindurch und winkte die Mannschaft der Spurensicherung heran. Angespannt verfolgte er, wie die Kollegen in ihren weißen Schutzanzügen ausschwärmten, um jeden Quadratzentimeter unter die Lupe zu nehmen. Der Staatsanwalt hatte ohne Umschweife den Durchsuchungsbefehl ausgestellt, nachdem Moretti ihm Dornmanns Ergebnisse präsentiert hatte, ihm jedoch gleichzeitig zu verstehen gegeben, umgehend Tarp zu informieren. Moretti hatte die Anweisung auf seine Weise befolgt. Der Hauptkommissar würde eine Notiz auf seinem Schreibtisch entdecken, wo sein Assistent zu finden war. Moretti nutzte die Gunst der Stunde, denn Tarp war am frühen Morgen nach Koblenz gefahren, um Details über seine neue Tätigkeit als zukünftiger Leiter der Soko zu klären. Da Stettner als Konkurrent ausgeschieden war, fiel ihm der Posten wie ein reifer Apfel in den Schoss. Moretti wollte unbedingt alle Spuren sichern, bevor sein Vorgesetzter in der Töpferei aufkreuzte. Zweifellos würde er seinen Einfluss nutzen, um jeden Hinweis auf eine Verbindung zu Billinger zu zerstreuen.

Moretti folgte der Spurensicherung in den Laden und prallte in der Tür mit Susanne Pohlmann zusammen.

„Sind Sie verrückt geworden? Wozu soll dieser Aufmarsch dienen?"

„Tut mir leid, Ihnen Unannehmlichkeiten zu bereiten, aber uns liegen Hinweise auf ein Verbrechen vor, denen wir nachgehen müssen."

„Unannehmlichkeiten? Sie ruinieren mich! Ich habe mein ganzes Geld in diese Töpferei gesteckt."

Irgendwo zerbarst klirrend ein Blumentopf. Jemand fluchte leise.

„Wir machen nur unsere Arbeit", erklärte Moretti.

„Ausgerechnet am Eröffnungstag? Wonach suchen Sie überhaupt?"

Er warf einen Blick durch die Schaufenster auf die Straße. Deswegen waren all die Leute gekommen. Erst jetzt bemerkte er den Bierstand im Hof. Mehrere

Männer waren damit beschäftigt, einen großen Schwenkgrill aufzubauen.

„Ich kann darüber keine Auskunft geben. Warten Sie's einfach ab", sagte er.

Von der Straße drang wütendes Geschrei herein. Zwei der Männer, die sich mit dem Grill abmühten, stolperten schimpfend zurück und rissen das Absperrband ein. Ein dunkelgrauer BMW preschte mit hoher Geschwindigkeit zwischen den Gaffern hindurch und stoppte auf dem Hof vor der Töpferei. Tarp musste von Koblenz hierher geflogen sein.

„Mario?" Bender stand im Durchgang zur Werkstatt. „Lauert hat etwas entdeckt."

„Ich komme. Halten Sie sich bitte zu unserer Verfügung, Frau Pohlmann."

Bender führte ihn in den hinteren Teil der Töpferei. In der großen Werkstatt standen Dutzende getrocknete Tonwaren auf Schamottegestellen. Es war heiß und stickig, der Brennofen lief seit den frühen Morgenstunden und strahlte trotz der Isolierung eine enorme Hitze aus. An der Seite des Ofens stand eine Klappe im Boden offen. Moretti sah Bender fragend an. Dem dicken Polizisten strömte der Schweiß über das Gesicht.

„Lauert steckt da unten drin. Er will, dass du runterkommst."

„In den Ofen? Bin ich verrückt?"

„Es gibt eine Art Kanal unter der Brennzone. Es ist heiß wie in der Hölle, aber ein paar Minuten hält man es aus", antwortete Bender gequält.

Moretti kletterte in den engen Schacht hinunter. Was immer auch Lauert entdeckt hatte, wollte er in den Händen halten, bevor Tarp es zu sehen bekam.

Der Begehkanal war so niedrig, dass Moretti sich nur gebückt bewegen konnte. Über seinem Kopf befanden sich die aneinandergereihten Gestellwagen mit der Brennware. Der Belag aus Schamotteplatten und die Dichtschnüre an den Stoßkanten der Wagen schirmten den Kanal darunter von der Glut ab. Lauert kniete in einer Ecke und wühlte in Keramikscherben. Sein Gesicht war krebsrot.

„Hast du etwas entdeckt?", keuchte Moretti.

Lauert nickte. „Verfluchte Hitze. Schau dir das an." Er deutete auf einen glitzernden Gegenstand im Schutt. „Hier hat vor ein paar Tagen jemand sauber gemacht. Besonders gründlich war er allerdings nicht."

Moretti pickte das goldene Fragment aus dem Dreck. „Sieht wie Schmuck aus."

„Könnte ein Piercingring sein, der an der Nadel abgerissen ist. Stell dir vor, jemand schleppt eine Leiche in den Ofen, um sie zu verbrennen. Heiß genug ist das Ding ja. Anschließend kehrt er die Asche zusammen und entsorgt sie im Bach hinter der Werkstatt. Keine Leiche – kein Verbrechen."

„Und dabei übersieht er eine Kleinigkeit. Aber bei diesen Temperaturen müsste der Ring doch schmelzen."

„Richtig. Er muss abgerissen sein, als die Leiche bewegt wurde, und ist dann zwischen den Gestellen in den Begehkanal gefallen. Hier unten sind es ungefähr fünfzig Grad; kein angenehmes Plätzchen, aber viel zu kalt, um Metall zu schmelzen."

„Irgendwelche Knochenreste? Einen Hinweis, dass hier ein Mensch verbrannt wurde?"

Lauert schüttelte den Kopf. „Wir müssen den Schutt im Hof durchsuchen. Das braucht Zeit."

Moretti steckte den Ring in einen Plastikbeutel. „Stellt alles auf den Kopf, auch die Wohnung über der Töpferei."

Aus der Werkstatt dröhnte Tarps Geschrei zu ihnen herunter.

Lauert grinste breit. „Dein Chef verlangt nach dir, Mario!"

Moretti stieg aus dem Begehkanal. Gerade rechtzeitig steckte er den Plastikbeutel mit dem Ring in die Hosentasche, bevor Tarp in den Brennraum stürmte.

„Was wird das hier, Moretti? Sind Sie wahnsinnig geworden?"

Moretti kam sich abgerissen und dreckig vor. Auf Tarps dunkelblauem Anzug dagegen fand sich wie immer kein Stäubchen. Sein Hang zu messerscharfen Bügelfalten und blütenweißen Hemden stand im krassen Gegensatz zu seinem schlechten Benehmen. Aber er beherrschte die Kunst, selbst auf einer Müllkippe wie aus dem Ei gepellt zu erscheinen.

„Ich konnte Sie nicht erreichen, also hinterließ ich eine Nachricht auf Ihrem Schreibtisch. Ich nehme an, Dornmanns Untersuchungsbericht haben Sie inzwischen gelesen."

Tarp paffte nervös die unvermeidliche Zigarette. Er klemmte die Kippe zwischen die Zähne, stemmte die Hände in die Hüften und starrte Moretti mit unterdrückter Wut an.

„Sie haben vielleicht Nerven, Moretti. Unter diesem Stapel Minuspunkte werden Sie zusammenbrechen." Er schüttelte den Kopf. „Wir sind hier nicht bei der Camorra, sondern bei der deutschen Kriminalpolizei. Hier gibt es eine Hierarchie, einen Dienstweg, der eingehalten wird. Wenn das nicht in Ihren Schädel geht, sollten Sie Ihr Glück in Italien versuchen. Vielleicht können Sie da eine Karriere als Schafhirte anstreben."

Moretti schluckte die Beleidigung mit stoischer Ruhe. Ein tiefes Gefühl der Zufriedenheit breitete sich in seinem Bauch aus. Er hatte die richtige Spur entdeckt. Billinger war angezählt, und Tarp wusste das. Vielleicht hatte er ihm tatsächlich geholfen, den Mord zu vertuschen, und wurde langsam nervös.

„Mir schien die Gefahr zu bestehen, dass Beweise vernichtet werden könnten, falls ich länger gezögert hätte", erwiderte er gelassen. „Der Staatsanwalt hat mir seine Unterstützung zugesagt."

Tarp trat die halb gerauchte Kippe aus. „So, hat er das?" Er lief auf die Hintertür zum Hof zu. „Kommen Sie mit."

Moretti folgte ihm nach draußen. Dort steckte sich der Kommissar sofort eine neue Zigarette an.

„Ein alter Knochen rechtfertigt nicht den Zauber, den Sie hier abziehen, Moretti. Was erhoffen Sie sich von dieser überstürzten Aktion?"

„Wir sind auf weitere Spuren gestoßen, die Samantha Barings Aussage erhärten. Irgendetwas ist faul in diesem Kaff."

„Ich dachte, wir wären uns in Bezug auf die Glaubwürdigkeit des Mädchens einig geworden."

„Es sind neue Indizien aufgetaucht, die ihre Aussage in einem anderen Licht erscheinen lassen."

„Jetzt sperren Sie mal Ihre Ohren auf. Sie sind doch hier, weil Sie weiterkommen wollen, oder?"

Moretti unterdrückte ein Grinsen und nickte.

„Glauben Sie im Ernst, der Staatsanwalt deckt Ihre vorschnellen Ermittlungen auch noch, wenn Sie den wichtigsten Arbeitgeber im Umkreis von fünfzig Kilometern in den Schmutz ziehen? Der ganze Ort lebt von Billingers Steinbruch."

„Ich verstehe nicht, was das mit unseren Ermittlungen zu tun hat."

„Dann muss ich es Ihnen wohl noch einmal erklären. Was Ihnen fehlt, ist Fingerspitzengefühl, Moretti. Sie trampeln wie ein Elefant in diesem Ort herum. Ich übernehme ab sofort die Leitung."

„Ich verstehe ..."

Tarp trat dicht an Moretti heran. „Ich war heute Morgen in Koblenz, wie Sie wissen", sagte er leise. „Ich könnte noch einen guten Mann in der Soko gebrauchen, also habe ich Sie vorgeschlagen. Das könnte das Sprungbrett für Ihre Karriere sein."

Moretti wich unwillkürlich vor dem Gestank nach kaltem Zigarettenrauch zurück. „Ich werde darüber nachdenken."

Tarp lächelte schmal. „Sehr gut. Aber überlegen Sie nicht zu lang." Er wechselte schnell das Thema. „Welchen neuen Spuren gehen Sie nach?"

„Wir haben ein Schmuckstück gefunden, das wir noch nicht zuordnen können."

Tarp streckte die Hand aus.

„Ist schon auf dem Weg in die KTU", log Moretti.

„Dann bin ich hier ja überflüssig", sagte Tarp bissig.

Er trabte auf das Gittertor am Ende des Hofes zu. Dort drehte er sich noch einmal um. „Ach, Moretti. Halten Sie sich von Stettner fern. Wir arbeiten nicht mit Privatschnüfflern zusammen, haben Sie das verstanden?

Wenn Sie diesem Verlierer interne Ermittlungsergebnisse ausplaudern, können Sie in Zukunft mit einem Dreirad durch die Gegend fahren und Ihre Brötchen als Eisverkäufer verdienen." Er knallte das Gittertor hinter sich zu und lief zu seinem Wagen.

Moretti kehrte pfeifend in die Töpferei zurück. Susanne Pohlmann empfing ihn mit finsterer Miene. Neben ihr stand ein schlanker Mann mit Stirnglatze und hektischen roten Wangenflecken.

„Was hoffen Sie, hier zu finden, wenn ich fragen darf?", herrschte er ihn an.

Moretti zückte seinen Dienstausweis. „Und Sie sind ...?

„Heiko Pohlmann. Würden Sie mir bitte erklären, was hier vorgeht?"

„Gleich. Sie sind Inhaber der Töpferei?"

„Das bin ich. Mein Mann arbeitet bei Billinger", antwortete Susanne Pohlmann.

Moretti suchte in seinen Taschen nach dem Notizblock.

„Sie eröffnen heute? Seit wann gehört Ihnen der Laden denn?"

„Ich habe die Töpferei von meinem Großvater Albert Velten geerbt. Er starb vor sechs Wochen."

„Und seit wann stand der Betrieb still?"

„Seit acht Jahren."

„Was soll die Fragerei? Wollen Sie uns nicht endlich erklären, wonach Sie suchen?" Pohlmann schwitzte. Hinter der randlosen Brille zuckte sein rechtes Augenlid nervös.

„Wir haben in dem Begehkanal unter dem Brennofen menschliche Knochenreste gefunden. Sieht so aus, als ob jemand Ihre Töpferei als Krematorium missbraucht hätte."

Pohlmann wurde aschfahl.

„Wir vermuten einen Zusammenhang zwischen dem Fund und dem Verschwinden eines Privatdetektivs vor etwa fünf Jahren."

Über Pohlmanns Gesicht huschte ein Schatten, eine Art Erleichterung. Moretti studierte aufmerksam jede seiner Regungen. Er schien erleichtert zu sein, sich plötzlich zu entspannen. Aber aus welchem Grund?

„Wer besitzt einen Schlüssel zur Töpferei? Und wer hatte Gelegenheit, unbemerkt den Brennofen zu benutzen?", fragte Moretti.

„Niemand außer dem alten Velten. Aber der konnte schon seit Jahren ohne fremde Hilfe nicht mehr laufen."

„Scheurich", sagte Susanne Pohlmann. „Der Autohändler."

Moretti blickte überrascht auf. „Wieso besitzt er einen Schlüssel?"

„Scheurich ist Wehrführer der freiwilligen Feuerwehr. Er hat Zugang zu allen öffentlichen Gebäuden in Gräbersberg. Mein Großvater hat ihm einen Schlüssel anvertraut, als er nicht mehr selbst nach dem Rechten sehen konnte."

Moretti nickte. „Halten Sie sich bitte zu unserer Verfügung." In der Tür zum Laden drehte er sich noch einmal um. „Ach, sagen Sie ... wo waren Sie in der Nacht von Freitag auf Samstag?"

„Das war Billingers fünfzigster Geburtstag. Der ganze Ort war auf der Party."

„Sie auch?"

Pohlmann nickte. „Ich habe das Fest organisiert."

Moretti hatte eine Idee. Er legte Pohlmann eine Hand auf die Schulter und schob ihn nach draußen. „Wenn der ganze Ort eingeladen war, kann man Ihren Chef ja als ausgesprochen großzügig betrachten. So ein großes Fest kostet doch bestimmt eine Menge Geld."

„Worauf wollen Sie hinaus?"

„Organisieren Sie alle Feste für Billinger?"

„Nein, das war eine Ausnahme."

Moretti grinste anzüglich. „Ich hab gehört, für die oberen Zehntausend gab's eine kleine Zugabe – wenn Sie wissen, was ich meine. Das wär mal was für unser Polizeifest."

„Wohl kaum. Ihre Kaffeekasse würde für eine solche Veranstaltung kaum ausreichen."

„Trotzdem hätte ich gern den Namen der Agentur, die die Damen vermittelt, die Billingers Gästen den Abend versüßt haben."

„Was hat das mit den alten Knochen zu tun?"

„Gar nichts. Ich will einfach nur den Namen der Agentur."

„*Eyes-wide-shut.* Sie finden den Laden in Koblenz – und im Internet natürlich."

„Danke. Das war alles, was ich wissen wollte."

Moretti fuhr nach Bad Ems zurück und verbrachte den Nachmittag in seinem Büro. Tarp ließ sich nicht blicken. Wahrscheinlich war er damit beschäftigt, Billinger aus seinen Ermittlungen herauszuhalten.

Er rief die Website der Agentur *Eyes-wide-shut auf,* einer Art Orgienservice, die extravagante Sexpartys anbot. Die Preise machten Moretti schwindlig. Er vereinbarte einen Termin mit dem Geschäftsführer und fuhr nach Koblenz. Zwei Stunden später besaß er alle Informationen, die er haben wollte. Die Agentur beschäftigte einen kleinen Stamm fest angestellter Callgirls, die offiziell als *Musen* bezeichnet wurden. Der Begriff *Prostitution* wurde streng vermieden, man gab sich den Anschein von Luxus und Exklusivität. Ein genau festgelegter Verhaltenskodex bestimmte die Spielregeln zwischen Kunden und Musen.

Die Mädchen stammten fast alle aus Osteuropa. Moretti verglich die Fotos auf der Website mit den Namen, die er sich besorgt hatte. Bender schaute ihm über die Schulter.

„Oh, Mario. Kohle müsste man haben. Die würde ich gern mal zu unserem Polizeifest einladen."

„Ich glaube, dein Telefon klingelt. So wie der Hörer wackelt, kann das nur Tarp sein."

Bender trabte eilig zum Glaskasten hinüber. Moretti konzentrierte sich wieder auf die Bilder. Sammy war die Einzige, die Jana identifizieren konnte. Es sei denn, er entdeckte den Piercingring auf einem der Porträts wieder.

Und tatsächlich hatte er Glück. Sie hieß Jana Kovac und war tschechische Staatsbürgerin. Alle Frauen waren von außergewöhnlicher Schönheit und hätten bei jeder internationalen Modelagentur Karriere machen können, doch von Jana Kovac ging ein besonderer Zauber aus. Er hielt den Ring vor den Monitor. Das Schmuckstück passte perfekt zu dem Piercing über der rechten Augenbraue. Er hatte das Phantom Jana gefunden. Moretti fand ihre Adresse in den Unterlagen der

Agentur. Sie bewohnte eine Penthousewohnung in der City von Koblenz.

Vierzig Minuten später stand Moretti vor dem Appartement mit der Nummer 213. Der Hausmeister ließ ihn in die Wohnung. Morettis Befürchtungen erhärteten sich. Jana Kovac war Opfer eines Verbrechens geworden. Eine halb verhungerte Katze empfing ihn miauend, in der Spüle stapelte sich schmutziges Geschirr, und es fehlten offenbar weder Koffer noch Kleidungsstücke – Dinge, die Jana Kovac nicht zurückgelassen hätte, wäre sie nach Tschechien zurückgekehrt; von der Katze ganz abgesehen. Wahrscheinlich schwebte auch Sammy in großer Gefahr; eine Tatsache, die Stettners Dickschädel beharrlich ignorierte.

32

Wie jeden Samstagabend traf sich der harte Kern von Gräbersberg im *Dorfkrug*, unter ihnen Henning Scheurich, der Besitzer der einzigen Autowerkstatt in Gräbersberg. Jeder Verschworene dieses inneren Zirkels erfüllte entweder eine Funktion im Gemeinderat, war Mitglied des örtlichen Sportvereins oder besetzte eine wichtige Schaltstelle, an der er Entscheidungen beeinflussen konnte. Eines verband sie alle. Jeder von ihnen saß auf einer im Keller vergrabenen Leiche in Form von Amtsmissbrauch, Vetternwirtschaft und Korruption. Und jeder von ihnen würde verhindern, dass ein neugieriger Schnüffler so tief grub, dass er auf eine dieser Leichen stieß.

Den weißen Geländewagen hatte Scheurich an einer Raststätte auf der A 3 Richtung Köln abgestellt, ihn als gestohlen gemeldet und sich von Gonsbach nach Gräbersberg zurückfahren lassen. Der Bürgermeister stellte schon lange keine Fragen mehr und hielt dankbar die Hand auf, wenn es Geld zu verdienen gab, das er im *Dorfkrug* versaufen konnte.

Der Tag war drückend schwül gewesen, und die Nacht versprach keine Abkühlung. Als ob Gräbersberg einem Pulverfass glich, an dem bereits die Lunte glimmte, lag die Hitze wie eine erstickende schwarze Decke über dem Ort. Zwei fette Raben stritten sich vor der Wirtschaft um den Kadaver einer Maus und umkreisten einander krächzend auf dem Kopfsteinpflaster. Abwechselnd hackten sie nach dem verwesenden Stück Fleisch, flatterten zornig mit den Flügeln und nahmen von Scheurich keine Notiz.

Die verdammten Biester vermehrten sich wie Unkraut und hatten ihre natürliche Scheu vor den Menschen nahezu verloren. Überall im Ort begegnete man ihnen. Mit ihren scharfen Schnäbeln und Krallen zerkratzten sie die Gebrauchtwagen im Hof, und ihr saurer Vogelkot brannte ätzende Flecken in den Lack. *Gonsbach soll sich endlich darum kümmern.*

Ungeschickt trat er nach den Raben und verlor beinahe das Gleichgewicht. Die Vögel flatterten auf und ließen sich auf dem untersten Ast einer Linde nieder, von wo aus sie ihn mit ihren heiseren Schreien verspotteten.

Scheurich fluchte und steuerte auf den Eingang zur Wirtschaft zu. Auf den Parkplätzen vor dem Haus standen drei Wagen mit fremden Kennzeichen, einer davon war ein schwarzer Geländewagen mit tschechischem Nummernschild. Aufgeschreckt lief er um den Wagen herum und starrte auf den verbeulten Frontbügel. Er irrte sich nicht. Es war derselbe Wagen, mit dem er Sammy über den Haufen gefahren hatte und der zwei Tage später auf einem Autotransporter nach Osteuropa verschwunden war. Dass der verfluchte Wagen gerade jetzt und hier wieder auftauchte, konnte kein Zufall sein.

Er stürmte in die Dorfkneipe und blickte sich gehetzt um. In einer Nische, isoliert von den anderen Tischen im Schankraum, steckten Gonsbach, Billinger und zwei weitere Mitglieder des Gemeinderates die Köpfe zusammen. Scheurich eilte atemlos auf den Tisch zu. „Wir müssen reden“, sagte er zu Billinger.

Der blickte auf und reagierte. „An der Theke gibt's Freibier“, sagte er.

Die beiden Gemeinderatsmitglieder trollten sich.

„Du bleibst“, sagte Billinger zu Gonsbach.

Der Wirt brachte ein Tablett mit Bier.

„Wem gehört der schwarze Mazda vor dem Haus?“, fragte Scheurich ihn gehetzt.

„Einem Gast.“

„Geht das ein bisschen genauer?“

„Sie kam heute Vormittag an und fragte nach einem Zimmer.“

„Sie?“

„Ja, sie. Ende zwanzig, schwarze Haare, geiler Arsch. Willst du sonst noch etwas wissen?“

Scheurich schüttelte den Kopf. „Lass uns allein, und sorg dafür, dass wir nicht gestört werden.“

Er wartete, bis der Wirt außer Hörweite war. „Es geht um das Mädchen und den Schnüffler.“

Billinger nickte düster. „Die Polizei hat heute Morgen Pohlmanns Töpferei auf den Kopf gestellt. Die Sache läuft aus dem Ruder. Tarp will nicht mehr mitspielen, ihm wird der Boden unter den Füßen zu heiß.“

„Dann mach ihm klar, dass er auf dich nicht verzichten kann.“

„Sie haben Knochenreste gefunden, heißt es.“

Scheurich verschluckte sich an seinem Bier. „Von der Tschechin?“

„Leise!“ Billinger blickte sich misstrauisch um. „Nein, nicht von ihr.“

„Dann ist doch alles in Ordnung. Worüber zerbrichst du dir den Kopf?“

„Mensch, Henning! Wenn die erst mal anfangen, im Dreck zu wühlen, hören sie nicht mehr auf, bis alles rauskommt.“

„Dann soll Tarp diesen Scheißknochen eben verschwinden lassen. Kein Knochen, keine Leiche.“

„Ich will von der ganzen Geschichte nichts mehr hören. Deine dämlichen Einfälle haben mich ein Vermögen gekostet.“

„Vergiss nicht, sie hat dich in der Hand. Und sie wird dich nicht in Ruhe lassen, es sei denn ...“

„Es sei denn was?“, fragte Billinger lauernd.

Scheurich sah sich verstohlen um. „Ich habe sie in der Blechbude auf dem Schrottplatz eingesperrt. Sie muss verschwinden, endgültig. Ich habe schon einen Plan, aber dafür müssen alle wieder mitspielen.“

Gonsbachs Hände zitterten. Glucksend trank er sein Glas in einem Zug aus. „Wir hätten damals alles zugeben sollen. Es wird nie ein Ende nehmen.“

Billinger presste Gonsbachs Arm auf den Tisch. „Für Selbstmitleid ist es zu spät. Ihr habt alle von der Sache profitiert. Und das wird auch so bleiben.“ Er wandte sich zu Scheurich um. „Das ist deine letzte Chance. Versau's bloß nicht.“

„Also gut. Hört zu, wir machen Folgendes ...“

Der Wirt stellte eine neue Runde auf den Tisch. „Das ist sie“, sagte er leise.

Scheurich und Billinger drehten sich um. Sie kam die Treppe herunter, die zu den Gästezimmern im ersten Stock führte, und betrat den Schankraum. Billinger unterdrückte einen Schrei, Scheurich wurde aschfahl. In der Tür stand eine Tote. Die Frau war niemand anderes als Jana Kovac.

33

Die Sonne versank bereits über den Hügeln des Lahntals, als Moretti die *Styx* betrat. Stettner saß an Deck, leerte eine Flasche Rotwein aus Tremantes Vorrat und starrte in die Fluten der Lahn. Moretti begrüßte ihn mit einem Nicken.

„Dein Onkel hat einen guten Weinkeller an Bord." Stettner polterte die Stiege hinab, kehrte mit einem Castello Monaci zurück und bot seinem Freund ein Glas an.

Moretti probierte den Wein und nickte anerkennend. „Ich glaube immer noch, dass du dich irrst. Wir sollten Sammy suchen."

Stettner setzte sich schweigend.

„Es passt nicht zu dir, einfach aufzugeben", fuhr Moretti fort. „Was willst du tun? Antonios Weinvorrat leeren und ins Wasser starren, bis Sammys Leiche vorbeischwimmt?"

„Tut mir leid, dass ich dich angeschnauzt habe. Seit der Sache mit Sawinski endet alles, was ich anfasse, in einer Katastrophe."

„Vergiss es. Wie geht es ihm?"

„Unverändert schlecht. Nur die Maschinen halten ihn am Leben." Stettner trank einen Schluck. „Nachts schrecke ich hoch und höre das Piepen der Beatmungsmaschine. Manchmal kommt es mir vor, als ob er sich nur ans Leben klammert, um mich an mein Versagen zu erinnern."

„Hör auf, dir Vorwürfe zu machen. Wir wissen alle, dass Tarp die Verantwortung trägt."

„Und warum macht keiner den Mund auf, wenn alle Bescheid wissen?"

„Er hat einflussreiche Freunde. Mit ihm legt sich keiner an, niemand will seinen Job verlieren."

Stettner füllte ihre Gläser auf. „Freunde ... oder Speichellecker, wie man's nimmt."

„Wir haben für Sawinski gesammelt. Ich weiß, du bist im Moment ziemlich klamm, aber wenn du etwas geben willst, kann ich es dir vorstrecken."

„Nicht nötig. Ich gebe den gleichen Anteil wie alle." Stettner fuhr sich durch das Haar und entblößte eine tiefe Narbe am Schläfenansatz. „Ich hätte Victor aufhalten müssen."

„Sawinski hat die gleiche Ausbildung wie alle anderen auch"; sagte Moretti. „Er wusste, worauf er sich einließ. He, der Wein ist wirklich gut."

„Der Rumpf ist voll damit. Scheint so, als ob die Klienten deines Onkels alle in Naturalien bezahlen."

„Der Wein stammt von Allesandro Moretti, dem Bruder meines Vaters."

„Noch ein Onkel?"

Moretti lachte. „Wir sind eine große Familie. Allesandro hat ein Weingut am Lago Maggiore. Jedes Mal, wenn ich ihn besuche, will er mich überreden, sein Partner zu werden. Er kommt in die Jahre. Vielleicht schlage ich irgendwann ein."

Stettner winkte ab. „Vergiss es, Mario. Du bist mit Leib und Seele Polizist, kein Winzer."

Moretti berichtete von der Razzia in der Töpferei und seinem Streit mit Tarp.

„Das wird sie unter Druck setzen. Sie fangen an, nervös zu werden. Gute Arbeit, Mario. Gräbersberg ist ein Hornissennest. Es wird Zeit, es auszuräuchern."

„Und Sammy?"

„Okay, ich habe Mist gebaut. Trotzdem hat sie uns die ganze Zeit belogen. Ich frage dich, warum hat sie das getan?"

„Irgendwo muss der Rest des Geldes sein, das du am Unfallort gefunden hast. Und ich gehe jede Wette ein, dass Sammy weiß, wo es steckt."

„Könnte sein. Was hast du über Billinger und die Insel im See herausgefunden? Wir wissen jetzt, dass der Privatdetektiv, den dein Onkel beauftragte, ermordet wurde, weil er seine Nase zu tief in dieses verfluchte Dorf gesteckt hat. Um Bergmanns Schicksal zu klären, müssen wir uns an seine Spur heften. Ich bin sicher, dass er niemals in Thailand angekommen ist. Du hättest ihre Gesichter sehen sollen, als ich behauptete, ich hätte ihn auf Phuket getroffen. Die wussten alle, dass das nicht stimmen konnte."

Moretti zog seinen Notizblock aus der Hosentasche. „Ich war heute Nachmittag im Katasteramt und habe mir die Karten und Grundbuchauszüge angesehen."

„Du strahlst, als wäre dabei ein Rendezvous herausgesprungen."

Moretti lachte. „Vielleicht. Corinna war sehr hilfsbereit."

„Ich hab's geahnt."

„Das Land rings um den See gehört tatsächlich der Gemeinde, einschließlich der Insel und der Ruine des

Bauernhofs. Der Gemeinderat hat das Areal vor zweiundvierzig Jahren erworben. Man kann auch sagen, es ist ihm in den Schoß gefallen."

„Wie das?"

„Der See existiert erst seit knapp fünf Jahren und ist nicht natürlichen Ursprungs. Kurz nach Bergmanns angeblicher Auswanderung wurde das Gebiet in einem neu aufgelegten Bebauungsplan zum Naturschutzgebiet erklärt. Um diesen Bebauungsplan hatten Bergmann und der damalige Gemeinderat erbittert gestritten. Bergmanns Basaltverarbeitungsbetrieb stieß an Kapazitätsgrenzen. Aus wirtschaftlichen Gründen war er gezwungen gewesen, zu expandieren, um sich am Markt zu behaupten."

„Das ist alles in den Karten verzeichnet?"

„Nein, das hat Corinna mir erzählt. Sie arbeitete damals bei Bergmann und hat einiges aufgeschnappt."

„Welch glücklicher Zufall." Stettner schmunzelte.

Moretti ignorierte die Bemerkung. „Der Streit drehte sich um einen Waldstreifen zwischen dem heutigen See und dem Basaltwerk. Bergmann vermutete dort große Basaltvorkommen und veranlasste Probebohrungen, für die er allerdings keine Erlaubnis vom Bergbauamt besaß. Es stellte sich heraus, dass er recht behielt. Unter dem Waldboden schlummern riesige Vorkommen."

„Wozu braucht man Basalt?"

„Für eine Menge Produkte. Natursteine, Asphaltmischungen, Kies, in vielen Baustoffen steckt Basalt."

„Also ein lohnendes Geschäft."

Moretti nickte. „Bergmann, heute Billinger, ist ein bedeutender Arbeitgeber, für Gräbersberg geradezu überlebensnotwendig. Fast jeder im Ort arbeitet im Basaltwerk."

„Das schafft Abhängigkeiten."

„Walter Bergmann muss ein wahrer Meister darin gewesen sein, sich Ämter, Gemeinderäte und Lokalpolitiker gefügig zu machen. Er galt als der *König von Gräbersberg* und war es gewohnt, die Marschrichtung vorzugeben. Niemand wagte es, sich ihm zu widersetzen. Wenn Bergmann eine Erweiterung seines Betriebes plante, stellte er die Genehmigungsbehörden vor vollendete Tatsachen. Ich habe mich mal bei der Kreisverwaltung umgehört. Es war gängige Praxis, seine Wünsche ungeprüft durchzuwinken. Wer sich ihm in den Weg stellte, setzte seine Pension aufs Spiel. Ein Anruf beim Landrat genügte in der Regel, um ein Hindernis zu beseitigen oder einen Beamten zurechtzustauchen, der seine Nase zu tief in die Bauanträge steckte, falls sie überhaupt vorhanden waren."

Stettner trank einen Schluck Wein. „Und dieser Machtmensch verkauft von heute auf morgen seine Firma und wandert nach Thailand aus?"

„Bergmann hatte noch eine andere Seite. Die Gemeinde erhielt großzügige Spenden von ihm, er unterstützte den Verein und das Dorfleben ..."

„Und mischte sich überall ein", beendete Stettner den Satz.

„Offiziell wurde es zwar stets bestritten, aber nichts geschah, ohne dass der Gemeinderat Bergmanns Zustimmung einholte."

„Aber es muss etwas passiert sein, etwas Gravierendes, das alles veränderte."

Moretti berichtete, wie sich die Dinge zugespitzt hatten. Eine Kommunalwahl hatte eine andere Zusammensetzung des Gemeinderates ergeben, neue Köpfe waren aufgetaucht, die neue Ideen ausbrüteten und andere Ansichten vertraten.

„Naturschutz stand plötzlich hoch im Kurs", fuhr er fort, „es entwickelte sich ein Trend, der Bergmanns Interessen entgegenlief. Auf der anderen Seite des Waldgürtels, auf den er es abgesehen hatte, war ein Neubaugebiet ausgewiesen worden. Durch den Verkauf von Grundstücken sanierte sich Gräbersberg von seinen Schulden. Bald grenzte der Waldstreifen über den Basaltvorkommen auf der einen Seite an ein Wohngebiet und auf der anderen Seite an den Steinbruch. Bergmann drohte sich durchzusetzen. Er plante eine neue Zufahrtsstraße, weil der stetig wachsende Lastwagenverkehr durch den Ort zu einer nicht mehr zu ertragenden Belastung anwuchs, und trieb einen immer größeren Keil in den Wald, ohne sich um die Besitzrechte zu kümmern. Langsam, aber stetig knabberte er immer mehr vom Kuchen ab, um vollendete Tatsachen zu schaffen. Durch seine Beziehungen fühlte er sich wohl unangreifbar. Die für den Basaltabbau nötigen Sprengungen rückten immer näher an die Häuser heran, die bald erste Risse bekamen. Im Ort bildeten sich zwei Fraktionen, die sich erbittert bekämpften."

Bergmann setzte alle Mittel ein, um zum Ziel zu kommen.

Gerüchte machten die Runde. Es war von Bestechungen, Vetternwirtschaft und Korruption die Rede. Seine Befürworter bezichtigten Bergmanns Gegner als Hinterwäldler, die den Fortschritt aufhalten wollten. Es kam zu Protestaktionen und Besetzungen des Waldstreifens. Das Klima heizte sich immer mehr auf. Bergmann drohte unverhohlen damit, seinen Betrieb zu schließen, was eine wirtschaftliche Katastrophe für Gräbersberg bedeutet hätte.

„Und plötzlich schmeißt er alles hin und geht nach Thailand, um das Leben zu genießen? Das stinkt, Mario."

„Angeblich erlitt er einen Herzinfarkt. Danach war er gesundheitlich so angeschlagen, dass er den Kampf aufgab."

„Ein Typ wie Bergmann und aufgeben? Das glaube ich nicht."

„Er verkaufte seine Firma an Hans-Peter Billinger, der die Geschäfte dann weiterführte."

„Woher hatte Billinger so viel Geld?"

Moretti blätterte in seinem abgegriffenen Notizblock. „Bevor Billinger seine Stelle als Prokurist bei Bergmann antrat, hatte er bereits eine Karriere als Unternehmensberater hinter sich. Ihm eilt der Ruf eines erfolgreichen Sanierers voraus."

„Das hört sich danach an, als sei Billinger eine der berüchtigten Heuschrecken."

„So kann man ihn nennen. Er rettete eine Reihe von Firmen vor dem Ruin. Allerdings mussten die Belegschaften einen hohen Preis für das Überleben ihrer Betriebe zahlen. Billinger gilt als zielstrebig, aber auch als hart und rücksichtslos. Manche bezeichnen ihn sogar als grausam. Einer seiner ersten Coups war die Abwicklung eines Gartengeräteherstellers, der in eine finanzielle Schieflage geraten war. Das ist jetzt dreizehn Jahre her. Die Geschichte ging durch alle Zeitungen, weil zwei Mitarbeiter, die Billinger entlassen hatte, Selbstmord begingen. Der Betriebsratsvorsitzende erlitt einen tödlichen Herzinfarkt. Billinger wies alle Schuld von sich, aber die Vorfälle festigten seinen Ruf als Heuschrecke. Es scheint ihm aber keine Nachteile eingebracht zu haben. Im Gegenteil, fortan begegnete man ihm in geschäftlichen Kreisen mit noch mehr Respekt, ja mit Unterwürfigkeit.

Auf jeden Fall hat Billinger gut verdient. Ich schätze, dass er eine Menge Beteiligungen aus früheren Beraterverträgen in Bergmanns Firma investiert hat."

Stettner rieb sich das Kinn. „Bergmann und Billinger haben sicher ein perfektes Paar abgegeben, ein wahres Duo infernale."

„Umso interessanter ist die Tatsache, dass sich Billinger nach Bergmanns Abgang nicht durchsetzen konnte, was die Erweiterung des Basaltwerkes betraf. Nur drei Monate nachdem Bergmann angeblich nach Thailand ausgewandert war, wurde der neue Bebauungsplan festgelegt, der den Wald und das Ostufer des Sees als Naherholungsgebiet auswies. Durch die Mitte wurde eine unsichtbare Grenze gezogen, der Nordwestteil wurde in eine Naturschutzzone umgewandelt."

„Sagtest du nicht, der See sei künstlichen Ursprungs?"

„Ja. Der Buckel in der Mitte ist eigentlich gar keine richtige

Insel. Du hast ja selbst die ehemalige Straße bemerkt, die bei Niedrigwasser noch immer zu befahren ist. Bis in die Sechzigerjahre des vorigen Jahrhunderts stand dort ein großer Bauernhof. Die Wiesen in der flachen Senke, die heute den See bilden, wurden als Weideland und zum Ackerbau genutzt. Das ganze Gelände umfasst etwa hundertzwanzig Hektar."

Stettner pfiff durch die Zähne. „Ein stolzer Besitz."

Moretti nickte. „Was den Eigentümer nicht daran hinderte, seinen Hof im wahrsten Sinne des Wortes zu versaufen. 1969 zerstörte ein Schadenfeuer einen großen Teil der Wirtschaftsgebäude. Der Bauer kam bei dem Brand ums Leben. Die Leute im Ort behaupten, er hätte den Hof selbst angezündet. Zuvor hatte er seinen Sohn im Delirium in das alte Kellergewölbe gesperrt, wo er das Feuer glücklicherweise unbeschadet überstand. Allerdings war der Junge vor Angst halb wahnsinnig geworden. Was genau geschah, lässt sich nicht mehr rekonstruieren. Akten aus dieser Zeit existieren nicht mehr, und die Wahrheit versteckt sich nach all den Jahren hinter Gerüchten und Geschichten, die über zwei Generationen weitergegeben wurden. Und jetzt rate mal, wie der Bauer hieß."

„Sag schon."

„Alfons Billinger."

Stettner fuhr hoch. „Der Vater von Hans-Peter Billinger?"

Moretti nickte. „Genau der. Der alte Billinger muss ein Teufel gewesen sein, ein Trinker, jähzornig, gewalttätig und halb verrückt."

„Billinger ist also ein Einheimischer?"

„Ja, genau wie Bergmann."

„Was wurde aus der Mutter?"

„Das habe ich nicht herausfinden können. Aber ihren Mädchennamen kann ich dir sagen. Sie hieß Elfie Bolander."

Nachdenklich rieb sich Stettner das Kinn. Er hatte diesen Namen schon einmal gehört, konnte sich aber nicht erinnern, wo das gewesen war.

„Und Billinger?"

Moretti blätterte in seinen Notizen. „Ende der Siebziger ging er nach Frankfurt, um Betriebswirtschaft zu studieren, und kam vor fünf Jahren plötzlich nach Gräbersberg zurück."

„Warum kehrte der erfolgreiche Manager Billinger in ein solches Nest zurück?", überlegte Stettner.

„Vielleicht wollte er den Hof wieder aufbauen."

„Und dann macht er keinen Versuch, das Land von der Gemeinde zurückzukaufen? Er stimmt zu, dass das ehemalige Weideland geflutet wird?"

„Ich habe mich über die Nutzungsrechte erkundigt. Im See wird eine profitable Fischzucht betrieben, an der Billinger beteiligt ist. Möglicherweise wirft sie mehr ab als die frühere Landwirtschaft. Billinger ist kein Bauer. Ich verstehe nicht, wieso er überhaupt zurückkam."

„Genau das müssen wir herausfinden. Der See dient nur einem einzigen Zweck: Er soll Neugierige von der Insel fernhalten."

Morettis Handy summte. Er stellte sein Glas ab und meldete sich.

„Ja. Bist du sicher? Gute Arbeit, Horst."

„War das Bender?"

Moretti nickte. Er hat Neuigkeiten."

„Über Sammy?"

„Sie haben den Wagen gefunden, zu dem die Reifenspuren passen."

„Billinger wird nicht so dumm sein, seine Visitenkarte zu hinterlassen. Dafür wird Tarp schon sorgen."

„Der Wagen gehört Henning Scheurich. Er hat ihn heute Mittag als gestohlen gemeldet."

„Wo haben sie ihn entdeckt?"

„Auf einer Raststätte an der A 3. Es gab keine Anzeichen für eine gewaltsame Öffnung. Der Dieb muss einen Schlüssel besessen haben."

Stettner lehnte sich zurück und trank seinen Wein aus. „Scheurich lügt. Wie passt das alles zusammen?"

„Ich weiß es nicht", sagte Moretti, „Aber ich weiß, dass wir es herausfinden werden."

Am Lahnufer blitzten Lichter auf, ein Wagen näherte sich und stoppte vor dem Liegeplatz des Hausboots. Antiono Tremante stieg aus einem schneeweißen Cabrio. Er trug einen legeren Freizeitanzug, der augenscheinlich mehr gekostet hatte, als Stettner in einem Jahr für Klamotten ausgab. Der Anwalt winkte und kam an Bord.

„Chiave. Wie kommen Sie im Fall Bergmann voran?"

„Ich habe Neuigkeiten für Sie", antwortete Stettner. „Bergmann ist nie in Thailand angekommen. Ich bin sicher, dass er Gräbersberg nie verlassen hat. Kann ich Ihnen etwas anbieten? Einen Wein vielleicht?"

„Gerne. Haben Sie Beweise für Ihre Behauptung?"

„Bisher nur Indizien." Er berichtete von der Reaktion der Dorfbewohner in der Töpferei. „Vallis Knochen werden nicht die Einzigen bleiben, die wir finden werden, verlassen Sie sich darauf. Und ich weiß auch schon, wo ich graben muss."

Ihm war gerade wieder eingefallen, wo er den Namen Bolander gehört hatte. Die verwirrte Alte, die ihn im Dorf empfangen hatte, trug diesen Namen.

„Wir sollten Scheurich einen Besuch abstatten und ihn fragen, wie die Reifenspuren seines Wagens in den Boden vor dem Jagdhaus deines Vaters kommen", schlug Moretti vor.

„Nimm seinen Laden auseinander, Mario. Ich glaube, ich weiß jetzt, wie ich an Billinger herankomme."

Tremante hob sein Glas und betrachtete kritisch den funkelnden Rotwein. „Ich wusste, dass ich auf Sie zählen kann", sagte er und lächelte.

34

„Ich glaube nicht an Gespenster", sagte Scheurich.

Billingers Zähne schlugen klappernd gegen sein Bierglas. Er presste seine Hand so fest um Scheurichs Unterarm, dass der zusammenzuckte.

„Es wird immer schlimmer. Wir haben die Kontrolle verloren, Henning. Sie werden uns schnappen ... und einsperren."

„Verlier jetzt nicht die Nerven. Es muss eine einfache Erklärung dafür geben."

Janas Doppelgängerin setzte sich an einen freien Tisch und blickte in die Dämmerung hinaus, als erwarte sie jemanden. Der Wirt griff nach einer Speisekarte.

Scheurich ging zum Tresen. „Zeig mir das Anmeldeformular", murmelte er.

Der Wirt zapfte zwei Bier und stellte sie auf den Tresen. „Trinkt euer Bier und heckt eure Schweinereien aus, aber lasst meine Gäste in Ruhe."

„Wenn du deine Gäste behalten willst, tust du, was ich sage", antwortete Billinger. „Ich krieg's sowieso raus, aber es könnte deinem Umsatz schaden, wenn ich mich selbst anstrengen muss."

Widerwillig zog der Wirt das Anmeldebuch aus der Schublade. Scheurich blätterte die Seiten um, bis er auf den letzten Eintrag stieß. Die Frau, die Jana wie aus dem Gesicht geschnitten war, hieß *Jelena Kovac.*

„Eine Schwester!“, murmelte Scheurich. „Jana hat eine Zwillingsschwester. Und wir haben uns von ihr narren lassen wie von einem Geist.

„Hat sie gesagt, was sie hier will?“, fragte Billinger den Wirt.

„Sie hat nach Pohlmann gefragt. Sieht so aus, als wollte sie sich mit ihm treffen.“

„Mit Pohlmann ...“, murmelte Scheurich. Er hatte sich also nicht geirrt. Dieser Schwachkopf hatte tatsächlich ein Verhältnis mit der Nutte gehabt. Wenn das die eifersüchtige Susanne erfuhr, würde es mehr als einen Toten geben.

„Sie darf nicht mit ihm reden“, sagte Billinger. „Wenn die beiden zur Polizei gehen ...“

„Im Gegenteil“, unterbrach ihn Scheurich. „Sie muss sich unbedingt mit Pohlmann treffen.“ Er wandte sich an den Wirt. „Weiß sie, wie er aussieht?“

„Glaub nicht, sie ist ja heute erst angekommen.“

In Scheurichs Kopf formte sich ein Plan. Er verließ das Büro, steuerte auf Jelenas Tisch zu und wünschte sich, nicht den Charme einer hungrigen Bulldogge zu besitzen.

„Jelena?“

Er streckte seine Hand aus und brachte ein Lächeln zuwege. „Ich bin Heiko Pohlmann. Darf ich mich setzen?“

Jelena blickte überrascht auf. Sie erwiderte seinen Gruß und bat ihn, Platz zu nehmen. Sie sprach fast akzentfreies Deutsch.

„Überrascht?“, fragte Scheurich schnell.

„Ich ... weiß nicht. Am Telefon hörte sich deine Stimme ... jünger an.“

Er lächelte ölig. „Ach, das sagen viele. Komische Sache.“ Er bewegte sich auf dünnem Eis. Was hatte Pohlmann Jelena erzählt? Was wusste sie?

„Du klangst so verzweifelt am Telefon. Wie sollen wir Jana nur finden?“

Scheurich schaltete blitzschnell.

„Es gibt gute Neuigkeiten. Ich weiß, wo sie ist.“

Seine Worte formten sich zu einer Geschichte, kaum dass ihm der Gedanke gekommen war.

„Ich habe es eben erst erfahren. Natürlich war ich besorgt, als Jana spurlos verschwunden war. Aber zum Glück hat sich alles aufgeklärt.“

Scheurich gewann an Zuversicht. Jetzt hatte er einen Plan, den er innerhalb einer Stunde umsetzen konnte. Diesmal würde nichts schiefgehen.

„Jana hat ein kleines Problem, das sie ihren Job kosten könnte“, erklärte er.

„Sakra penize! Ich habe ihr immer wieder gesagt, sie soll damit aufhören. Sie ist schwanger. Bist du ... der Vater?“

Er lächelte gequält. „Nein. Es war wohl ein Betriebsunfall. Siehst du den Mann mit den roten Haaren?“

Billinger und Gonsbach saßen am Tresen und spitzten die Ohren.

„Ist das Kind von ihm?“, fragte Jelena.

Scheurich nickte. „Das ist Hans-Peter Billinger – ein einflussreicher und vermögender Mann, der allen im Dorf Arbeit gibt. Er gehört zu Janas Kunden.“ Entschuldigend hob er die Hände. „Schöne Frauen sind nun mal seine Schwäche. Er erfuhr von Janas Notlage und bot ihr sofort seine Unterstützung an.“

„Wo ist sie?“

„In einer privaten Klinik in einem Nachbarort. Es geht ihr gut. Billinger kümmert sich um alles. Aber du wirst verstehen, dass er mit der Sache nicht in Verbindung gebracht werden will. Es könnte seinen geschäftlichen Beziehungen schaden – und damit auch den Leuten im Ort."

„Ich will Jana sehen."

„Ich habe bereits alles arrangiert. Billinger wird dich zu ihr bringen. Ich komme natürlich mit."

Er schob seinen Stuhl zurück. „Es wäre besser, wenn du draußen auf ihn warten würdest."

Jelena lächelte spöttisch. „Ich verstehe schon. Der Ausrutscher ist schlecht fürs Image."

„Gräbersberg ist ein kleiner Ort. Die Leute reden viel. Es soll dein Schaden nicht sein. Billinger ist sehr großzügig."

„Weiß er von dir und Jana?"

„Nein. Und es ist besser, er erfährt es auch nicht."

Jelena verließ bereitwillig die Gastwirtschaft. Scheurich winkte Billinger heran und weihte ihn ein.

„Fahr sie zum Schrottplatz. Lass dir Zeit. Ich werde dort auf euch warten."

„Was hast du vor?"

„Sie muss verschwinden, was sonst? Mit deinem Geld wirst du sie nicht kaufen können."

Billinger erbleichte. „Ich kann das nicht. Ich ..."

„Du hast keine andere Wahl. Dein Kopf wird jetzt in Ordnung bringen, was dein Schwanz angerichtet hat! Los, mach schon. Ich kümmere mich inzwischen um ihren Wagen."

Scheurich beobachtete, wie Jelena in Billingers Wagen stieg. Alles, was er jetzt noch brauchte, war ein

Kanister mit Benzin und einen Sündenbock. Und niemand eignete sich besser für diese Rolle als Heiko Pohlmann.

Seit fünf Stunden saß Sammy in dem glühend heißen Blechcontainer fest. Bis auf einen Schreibtisch und drei Aktenschränke, an denen grünliche Schimmelspuren klebten, war der etwa acht Quadratmeter große Raum leer. Der Zeiger auf der Wanduhr neben der Eingangstür umrundete quälend langsam das Zifferblatt. Seit einer halben Stunde konnte Sammy ihre Hände nicht mehr spüren. Die Kabelbinder, mit denen Scheurich sie gefesselte hatte, schnitten tief in ihre Handgelenke. Ihre nutzlosen Versuche, sich zu befreien, hatten die Fesseln nur noch tiefer in ihr Fleisch getrieben. Selbst wenn sie sie hätte abstreifen können, wäre sie noch immer gefangen gewesen. Die Tür des Containers war von außen fest verriegelt, sie hatte gehört, wie der Autohändler sie verschlossen hatte.

In Sammys Reichweite befand sich nichts, was ihr zur Flucht verhelfen könnte. Das Gewebeband über ihrem Mund juckte und brannte und ließ gerade genug von ihren Nasenlöchern frei, dass sie nicht erstickte. Am schlimmsten war der Durst. Ihre Zunge war geschwollen und fühlte sich rau und pelzig an. Dazu kam die Hitze. Die Augustsonne heizte den Container auf wie einen Backofen. Sammy dämmerte am Rand einer Ohnmacht dahin. Diesmal würde sie draufgehen, Stettner hatte recht gehabt. Sie war zu impulsiv und unvorsichtig gewesen. Ihr grandioser Plan, Billinger und Scheurich übers Ohr zu hauen, war eine Nummer zu groß für sie gewesen.

Die Sonne wanderte über einen knochenbleichen Himmel, fiel eine Zeit lang durch das verdreckte Fenster und versank dann hinter dem Wald. Die Nacht löste bald die Dämmerung ab. Die Hitze blieb. Sammy verlor das Bewusstsein.

„Das ist ein Schrottplatz und keine Privatklinik!", sagte Jelena kalt. „Halten Sie sofort an."

Billinger ließ den Benz ausrollen. Wo steckte Scheurich? Er sollte längst hier sein!

„Aussteigen!"

Billinger spürte einen Stoß in die Rippen und keuchte erschrocken. Die Tschechin hielt eine Pistole in der Hand.

„Los! Raus aus dem Wagen!"

Er stieg aus und nahm unwillkürlich die Hände hoch. Hektisch suchte er den Schrottplatz nach einem Fluchtweg ab.

„Wo ist meine Schwester?", rief Jelena, die ebenfalls ausgestiegen war.

Sie waren erledigt. Scheurich war ein Idiot, der ihn immer tiefer in den Dreck zog. Er hätte auf Tarp hören sollen.

Janas Schwester kam langsam um den Wagen herum auf ihn zu. Sie zielte auf seinen Kopf und brauchte nur mit dem Finger zu zucken, dann war er genauso tot wie sein Alter, der sich mit der Schrotflinte den Schädel weggeblasen hatte, nachdem er den Hof angezündet hatte.

„Mach endlich den Mund auf! Wo ist Jana? Was habt ihr mit ihr gemacht?"

Bevor Billinger antworten konnte, peitschte ein Schuss über den Schrottplatz. Sein Herzschlag setzte vor Schreck einen Moment lang aus, aber er spürte keinen Schmerz. Jelena starrte ihn ungläubig an. Wie eine Alabasterstatue stand sie da im Licht der Autoscheinwerfer, ließ die Waffe fallen und brach tot zusammen.

Jemand schrie wie ein Verrückter. Es dauerte eine ganze Weile, bis Billinger klar wurde, dass er selbst die tierischen Laute ausstieß. Dann war Scheurich da. In seinem Hosenbund steckte eine Pistole.

„Du kreischst wie eine deiner billigen Nutten, wenn dein kleiner Freund sich wieder mal übernommen hat."

„Du hast sie umgebracht! Du hast sie umgebracht", jammerte Billinger.

„Langsam solltest du dich an den Anblick gewöhnt haben", sagte Scheurich verächtlich.

„Ich habe Jana nicht getötet! Ich bin das nicht gewesen!"

„Aber du hattest nichts dagegen, ihre Leiche in Pohlmanns Ofen zu stecken. Vielleicht hast du ja recht, und sie war gar nicht tot." Er zuckte mit den Schultern. „Auf einen Mord mehr oder weniger kommt's jetzt sowieso nicht mehr an."

„Du hast den Verstand verloren! Ihr seid ja alle wahnsinnig. Woher hast du die Pistole?"

Scheurich rückte grinsend seinen Gürtel zurecht. Ich war bei der Volksarmee. Nach der Wende ging's im Osten drunter und drüber, und so manches Schätzchen hat den Besitzer gewechselt. Jetzt sieht man, wozu es gut war."

Er packte Billinger an den Schultern und schüttelte ihn. „Reiß dich zusammen! Wir bringen das jetzt zu Ende. Nur deine verfluchte Geilheit hat uns hierhergebracht.“

„Wahn... ...sinn“, stotterte Billinger.

Vor der Containerbaracke stand ein Ford Transit. Der Autohändler öffnete die Hecktüren und warf Billinger eine Plastikplane zu.

„Wickle sie ein. Pass auf, dass kein Blut ausläuft.“

Billinger starrte auf die durchsichtige Malerplane. Er zitterte wie Espenlaub und schwitzte wie verrückt.

Scheurich schloss den Container auf und schaltete das Licht an. Sammy kauerte in der Ecke neben dem Heizungsrohr, sie war kaum bei Bewusstsein. Mit einem Seitenschneider knipste er die Kabelbinder durch, fesselte Sammys Handgelenke mit einem Strick und schleifte sie zum Lieferwagen.

„Hilf mir“, schnauzte er Billinger an.

Der stand reglos neben der Toten. „Du! Du hast Jana umgebracht! Tarp hat gesehen, wie du ins Schlafzimmer gegangen bist.“

Scheurich ließ Sammy auf den Boden fallen. Der Schmerz brachte sie zur Besinnung. Schwach begann sie, sich zu wehren.

„Ja, ich war in deinem Schlafzimmer“, sagte Scheurich. Ich wollte auch mal von deiner Geburtstagstorte naschen! Nur leider war die Nutte schon tot, erdrosselt mit einem Vereinsschal.“

Billinger erwachte aus seiner Starre. Er stolperte auf Scheurich zu, packte ihn am Kragen und drückte ihn gegen den Transporter.

„Ich hab sie nicht umgebracht! Sie ist mit dem Kopf auf den Glastisch gestürzt und hat sich dann nicht mehr gerührt. Ich bin in Panik nach draußen gelaufen und habe Tarp gesucht, weil ich nicht wusste, was ich machen sollte.“ Er schüttelte Scheurich wie einen Sack mit Lumpen. „Du und deine Scheißideen! Ich hätte die Polizei rufen sollen!“

Scheurich stieß ihn weg. „Die Polizei? Die war doch längst da. Sei froh, dass Tarp so schnell geschaltet hat. Reiß dich jetzt zusammen, und pack mit an!“

Sie legten die Leiche von Jelena in den Ford Transit. Scheurich wuchtete einen großen, nach Benzin stinkenden Blechkanister in den Wagen. Dann schleppten sie Sammy zum Transporter. Sie war inzwischen wach und drängte sich nun voller Angst in eine Ecke des Laderaums.

Scheurich schlug die Hecktüren zu. Nachdenklich musterte er Billinger. „Wenn du die Nutte nicht umgebracht hast und ich auch nicht ... wer war es dann?“

„Jeder der Gäste könnte der Mörder sein.“

„Ja, aber nur einer ist es tatsächlich gewesen. Steig ein.“

Er lenkte den Transit vom Hof und fuhr in Richtung See.

„Was hast du vor?“, fragte Billinger.

„Einer der Gäste ...“, überlegte Scheurich. „Pohlmann hat sich in die Tschechin verknallt. Vielleicht hat er wirklich geglaubt, sie würde mit ihm durchbrennen. Als er gemerkt hat, dass sie ihn nur ausnehmen will, hat er die Nerven verloren und sie umgebracht.“

„So könnte es gewesen sein. Ich werde das Gefühl nicht los, dass mit ihm etwas nicht stimmt. Er kommt mir vor wie eine wandelnde Bombe. Irgendwann wird er Amok laufen oder sich eine Ladung Schrot in den Kopf jagen. Ich habe ihn erwischt, wie er Geld veruntreuen wollte.“ Billinger fuhr herum. „Mein Geld, das wegen dir verbrannt ist.“

Scheurich nickte erkennend. „Das ist es, ich habe recht! Pohlmann wollte mit ihr abhauen. Sie gab ihm einen Korb, und er drehte durch. Peng! Dann war es sein Schal.“

„Jeder im Verein besitzt einen.“

„Aber nur einer vermisst ihn jetzt.“

„Wohin fährst du?“

„Zu Pohlmanns Hütte am See. Dort werden wir ein hübsches kleines Feuer machen.“

35

Sammy kauerte in einer Ecke des Laderaums, so weit wie möglich von Jelenas Leiche entfernt. Wenn der Lieferwagen an seinem Ziel angekommen war, würde sie sterben, und es gab nichts, was sie tun konnte, um es zu verhindern. Sie hatte Scheurich von Anfang an unterschätzt. Dies war nicht ihr Spiel. Eine Nummer zu groß für sie, hatte Stettner gesagt. Der Detektiv war ihre einzige Hoffnung. Aber suchte er überhaupt nach ihr? Und wie sollte er sie finden?

Im Laderaum lagen Hacken und eine Schaufel. War das ihr Ende? Vergraben im sumpfigen Gelände entlang des Sees? Der Kopf der Leiche bewegte sich im Takt der Schlaglöcher, durch die der Ford Transit rumpelte, ihre blicklosen Augen starrten durch Sammy hindurch. Wer war diese Frau? Jana konnte es nicht sein. Die Tschechin war in Billingers Villa gestorben. Oder doch nicht?

Der Lieferwagen stoppte, die Hecktüren wurden aufgerissen. Scheurich zerrte Sammy aus dem Wagen und trieb sie auf eine im Schilf verborgene Blockhütte zu. Der Lichtstrahl einer Taschenlampe riss Fischreusen, Köcher und Angelgeräte aus der Dunkelheit. Es roch moderig und feucht.

Scheurich stieß sie auf den Bretterboden. „Bleib liegen, und rühr dich nicht."

Ungeduldig wartete er auf Billinger, der schnaufend die Leiche hinter sich herzog. „Pass auf, dass sie nicht abhaut!" Er verkeilte die Lampe zwischen zwei Dachlatten und lief zum Transporter zurück.

Der Holzboden nahm nur die Hälfte des Raumes ein und bildete eine Art Anlegesteg. Lichtreflexe tanzten auf dem schwarzen Seewasser, das ungehindert zwischen den Gründungspfählen der Hütte hindurchschwappte. Ein Ruderboot schaukelte auf den Wellen und stieß leise knarrend gegen den Steg.

Scheurich kehrte mit dem Benzinkanister zurück. Die beiden Männer schleppten die Tote in die Hütte. Billinger lehnte sich erschöpft gegen die Wand. Er war kreidebleich und drohte die Nerven zu verlieren. Vielleicht war das ihre einzige Chance.

Sammy zerrte an ihren Fesseln und suchte panisch nach einem Fluchtweg, den es nicht gab. Wenn er ihr nicht den Mund zugeklebt hätte, hätte sie die beiden Männer wenigstens gegeneinander ausspielen können. Billinger war mit Sicherheit noch immer davon überzeugt, dass die Million verbrannt war. Sie musste sterben, weil sie die einzige Zeugin war, die Scheurich fürchtete. Der Vorschlag, Billinger zu erpressen, war allein seine Idee gewesen, und Sammy war leichtsinnig in seine Falle getappt. Immerhin hatte Scheurich ihr die Hälfte der Million versprochen. Von ihm hatte sie die DVD bekommen, mit der sie Billinger erpresst hatte. Aber er hatte niemals vorgehabt, zu teilen, und ihren Tod von Anfang an kaltblütig einkalkuliert.

Der schmierige Autohändler schien ihre Gedanken zu

ahnen. Kalt lächelnd zog er eine Pistole aus dem Hosenbund. Dann setzte er die Mündung auf Sammys Stirn und drückte ab.

36

„Ich weiß nicht, wo mein Mann ist. Schauen Sie im *Dorfkrug* unter dem Tresen nach. Es ist Samstagabend."

Brigitte Scheurich stierte Stettner und Moretti aus glasigen Augen an. Sie trug einen orangefarbenen Bademantel und Badelatschen, ihr hellblondes Haar fiel strähnig auf die Schultern.

„Ihr Mann hat heute einen weißen Geländewagen als gestohlen gemeldet. Richten Sie ihm bitte aus, dass wir ihn gefunden haben. Es sind noch einige Fragen offen."

Aus dem Fernseher plärrte eine Gameshow, auf dem Couchtisch stand eine halb leere Kognakflasche. Brigitte Scheurich zündete sich eine Zigarette an. Vor vielen Jahren musste sie einmal eine schöne Frau gewesen sein. Doch Alkohol, Zigaretten und die übermäßige Benutzung des Solariums hatten ihre Haut vorschnell altern lassen und in zähes, dunkelbraunes Leder verwandelt.

Moretti legte eine Visitenkarte auf den Tisch. „Ihr Mann soll sich umgehend bei mir melden, wenn er nach Hause kommt."

Sie reagierte nicht und war bereits wieder in die bunte Welt jenseits der Mattscheibe eingetaucht.

„Haben Sie mich verstanden?"

Sie sah abwesend auf. „Ich hab doch gesagt, er iss nich da."

Er wiederholte seine Bitte, aber seine Bemühungen waren sinnlos. Sie schien sich weder für ihren Mann zu interessieren noch für das, was in ihrem direkten Umfeld geschah.

„Lass uns zum Dorfkrug fahren“, sagte Moretti.

Auf dem Weg zur Haustür steckte Stettner seine Nase in die Küche. Auf einem Regal lagen Medikamentenpackungen – Beruhigungsmittel und Schlaftabletten, darunter jenes Medikament, mit dem man versucht hatte, Sammy zu vergiften: Luminal.

„Schau dir das an“, sagte Stettner.

Moretti kehrte mit der Packung ins Wohnzimmer zurück.

„Sind das Ihre Medikamente?“, fragte er.

„Ja.“

„Hat Ihr Hausarzt das Luminal verschrieben?“

„Das hat mein Mann besorgt. Das Zeug, das der Doktor verordnet, wirkt nicht.“

Eilig verließen sie die Wohnung des Autohändlers.

„Ich wette, das Barbiturat, mit dem der Täter den Infusionsbeutel verunreinigt hat, stammt aus dem Vorrat von Brigitte Scheurich“, sagte Moretti.

Stettner nickte grimmig. „Die Schlinge um Scheurich und Billinger zieht sich langsam zu.“

„Was haben wir denn da?“, sagte Moretti.

Sie betraten den Hof der angrenzenden Autowerkstatt. Vor dem Rolltor stand ein schwarzer Mazda-Geländewagen mit tschechischem Nummernschild.

„Schau dir den verbeulten Frontbügel an.“ Stettner strich über das verchromte Rohr. „Blaue Farbspuren. War nicht auch Sammys Motorrad blau?“

„Allerdings. Ich habe die schwarzen Lackspuren auf der Maschine untersuchen lassen. Sie stammen von einem Mazda.“

„Es wird eng für Scheurich.“

37

Sammys Herz drohte vor Angst zu zerspringen. In dem kurzen Augenblick zwischen Leben und Tod nahm sie alle Sinneseindrücke mit überirdischer Klarheit wahr; der kalte Stahl des Pistolenlaufs auf ihrer Stirn, das leise Plätschern der Wellen am Steg, der ekelhafte Gestank von Scheurichs Rasierwasser ... und ein trockenes Klicken.

„Verdammt, sie hat Ladehemmung!" Scheurich fummelte ungeschickt an der Makarow herum.

Billingers Gesicht war bleich wie der Mond. Auf seiner Stirn glänzten Schweißtropfen. „Volksarmee, was? Wirf das alte Ding weg, bevor es in deiner Hand explodiert!" Er reichte ihm die Waffe, mit der ihn Jelena bedroht hatte.

„Schmeiß sie in den See! Das ist eine Schreckschusspistole", sagte Scheurich.

Billinger sackte kraftlos zusammen. „Scheiße, scheiße, scheiße. Was machen wir jetzt?"

„Ich wollte dir vorher eine Kugel in den Kopf jagen, bin ja schließlich kein Unmensch. Tut mir leid, Mädchen. Es wird gleich ziemlich warm werden." Scheurich steckte die Makarow ein, knotete das Seil los, mit dem das Ruderboot festgebunden war, und fesselte Sammy damit an einen Stützbalken.

Hilflos musste sie mit ansehen, wie er das knochentrockene Holz mit Benzin tränkte. Er schob Billinger nach draußen und schlug die Brettertür zu. Wenige Augenblicke später leckten Flammen unter dem Türspalt hindurch und schlängelten sich wie eine hungrige Kobra auf Sammys Beine zu.

38

„So schnell bekomme ich keinen Durchsuchungsbeschluss“, sagte Moretti.

„Ich schätze, den brauchst du auch nicht.“

Stettner deutete auf den Ford Transit, der in diesem Augenblick auf den Hof des Autohauses rollte. Scheurich stieg aus dem Lieferwagen.

„Was haben Sie hier zu suchen Stettner? Wenn Tarp erfährt, dass Sie immer noch in Gräbersberg herumschnüffeln, zieht er Ihnen das Fell über die Ohren.“

„Die Fragen eines Privatdetektivs müssen Sie nicht beantworten, Herr Scheurich. Aber meine. Mario Moretti, Mordkommission.“

„Wo ist Sammy?“, fragte Stettner.

„Ich kenne keinen Sammy. Gehen wir in mein Büro.“

Stettner sog prüfend die Luft durch die Nase. Scheurich roch nach Rauch. Der Autohändler schloss seine Werkstatt auf und führte sie in einen mit Aktenschränken vollgestopften Raum. Er ließ sich in den Sessel hinter seinem Schreibtisch fallen.

„Der Schnüffler soll verschwinden!“, sagte er.

„Er bleibt“, entgegnete Moretti. „Was wollten Sie gestern Nacht im Jagdhaus von Stettners Vater?“

„Ich weiß nichts von einem Jagdhaus.“

„Wir haben dort Reifenspuren sichergestellt, die von einem Ihrer Fahrzeuge stammen, einem weißen Kastenwagen. Können Sie uns das erklären?“

„Ich habe den Wagen heute Mittag als gestohlen gemeldet."

„Wann haben Sie den Diebstahl bemerkt?"

„Heute Morgen gegen elf. Ich wollte zur Post fahren, aber der Wagen war nicht da."

„Es finden sich keine Einbruchspuren an dem Wagen."

„Die Schlüssel waren auch weg", sagte Scheurich.

„Wo bewahren Sie die Autoschlüssel auf?"

„Im Safe hier im Büro, aber das gilt nur für Fahrzeuge, die wir verkaufen. Den Kastenwagen benutzen wir für geschäftliche Fahrten. Wahrscheinlich hat einer der Mechaniker den Schlüssel stecken lassen, als er ihn auf dem Hof abstellte. Das kommt vor."

„Führen Sie ein Fahrtenbuch?", fragte Stettner.

Scheurich verschränkte die Arme vor der Brust und lehnte sich zurück. „Das geht Sie nichts an."

„Wir können auch auf dem Präsidium weiterreden, wenn Ihnen das angenehmer erscheint", schlug Moretti vor.

Langsam schüttelte Scheurich den Kopf. „Nein, kein Fahrtenbuch. Wozu auch? Muss ich nachweisen, wann der Lehrling zur Metzgerei fährt, um Fleischwurst für die Gesellen zu holen?"

„Sie sind nicht dazu verpflichtet", antwortete Moretti. „Aber es wäre besser für Sie, wenn Sie lückenlos nachweisen könnten, wo der Wagen in den vergangenen achtundvierzig Stunden gewesen ist."

Stettner beugte sich neugierig über das Chaos auf Scheurichs Schreibtisch und fischte mit spitzen Fingern ein Blatt aus einem Stapel Papier. Scheurich schnappte danach, verfehlte es aber knapp. „He, Finger weg!"

Gelassen schaute Moretti zu, wie Stettner den Ausdruck studierte.

„Das ist die Kopie einer Lieferliste für einen Autohändler in Teplice, Tschechien", erklärte er. „Vor vier Tagen haben sechs Gebrauchtwagen Gräbersberg auf einem Transporter in Richtung Osten verlassen."

„Na und? Ist es verboten, Autos nach Tschechien zu verkaufen?"

„Eines der Fahrzeuge war ein schwarzer Mazda Tribute, Baujahr 2001." Stettner warf die Liste auf den Stapel zurück. „An Ihrer Stelle wäre ich ein bisschen kooperativer. Das wirkt sich auf jeden Fall strafmildernd aus."

Wütend sprang Scheurich auf. „Was zum Teufel werfen Sie mir eigentlich vor?"

„Setzen Sie sich", sagte Moretti kalt. „Ihre Frau nimmt das Schlafmittel Luminal ein?"

„Na und?" Zum ersten Mal zeigte Scheurich Unsicherheit.

„Sie behauptet, Sie hätten ihr das Mittel besorgt. Luminal ist ein verschreibungspflichtiges Medikament. Woher haben Sie das Präparat?"

„Von Veilhaber."

Moretti wartete ungeduldig auf Scheurichs Erklärung.

„Dr. Veilhaber, unser Hausarzt. Ich habe ihn dazu überredet, ihr das Zeug zu verschreiben. Meine Frau ist krank. Ohne die Tabletten macht sie kein Auge zu. Das Luminal ist das einzige Mittel, das ihr hilft."

In der Ferne heulte eine Feuerwehrsirene auf. Stettner trat ans Fenster und blickte in den schwarzen Nachthimmel hinaus. Über dem See im Norden glomm ein rötlicher Lichtschein.

„Da draußen brennt es irgendwo“, sagte er. „Sie sind doch Wehrführer der freiwilligen Feuerwehr, nicht wahr?“

Unter einem der Papierstapel auf dem Schreibtisch klingelte ein Telefon. Scheurich schob die Papiere zur Seite.

„Lassen Sie es klingeln“, sagte Stettner. „Wo ist Sammy?“

„Ich sagte bereits, ich kenne keinen Sammy.“

Wütend drehte der Detektiv Scheurich mit seinem Ledersessel um und packte ihn am Kragen. „Ich rede von Samantha Baring. Wenn das Mädchen auch nur eine Schramme zurückbehält, wandern Sie für sehr lange Zeit in den Knast. Überlegen Sie sich verdammt gut, was Sie jetzt antworten!“

„Lass ihn los, Stettner!“

Das Telefon läutete erneut.

Scheurichs Augen flitzten listig hin und her. „Ihr zwei Blindgänger habt doch überhaupt nichts gegen mich in der Hand. Ohne Anwalt sage ich gar nichts mehr.“

Spielerisch tippte Stettner auf das elektronische Zahlenschloss des Wandtresors. „Ich würde zu gern mal einen Blick in Ihren Safe werfen. Was meinst du, Mario?“

„Dann besorgen Sie sich einen Durchsuchungsbefehl und kommen morgen wieder“, sagte Scheurich.

Moretti zog sein Handy aus der Jackentasche. „Ich schätze, so lange brauchen wir nicht zu warten. Der

Staatsanwalt kann den Befehl an Ihr Faxgerät schicken – das dauert keine zehn Minuten."

Er begann zu wählen und drückte die Ruftaste.

Der Autohändler trommelte einen lautlosen Wirbel auf die Tischplatte. Plötzlich schob er entnervt den Sessel zurück und tippte die Kombination in das Zahlenschloss des Safes ein.

Moretti schaltete das Telefon aus und durchsuchte rasch den Tresor. Geschäftspapiere, Versicherungsunterlagen, zweitausend Euro Bargeld.

„Sind Sie jetzt zufrieden? Vielleicht würde es helfen, wenn Sie mir endlich verraten würden, wonach Sie suchen."

„Lass mich mal sehen." Stettner spähte über Morettis Schulter und strich über die Unterseite des Regalfachs. Er riss einen Klebestreifen ab und hielt eine DVD in der Hand, auf die jemand mit krakeligen Buchstaben *Billinger* geschmiert hatte.

Das knochentrockene, mit Benzin getränkte Holz brannte lichterloh. Sammy zerrte mit aller Kraft an ihren Fesseln. Der grobe Strick scheuerte die Haut von ihren Handgelenken und schnitt tief in ihr Fleisch. Noch hatten die Flammen die hintere Ecke der Hütte nicht erreicht, doch sie fraßen sich rasend schnell durch die Teerpappe auf dem Dach. Heißes Bitumen tropfte zwischen den Brettern hindurch und versengte Sammys Schultern. Der Qualm war bereits so dicht, dass er die Leiche verbarg, die neben ihr auf dem Bretterboden lag. Wenn Sammy nicht in den nächsten Minuten die Flucht gelang, würde sie in dieser armseligen Holzbaracke bei lebendigem Leib verbrennen. Sie verfluchte ihre Gier nach dem großen Geld. Von Anfang an hätte ihr klar sein müssen, dass Scheurich sie nur benutzt hatte. Aber die Aussicht, auf einen Schlag fünfhunderttausend Euro einstecken zu können, hatte sie jede Vorsicht vergessen lassen. Sie hatte geglaubt, ihn austricksen zu können, dabei aber seine Brutalität unterschätzt.

Ein brennender Deckenbalken knackte und drohte zu brechen. Die Hitze wurde unerträglich. Sammy versuchte noch einmal mit aller Kraft, ihre Fesseln zu zerreißen. Scheurich hatte den Strick um ihre Handgelenke geschlungen und an einem Balken verknotet, was ihr einen gewissen Spielraum bot. Sie veränderte ihre Position ein wenig und streckte die Arme, bis sich der Strick über die Kante des Bretterbodens spannte. Verzweifelt versuchte sie, das spröde Seil durchzuscheuern. Über ihrem Kopf brach ein Stück des Daches ein. Der Seewind fegte in die Hütte und heizte die Flammen an. Eine brennende Holzlatte streifte ihre Hüfte, fiel auf den Bretterboden und setzte den Strick in Brand. Sammy wimmerte vor Schmerzen, als das Feuer ihre Handgelenke versengte. Endlich riss der Kälberstrick. Sie kroch auf das schwarze Wasser zu, dass im Feuerschein wie kochendes Öl glänzte. Im selben Augenblick, in dem sie über den Rand des Stegs ins Wasser fiel, stürzte das Hüttendach ein.

***

Ein Feuerlöschfahrzeug raste mit eingeschaltetem Martinshorn am Hof des Autohauses vorbei. Scheurichs Handy schrillte.

„Gehen Sie schon ran!“, sagte Moretti.

Scheurich starrte auf die DVD in Stettners Hand. Er schwitzte trotz der kühlen Abendluft.

„Er braucht sich nicht zu melden. Denn er weiß, wo es brennt. Nicht wahr?", sagte Stettner.

„Keine Ahnung, wovon Sie reden."

Stettner packte ihn am Kragen und drückte ihn gegen die Wand.

„Hör auf mit dem Quatsch!", rief Moretti.

„Wo ist sie? Was hast du mit ihr gemacht?"

Moretti fiel ihm in den Arm. „Lass ihn los! Und Sie machen jetzt den Mund auf, Scheurich. Ihr Schweigen verschlimmert Ihre Lage nur. Bis jetzt haben Sie noch niemanden getötet. Wollen Sie wirklich zum Mörder werden?"

„Sie ... sie ist ... in Pohlmanns Hütte ... am See."

Stettner schüttelte ihn. „Wie kommen wir dorthin?"

Widerwillig beschrieb Scheurich den Weg.

Stettner ließ ihn los und warf Moretti die DVD zu. „Pass gut auf ihn auf. Vielleicht komme ich noch rechtzeitig."

„Stettner, warte!"

Stettner lief nach draußen und fegte in seinem altersschwachen Fiat die Seestraße entlang nach Norden. Einen Kilometer oberhalb der Insel versperrten ihm Einsatzfahrzeuge der Feuerwehr den Weg. Er ließ den Wagen stehen und rannte blindlings durch den Wald auf den Feuerschein zu.

Die Hütte war nicht mehr zu retten. Das Feuer drohte bereits auf den angrenzenden Wald überzugreifen. Ungeachtet der Gluthitze näherte sich Stettner vorsichtig der Hütte.

„He, Sie! Stehen bleiben! Sind Sie wahnsinnig geworden?“, rief einer der Feuerwehrleute.

„In der Hütte ist jemand!“

Der Feuerwehrmann hielt ihn zurück und schüttelte den Kopf. „Dadrin ist nur noch Asche.“

Stettner kniete sich ans Seeufer und benetzte Gesicht und Arme mit Wasser. Rauchfäden stiegen von seiner Kleidung auf. Hilflos sah er zu, wie das Feuer die Hütte fraß. Er war zu spät gekommen. Erst Sawinski, jetzt Sammy. Wer würde als Nächstes den Tod finden, weil er eine falsche Entscheidung getroffen hat?

Krachend brach der Steg vor der Hütte zusammen und versank im See. Seine Fantasie musste ihm einen Streich spielen, denn was er sah, konnte unmöglich die Wahrheit sein. Auf dem Wasser trieb ein Kanu.

„Eine Taschenlampe! Schnell, eine Lampe!“

Er riss einem Feuerwehrmann einen Halogenstrahler aus der Hand und schwenkte ihn über den See. Nein, er hatte sich nicht getäuscht. In dem Boot lag ein Mensch. Stettner watete in das flache Wasser hinein, bis er den Bug des Holzkanus zu fassen bekam.

Sammy kniff in dem grellen Licht die Augen zusammen. Ihre Kleidung war mit Brandflecken übersät, in ihren blonden Locken klebten Reste von Gewebeklebeband und Ascheflocken. Sie lächelte schwach, als Stettner das Kanu packte.

„He, Stettner, bist du das etwa? Du hast dir aber verflucht viel Zeit gelassen. Alles ... muss man selbst machen.“ Dann verlor sie das Bewusstsein.

39

Dienstag, 3. September

„Dieser hässliche Kater muss älter sein als das Boot“, sagte Sammy.

Stettner klapperte in der Kombüse mit Töpfen und Pfannen. „Nenn ihn nicht hässlich, sonst kratzt er dir heute Nacht die Augen aus, wenn du schläfst. Manchmal glaube ich, er versteht jedes Wort. Aber du hast recht. Für einen Kater hat er vermutlich ein biblisches Alter erreicht.“

„Du solltest ihn besser erziehen. Ich finde, er verhält sich ziemlich arrogant.“

Jabba streckte seine Pfoten aus und schnurrte rasselnd, während Sammy seine Ohren kraulte.

„Er duldet mich an Bord. Mehr kann ich nicht verlangen. Schließlich war er schon vor mir auf der *Styx*.“

Stettner schob mit dem Fuß die Schiebetür zur Kombüse auf und balancierte zwei voll beladene Teller in die Kajüte. Skeptisch probierte Sammy Stettners angekündigte Spezialnudelsoße und zog überrascht die Stirn kraus.

„Wer hätte gedacht, dass ein halb verrückter Privatdetektiv so gut kochen kann?“

Er goss Rotwein in zwei Wassergläser. „Solange Tremantes Weinvorrat reicht und Jabba nicht merkt, dass ich sein Katzenfutter stehle, gehen mir die Kochrezepte nicht aus.“

Sammy hörte auf, zu kauen, und fragte mit vollem Mund: „Wasch hascht du geschagt? Katschenfutter?“

Er wickelte die Spaghetti um seine Gabel, grinste schief und schob sich eine Portion Nudeln in den Mund. Immer wieder begegneten sich ihre Blicke.

Er wurde das Gefühl nicht los, Sammy schon seit langer Zeit zu kennen. Doch wenn er sie ansah, erschien sie ihm aufregend neu und fremd und gleichzeitig vertraut und nah. Es lag wohl daran, dass er sie zum ersten Mal ohne Verband sah.

Die Strapazen hatten Spuren in ihrem Gesicht hinterlassen. Ihre Augenlider waren gerötet und von Wundschorf überzogen, die Verbände an den Handgelenken verbargen Brandwunden. Auch ihre Seele hatte Narben davongetragen. Sammy war nicht mehr so wild und unbekümmert wie in den Tagen zuvor. Umso mehr fühlte er sich zu ihr hingezogen.

Ihre Gesten und Blicke verrieten ihm, dass sie das Gleiche empfand. Wenn Stettner Jabba über das Deck scheuchte, in der winzigen Kombüse kochte oder auf einem der Liegestühle an Deck döste, spürte er, dass sie ihn heimlich beobachtete.

Seit dem Feuer in der Fischerhütte waren drei Tage vergangen. Sie hatten beide eine Pause gebraucht. Sammy war erschöpft von ihrer Gefangenschaft in dem glühend heißen Blechcontainer und den Verletzungen, die sie davongetragen hatte, und Stettner nutzte die Zeit zum Nachdenken. Noch immer war er nicht auf die geringste Spur von Bergmann gestoßen. Außer dem Fund des Knochenfragments, das Dornmann dem unglücklichen Valli zuordnen konnte, war er keinen Schritt vorangekommen. Tremante hatte ihm keine Frist gesetzt, allerdings würde er Stettner nicht ewig umsonst auf der *Styx* wohnen lassen.

Er drehte die Gabel in einem Berg aus Spaghetti und hörte Sammy aus weiter Ferne lachen. Verwirrt blickte er auf.

„Was ist los?"

„Du drehst seit fünf Minuten deine Nudeln um. Wenn du so weitermachst, wirst du noch ein Loch in den Teller bohren."

Stettner starrte sie an, als sähe er sie zum ersten Mal. Sie war hübsch. Nein, sie war verführerisch schön, von einer erfrischenden Leichtigkeit und besaß einen spitzbübischen Charme, der ihn entwaffnete. Nach ihrem sonnengebräunten Gesicht, den strahlenden grünen Augen und der blonden Lockenmähne drehte sich bestimmt jeder Mann um und rannte gegen den nächsten Laternenpfahl. Sammy war sich dessen bewusst und verstand es, ihr Aussehen einzusetzen, um ihre Ziele zu erreichen. Sie war so ganz anders als Ingrid. Was seine Exfrau mit Verbissenheit, Ausdauer, Intelligenz und Zähigkeit erreichte, schien Sammy mühelos in den Schoß zu fallen. Um ihre Wünsche wahr werden zu lassen, wickelte sie eine blonde Locke um den Finger und ließ ihre grünen Augen aufblitzen. Sein Verstand warnte ihn eindringlich vor ihr, aber wie immer hörte er nur auf seinen Instinkt.

Seit zwei Tagen lagen sie faul in der Sonne und vernichteten Tremantes Weinvorrat. Ihm wurde klar, dass er kurz davorstand, sich in Sammy zu verlieben. Wovor er Moretti gewarnt hatte, widerfuhr ihm nun selbst. In ihrer Gesellschaft fühlte er sich lebendig, leicht verrückt und zehn Jahre jünger. *Mit Sammy kann man*

Pferde stehlen. Mehr als das, mit ihr kann man die ganze Welt klauen und die Beute anschließend verprassen, wie ein Kind ein Schokoladeneis vernascht, bis es Bauchweh bekommt. Er ahnte, dass ihm die Bauchschmerzen noch bevorstanden.

Sie kaute hingebungsvoll. Stettner legte die Gabel hin.

„Ich habe nachgedacht. Wer weiß, wie lange Tremante mir noch Zeit gibt, Bergmann zu finden. Wenn er das Interesse an der Sache verliert, verliere ich mein Zuhause."

„Du hängst an diesem Kahn, nicht wahr?"

„Ja. Ich gebe ihn nicht wieder her." Zur Bestätigung streckte Jabba den Kopf zum Fenster herein, stolzierte über die schmale Fensterbank und miaute zustimmend.

„Du wirst Bergmann schon finden."

„Ich muss. Warum hast du noch keine Aussage gemacht?"

„Billinger ist mir egal. Ich geh sowieso weg von hier."

„Das nehme ich dir nicht ab. Die beiden haben dich fast umgebracht. Wenn du nicht gegen sie aussagst, wird Moretti Scheurich wieder laufen lassen müssen, und Billinger wird ebenso straffrei ausgehen. Willst du das wirklich?"

„Ich hab sie nicht richtig erkannt. Vielleicht war's jemand anderes."

Stettner schüttelte den Kopf. „Du bist die aufregendste Frau, der ich je begegnet bin, Sammy. Warum nur lügst du ständig?"

„Tu ich gar nicht!"

„Das war schon wieder geschwindelt."

Sie zeigte ihm ein strahlendes Lächeln, doch diesmal blieb Stettner kalt. „Warum misstraust du mir so?"

„Es hat nichts mit dir zu tun. Ich ... habe ein paar dumme Sachen angestellt. Wenn ich zur Polizei gehe, wird alles rauskommen. Sie werden mich ins Gefängnis stecken."

Sie schob den leeren Teller zur Seite, griff nach der Weinflasche und schlenderte auf die Stiege zu. „Lass uns an Deck gehen. Es ist ein wunderbarer Abend."

Stettner folgte ihr seufzend. Wenn alle zukünftigen Klienten so schwierig werden würden, sollte er vielleicht über einen Job als Wachmann nachdenken.

Sammy kletterte die Leiter auf das Dach der Aufbauten hinauf und streckte sich behaglich auf einer Decke aus. Stettner hatte aus einer alten Segeltuchplane einen Sichtschutz improvisiert, sodass man das Oberdeck vom Ufer aus nicht einsehen konnte. Die Nacht war mild und klar. Von Süden strich ein warmer Wind über das Lahntal, der Vollmond überzog das tiefschwarze Wasser mit silbernen Lichtreflexen, die sich mit dem Widerschein unzähliger bunter Lampen entlang des Flussufers mischten. Sammy trug weiße Shorts und ein hellblaues T-Shirt, das mehr von ihrem flachen Bauch enthüllte, als es verdeckte. Genießerisch rekelte und streckte sie sich.

„So muss es in der Südsee sein. Warst du jemals im Indischen Ozean?"

Stettner ließ sich neben ihr nieder. „Ich bin nie über Flensburg hinausgekommen."

Sie schnurrte mit Jabba um die Wette.

„Was hast du angestellt, Sammy?", fragte er.

„Kannst du von nichts anderem reden? Du verdirbst einem ja die Laune. Scheurich sitzt und wird gestehen. Dann ist Billinger auch dran. Wozu brauchst du mich?“

„Du bist die wichtigste Belastungszeugin. Scheurich verweigert die Aussage. Er hockt in seiner Zelle im Untersuchungsgefängnis und besteht darauf, nur mit Tarp zu reden. So wie ich den kenne, hecken sie in diesen Minuten einen neuen Plan aus. Mit deiner Aussage können wir ihnen den Mord an Jelena Kovac anhängen. Wenn du es vorziehst, abzuhauen, muss Moretti sie laufen lassen.“

„Aber Jana, die DVD und ...“

„Wir haben sie immer noch nicht gefunden. Einen Mord ohne Leiche nachzuweisen bedeutet vor Gericht einen Indizienprozess. Und mit einem korrupten Ermittler, der mit den Tätern unter einer Decke steckt, sind die Chancen gleich null, dass Billinger und Scheurich verurteilt werden.“

Sammy kaute nachdenklich an ihrer Unterlippe.

„Ist es dir wirklich egal, wenn sie davonkommen?“, fragte er.

Sie zuckte mit den Schultern. „Sag schon, was hat Tarp gegen dich in der Hand?“ Sie drehte sich auf den Bauch. „Du hast dich mit ihm getroffen. Was hat er dir über mich erzählt?“

„Ich will es von dir wissen, nicht von Tarp. Er lügt, wenn er den Mund aufmacht.“

„Diesmal vermutlich nicht“, gab sie kleinlaut zu.

„Es stimmt also. Du bist eine Trickdiebin.“

Er konnte sich lebhaft vorstellen, wie Sammy Ministerialbeamte und Unternehmer um ihre Kreditkarten erleichterte. Bei der Vorstellung, wie sie ihre Opfer umgarnte, musste er lachen.

„Was findest du daran so komisch?"

Er trank einen Schluck Rotwein. „Erzähl mir, wie du das anstellst. Wie kommst du an die Geheimnummern der Kreditkarten?"

Das Mondlicht brach sich in ihren Augen und brachte sie zum Funkeln wie zwei Smaragde.

„Wenn ich dir den Trick verrate, ist er kein Geheimnis mehr."

„Keine Angst, ich werd's nicht weitersagen."

„Du musst es schwören."

„He, du bist meine Klientin."

„Und du ein ehemaliger Polizist. Einmal Bulle, immer Bulle."

Stettner dachte einen Moment darüber nach. Sie lag mit ihrem Einwand gar nicht so falsch. Handelte er noch wie ein Ermittler? War dies der Grund, warum er als Privatdetektiv bisher keine Erfolge vorzuweisen hatte? Je gründlicher er darüber nachsann, desto klarer wurde ihm, dass sie den Nagel auf den Kopf getroffen hatte.

„Ich heule nicht mit den Wölfen. Das habe ich nie getan", sagte er.

„Aber du willst Gerechtigkeit."

„Ja."

„Warum?"

„Ich kann's nicht leiden, wenn die Starken auf den Schwachen rumtrampeln."

Sie lachte spöttisch auf. „Ohne deine Uniform wirst du mit dieser Einstellung nicht weit kommen."

„Kann sein", sagte er ärgerlich.

„Sag mir, warum du meinen Fall übernommen hast."

„Weil ich die *Styx* haben will."

„Quatsch. Du hättest Bergmann suchen können, ohne dich um mich zu kümmern."

Sie kniete sich neben ihn und begann ihn zu kitzeln. „Du konntest nicht Nein sagen, weil ich ein armes kleines Fräulein in Not bin."

„Nein, stimmt nicht", sagte er lachend.

„Und ob das stimmt." Sie fuhr mit den Fingern unter sein T-Shirt und kitzelte ihn zwischen den Schultern.

Er zuckte zusammen und kicherte. „Hör auf. Ein Detektiv muss immer Abstand wahren."

Sammy schwang sich auf ihn, und er fing nun seinerseits an, sie zu kitzeln. Sie quiekte und kicherte.

„Wir sind ein gutes Team. Gib zu, dass wir ein gutes Team sind", sagte sie und lachte.

„An der Zusammenarbeit hapert es noch gewaltig."

„Wir sind ein gutes Team", wiederholte sie und küsste ihn zum ersten Mal.

40

Moretti schob die Karten mit den Namen aller Verdächtigen auf seinem Schreibtisch hin und her. Es war kurz nach zwanzig Uhr. Er war hundemüde, konnte sich aber trotzdem nicht von seinem ersten richtigen Fall lösen. In einer Viertelstunde würde Heiko Pohlmann auf dem Stuhl vor ihm sitzen. Er hatte ihn ins Präsidium bestellt und den Zeitpunkt bewusst so spät gewählt, weil er ihn nicht unter Tarps nörglerischer Aufsicht verhören wollte. Sein Vorgesetzter hatte sich vor einer Stunde in den Feierabend verabschiedet.

Wieder und wieder hatte Moretti sich das Video aus Billingers Rekorder angesehen. Danach stand nur eins wirklich fest. Als er das Zimmer verlassen hatte, lebte Jana noch. Hier brach die Aufnahme ab. Jemand hatte alles gelöscht, was die Kamera danach aufgezeichnet hatte, oder der Rekorder war ausgefallen, oder die Stromzufuhr war unterbrochen worden ... oder, oder, oder ... es gab tausend Möglichkeiten.

Aus dem Korridor vor den Büros fiel ein Lichtstreifen auf den abgewetzten Linoleumboden und verbreiterte sich rasch. Moretti schob seinen Stuhl zurück und ging dem Besucher entgegen. Der Unbekannte war jedoch nicht Heiko Pohlmann, sondern Rainer Tarp.

„Ich dachte mir, dass Sie noch arbeiten." Der Kommissar brachte tatsächlich ein Lächeln zuwege. Mit den Händen in den Hosentaschen schlenderte er in das

Büro und lehnte sich gegen einen der Aktenschränke. „Wie ich Sie kenne, haben Sie auch noch einen Kaffee für mich."

Moretti nickte überrumpelt, spülte eine Tasse und schenkte Tarp Kaffee ein.

„Keine Milch, danke. Nur zwei Stücke Zucker."

Verwirrt und misstrauisch kehrte er hinter seinen Schreibtisch zurück. Tarp verbrachte die Montagabende gewöhnlich in einem Schachklub in Gesellschaft illustrer Bürger von Bad Ems. Das Schachspiel war seine einzige Leidenschaft; wenn man davon absah, dass es ihm Befriedigung verschaffte, nach allen zu treten, die auf der Karriereleiter einen Schritt unter ihm standen, und er es zu seinem Hobby gemacht hatte, Stettner zu hetzen wie einen entflohenen Sträfling. Woher mochte die Abneigung rühren, die Tarp wie eine giftige Wolke umschwebte?

„Fällt Ihr Schachabend heute aus?", fragte er.

Er war es nicht gewohnt, mit Tarp außerhalb der Dienstzeiten private Gespräche zu führen. Entsprechend rar waren die gemeinsamen Themen, über die sie plaudern konnten.

Tarp nutzte die Frage als Einstieg für einen seiner geliebten Monologe. „Schach ist das Spiel der Könige. Es erfordert einen scharfen Verstand, rasche Entscheidungen, Kühnheit und Übersicht über das eigene Handeln. Jeder Fehler wird vom Gegner erbarmungslos bestraft." Er trank einen Schluck Kaffee. „Eine sehr gute Übung für die tägliche Ermittlungsarbeit. Man muss dem Gegner voraus sein, seine Züge studieren und daraus auf seinen Charakter schließen. Wer sich darin übt, weiß, was sein Gegenüber als Nächstes tun wird, wie seine Feinde denken, planen und wo sie zuschlagen werden."

„So habe ich meine Arbeit noch nie betrachtet", sagte Moretti gelangweilt.

„Aber das sollten Sie. Sehen Sie, Moretti, Sie haben das Zeug zu einem guten Polizisten. Sie sind ehrgeizig, schuften wie ein italienischer Marmorbrecher und sind dabei ausdauernd und zäh; ein bisschen langsam, aber so, wie ich Sie kenne, werden Sie diesen Mangel noch ausmerzen."

Moretti fühlte sich unbehaglich. Während der drei Monate, in denen er unter Tarp arbeitete, hatte er sich eher wie ein Sklave und nicht wie ein Polizist gefühlt. Tarp verteilte niemals Lob, ohne dafür eine Gegenleistung zu erwarten. Moretti lehnte sich zurück und wartete, was er beabsichtigte.

Der Hauptkommissar deutete mit der Kaffeetasse auf das Standbild auf Morettis Monitor.

„Wie oft haben Sie sich dieses Video jetzt angesehen?"

„Vielleicht zwanzigmal. Ich habe nicht gezählt."

„Und was haben Sie herausgefunden?"

„Nicht viel. Es sieht nach einem Unfall aus. Billinger hat Jana Kovac gestoßen, und sie ist unglücklich mit dem Hinterkopf auf den Glastisch gefallen. Ich glaube nicht, dass Absicht im Spiel war. Beide scheinen betrunken gewesen zu sein. Außerdem erkennt man in der Vergrößerung auf dem Glastisch Spuren, die auf Kokaingenuss hindeuten. Interessant ist der blaue Schal, mit dem Jana herumspielt, während sie um Billinger herumtanzt. Der Name des Vereins von Gräbersberg ist auf den Stoff gedruckt. Das letzte Bild allerdings ist entscheidend. Nachdem Billinger aus dem

Zimmer gestürmt ist, bewegt sich die Prostituierte. Sie kommt zu sich, aber dann bricht die Aufnahme ab. Es sieht fast so aus, als ob jemand absichtlich den Schluss gelöscht hätte. Auf jeden Fall ist Billinger kein Mörder."

„Nein, das ist er nicht. Warum haben Sie Heiko Pohlmann vorgeladen?"

„Auf dem Schal erkennt man seine Initialen, *H. P.* Wie kommt sein Schal in Billingers Schlafzimmer? Wer hat den Rest der Aufnahme gelöscht?" Moretti seufzte. „Und wir haben immer noch keine Leiche gefunden."

Tarp stellte seine Tasse ab und gab sich väterlich. „Sie werden auch keine finden. Da ich Sie aber nicht überzeugen konnte, müssen Sie so lange mit dem Schädel gegen die Wand rennen, bis Sie die Wahrheit selbst erkennen."

Moretti kniff die Augen zusammen. „Was macht Sie so sicher?"

„Sie wissen längst, dass ich einer der Gäste auf Billingers Party war." Tarp hob belehrend den Zeigefinger. „Und das war gut so. Hans-Peter Billinger ist ein liebenswertes Schlitzohr. Er führt so manches Mal die Ämter an der Nase herum, wenn es um Bauanträge und Genehmigungsverfahren geht, aber gleichzeitig ist er ein großzügiger Mann. Die Leute in Gräbersberg verdanken ihm viel. Ich gebe zu, dass er ein Hitzkopf ist. Sein Erfolg wird von einem hässlichen Laster überschattet. Er ist krankhaft sexsüchtig, kann einfach nicht genug kriegen. Billinger hat mehr als eine Affäre im Dorf, und irgendwann wird ihm eine Liebschaft das Genick brechen. Da ist es schon besser, er befriedigt seine Triebe bei professionellen Damen. Sie haben recht, Jana Kovac stürzte unglücklich. Dahinter steckte keine Absicht. Billinger war entsetzt über das, was er getan hatte, und er hielt Jana für tot. Kopflos stürzte er aus dem Zimmer und machte sich auf die Suche nach mir. Wir gingen in sein Schlafzimmer zurück. Jana war bereits wieder bei Bewusstsein. Sie hatte sich eine Platzwunde am Hinterkopf zugezogen, die stark blutete, aber harmlos war. Dennoch regte sie sich schrecklich auf und rief nach ihrem Bodyguard. Wir konnten sie beruhigen und überzeugen, dass es das Beste für alle Beteiligten wäre, wenn sie möglichst schnell nach Tschechien zurückkehren und dort eine Zeit lang bleiben würde. Billinger kann im Augenblick keinen Skandal gebrauchen. Es stehen wichtige Verhandlungen mit potenten Geldgebern an. Vom Ausgang dieser Gespräche hängt sehr viel für das Basaltwerk und damit für Gräbersberg ab. Aber das wissen Sie ja bereits."

„Billinger will erweitern?"

Tarp nickte. „Ich sehe, Sie verstehen. Wir dürfen den erfolgreichen Abschluss der Verhandlungen nicht gefährden. Der Hauptkreditgeber ist ... sagen wir ... etwas altmodisch. Wenn er von Billingers Eskapaden erfährt, wird er einen Rückzieher machen. Das wäre eine Katastrophe für Gräbersberg."

„Und welche Rolle spiele ich in diesem ... Schachspiel?", fragte Moretti.

Tarp lächelte schmal und zündete sich eine Zigarette an. „Oh, ich vergaß, Sie rauchen ja nicht." Er schaute sich nach einem Aschenbecher um, in dem er die Kippe ausdrücken konnte.

Sprachlos sah Moretti Tarps tapsigen Bemühungen zu. „Nur keine Umstände. Rauchen Sie ruhig. Also, welche Rolle spiele ich?"

„Nur die, die Ihnen gefällt. Sie leiten die Ermittlungen, ich habe Ihnen freie Hand gegeben. Sie besitzen nun alle Informationen. Was Sie damit anfangen, ist Ihre Entscheidung. Aber Sie sollten die Konsequenzen bedenken."

„Ich gehe nur meiner Arbeit nach."

„Das weiß ich, und Sie erledigen Ihren Job gründlich." Er lächelte schmal. „Ich kann mich kaum beschweren, schließlich bin ich ja Ihr Lehrmeister. Aber Sie sollten lernen, mit mehr Fingerspitzengefühl vorzugehen. Hans-Peter Billinger ist kein kleiner Dealer. Ich kann Ihnen nur dringend raten, ihn aus der Sache herauszuhalten. Der Polizeipräsident hat sich bereits nach dem Stand Ihrer Ermittlungen erkundigt. Ich habe ihm berichtet, dass Sie ein guter Mann sind. Ein bisschen ungestüm, aber das ist der Bonus der Jugend. Verspielen Sie ihn nicht."

Die versteckte Drohung war nicht zu überhören, Tarps Anweisung klar. Und doch juckte es Moretti in den Fingern, Billinger auf den Stuhl vor seinem Schreibtisch zu beordern. Bei der Durchsuchung von Scheurichs Werkstatt hatten sie eine Pistole gefunden, eine 9-mm-Makarow. Wenn er beweisen konnte, dass die Frau in Pohlmanns Fischerhütte mit derselben Waffe erschossen worden war, konnte er vielleicht eine Verbindung zu Billinger herstellen.

Tarp rauchte schweigend, sah auf die Uhr und wandte sich zum Gehen. „Fühlen Sie Pohlmann auf den Zahn, wenn Sie wollen. Meinen Rat kennen Sie nun. Wie Sie damit umgehen, liegt bei Ihnen."

In der Tür blieb er noch einmal stehen. „Mein Angebot gilt. Ich brauche gute Leute in der Soko und habe

Sie bereits vorgeschlagen. Zögern Sie nicht zu lange." Damit ließ er ihn allein.

Moretti wartete, bis Tarps Schritte auf dem Gang verstummten. Warum hatte der korrupte Kommissar seine Strategie geändert? Dafür konnte es nur einen Grund geben. Billinger brannte der Boden unter den Füßen, und Tarp steckte bis zum Hals mit im Dreck. Nachdenklich zog er den Bericht über den Brand der Fischerhütte aus der Schublade, einen Bericht, den der Kommissar noch nicht kannte. Wenn Tarp tatsächlich die Wahrheit sagte, was er bezweifelte, warum war dann Jelena Kovac nach Deutschland gekommen? Und warum hatte man ihr aus nächster Nähe in den Kopf geschossen? Die undurchsichtige Sache mit Stettner und Sawinski kam ihm in den Sinn. Tarp hatte nicht gezögert, einen Konkurrenten aus dem Weg zu räumen. Die Mittel waren ihm egal gewesen. Ja, er hatte sogar den Tod eines Kollegen in Kauf genommen. Was würde Tarp erst unternehmen, wenn er, Moretti, einen Mord aufdeckte, in den Billinger verwickelt war?

Das Telefon klingelte. Pohlmann hatte sich soeben an der Pforte gemeldet. Zwei Minuten später klopfte der unscheinbar wirkende Mann mit der Stirnglatze an Morettis Bürotür.

„Kommen Sie herein, die Tür ist offen."

Pohlmann näherte sich dem Schreibtisch wie ein Delinquent dem Schafott.

„Setzen Sie sich bitte."

Ohne die Augen von den Fotos an der Wand hinter dem Schreibtisch abzuwenden, ließ sich Pohlmann auf dem unbequemen Stuhl nieder. Die Bilder zeigten Jelenas Leiche und eine scheußliche Nahaufnahme ihres verbrannten Gesichts. Pohlmann starrte das Foto an wie eine Geistererscheinung.

„Ist ... ist das ...“, Pohlmann schluckte schwer, „ist das die Frau, die Sie in der Fischerhütte gefunden haben?“

„Kennen Sie die Tote?“

Er schüttelte den Kopf. „Nein. Wie kommen Sie darauf? Ich habe mit der Sache nichts zu tun.“

„Sie wirken schockiert, beinahe entsetzt.“

„Eine Brandleiche ist kein schöner Anblick.“

„Und Sie sind der Frau noch nie begegnet?“

„Das ist schwer zu beurteilen. Ich glaube nicht, nein.“

„Ihr Name ist Jelena Kovac.“

Pohlmann wurde noch eine Spur blasser.

„Jelena?“

„Das scheint Sie zu irritieren?“

„Es ist ... ein seltener Name.“

„Mhm“, brummte Moretti. „Wo waren Sie Samstagnacht zwischen zweiundzwanzig Uhr und Mitternacht?“

„Zu Hause. Meine Frau kann das bestätigen.“

„Wer könnte die Tote in Ihre Hütte gebracht und dort verbrannt haben?“

„Ist sie ... nicht bei dem Brand ums Leben gekommen?“

„Sie wurde erschossen. Warum könnte der Täter das Opfer ausgerechnet in Ihre Hütte gebracht haben? An einen Ort, der Ihnen vertraut ist?“

„Ich weiß es nicht.“

Es war zum Verzweifeln. Billinger und Scheurich waren die Täter, aber Moretti konnte es nicht beweisen. Die einzige Augenzeugin verweigerte die Aussage und gab vor, sich nicht erinnern zu können. Er klopfte einen leisen Takt mit dem Kugelschreiber auf die Schreibtischplatte.

Pohlmann zuckte bei dem Geräusch zusammen. Moretti ging jede Wette ein, dass er kurz vor einem Nervenzusammenbruch stand.

„Eine Töpferei ist ein seltsamer Ort für eine Einäscherung, finden Sie nicht?", überlegte er. „Wie kommt ein angesengter menschlicher Knochen in den Keramikschutt unter dem Brennofen?"

„Ich weiß es nicht."

„Menschliche Knochenreste in Ihrer Töpferei, eine Leiche mit einer Kugel im Kopf in Ihrer Fischerhütte ... Und Sie haben für all das keine Erklärung?"

Er wartete keine Antwort ab, zog die Schublade auf und legte einen Plastikbeutel auf den Tisch. Darin befand sich der abgerissene Piercingring.

„Dann werden Sie mir sicher auch keine Auskunft über dieses Schmuckstück geben können?"

Pohlmanns Ausdruck veränderte sich. Die mühsam aufrechterhaltene Fassade brach zusammen. Seine Hände zitterten wie die eines Alkoholikers, der seit zwanzig Stunden nichts mehr getrunken hat. „Woher ... haben ... Sie das?"

„Der Ring stammt von derselben Fundstelle wie das Knochenfragment; aus dem Keramikschutt Ihrer Töpferei."

Pohlmann ließ den Plastikbeutel fallen, als hätte er sich die Finger verbrannt. Fassungslos schlug er die Hände vor das Gesicht und wiegte sich vor und zurück wie ein weinendes Kind.

„Sie haben sie umgebracht. Diese verfluchten Schweine haben sie einfach umgebracht." Er schlang die Arme um den Bauch und krümmte sich zusammen. Wenn er sein Entsetzen nur vortäuschte, war es die beste Vorstellung eines Verdächtigen, die Moretti je gesehen hatte.

„Ich ... will eine Aussage machen“, schluchzte er.

Erleichtert legte Moretti sein Handy auf den Tisch und schaltete die Aufnahmefunktion ein. Pohlmanns Gesicht schimmerte wächsern. Er war entsetzlich bleich.

„Jetzt ... weiß ich, warum Scheurich so dreckig lachte. Sie haben ... mich zu ... Janas Totengräber gemacht. Ich ... wusste nichts davon ... ich ... ich habe ihre Asche aus dem Ofen geschaufelt.“

Er sprang auf und warf den Stuhl um. „Verstehen Sie nicht? Ihre Asche!“

Moretti seufzte. „Beruhigen Sie sich bitte.“

„Ich will alles sagen, was ich weiß. Aber bringen Sie Billinger hinter Gitter.“

„Fangen wir noch mal ganz von vorne an. In welcher Beziehung standen Sie zu Jana Kovac?“

„Die verfluchte Party ... und Billingers ekelhafte Geilheit.“

„Herr Pohlmann, in welcher Beziehung standen Sie zu Jana Kovac?“

Verwirrt blickte er auf. Der verzweifelte Mann schien vergessen zu haben, wo er sich befand.

„Billinger wollte einem ausgewählten Kreis von Gästen etwas Besonderes bieten, eine Art römische Orgie. Er beauftragte mich, jemanden aufzutreiben, der solche Luxuspartys anbietet. Ich nahm mit der Agentur Eyes-wide-shut Kontakt auf und lernte Jana kennen. Wir verliebten uns ineinander. Wir hatten beide unser bisheriges Leben satt und sehnten uns nach einem Neuanfang. Der Job bei Billinger sollte der letzte für Jana sein. Wir saßen auf gepackten Koffern. Am Montag nach dem Fest wollten wir durchbrennen."

„Wohin?"

„Nach Neuseeland."

„Hatten Sie denn Geld für einen Neustart?"

„Ich habe als Prokurist bei Billinger gut verdient, und Jana hatte Geld zur Seite gelegt. Es hätte gereicht, uns eine Zeit lang über Wasser zu halten. Wir hatten uns bereits Einreisevisa besorgt. Ich kann Ihnen mein Visum zeigen."

„Was geschah Freitagnacht?"

„Ich weiß es nicht. Gegen halb zwölf stieß ich mit Billinger hinter dem Bierzelt zusammen. Er hatte meine Tochter belästigt, und wir gerieten in Streit. Er drohte, mich zu entlassen, wenn ich die Sache nicht auf sich beruhen ließe. Kurz danach bin ich mit einer Flasche Schnaps zur Hütte am See gelaufen und habe mich betrunken. Das Fest ekelte mich an. Im Hof gab es Grillkoteletts und Ströme von Bier für das einfache Volk, und am Pool begann die eigentliche Party mit Champagner, Kaviar und Edelnutten. Billinger wollte mich nicht dabeihaben. Ich sollte im Hof bei der Belegschaft bleiben, aber das konnte ich nicht, während Jana ..."

„Sie wissen also nichts über die Vorgänge in Billingers Haus?"

Pohlmann stützte die Stirn in die Hände und schüttelte den Kopf. „Nein. Ich wachte erst am nächsten Morgen in der Hütte auf."

„Zu welchem Zeitpunkt vermissten Sie Jana Kovac?"

„Ich versuchte in den folgenden Tagen mehrmals, sie zu erreichen, aber sie meldete sich nicht. Am Montag säuberte ich dann den Brennofen und entsorgte den Keramikschutt. Als ich in der Töpferei Janas Nummer wählte, klingelte ihr Handy in der Nähe. Ich fand es in einem alten Blumentopf neben den Ofen. Den Piercingring hat sie an der rechten Augenbraue getragen. Ich weiß nicht, wie er in den Brennofen gelangt ist." Er deutete auf den Plastikbeutel. „Aber es ist derselbe Schmuck, ich bin ganz sicher."

„Wo ist das Handy jetzt?"

„In der Hütte am See verbrannt wie alles andere."

Moretti lehnte sich zurück und überlegte. Er hatte noch immer nicht den geringsten Beweis, dass Jana Kovac tatsächlich ermordet worden war, obwohl zahlreiche Indizien darauf hindeuteten.

„Verhaften Sie Billinger. Nur er kann es gewesen sein", sagte Pohlmann.

„Das kann ich nicht beweisen. Wussten Sie, dass Billinger sich beim Sex mit Prostituierten gefilmt hat?"

„Nein."

„Es existiert ein Video, das Jana Kovac und Billinger in der Tatnacht zeigt. Jana trägt einen Vereinsschal mit Ihrem Monogramm."

„Schal und Jacke hatte ich am Nachmittag in den Ankleideraum neben Billingers Schlafzimmer gebracht. Ich fühlte mich etwas erkältet. Der Schal war für den Abend gedacht." Plötzlich schaute er hoffnungsvoll auf. „Aber ... dann muss der Mord an Jana doch auf diesem Video zu sehen sein."

„Eben nicht. Jemand hat den Schluss gelöscht. Als Billinger den Raum verließ, hat Jana noch gelebt."

„Wer die Aufnahme gelöscht hat, muss der Mörder sein. Aber ... warum nur den Schluss? Wieso hat er nicht das ganze Band gelöscht?"

Darüber hatte sich Moretti auch schon den Kopf zerbrochen. Wollte jemand den Verdacht auf Billinger lenken und hatte in der Eile übersehen, dass Jana wieder zu sich gekommen war?

„Wer könnte ein Motiv haben, Jana zu ermorden?"

Müde schüttelte Pohlmann den Kopf. „Ich weiß es nicht. Jeder der Gäste kann es gewesen sein. Vielleicht ist es ein Unfall gewesen, den sie vertuschen wollten. Sie hätten sie sehen sollen! Als sie die verlogene Fassade aus Doppelmoral erst einmal abgestreift hatten, waren sie kaum noch von geilen Wölfen zu unterscheiden."

Fieberhaft überlegte Moretti, wie er die Wahrheit herausfinden konnte. Wegen des Mordes an einer Prostituierten würde er niemals die Erlaubnis erhalten, sämtliche Honoratioren und Wirtschaftsgrößen der Region in seinem Büro antanzen zu lassen. Dafür würden Tarp und der Staatsanwalt sorgen. Er starrte durch den kalkweißen Heiko Pohlmann hindurch wie durch einen Geist. Tarp log. Jana Kovac hatte Gräbersberg nicht mehr verlassen. Alles deutete darauf hin, dass ihr Körper im Brennofen der Töpferei verbrannt war. Aber wie sollte er das ohne ihre Leiche beweisen? Und dann blieb noch das Rätsel zu lösen, wie der Knochen des italienischen Privatdetektivs in den Keramikschutt gelangt war. Hatte derselbe Täter den Brennofen im Abstand von mehreren Jahren zur Vertuschung seiner Verbrechen benutzt? Wie viele Menschen waren im Lauf der Zeit wohl in der Töpferei spurlos verschwunden?

„Mein Gott“, murmelte Moretti.

„Ich ... habe Ihnen alles gesagt, was ich weiß.“

„Danke. Sie können gehen. Das wäre erst einmal alles.“

Kurz darauf hallten Pohlmanns Schritte hohl und leer von den Wänden wider, bis er sich die Stufen zum Haupteingang hinabgeschleppt hatte. Die Echos fanden ihren Weg bis in Morettis Büro, in dem nur ein kreisrunder Fleck auf der Schreibtischplatte von der Lampe erhellt wurde.

Moretti lehnte sich zurück und starrte in den Lichtkreis der Schreibtischlampe, bis seine Augen tränten. Er hatte das dumpfe Gefühl, dass in diesem Moment eine menschliche Bombe das Präsidium verließ, deren Lunte er soeben angezündet hatte.

41

Der Sex mit Sammy war der beste, an den Stettner sich erinnern konnte. Für Ingrid war Sex ein notwendiges Übel, das sie zwar zuweilen genoss, bei dem sie jedoch davor zurückschreckte, die Grenzen ihrer anerzogenen Normen zu überschreiten. Ihr Leben war streng geregelt und klar strukturiert in gleichmäßige Portionen aufgeteilt, an denen sie sich nicht verschlucken konnte. Was er und Sammy gerade getan hatten, hätte Ingrid zutiefst schockiert.

Sammy hingegen scherte sich nicht um Konventionen. Sie nahm sich, was sie wollte, ohne gierig oder selbstsüchtig zu sein. Sie strebte nicht nach dem Rausch des Besitzes um des Besitzes willen, sondern sog alles, was das Leben auf eine natürliche, erfüllende Weise bereicherte, in sich auf wie ein Schwamm das Wasser. Freigebig teilte sie den Genuss, um noch größeren Spaß zu haben.

Sie lag nackt auf dem Oberdeck der *Styx*, zählte die Sterne am Nachthimmel und wirkte auf eine einfache Weise zufrieden, glücklich und satt, wie Stettner es nie zuvor bei einem Menschen erlebt hatte. Und doch war ihm klar, dass sie bald weiterziehen würde, weil sie sich schnell langweilte. Sobald Sammy die Begriffe Alltag und Routine nur von Weitem hörte, würde sie wahrscheinlich ihr Bündel packen und sich auf die Suche nach etwas begeben, das mehr Aufregung versprach.

Er ging unter Deck, stibitzte eine Flasche Bardolino aus Tremantes Vorrat und kehrte mit zwei Gläsern an Deck zurück. Sammy hatte sich in ein großes Frotteetuch gewickelt und strahlte mit den Sternen um die Wette.

„Das war gut, Stettner. Sehr gut. Wir werden das bald wiederholen müssen."

„Du hast den armen Jabba mit deinem Stöhnen ganz verschreckt."

„Willst du damit sagen, dass ich rollig bin wie eine Katze?"

„So drastisch hätte ich es nicht ausgedrückt."

Er goss Wein in die Gläser und reichte ihr eines davon. „Wenn ich Bergmann nicht bald auftreibe, findet Morettis Onkel keinen Tropfen mehr an Bord, falls er die *Styx* wieder in Besitz nimmt."

Sammy trank genießerisch. „Wir können ja mit dem Kahn abhauen. Wir schippern den Rhein hinunter und fahren einmal um die ganze Welt."

Stettner lachte. „Ich bin schon zufrieden, wenn der Schrotthaufen nicht in der Lahn versinkt."

Prüfend schaute er sie an. Er wollte wissen, was in ihrem Kopf vorging, auch wenn ihm bewusst war, dass er die Finger von ihr lassen sollte. Sammy war keine Frau zum Heiraten. Wenn er sie einfing und ankettete, würde sie eingehen wie eine Blume, die auf vertrocknetem Boden wuchs.

„Das ist dein Problem", sagte sie. „Du denkst nicht groß genug. Befreie dich von den Grenzen, die nur dein Verstand dir auferlegt. Alles ist möglich."

„Was hat dich so gemacht?"

„Der liebe Gott hat uns die Lust bestimmt nicht geschenkt, damit wir sie im Beichtstuhl wieder abgeben."

„Das meine ich nicht. Du nimmst dir auf deine Weise, was du haben willst, kümmerst dich dabei weder um Gesetze noch um Konventionen und lässt jeden Tag die Korken knallen."

Ärgerlich zog sie die Brauen zusammen. „Das klingt, als wäre ich eine Verbrecherin."

Er drehte sich auf den Rücken. „Im Sinne des Gesetzes – ja. Dein Vergehen nennt man Trickdiebstahl."

„Und wie nennt man das, was die sogenannten Eliten machen? Sie saugen die Menschen aus und lassen sie für einen Hungerlohn schuften, bis sie innerlich so ausgebrannt sind wie ein Häuflein Asche. Und wenn ihre Gier nach mehr verlangt, verdoppeln sie ihr zusammengerafftes Vermögen an der Börse innerhalb weniger Stunden. Wem es dann immer noch nicht reicht, der schafft seine prall gefüllten Koffer in die Schweiz, damit er auf sein gestohlenes Geld keine Steuern zahlen muss. Und alles ganz legal. Ich pfeife auf Gesetze, die so etwas zulassen. Schau dich doch an, Stettner. Du hast dich geweigert, Tarps böses Spiel mitzuspielen. Und was hast du davon? Nun haust du als abgebrannter Privatschnüffler auf einem alten Kahn, der dir nicht mal gehört."

Sie setzte sich ruckartig auf. Das Badetuch rutschte von ihren Schultern, aber sie bemerkte es nicht. „Du könntest eine Menge erreichen", fuhr sie empört fort. „Du bist klug und siehst gut aus. Weißt du, was dein Fehler ist? Du bist zu ehrlich."

Er schwieg betroffen. „Sawinski war ...", sagte er nach einer Weile.

„Ach, Sawinski! Sein Heldenmut hat ihn fast umgebracht. Was hat er von seiner Ehrlichkeit und seiner Pflichterfüllung? Die Intelligenz eines Blumenkohls!"

Stettner strich zärtlich über die Narben an ihren Handgelenken. „Erzähl mir davon."

„Wozu? Es ist lange her. Ich war jung und dumm. Reicht dir nicht, was du von mir weißt?"

„Nein."

Sie schmunzelte und schälte sich aus dem Frotteetuch. „Du siehst mich gern an."

„Ja."

„Warum willst du in der Vergangenheit wühlen?"

„Ich kenne deinen Körper. Jetzt will ich mehr über deine Seele erfahren."

Sammy seufzte, schlang das Badetuch um sie beide und drängte sich an ihn. „Meine Eltern waren liebe Menschen – die besten, die man sich vorstellen kann, ehrlich und anständig."

„Das klingt, als sei das eine große Dummheit gewesen."

„Eine Dummheit? Nun, sie waren nicht dumm. Vielleicht naiv. Das trifft es wohl eher. Mein Vater arbeitete als Werkzeugmacher in einer Firma, die Gartengeräte herstellte – Rasenmäher und solches Zeug. Fünfundzwanzig Jahre lang war er für den Betrieb da, samstags und sonntags, wenn es erforderlich war. Nie hat er sich beklagt, die Firma war sein zweites Zuhause, er liebte seinen Job."

„Was ging schief?"

„Das, was immer passiert. Der Sohn übernahm den Betrieb vom Vater und brachte ihn innerhalb eines Jahres an den Rand des Bankrotts. Die Angestellten verzichteten auf Lohnerhöhungen und Urlaub und machten unbezahlte Überstunden, um ihre Firma zu retten. Ihr Chef holte sich Unternehmensberater ins Haus, denen die Leute gleichgültig waren. Für sie zählten nur Bilanzen und die Zahlen unter dem Strich. Mein Vater war Betriebsratsvorsitzender. Bei seinen Kollegen war er angesehen, weil das, was er sagte, stets Hand und Fuß hatte. Auch in der Chefetage legte man Wert auf seine Meinung. Von allen wurde er gemocht und geschätzt. Und das war sein Fehler."

„Lass mich raten. Ich glaube, ich weiß, wie es ausging. Die Hälfte der Leute wurde entlassen, und die andere Hälfte schuftete doppelt so viel. Trotzdem wurde die Produktion nach China verlagert und der Standort in Deutschland geschlossen. Die Leute saßen auf der Straße."

Sammy drückte sich eng an ihn. „Ja, so war es. Mein Vater nahm in einem halben Jahr fünfzehn Kilo ab. Er konnte nicht mehr schlafen und fing an, Tabletten zu schlucken. Er saß zwischen den Fronten, machtlos gegen die Entscheidungen, die oben getroffen wurden. Weil er einen so guten Draht zur Belegschaft hatte, wählte man ihn als den Überbringer der schlechten Nachrichten, wer als Nächstes rausfliegen würde und welche Abteilung geschlossen wurde. Es machte ihn fertig.

Ich war damals dreizehn. Auch wenn ich die Zusammenhänge noch nicht verstand und meine Eltern ihre Sorgen vor mir zu verbergen versuchten, spürte ich die Veränderung in ihm. Eines Tages kam mein Vater nicht von der Arbeit nach Hause. Die Geschäftsführung und die Leute von der Unternehmensberatung hatten ihn in die Chefetage zitiert, um ihm mitzuteilen, dass die Firma in mehrere Sparten aufgeteilt und verkauft werden sollte."

„Man hat die Filetstücke zu Geld gemacht und den Rest verschrottet", sagte Stettner.

„Niemand weiß genau, was bei dieser Unterredung geschah. Es gab Gerüchte über einen Streit. Mein Vater erlitt einen Herzinfarkt und starb in der Firma, die sein Lebensinhalt gewesen war." Nachdenklich betrachtete sie die Narben auf ihren Unterarmen. „Drei Wochen später habe ich mir die Pulsadern aufgeschnitten. Aber ich war dreizehn und wusste nicht, wie man das richtig anstellt. Es gab eine riesige Schweinerei, das war alles."

„Du hast deinen Vater sehr geliebt, nicht wahr?"

Sie nickte. „Ich hatte nie vor, mich umzubringen. Es war nur ein Hilferuf. Ich hab's mehr als einmal bereut."

Stettners Gedanken schweiften ab und drehten sich um Gartengeräte. Vor Kurzem hatte ihm jemand etwas Ähnliches erzählt wie Sammy gerade eben. Aber es wollte ihm nicht einfallen, wo und wann das gewesen war. Er spürte, dass es wichtig war, aber je mehr er sich anstrengte, desto mehr entzog sich ihm die Erinnerung.

„Irgendwann beschloss ich, mir vom Leben zu nehmen, was ich wollte, bevor es sich ein anderer schnappt", sagte Sammy. Sie löste sich von ihm und funkelte ihn zornig an. „Ich habe nie jemanden beklaut, dem es wirklich wehgetan hat."

Vielleicht hatte sie recht. Wenn er als Detektiv überleben wollte, musste er sich seine eigenen Regeln schaffen, oder er würde mit der *Styx* untergehen.

„Warum willst du nicht gegen Scheurich und Billinger aussagen? Du könntest sie hinter Gitter bringen."

Sie zuckte mit den Schultern. „Was habe ich davon? Sie sollen mich in Ruhe lassen, mehr will ich nicht. Ich bekomme nur einen Haufen Schwierigkeiten."

„Sehnst du dich nicht nach Gerechtigkeit?"

Mit beiden Händen fuhr sie durch sein Haar. „Es lohnt sich nicht, Gerechtigkeit für andere zu suchen, Stettner. Nimm dir, was du brauchst, bevor es sich ein anderer nimmt. Die Kunst besteht darin, dir nur so viel zu nehmen, wie du wirklich verdauen kannst. Sonst verdirbst du dir den Magen. Ich habe meine Lektion gelernt."

„Das klingt, als hättest du es auswendig gelernt."

Sie zuckte mit den Schultern. „Glaub, was du willst. Das Leben ist zu kurz, um für andere die Prügel zu beziehen."

„Bist du ... nicht manchmal einsam?"

Sie versteifte sich. „Komm mir nicht mit der Einsame-Herzen-Tour. Ich lasse mich nicht anketten."

„He, das will ich gar nicht!"

Lächelnd zog sie ihn an sich. „Wir wären ein gutes Team. Unschlagbar. Wie Bonnie und Clyde. Du mit deiner großen Klappe und ich mit meinen kleinen Tricks. Unschlagbar sage ich."

„Erklär mir, wie du das anstellst. Wie bringst du deine Opfer dazu, die Geheimzahlen zu verraten?"

Sie kicherte leise. „Es ist total einfach. Mit ein bisschen Übung kann es jeder."

„Zeig's mir."

„Okay. Denk dir eine gerade Zahl zwischen fünfzig und hundert. Sie darf nicht aus den gleichen Ziffern bestehen."

„In Ordnung."

„68“, sagte Sammy.

Verblüfft riss Stettner die Augen auf. „Wie hast du das gemacht?“

„Ich habe das Zweite Gesicht“, antwortete sie und lachte.

„An so etwas glaube ich nicht. Erklär's mir.“

„Die allermeisten Menschen wählen die 68. Vielleicht, weil sie ungefähr in der Mitte liegt. Niemand weiß das genau. Natürlich klappt es nicht immer, aber in etwa achtzig Prozent der Fälle.“

„Und weiter?“

„Du bist verblüfft, erstaunt und natürlich beeindruckt. Das schafft erst einmal Vertrauen ... und Neugier. Dann treffe ich einige vage Voraussagen wie: *Sie sind ein fröhlicher Mensch, manchmal aber auch grundlos traurig.*“

„Aber du kennst doch diese Menschen überhaupt nicht.“

Sammy lächelte geheimnisvoll. „Sie verraten mir eine ganze Menge. Mit der Art, wie sie reden, mit ihren Gesten und ihrer Mimik, mit der Kleidung, die sie tragen, und ihrer Körperhaltung geben sie mir viele Anhaltspunkte. Gib mir deine Hand.“

Stettner streckte seinen Arm aus.

Sammy schloss die Augen, legte die Stirn in Falten. „Du hast einen Verlust erlitten“, flüsterte sie.

„Das war nicht schwer zu erraten.“

„Eben. Jeder hat schon einmal einen Verlust erlitten und weiß, wie sich das anfühlt. Aber wenn ich mich mit den Menschen beschäftige, vergessen sie das und glauben, meine Voraussagen betreffen nur sie persönlich. Bevor ich eine Show abziehe, mische ich mich unter die

Gäste und höre unauffällig zu, worüber sie sich unterhalten. Nach einer Stunde weiß ich genug, um verblüffende Voraussagen machen zu können. Das ist der Köder, den ich auswerfe. Wenn jemand erst einmal am Haken zappelt, gibt er eine Fülle von Informationen preis, ohne es zu merken. Ich stelle eine Reihe von Fragen und merke mir die Antworten. Ich habe ein phänomenales Gedächtnis. Nach zehn Minuten und ein bisschen Ablenkung hat mein Opfer längst vergessen, dass es die Informationen eben selbst herausgesprudelt hat, und ich spiele ihm vor, ich könne Gedanken lesen. Eigentlich ist es sehr banal. Ich benutze die Wünsche und Sehnsüchte der Leute, um ihnen Dinge zu entlocken, die sie mir normalerweise nicht verraten würden. Dazu kommen noch ein bisschen Menschenkenntnis und der Barnum-Effekt."

„Barnum was?"

„Lies mal die Horoskope in den Zeitungen. Sie sind so geschrieben, dass immer irgendetwas von dem Quatsch zutrifft. Wissenschaftler haben Testpersonen mit unterschiedlichen Sternzeichen den gleichen Horoskoptext vorgelegt und mit der Überschrift des jeweiligen Sternzeichens versehen. Die Probanden waren trotzdem von der erstaunlich hohen Trefferquote der Horoskope beeindruckt. Es geht darum, möglichst allgemeingültige Aussagen zu treffen, die die Leute dann persönlich nehmen. Wenn ich zum Beispiel zu dir sage, du fühlst dich in Gesellschaft wohl, bist aber ab und zu gern allein, dann trifft das auf jeden Fall zu. Die Menschen merken einfach nicht, dass sie an der Nase herumgeführt werden."

„Aber die Geheimzahlen?"

„Das ist so simpel, dass du es nicht glauben wirst.“

„Versuchen wir es.“

„Okay.“

Sammy zog ihre Show ab. Eine Viertelstunde später präsentierte sie ihm den Geburtstag seiner Exfrau, die PIN-Nummer seines Handys und die Geheimzahl seiner EC-Karte.

„Ich glaube es nicht“, sagte er kopfschüttelnd.

„Das nennt man Cold Reading“, erklärte Sammy. „Es ist nichts weiter als ein genaues Beobachten von Gestik, Mimik und Ausdrucksweise. Irgendwann wurde mir klar, dass die meisten Menschen sich selten komplizierte Passwörter oder Geheimzahlen ausdenken. Stattdessen nehmen sie die Geburtstage ihrer Kinder oder andere wichtige Daten und Jahreszahlen, die sie sich leicht merken können.

Meistens mache ich zum Auflockern ein paar verblüffende Zahlenspiele und Rätsel. Das Cold Reading hilft mir, die Leute richtig einzuschätzen. Was ist ihnen wichtig? Welche Zahlen haben eine Bedeutung für sie? Dabei kann es sich um Geburtsdaten, um Telefonnummern oder auch um PIN-Nummern handeln. Die Leute geben, ohne es zu bemerken, alles preis, weil sie abgelenkt sind. Natürlich klappt das nicht immer, aber die Erfolgschancen liegen bei etwa sechzig Prozent. Das ist sehr viel. Stell dir vor, ich stehle zehn Kreditkarten und errate sechs Geheimnummern, dann ist das eine hervorragende Ausbeute. Außerdem habe ich zu jeder Kreditkarte drei Versuche. Das erhöht die Chancen gewaltig, es ist pure Mathematik und Wahrscheinlichkeitsrechnung.“

Stettner schenkte sich Wein nach. Ungläubig schüttelte er den Kopf. „Du bist ganz schön ausgekocht, weißt du das, Samantha Baring?"

Sie verzog das Gesicht. „Nenn mich bloß nicht Samantha. Sonst sage ich Jan Philipp zu dir."

Stettner fuhr verblüfft hoch. „Wer hat dir meinen zweiten Vornamen verraten?"

Sie grinste breit. „Als Mario dich seinem Onkel vorgestellt hat, nannte er deinen vollen Namen. Schon vergessen?"

Er rieb sich das Kinn. „Da hol mich doch der Teufel. Du hast ein wirklich ein gutes Gedächtnis. Bring's mir bei. Ich will wissen, wie man das anstellt."

Zwei Stunden später legte Stettner seine erste Prüfung im Cold Reading ab und versiebte sie.

„Du musst Geduld haben", sagte Sammy. „Man lernt es genauso wenig über Nacht wie Klavierspielen. Aber du weißt jetzt alles, was nötig ist. Dir fehlt nur die Übung." Sie sah ihn prüfend an. „Hast du je davon geträumt, reich zu sein?"

Ich hätte mit riesigen Batzen Geld um mich werfen können. Die einzige Bedingung war, mich anzupassen und Ja zu sagen, wenn Ingrid oder ihr Vater es verlangt hätte.

„Nein, eigentlich nicht. Geld verdirbt den Charakter. Das habe ich oft genug erlebt."

„Eine Million Euro bar auf die Hand. Und es sind keine Bedingungen daran geknüpft ... Na ja, vielleicht eine doch."

„Und was wäre das für eine Bedingung?"

„Ich will jede Nacht so geilen Sex haben."

Stettner grinste. „Das lässt sich machen. Ich wusste nicht, dass du mich dafür so gut bezahlen willst. Wenn es nach mir geht, bekommst du ihn ganz umsonst."

Sie schlug ihm spielerisch auf den Arm. „Idiot. Ich meine es ernst."

Er gähnte. „Ich verstehe kein Wort."

„Am Sonntag nach Billingers Party rief mich Scheurich an."

„Was wollte er?"

„Er machte mir einen Vorschlag, den ich nicht ablehnen konnte."

Sammy erzählte, womit der Autohändler sie geködert hatte. Sammy sollte Billinger mit ihrem Wissen um den Mord an Jana erpressen. Scheurich wollte dafür sorgen, dass Billinger tatsächlich bezahlte, und die Geldübergabe inszenieren. Er wusste, dass Billinger eine Million Schwarzgeld geparkt hatte.

„Warum hat er das Ding nicht allein durchgezogen?"

„Er brauchte jemanden für die Geldübergabe; jemanden, der die Erpressung glaubhaft spielen konnte. Scheurich wusste genau, dass ich die ideale Kandidatin war. Er muss mich in jener Nacht im Ankleidezimmer gesehen haben."

„Dann hat also Scheurich die DVD aus dem Rekorder genommen. Wir haben das Original bei ihm gefunden."

„Er bot mir die Hälfte an, eine halbe Million Euro. Ich war so verdammt heiß auf das Geld, dass ich nicht mehr richtig denken konnte. Sonst hätte ich gemerkt, dass er ein doppeltes Spiel trieb."

„Jetzt wird mir einiges klar", sagte Stettner. „Scheurich hatte niemals vor, zu teilen. Er hat von Anfang an geplant, dich aus dem Weg zu räumen, nachdem du deine Rolle gespielt hattest. Die einzige Mitwisserin würde bei der Übergabe ums Leben kommen und das Geld durch einen dummen Zufall in Flammen aufgehen. Und Scheurich war auf einen Schlag um eine Million reicher. Selbst wenn Billinger hinter seinen Plan kommen sollte, konnte er das Geld nicht zurückfordern. Offiziell gibt es die Million ja nicht mehr. Ein wirklich ausgekochtes Gaunerstück." Er rieb sich das Kinn. „Zu dumm für ihn, dass die Kohle tatsächlich verbrannt ist."

Sammy legte ihre Hände auf Stettners Wangen und blickte ihm fest in die Augen. „Das Geld ist nicht verbrannt. Ich bin sicher, dass Scheurich die Million versteckt hat. Er hat nicht versucht, mich im Krankenhaus aus dem Weg zu räumen, weil er Billinger helfen wollte. Er befürchtete, ich könnte seinem Busenfreund verraten, wer sein angeblich verbranntes Geld auf die Seite geschafft. Hilf mir, die Kohle zu finden, und lass uns abhauen."

Er spürte ihre Liebkosungen kaum. Eine Million Euro und eine Frau, die ihn um den Verstand brachte. Alles, was er tun musste, um beides zu bekommen, war, den Mund zu halten und das Geld zu finden.

„Jetzt wird mir auch klar, warum du die ganze Zeit gelogen hast und wieso du nicht gegen Billinger und Scheurich aussagen willst. Dann fliegt der ganze Schwindel auf, und die Million landet in der Asservatenkammer."

Ihm schwirrte der Kopf von den Chancen, die sich ihm plötzlich boten. In diesem Moment summte sein Handy. Wie betäubt kroch er über das Deck und meldete sich.

Schweigend hörte er dem Anrufer zu und versuchte mehrere Male vergeblich, das Wort zu ergreifen.

Sammy suchte in dem Gewühl aus Badetüchern und Decken nach ihren Sachen und zog sich an. Die Magie der Nacht, die Träumereien von einer Million Euro und einem neuen, freien Leben waren verflogen.

Stettner hörte der schimpfenden Frauenstimme aus dem Handy zu. Die Worte trafen ihn mit der Wucht eines Schubschiffes, das sich in den morschen Bug des alten Hausbootes bohrte. Er legte auf, warf das Handy auf die Decke und umklammerte die Reling, bis seine Finger im Mondlicht wie bleiche Knochen schimmerten.

Sammy strich ihm das Haar aus der Stirn. „Wer war das?"

„Jemand, der mich hasst", sagte er verbittert. „Victor Sawinski ist gestorben."

Sammy schlang die Arme um seinen Hals. „Du bist nicht schuld an seinem Tod. Wenn jemand die Verantwortung dafür trägt, dann ist das Tarp."

Er löste sich von ihr und ging ein paar Schritte an der Reling entlang. Der Traum war vorbei. Vor ein paar Minuten war er sicher gewesen, Sammy an jeden Ort der Welt zu folgen, mit Billingers Million im Gepäck. Sawinskis Tod änderte alles.

„Hör zu, Sammy. Tarp hat seine dreckigen Finger tief in Billingers Schweinereien stecken. Etwas geht in diesem verfluchten Gräbersberg vor sich, und ich brauche dich, um die Wahrheit ans Licht zu bringen. Sie stecken alle unter einer Decke. Wenn wir dabei über Billingers Geld stolpern, werde ich kein Wort darüber zu Moretti verlieren. Es gibt dieses Geld nicht mehr, es ist verbrannt. Hast du mich verstanden?“

„Und was ist, wenn ich unbedingt mit dir teilen will, du sturer Idiot?“

„Darüber zerbreche ich mir den Kopf, wenn es so weit ist.“

42

Donnerstag, 5. September

Die Augustsonne stand bereits hoch am Himmel, als Moretti seinen Lancia am Ufer der Lahn abstellte. An Bord der *Styx* stolperte er über eine leere Weinflasche, die einen Heidenlärm erzeugte, als sie über das Riffelblech des Decks rollte. Auf dem Oberdeck über der großen Kabine lag ein zerwühlter Haufen Decken und Badetücher, aus denen Jabba ihn träge anblinzelte.

Moretti klopfte an die Tür des Niedergangs. Es dauerte eine gefühlte Ewigkeit, bis der Riegel zurückgeschoben wurde und Stettners dunkler Haarschopf erschien. Er kniff schmerzhaft die Augen zusammen, blinzelte gegen das grelle Sonnenlicht und gähnte. „Oh, Mario. Was machst du denn hier so früh?“

„Hast du heute schon mal auf die Uhr gesehen? Es ist fast Mittag. Mein Onkel lässt fragen, welche Fortschritte du im Fall Bergmann machst.“

Stettner gähnte erneut. „Sag ihm, ich bin dicht dran. Komm rein, ich mach uns einen Kaffee.“

Moretti folgte ihm die Stiege hinunter. Die Hauptkabine sah aus wie nach einer wilden Party.

„Ich sehe, dass du hart an dem Fall arbeitest. Mein Onkel wird begeistert sein, wenn du seinen Weinvorrat vernichtest.“

Stettner klapperte in der Kombüse mit der Kaffeemaschine. „Das Boot liegt zu tief im Wasser. Es muss leichter werden", sagte er trocken.

„Ich will Sammy noch mal zu der Nacht in Billingers Villa befragen." Moretti setzte sich missmutig an den Tisch. Was er sah, gefiel ihm nicht.

Sein Freund kam mit zwei Tassen Kaffee aus der Kombüse. „Mal schauen, ob sie schon wach ist."

Die Tür zu den Schlafkabinen im Bug öffnete sich. Sammy nuschelte ein „Guten Morgen", gähnte und schnappte sich eine Tasse. Sie trug ein T-Shirt mit dem Abzeichen der Polizeisportgruppe.

„Wir haben Besuch." Stettner verschwand in der Kombüse und brachte Moretti einen neuen Kaffee.

Sammy streckte sich und fuhr durch ihre Lockenmähne.

Moretti versuchte, sich zu konzentrieren. Das T-Shirt, die halb nackte Sammy und die verquollenen Augen von Stettner irritierten ihn.

„Gibt's was Neues?", fragte der Detektiv.

„Wir können Billinger als Täter ausschließen, ebenso Pohlmann."

„Wer war es dann? Mehr als zwei Dutzend illustre Gäste kommen für den Mord infrage. Tarp wird niemals erlauben, dass du sie alle einzeln vorlädst und auseinandernimmst."

Moretti starrte auf das Polizeiemblem auf Sammys Brust. „Wann genau hast du Billingers Fest verlassen?"

„Gegen eins. Ich bin aber nicht mehr ins Haus zurück, sondern direkt zum Parkplatz gegangen."

„Ist dir etwas aufgefallen? Oder bist du jemandem begegnet?"

„Nee."

Stettner gähnte und rieb sich das unrasierte Kinn. „Warum fragst du?"

„Die Zeitangabe der Videoaufnahme belegt, dass Jana gegen halb zwölf noch lebte. Wer befand sich danach noch in der Villa? Wann wurde die Leiche aus dem Haus geschafft? Nach Mitternacht herrschte sicher reger Betrieb auf dem Flur und im Ankleidezimmer, weil viele Gäste die Party verließen." Er wandte sich noch einmal an Sammy. „Und du hast wirklich niemanden gesehen?"

Sie schüttelte den Kopf und stutzte plötzlich. „He, Moment, warte mal. Nach meiner Begegnung mit Tarp bin ich am Hinterausgang mit einer Frau zusammengestoßen, die ins Haus wollte. Sie hatte es ziemlich eilig. Das war so gegen Viertel vor zwölf."

„Kannst du sie beschreiben?"

„Sie war kleiner als ich, hatte kurze dunkle Haare und trug eine Brille. So um die vierzig war sie, glaube ich."

„Würdest du sie wiedererkennen?"

„Ja, ich denke schon."

„Kommt bitte gegen eins ins Präsidium. Ich werde eine Gegenüberstellung arrangieren." Moretti trank seinen Kaffee aus und schob den Stuhl unter den Tisch zurück. „Das heißt, wenn ihr euch zehn Minuten voneinander lösen könnt." Mit raschen Schritten durchquerte er die Kabine und stieg an Deck.

„Ich glaube, dein Freund ist eifersüchtig", hörte er Sammy sagen.

„He, Mario ... warte mal."

Moretti blieb am Fuß der Laufplanke stehen. „Ich hab's eilig. Im Büro wartet ein Haufen Arbeit auf mich."

Stettner lief den Anlegesteg hinunter. „Was soll das? Du verhältst dich wie ein eifersüchtiger Kater. Ich habe dir nicht dein Mädchen ausgespannt."

Der Italiener fingerte an seinem Schlüsselbund herum. „Bis eins dann. Seid bitte pünktlich."

„Sammy ist keine Frau für dich, Mario."

Ärgerlich fuhr er herum. „Du musst es ja wissen."

„Wenn ich Bergmann gefunden habe, wird sie auch aus meinem Leben verschwinden. Und glaub mir, es ist gut so. Wegen einer Frau will ich keinen Streit mit dir, Mario. Mir reicht die laufende Scheidung."

„Warum fängst du dann etwas mit ihr an?"

Stettner zuckte mit den Schultern. „Frag Sammy. Sie bekommt immer, was sie will. Sie nimmt es sich einfach."

„Dazu gehören immer noch zwei."

„Sammy ist keine Frau zum Heiraten und Kinderkriegen. Ich weiß doch, dass du dir einen Haufen Bambini wünschst. Lass sie sausen."

„Aber zu dir passt sie, glaubst du?"

„Zu mir passt nur Jabba."

Morettis Handy summte. Er meldete sich, hörte mit ernstem Gesicht zu und beendete das Gespräch mit sorgenvoller Miene.

„Schlechte Neuigkeiten?", fragte Stettner.

„Scheurich ist tot."

„Scheurich? Ich denke, der sitzt in Untersuchungshaft."

„Offiziell ist er unter der Dusche ausgerutscht und hat sich das Genick gebrochen."

„Sagt wer?"

„Es gibt mehrere Zeugen, die unabhängig voneinander den Unfall bestätigen."

Stettner rieb sich das Kinn. „Was für ein Glück für Billinger und Tarp, dass Scheurich erst die Aussage verweigert und dann überraschend stirbt."

„Tarp mag korrupt sein ... aber ein Mörder? Vergiss es."

„Hat Scheurich gestern Besuch empfangen?"

Moretti überlegte. „Nein. Tarp war im Untersuchungsgefängnis und hat versucht, ihn zu einer Aussage zu bewegen. Leider ohne Erfolg."

„Kannst du dir die Namen der Zeugen besorgen?"

„Das sollte kein Problem sein."

„Gut. Schau dir an, warum sie in Untersuchungshaft sitzen und vor allem: Wer hat sie festgenommen?"

Moretti stieg in seinen Lancia und fegte mit Vollgas davon. Er hatte das dumpfe Gefühl, dass Scheurich nicht der letzte Tote in diesem sonderbaren Fall bleiben würde.

43

Susanne Pohlmann betrat das Polizeipräsidium von Bad Ems gegen dreizehn Uhr. Über den strahlend blauen Morgenhimmel hatte sich ein bleiches Gespinst aus faserigen Schleierwolken ausgebreitet. Das Lahntal heizte sich auf wie ein Vulkan, der kurz vor der Eruption stand. Wie ein Sargdeckel lastete die drückende Schwüle über Morettis Büro im ersten Stock. Er wich in einen der Verhörräume im Kellergeschoss aus und bat Susanne Pohlmann, Platz zu nehmen. Sie hockte sich auf die Stuhlkante, als wolle sie jederzeit zur Flucht bereit sein, und strich sich abwesend eine Haarsträhne aus dem Gesicht, die immer wieder über ihre Schläfe fiel.

Moretti gab vor, Unterlagen vergessen zu haben, und verließ den Verhörraum. Hinter der verspiegelten Glasscheibe traf er auf Tarp. In dem engen Raum hinter der Scheibe waberte der Zigarettenrauch so dicht, dass Moretti befürchtete, jeden Augenblick könne die Sprinkleranlage Alarm schlagen. Der Kommissar hatte darauf bestanden, dass Moretti das Verhör allein führte, während er die Unterredung beobachtete. Er hatte damit gerechnet, dass er ihm untersagen würde, Susanne Pohlmann vorzuladen. Für seinen Vorgesetzten existierte kein Fall Jana Kovac, aber noch immer ließ Tarp ihn an der langen Leine laufen. Solange seine Ermittlungen nicht in Billingers Richtung zielten – ein

Vorgehen, das nach der Beweislage anhand des Videos nicht mehr aufrechtzuerhalten war –, mischte sich Tarp nicht ein und beobachtete Morettis Gespensterjagd leicht belustigt. Als er einen konkreten Verdacht geäußert hatte, der von Billinger wegführte, hatte er ohne Weiteres einem Verhör von Susanne Pohlmann zugestimmt. Hoffte er, einen Täter präsentieren zu können, der Billinger entlastete? Wusste Tarp etwas, von dem Moretti nichts ahnte?

„Sie rutscht auf ihrem Stuhl herum wie eine Tigerkatze mit Blasenschwäche", sagte Tarp.

„Ob sie wirklich fähig ist, einen Mord zu begehen? Wir konnten bisher keine Verbindung zu Jana Kovac nachweisen. Ihr Mann schwört, dass sie nichts von seinem Verhältnis mit der Prostituierten wusste."

„Achten Sie nicht auf Pohlmanns Gequatsche. Eifersucht ist ein starkes Motiv für einen Mord. Frauen haben ein untrügliches Gespür dafür, ob ihr Mann sie betrügt. Ich gehe jede Wette ein, dass die Eifersucht in Susanne Pohlmann wütet wie ein Krebsgeschwür."

Moretti blätterte in den Zeugenprotokollen. Er hatte heute Morgen Nachbarn und Bekannte der Pohlmanns befragt. Es gab mehrere Hinweise auf Streit und Eifersuchtsdramen, die stets von Susanne Pohlmann ausgegangen waren. Offenbar stand die Ehe unter keinem guten Stern.

„Ich gebe zu, bisher war ich mehr als skeptisch, ob überhaupt ein Verbrechen verübt wurde – und ich bin es noch immer", sagte Tarp. „Es würde bedeuten, dass Billinger mich angelogen hat und Jana Kovac niemals nach Tschechien zurückgekehrt ist. Der Piercingring ist allerdings das einzige Indiz, auf das Sie sich stützen können, reichlich wenig für einen Anfangsverdacht. Dass die Prostituierte Pohlmanns Schal um den Hals trug, wiegt da schon schwerer."

Moretti schüttelte den Kopf. „Die Anfangsbuchstaben passen zu zwei weiteren Vereinsmitgliedern. Wir können nicht beweisen, dass es sich um Pohlmanns Schal handelt, der übrigens spurlos verschwunden ist."

Er sah auf die Uhr. Stettner und Sammy sollten längst hier sein. Nervös trat er von einem Fuß auf den anderen. „Darf ich Sie fragen, warum Sie Ihre Meinung so plötzlich geändert haben?", fragte er Tarp.

Der Kommissar zündete sich eine neue Zigarette an. „Sie dürfen, Moretti, Sie dürfen. Ich weiß, Sie halten mich für einen Leuteschinder, für arrogant und anmaßend." Er grinste mit der Kippe zwischen den Zähnen. „Vielleicht bin ich das sogar. Eines Tages werden Sie mir dankbar sein für die harte Schule, durch die Sie gehen. Ich gestehe, mich beeindruckt die Hartnäckigkeit, mit der Sie diesen Fall verfolgen. Ihre Beharrlichkeit hat mich nachdenklich gemacht. Wir wissen bis jetzt nur mit Sicherheit, dass Jana Kovac nicht in Billingers Schlafzimmer ermordet wurde, und gehen davon aus, dass sie das Haus lebend verlassen hat. Er hat behauptet, sie für die Unannehmlichkeiten großzügig entschädigt zu haben, und ihr nahegelegt, eine Weile in ihre Heimat zurückzukehren. Nun zaubern Sie Indizien aus dem Hut, dass Jana Kovac Deutschland niemals verlassen hat. Es wäre ja durchaus möglich, dass in dieser verteufelten Töpferei ein Mord aus Eifersucht begangen wurde. Susanne Pohlmann ist ausgebildete Keramikerin. Sie kennt sich bestens mit dem Brennofen aus und hatte die Gelegenheit, die Leiche so gründlich verschwinden zu lassen, dass wir kein noch so kleines Stück mehr davon finden können." Er schlug Moretti auf die Schulter. „Versuchen Sie Ihr Glück. Vielleicht habe ich mich tatsächlich getäuscht. Es wäre ja denkbar, dass Billiger zwar die Wahrheit gesagt hat und Jana Kovac die Villa lebend verlassen hat, dann aber auf ihre Mörderin traf."

Moretti kehrte verwirrt in den Verhörraum zurück. Ihm schwirrte der Kopf von Tarps unerwarteter Unterstützung. Hatte er sich in ihm getäuscht? Hatte ihn Stettner auf die falsche Fährte gehetzt? Oder ahnte Tarp bereits, dass Billinger so oder so erledigt war, und sah sich schon nach einem neuen Gönner um, bemüht, seinen eigenen Hals zu retten? Moretti hatte am Morgen eine Hausdurchsuchung bei den Pohlmanns veranlasst. Dabei waren einige interessante Details zum Vorschein gekommen.

„Sie haben die Töpferei von Ihrem Großvater Alfons Velten geerbt?", fragte er.

„Das habe ich doch bereits gesagt."

Moretti raschelte mit Rechnungskopien und Bankauszügen, die er sich besorgt hatte.

„In den vergangenen sechs Wochen haben Sie mehr als fünfzigtausend Euro in die Sanierung des Betriebes gesteckt. Woher hatten Sie so viel Geld?"

„Die Summe gehörte zum Erbe."

Rascheln und Blättern.

„Im Testament ist der Betrag nicht aufgeführt. Sie haben die Rechnungen der Baufirma bar bezahlt. Ich frage noch einmal. Woher hatten Sie das Geld?"

Sie verschränkte die Arme vor der Brust. „Sie verwüsten mein Zuhause, wühlen in meinen privaten

Unterlagen und zitieren mich in diese fensterlose Gruft, ohne mir etwas Konkretes vorzuwerfen. Dürfen Sie das überhaupt?"

„Ja. Ich ermittle in einem Mordfall. Da darf ich so ziemlich alles. Wir können auch nach oben in mein Büro gehen, wenn Ihnen zweiunddreißig Grad und drückende Schwüle lieber sind als dieser verhältnismäßig kühle Kellerraum. Aber vielleicht wird Ihnen ja aus einem ganz anderen Grund heiß?"

„Ich wüsste keinen."

„Woher stammt das Geld?"

Sie zögerte einen Moment. „Von Billinger."

„Hans-Peter Billinger verschenkt fünfzigtausend Euro?"

„Es war eine Art zinsloses Darlehen. Er kümmert sich um die Leute im Ort. Wenn jemand in Schwierigkeiten ist, hilft er, wo er kann. Viele sehen in ihm nur einen Leuteschinder, aber das ist nur die halbe Wahrheit."

„In welcher Beziehung stehen Sie zu Billinger?"

„Er ist der Chef meines Mannes."

„Und sonst?"

„Ich putze für ihn. Ist das verboten?"

Moretti überlegte. Wenn er sich nur besser konzentrieren könnte. Dass Tarp ihn hinter der anderen Seite des Spiegels beobachtete, machte ihn nervös, und der Ärger über Stettner und Sammy brannte heiß in seinem Bauch.

Susanne Pohlmann putzte Billingers Privaträume. Also kannte sie sich in der Villa gut aus. Er blätterte in seinen Notizen. Stettner hatte ihm geraten, mit Billingers Hausmeister zu sprechen. Hausmeister wussten in der Regel, wann welcher Besucher kam und ging, ob sich ungewöhnliche Begebenheiten ereignet hatten und wer mit wem ins Bett stieg. Endlich stieß Moretti auf die Gesprächsnotiz, nach der er gesucht hatte.

„Vorgestern kam es zu einem Streit zwischen Billinger und Ihnen. Worum ging es in dem Streit?"

„Wir haben uns nicht gestritten."

„Der Aussage des Hausmeisters zufolge gab es einen lautstarken Streit in Billingers Schlafzimmer."

„Ich wollte mehr Geld, und er wollte nicht mehr bezahlen. Das war alles. Billinger erregt sich leicht."

„Sie sollen gerufen haben: ‚Ich bin keine von deinen Nutten.' War es nicht eher so, dass er Sie für ganz andere Dienste bezahlt hat? Immerhin ist er dafür bekannt, nichts anbrennen zu lassen, wenn es um das weibliche Geschlecht geht."

„Nein, so war es nicht."

„Vielleicht wollten Sie dieses ... sagen wir Arbeitsverhältnis ... ja beenden, was ihm nicht passte. Und er forderte die fünfzigtausend Euro zurück."

Sie wurde rot bis in die Haarspitzen. Er hatte ins Schwarze getroffen und begann, sich sicherer zu fühlen. „Wo waren Sie am Freitag, dem 23. August zwischen dreiundzwanzig und ein Uhr?"

„In Bad Ems. Im Pflegeheim St. Anna. Gegen zwanzig Uhr erhielt ich einen Anruf. Meinem Vater ging es sehr schlecht. Die Heimleitung befürchtete, er werde die Nacht nicht überleben. Ich fuhr sofort nach Bad Ems und blieb dort die ganze Nacht. Erst am frühen Morgen bin ich zurückgefahren."

„Gibt es dafür Zeugen?"

„Das Pflegepersonal wird meine Anwesenheit bestätigen. In dieser Nacht betreute Ulla Dannfeld meinen Vater."

Moretti notierte sich den Namen.

„Auf dem Heimweg habe ich in Bad Ems getankt. Vielleicht erinnert sich der Tankwart an mich."

Er fragte nach dem Tankbeleg. Sie kramte in ihrer Handtasche und legte ihn auf den Tisch. Er trug das Datum des 24. August, fünf Uhr dreißig.

„Sie waren die ganze Zeit über im Pflegeheim?"

„Nein. Gegen Mitternacht ging es meinem Vater überraschend besser. Aber ich wollte in seiner Nähe bleiben und habe die Nacht in meinem Elternhaus in Bad Ems verbracht. Am frühen Morgen bin ich dann zurückgefahren."

Wenn ihre Angaben stimmten, hatte Susanne Pohlmann ein wasserdichtes Alibi. Der Tankbeleg schien ihre Geschichte zu bestätigen. Hatte Tarp genau das vorhergesehen und ihn vor die Wand laufen lassen? Nein, er irrte sich nicht. Er war sicher, auf der richtigen Spur zu sein. An dem Alibi von Susanne Pohlmann war etwas faul, eine Kleinigkeit nur, die aber von immenser Bedeutung war. Alles, was er tun musste, war, dieses winzige Detail zu finden. Stettner wäre darüber gestolpert.

Wie sagte seine Mutter stets. *Mario, du bist etwas langsamer als andere Kinder, aber deswegen bist du nicht dümmer als sie. Sei hartnäckig, und du wirst sehen, was immer du dir vornimmst, wird dir gelingen.*

Wenn es sein musste, konnte Moretti so hartnäckig und lästig sein wie eine Gürtelrose. „Das wäre im Moment alles", sagte er. „Sie können gehen."

Wortlos verließ sie sein Büro.

Er schnippte gegen den Tankbeleg und lief zum Parkplatz. Vielleicht erinnerte sich der Tankwart an ein Detail, von dem ihm die Pohlmann nichts erzählt hatte.

44

Sammy saß auf dem Oberdeck und ließ die Beine über die Dachkante baumeln. „Wie willst du diesen mysteriösen Bergmann eigentlich finden? Ich habe mal gelesen, dass es oft Jahre dauert, bis man Vermisste aufspürt. Manche wollen auch gar nicht gefunden werden."

Stettner schlug schlecht gelaunt den Flaggenkasten im Heck zu. Kurz nach dem Frühstück war Tremante auf der *Styx* erschienen, um sich nach dem Ermittlungsstand zu erkundigen. Er machte keinen Hehl daraus, dass er sich schnellere Ergebnisse wünschte. Stettner sah sein neues Zuhause davonschwimmen.

Vor einer Stunde hatte der Postbote die Rechnung für die Bergungskosten des Fiats gebracht, was seine Laune noch weiter verschlechterte. Die Verfolgungsjagd mit dem Holzlaster kostete ihn beinahe so viel wie der Kauf des Wagens. Das Letzte, was er gebrauchen konnte, waren besserwisserische Ratschläge.

„Ich werde ihn finden, verlass dich drauf", sagte er. „Und wenn ich dieses gottverdammte Kaff eigenhändig Zoll für Zoll umgraben muss. Sie wissen alle über Bergmann Bescheid. Einer von ihnen wird reden, wenn ich sie unter Druck setze."

„Wenn sie alle so verrückt sind wie die alte Elfie, wirst du eine Menge Spaß haben."

Stettner blieb wie angewurzelt stehen und drehte sich zu Sammy um. „Sag das noch mal!“

Sie kaute gelangweilt auf einem Kaugummi. „Erinnerst du dich nicht an die Alte, die du fast überfahren hast? Mir klingelt ihre schrille Stimme noch in den Ohren. Wirres Zeug von einem Stein und den Raben hat sie gebrabbelt.“

„Der Name! Du weißt den Namen noch?“

„Mann, Stettner. Tremantes Lambrusco weicht dein Hirn auf. Die Nachbarin sagte, die Alte heißt Elfie Bolander.“

„Elfie“, murmelte Stettner. „Das ist ein seltener Name, den ich in jüngster Zeit mindestens zweimal gehört habe.“ Er eilte in die Kabine, schnappte sich sein Handy und wählte Tremantes Nummer.

„Ah, Stettner. Was kann ich für Sie tun?“

„Als wir über Bergmann gesprochen haben, erwähnten Sie eine Frau, die er hier in Deutschland zurückließ. Es fiel Ihnen schwer zu glauben, dass er so gehandelt hätte.“

„Si. Elfie Bolander. Eine wunderbare Frau von hinreißender Schönheit. Sie war fast zehn Jahre älter als ich, dennoch wirkte sie jugendlich frisch. Zu meinem Bedauern war sie bereits vergeben, als ich sie kennenlernte.“

„Und Sie haben nie versucht, sie für sich zu gewinnen, nachdem Bergmann verschwunden war?“

„Es hatte keinen Sinn mehr. Es schmerzt mich noch immer, das sagen zu müssen, aber Elfie war nach Bergmanns Verschwinden nicht mehr dieselbe Frau. Sie erlitt einen Nervenzusammenbruch und wurde in eine psychiatrische Klinik eingeliefert. Eine Zeit lang tat ich alles, was in meiner Macht stand, um ihr zu helfen, aber meine Bemühungen waren vergeblich."

„Was ist aus ihr geworden?"

„Ich glaube, sie lebt in einem Pflegeheim in der Nähe."

„Danke, Signor Tremante. Sie haben mir sehr geholfen. Ich bin auf der richtigen Spur."

Stettner legte auf.

„Erinnerst du dich auch noch an den Namen des Pflegeheims, aus dem die Alte ausgebüxt war?", fragte er Sammy.

Sie kletterte vom Oberdeck herunter. In ihren weißen Shorts und dem türkisfarbenen Top sah sie hinreißend aus. Sie schlang die Arme um seinen Nacken. „Ich kann mir schließlich nicht alles merken. Du lenkst mich einfach zu sehr ab."

Stettner war nicht in der Stimmung für Zärtlichkeiten.

„So viele Altenheime kann es in der Gegend um Gräbersberg ja nicht geben. Wir werden sie finden."

„Frag doch einfach die Frau, die uns beobachtet hat, als wir die verrückte Elfie trafen!"

Die Sonne stand bereits tief über den bewaldeten Hängen rings um Stromtal, einem Nachbarort, der kaum größer war als der Flecken Gräbersberg. Das *Casa Viva* entpuppte sich als privates Pflegeheim. Der ockerfarbene, im Mittelmeerstil erbaute Komplex glich eher einer Ferienanlage als einem Altenheim.

„Die lassen uns niemals zu ihr, wenn du dich als Privatdetektiv ausgibst", sagte Sammy. „Den reumütigen Enkel, der jahrelang durch Abwesenheit glänzte und in einem Anfall von schlechtem Gewissen seine Oma besuchen will, erst recht nicht." Sie musterte ihn kritisch. „Besitzt du eigentlich keine andere Jacke als dieses zerknautschte alte Ding?"

„Maßanzüge waren gerade ausverkauft."

Stettner eilte die Stufen zum Hauptportal hinauf und war erleichtert, nach der langen Irrfahrt dem klapprigen Fiat entfliehen zu können, der zu einer Zeit vom Fließband gelaufen war, als serienmäßige Klimaanlagen noch zur Luxusausstattung zählten. Über den Wipfeln der Fichten hinter der Wohnanlage glänzte der Himmel bleischwarz. In spätestens einer Stunde würde sich ein heftiges Gewitter entladen.

„Ich habe eine Idee. Spiel mit, und tu so, als ob du Geld hättest. Denk einfach an die Million."

Die automatischen Glastüren glitten lautlos auseinander. Stettner strebte auf den Empfangsschalter zu und setzte ein entwaffnendes Lächeln auf.

„Mein Name ist Stettner. Ich komme im Auftrag der Kanzlei Philipp & Baring. Meine Klientin möchte gern einen Ihrer Patienten besuchen."

Eine Sekunde lang drückte er eine seiner selbst gedruckten Visitenkarten an die Glasscheibe. Die Angestellte hinter dem Tresen musterte ihn misstrauisch. Vermutlich besaß sie Übung darin, Versicherungsvertreter und andere Schmeißfliegen abzuwimmeln.

„Darf ich den Grund Ihres Besuches erfahren, Herr ... Stettner?"

Er lehnte sich vertraulich über den Tresen. „Selbstverständlich. Sehen Sie, unser Unternehmen hat sich auf die Suche nach Erben, auf Familienzusammenführungen und Ahnenforschung spezialisiert. Die junge Dame hier sucht ihre leiblichen Eltern. Sie wurde als Säugling zur Adoption freigegeben und hat diesen bedauerlichen Umstand erst vor Kurzem in Erfahrung gebracht. Unsere Kanzlei erhielt den Auftrag, mögliche Verwandte aufzuspüren." Er lächelte breit. „Wir sind sehr gut in dieser Art Recherche."

Der Detektiv trat Sammy ans Schienbein. Sie hatte die Hand vor den Mund gelegt und blickte scheinbar verlegen zu Boden. Dabei konnte sie sich ein Lachen kaum verkneifen. Er ging jede Wette ein, dass ihr diese Scharade Spaß machte.

„Und Ihre ... Recherchen haben Sie hierher geführt?"

Er nickte eifrig. „Nach unseren Informationen befindet sich unter Ihren Patienten eine Elfie Bolander. Es dürfte sich bei ihr um die Großmutter meiner Klientin handeln."

Er sah sich nach Sammy um, die mit wachsendem Interesse eine Werbebroschüre des Heims studierte.

Stettner lehnte sich noch ein Stück weiter vor. „Das Mädchen möchte einfach nur ihre Großmutter kennenlernen", sagte er leise. „Ich verspreche Ihnen, die alte Dame nicht aufzuregen. Wenn Sie es wünschen, werden wir selbstverständlich kein Wort über die verwickelten Familienverhältnisse verlieren."

Sie reagierte anders, als Stettner erwartet hatte.

„Ich glaube kaum, dass Ihr Besuch die Gesundheit von Frau Bolander strapaziert. Ich denke da eher an Ihre Nerven ... oder an die Ihrer ... Klientin." Sie betonte das letzte Wort, als glaube sie kein Wort von Stettners Geschichte. „Frau Bolander lebt in ihrer eigenen Welt, zu der niemand Zugang findet. Wenn Sie sie dennoch sehen möchten, dann kommen Sie bitte mit."

Er gab Sammy ein Zeichen und folgte der Angestellten außer Hörweite. Sammy hakte sich bei ihm unter und kniff ihn in den Arm. „Wie kann man nur so dreist lügen? Wir wären ein Spitzenteam, das beste Gaunerpaar, das die Welt je gesehen hat. Ich hab ja nicht geahnt, welche Qualitäten in dir schlummern."

„Ich dachte, das wäre dir gestern Nacht schon klar geworden." Er musste grinsen. Auch er begann, Gefallen an dem Spiel zu finden.

„Du lernst schnell", konterte Sammy. „Vergiss deine Polizeiparagrafen, und verlass dich auf deinen Riecher. Er wird dich zu Bergmann führen."

„Was macht dich da so sicher?"

Sie hauchte ihm einen Kuss auf die Wange. „Du bist immer am besten, wenn du mit beiden Beinen in den größten Schlamassel hineinspringst, ohne dir vorher einen Plan zurechtzulegen. In dieser Beziehung gleichen wir uns wie Zwillinge. Nur rasieren solltest du dich mal. Dann nimmt man dir sogar den Advokaten ab."

Die Angestellte des Pflegeheims führte sie in den parkähnlichen Garten hinter dem Haus. Gepflegte Kieswege durchzogen sattgrüne Rasenflächen. Immergrüne Lorbeersträucher, Koniferen und ausladende alte Buchen boten schattige Plätze zum Verweilen.

Die leben hier auf einem Friedhof, bevor man sie begraben hat, schoss es Stettner durch den Kopf.

Unter den Zweigen einer Ulme saß Elfie Bolander auf einer Ruhebank. Ihre Finger kneteten einen Rosenkranz, ihr Blick war auf Dinge jenseits der realen Welt gerichtet; Geschehnisse, die längst vergangen waren und nur noch in ihrem Gedächtnis existierten.

„Ich lasse Sie jetzt allein. Falls Sie Hilfe brauchen, finden Sie mich am Empfang.“ Rasch kehrte die Angestellte ins Haus zurück.

„Frau Bolander?“ Stettner trat unsicher von einem Fuß auf den anderen. Seit dem Tod seiner Mutter verspürte er eine tiefe Abneigung gegen Krankenhäuser und Pflegeheime.

„Darf ich mich zu Ihnen setzen?“

Sie reagierte nicht und fuhr fort, den Rosenkranz durch ihre knochigen Finger gleiten zu lassen.

Sammy setzte sich unbekümmert zu ihr. „Hallo. Ich bin Sammy.“

Die Alte drehte den Kopf, ohne sie wirklich wahrzunehmen.

„Wir kommen wegen Walter Bergmann“, versuchte es Stettner.

Ihren Augen flackerten erkennend auf, bevor sie ihre Aufmerksamkeit wieder nach innen richtete. Ein heftiger Windstoß fuhr durch die alten Bäume. Das Rascheln der Blätter schwoll zu einem gespenstischen Rauschen an. Aus einer Kiefer erhoben sich zwei der allgegenwärtigen Raben in die Luft, umkreisten krächzend die Baumkrone und flogen in den nahen Wald.

Elfies Lippen zitterten. „Die Raben! Die Raben sind schuld. Der verfluchte Stein. Er macht sie alle verrückt, ja, verrückt, verrückt. Der verfluchte Stein.“ Ihre Stimme klang rau und brüchig wie die Schreie der schwarzen Vögel.

„Vor ein paar Tagen hat sie das Gleiche gesagt.“

Sammy runzelte die Stirn und streichelte sanft die Hände der alten Frau. „Wir sind Walters Freunde; und wir würden gern wissen, wo er ist.“

„Die Raben fliegen um den Stein und hacken jeden tot, der bleibt.“

Stettner warf Sammy einen fragenden Blick zu und zuckte ratlos mit den Schultern.

Die Alte begann, mit dem Oberkörper zu schaukeln. Etwas schien sie stark zu erregen. „Die Raben! Die Raben haben ihn geholt. Sie holen jeden, der auf dem Stein blutet! Die Raben“, kreischte sie.

„Das war wohl die falsche Frage“, sagte Stettner.

Elfie krallte ihre Hand um Sammys Arm. „Immer da. Immer da. Gehen nie weg und bewachen den Stein. Verfluchte Raben!“

Der Rosenkranz riss unter ihrem Griff, die Holzperlen fielen auf die Pflastersteine und hüpften davon wie Hagelkörner.

„Der Stein!“ Sie keifte jetzt mit schriller Stimme.

Die Angestellte des Pflegeheims kam im Laufschritt den Kiesweg entlang.

„Ich wusste gleich, dass Sie ein Schwindler sind. Machen Sie, dass Sie rauskommen.“

„Es war nicht unsere Absicht, sie aufzuregen.“

„Ich hätte Sie niemals zu ihr lassen dürfen. Gehen Sie. Sofort!“

Die Alte stemmte sich von der Ruhebank hoch und trippelte zeternd auf den Wald zu. „Der Stein! Der verfluchte Stein!“

Zwei Pflegekräfte traten durch eine der Glastüren auf die Terrasse und schoben eilig einen Rollstuhl über den Rasen.

„Verlassen Sie uns bitte.“

Die Angestellte schob Stettner und Sammy auf den Ausgang zu. Er unternahm einen letzten Versuch, sie umzustimmen.

„Mein Name ist Jan Stettner, ich bin Privatdetektiv." Er suchte in den Taschen seiner Lederjacke vergeblich nach der Visitenkarte. „Das ist meine Klientin, Frau Baring. Sehr wahrscheinlich fiel der Lebensgefährte von Frau Bolander einem Verbrechen zum Opfer. Ich kann mir nicht vorstellen, dass Sie die Aufklärung der Tat behindern wollen."

Die Frau schüttelte entschieden den Kopf. „Ich kann Ihnen nicht weiterhelfen. Sie haben sich unter Vortäuschung falscher Tatsachen Zutritt zum *Casa Viva* erschlichen. Wenn Sie sich weigern, zu gehen, werde ich die Polizei rufen."

Stettner hob abwehrend die Hände. „Sie müssen wissen, was Sie tun – oder verschweigen. Komm, Sammy, lass uns verschwinden."

Verdrossen stapfte er auf die Glastür zu und lief die Stufen zum Parkplatz hinab.

„Die alte Frau hat den Mord gesehen", sagte Sammy, als sie am Wagen angekommen waren.

„Wie kommst du darauf?"

„Ich weiß nicht. Vielleicht war sie Zeugin des Verbrechens und kann nicht darüber sprechen, weil sie traumatisiert ist. Was sie gesehen hat, trieb sie in den Wahnsinn."

„Das könnte stimmen. Wir brauchen jemanden, der uns das Gefasel mit den Raben und dem Stein übersetzen kann."

„Vielleicht kann ich Ihnen helfen."

Im Schatten der Kiefern am Rand des Parkplatzes stand eine junge Pflegerin. Sie trug die weiße Berufskleidung einer Krankenschwester.

„Es ist besser, wenn man uns nicht zusammen sieht", sagte sie, „lassen Sie uns ein Stück im Wald spazieren gehen." Sie drehte sich um und folgte einem kaum erkennbaren Wildpfad.

Sie beeilten sich, sie einzuholen.

„Wer sind Sie?", fragte Stettner atemlos.

„Ich pflege Elfie, seit sie vor fünf Jahren in unser Heim gekommen ist. Vorhin habe ich zufällig ihr Gespräch gehört. Sind Sie wirklich Privatdetektiv?"

Stettner nickte. „Klar."

„Können Sie sich ausweisen? Haben Sie eine Lizenz oder eine Legitimation?"

„In Deutschland braucht man keine Lizenz, um eine Detektei zu eröffnen."

„Stimmt. Eine große Klappe reicht." Sammy schob sich grinsend einen Kaugummi in den Mund. „Aber Sie können Stettner vertrauen. Er erledigt seinen Job wirklich gut." Sie hakte sich bei ihm unter. „Stellen Sie sich vor, er ist Tag und Nacht für mich da."

„Ich sehe gern Detektivstorys, CSI und solche Sachen. Sind Sie auch bewaffnet?", fragte die Pflegerin neugierig.

Stettner stöhnte innerlich auf. Er war auf eine jugendliche Miss Marple gestoßen.

„Was wollten Sie uns erzählen?"

„Mit Elfie stimmt etwas nicht", begann sie zögernd. „Aber es ist nur ein Verdacht. Vielleicht irre ich mich."

„Die Polizei wird sie nicht gleich einsperren, weil Sie auf dem Holzweg sind. Schießen Sie einfach los."

„Elfie bekam von Anfang an starke Beruhigungsmittel, Antidepressiva und Schlafmittel."

„Wer hat ihr die Medikamente verschrieben? Ein Arzt aus Ihrem Haus?"

„Elfie Bolander wird von einem Arzt aus Gräbersberg betreut. Das kam mir immer seltsam vor, weil wir zwei hervorragende Ärzte im Heim haben. Warum also kommt ein halb blinder Hausarzt, der kurz vor der Pensionierung steht, zweimal in der Woche hierher, um eine alte Frau zu behandeln?"

„Er wird es sich gut bezahlen lassen."

„Das dachte ich auch. Dann stieß ich zufällig auf seine Abrechnungen."

„Zufällig", wiederholte Stettner.

„CSI", sagte Sammy.

„Ich war verblüfft, als ich feststellte, dass Dr. Veilhaber für seine Arbeit kein Honorar in Rechnung stellt."

„Ein altruistischer Hausarzt! Was kann man mehr verlangen?", sagte Stettner.

„Vor ein paar Monaten habe ich Elfie dabei erwischt, wie sie ihre Tabletten ins Klo spülte. Alte Leute können ziemlich bockig sein. Ich schimpfte mit ihr, aber dann stellte ich fest, dass es ihr ohne die Mittel besser ging. Sie hat mich beim Vornamen genannt, was sie sonst nie tat. Ich führte ein richtiges Gespräch mit ihr, nicht nur dieses krude Gerede über die Raben und den Stein."

„Sie meinen, jemand hält Elfie Bolander vorsätzlich unter Drogen, damit sie den Mund hält?"

„Ja, das glaube ich."

„Sagen Sie, wie viele Krimis sehen Sie pro Woche?", fragte Sammy.

Stettner war elektrisiert. „Achten Sie nicht auf sie. Hat Elfie Andeutungen gemacht, als sie klar im Kopf war?“

„Was genau meinen Sie?“

„Hat sie etwas über den Mann erzählt, mit dem sie zusammenlebte, bevor sie ins Heim kam? Sprach sie darüber, wohin er gegangen oder ob ihm etwas zugestoßen ist?“

„Nein, nichts, was auf ein Verbrechen schließen lässt. Sie blätterte häufig in einem alten Fotoalbum. Einmal hat sie mir die Bilder gezeigt und erzählt, wie das früher war, als sie auf dem Hof lebte. Sie verlor sich in der Vergangenheit, wie das alte Menschen häufig tun.“

„Sie lebte auf einem Bauernhof?“, fragte Sammy.

„Ja, auf dem alten Hof, dessen Ruinen jetzt auf der Insel im See bei Gräbersberg stehen. Damals hat es den See noch nicht gegeben.“ Sie runzelte die Stirn und versuchte sich zu erinnern. „Bis zu dem Brand lebte sie dort, glaube ich. Das muss jetzt ziemlich genau vierzig Jahre her sein.“

Stettners Nacken prickelte wie nach einem Stromschlag. Hatte er die Verbindung zwischen Billinger und Bergmann entdeckt?

„Erhält Elfie manchmal Besuch?“, fragte er.

„Nur von ihrem Sohn. Aber der war schon lange nicht mehr hier.“

Sammy schüttelte den Kopf. „Ich verstehe überhaupt nichts mehr.“

„Können Sie ihren Sohn beschreiben?“, fragte Stettner ungeduldig.

„Er ist ziemlich kräftig, um die fünfzig.“ Sie lächelte. „Und er hat ihr rotes Haar geerbt.“

„Billinger“, sagte Sammy überrascht.

„Ich hab’s geahnt. Die Dinge fügen sich zusammen.“ Stettner wandte sich an die Pflegerin. „Entspringt das Gerede von den Raben und dem Stein Elfies Fantasie, oder könnten hinter den Bildern reale Ereignisse stecken?“

„Oft vermischen verwirrte alte Menschen die Realität und ihre eigenen Erinnerungen. Schwer zu sagen, wo die Grenze zwischen Wirklichkeit und Fantasie verläuft. Was werden Sie jetzt unternehmen?“

„Wir müssen herausfinden, was damals geschah. Ein altes Verbrechen könnte alle nachfolgenden Ereignisse ausgelöst haben, den Mord an Bergmann, Billingers plötzliche Rückkehr und vielleicht sogar den Tod von Jana Kovac.“

„Bitte erzählen Sie niemandem von unserem Gespräch. Wenn die Geschäftsleitung erfährt, dass ich mit Ihnen gesprochen habe, verliere ich meinen Job. Aber ich mag die alte Elfie und will nicht, dass jemand sie vorsätzlich unter Medikamente setzt, um sie ruhigzustellen. Helfen Sie ihr bitte, aber lassen Sie mich aus dem Spiel.“

„Keine Sorge, Stettner wird sich darum kümmern. Sein Herz schlägt für Damen jeden Alters.“

Stettner reagierte nicht auf Sammys Spott. Seine Gedanken kreisten um die gesammelten Puzzlesteine. Ihm fehlte nur noch der Bauplan, die geniale Erkenntnis, wie er die Fragmente zu einem klaren Bild zusammensetzen musste.

„So ein Pflegeplatz kostet doch sicher eine Menge Geld“, sagte er.

„Das *Casa Viva* ist eine private Einrichtung“, erklärte die Pflegerin. Ein Heimplatz kostet über siebentausendfünfhundert Euro im Monat.“

Er pfiff durch die Zähne. „Siebentausendfünfhundert! Eine Menge Geld. Wer kommt denn für die Kosten von Elfies Unterbringung auf?“

„Das Geld wird jeden Monat von einer Stiftung überwiesen.“

„Einer Stiftung?“

„Die Bergmann-Stiftung. Mehr weiß ich nicht darüber.“

Sammy und Stettner verabschiedeten sich und kehrten zum Wagen zurück. Im Inneren des Fiats hatte sich drückende Hitze angestaut. Der bleigraue Himmel hing tief und schwer über dem Wald. In der Ferne rollte erster Donner über den Horizont.

„Wie willst du die Wahrheit über einen Brand herausfinden, der vierzig Jahre zurückliegt?“, fragte Sammy.

„Das Feuer und der Selbstmord von Billingers Vater müssen Aufsehen erregt haben – interessant genug für einen Zeitungsartikel. Im Archiv der Lahn-Zeitung muss es einen Bericht über das Unglück geben.“

„Mich interessiert viel mehr, wo Scheurich das Geld versteckt hat. Wie sollen wir die Million jemals finden, jetzt, wo er es uns nicht mehr verraten kann?“, sagte Sammy missmutig.

„Scheurich war kein Typ, der Geld auf einem Schweizer Nummernkonto parkt. Ich gehe jede Wette ein, das Geld steckt in einem Koffer. Und diesen Koffer hat er an einem Ort versteckt, den er jederzeit schnell erreichen kann und zu dem sonst niemand Zutritt hat.“

„Du meinst die Insel?“

„Sie ist das Zentrum, um das alles kreist. Wir werden sehen."

Stettner rief Moretti an und bat ihn, die Hintermänner und Geldgeber der Bergmann-Stiftung zu ermitteln. „Ich will alles über Billingers Vergangenheit wissen. Hat er wirklich sein Vermögen mit Unternehmensberatung gemacht? Gab es einen Grund, warum er so plötzlich nach Gräbersberg zurückkehrte? Überprüfe, ob er irgendwann mal straffällig geworden ist. Schalte die Jungs von der Steuerfahndung ein. Sie sollen jede Tankquittung umdrehen, die sie von Billinger auftreiben können."

Moretti stöhnte. „Wie stellst du dir das vor? Ich muss den Dienstweg einhalten. Tarp wird mich sofort ausbremsen, wenn er davon erfährt. Außerdem bin ich sicher, den Mörder von Jana Kovac gefunden zu haben. Ich kann's nur noch nicht beweisen. Was ich übrigens könnte, wenn ihr zur Gegenüberstellung erschienen wärt."

„Ruf mich an, wenn du etwas herausgefunden hast."

Stettner legte auf. Er kannte niemanden, der besser für diese Art Recherchen geeignet war als Mario. Morettis größter Wunsch war es, als italienische Kopie von Eliot Ness in den Straßen der Großstadt auf Verbrecherjagd zu gehen, aber sein wahres Talent zeigte sich in Fällen wie diesem. Wenn man ihm genügend Zeit ließ, fand er einfach alles heraus.

Während Sammy und Stettner in den Fiat stiegen und die Hitze verfluchten, hob die Empfangsdame des Casa Viva den Telefonhörer ab und wählte eine Nummer in Gräbersberg.

„Er war hier, nein, nur wirres Zeug, wie immer. Aber er wird wiederkommen. Stettner könnte gefährlich werden. Für uns alle.

45

Das Archiv der Lahn-Zeitung roch nach Schimmel und Mottenkugeln. Zwischen Karteikästen und Aktenschränken halb versteckt stand auf einem Tisch ein uraltes Mikrofilmlesegerät. Eine Mitarbeiterin der Zeitung ging jedoch an dem verstaubten Gerät vorbei und führte Stettner und Sammy in einen fensterlosen Keller, in dem sich unhandliche Mappen und großformatige Ordner bis unter die Decke stapelten. „Hier bewahren wir alle Ausgaben unserer Zeitung auf." Sie erklärte Stettner das Ablagesystem. „Die Jahrgänge 1960 bis 1969 finden Sie in dieser Reihe."

Stettner achtete kaum auf ihre Worte. Die junge Frau faszinierte ihn auf eine schwer zu beschreibende Weise. Sie trug ein formloses, graues Kleid und außer einem schmalen Silberreif am linken kleinen Finger keinen Schmuck. Ihr dunkelbraunes, glattes Haar fiel ihr immer wieder über die unmodische Brille. Sie strich es mit fahrigen Bewegungen zurück, ohne die Macke noch wahrzunehmen. Stettner beschlich das irrationale Gefühl, dass er diese Frau noch einmal treffen würde. Seltsam, dass sie ihn so berührte. Instinktiv spürte er, dass die langweilige Fassade nur der Ablenkung diente. Gerade so, als hätte jemand, der über erhebliche Macht verfügte, ein wunderbares Wesen in einen unsichtbaren Käfig gesperrt, aus dem ihm nur die Flucht gelang, wenn der Tod den Wächter ereilte.

„Ist etwas nicht in Ordnung?“ Sie blickte ihn ängstlich an.

Stettner zwang sich zu einem Lächeln. „Alles bestens. Und bei Ihnen?“

Die Frage schien sie in höchstem Maße zu verwirren. Hastig legte sie die Ordner auf dem Tisch ab. „Wenn Sie etwas brauchen, finden Sie mich in der Anzeigenaufnahme; die Treppe hinauf, die erste Tür rechts.“ Fluchtartig verließ sie das Archiv und machte dabei um Sammy einen großen Bogen.

„Musst du jeder Frau hinterherstarren?“, fragte Sammy verärgert.

„Ich starre ihr nicht hinterher.“

Sie zuckte mit den Schultern. „Wundert mich aber nicht. Die sieht aus, als ob man sie zwischen den schimmeligen Papierbergen vergessen hätte.“

„Halt einfach die Klappe, und hilf mir beim Suchen.“

„He! Was kann ich dafür, wenn du jede Büromaus vor dem Reißwolf retten musst?“

Ärgerlich suchte er nach dem Jahrgang 1969 und begann zu blättern. Nach einer Viertelstunde stieß er auf einen Artikel über den Brand. Er enthielt wenig Neues. Die Polizei war davon ausgegangen, dass Alfons Billinger das Feuer betrunken selbst gelegt und sich dann erschossen hatte. Ein Feuerwehrmann hatte den siebenjährigen Hans-Peter in einem Kellerraum entdeckt, der als Rabenkeller bezeichnet wurde. Über den Grund des Selbstmordes gab es nur Spekulationen. Dem Artikel zufolge hatte Alfons Billinger den Hof aus Unvermögen und dem Hang zum Alkohol in den Ruin getrieben.

„Das bringt uns nicht weiter“, sagte er.

„Aber das hier vielleicht.“ Sie schob ihm die Ausgabe vom 16. September 1969 hin, dem Tag zwei Wochen nach dem Unglück.

Die Gemeinde Gräbersberg hatte den Hof und die dazugehörigen Weideflächen für einen Spottpreis von der Witwe Billinger erworben. Der Bürgermeister zeigte sich großzügig, und gewährte Witwe und Sohn kostenfreie Unterkunft in einer Gemeindewohnung.

„Das Leben muss hart für Billingers Mutter gewesen sein. Die Leute haben sich bestimmt das Maul zerrissen“, überlegte Sammy.

„Ihr blieb wohl keine andere Wahl. Wohin sollte sie gehen? Das Angebot des Bürgermeisters muss ihr wie ein Geschenk des Himmels erschienen sein.“

„He, was ist das?“ Sie schob Stettner einen zweiten Artikel zu.

„Bei den Aufräumarbeiten entdeckten Bauarbeiter im sogenannten Rabenkeller die Überreste mehrerer Skelette. Die Polizei vermutete zunächst ein Verbrechen, doch dann stellte sich heraus, dass die Gebeine aus dem Mittelalter stammten. Die Toten waren mit dem Schädel zwischen den Beinen begraben worden.“

„Das liest sich wie eine Gruselgeschichte“, sagte Sammy.

„Es ist auch eine. Elfie berichtet, ihr Mann sei nach und nach dem Wahnsinn verfallen. Und das sei keine Folge des Alkohols gewesen. Seine Verwirrtheit rührte angeblich von dem Rabenstein her.“

Der Autor des Artikels hatte tief in der Vergangenheit von Gräbersberg gewühlt. In den vergangenen Jahrhunderten herrschte eine weitaus grausamere Rechtsprechung als in heutigen Tagen. Hinrichtungsstätten lagen meist außerhalb der Ortschaften auf Hügeln oder an Wegkreuzungen, wo Galgen und Rabensteine als abschreckende Warnung dienten. Die Verurteilten wurden nach der Exekution an Ort und Stelle verscharrt. Im Laufe der Jahrhunderte gerieten viele dieser unheimlichen Orte in Vergessenheit. Durch die Erschließung immer neuer Baugebiete wurden zahlreiche Richtstätten wiederentdeckt. Als Beweis für einen solchen archäologischen Fund dienten die gefundenen Skelette, deren Knochen meist eindeutige Spuren von Gewalteinwirkung zeigten.

„Gräbersberg liegt in einer Senke, der See im Norden einige Meter höher. Somit muss die heutige Insel im See der höchste Punkt der Umgebung gewesen sein – ideal für eine alte Richtstätte", las Stettner.

Ein weiteres Indiz für die Theorie der früheren Hinrichtungsstätte lieferte die ungemein zahlreiche Population von Rabenvögeln.

„Oma und Opa Rabe fraßen sich an den Gehenkten satt", erklärte Stettner, „die nachfolgenden Generationen blieben an diesem Ort und vermehrten sich wie Unkraut. Aus diesem Grund wimmelt es bis heute in Gräbersberg von Krähen und Raben."

Die Aussagen von Elfie Billinger und der Fund im Keller des Bauernhauses lösten Gerüchte und wilde Spekulationen bei der abergläubischen Dorfgemeinschaft aus. Der Hof war offenbar genau über einem Rabenstein erbaut worden.

„Was ist das überhaupt, ein Rabenstein?", fragte Sammy.

„Das wird hier erklärt. Ein flacher Stein, ein Felsen, auf dem der Scharfrichter dem zum Tode Verurteilten den Kopf abschlug", erklärte Stettner.

Alfons Billinger verlor zusehends den Verstand. Am Tag vernachlässigte er den Hof, und in der Nacht grub er im Keller. Niemand durfte den Kellerraum mehr betreten.

„Nach dem Brand stellte man fest, dass er einen Rabenstein ausgegraben hatte. Dabei stieß er auch auf die Skelette. Seine Frau behauptete, ein Fluch liege über dem Hof. Der Stein habe ihren Mann um den Verstand gebracht."

„Glaubst du, dass sie recht haben könnte?"

Er schüttelte den Kopf. „Das ist nur eine Schauergeschichte, die wahrscheinlich jeden Abend in der Dorfkneipe die Runde machte und immer mehr ausgeschmückt wurde. Alfons Billinger ist ein alter Säufer und Taugenichts gewesen. Elfie wollte das nicht wahrhaben und schob dem verfluchten Stein die Schuld zu."

„Aber das alles ist über vierzig Jahre her. Bergmann verschwand vor fünf Jahren."

Trotzdem lösten die Ereignisse einen Exodus aus. Die Familie Billinger war zerstört. Elfie zog mit ihrem Sohn nach Gräbersberg, der wiederum das Dorf verließ, sobald er alt genug war.

„Und wie hängt das alles mit Bergmann zusammen?"

„Tremante hat uns bestätigt, dass Elfie Bolander die Geliebte von Walter Bergmann war. Aus irgendeinem Grund nahm sie ihren Mädchennamen wieder an, warum, wissen wir nicht. Er verstand es, mit allen Mitteln seinen Willen durchzusetzen. Gleichzeitig hatte er wohl auch eine wohltätige Ader. Was ist, wenn die

Dorfgemeinschaft zu spät gemerkt hat, dass Bergmanns großzügige Spenden nur dem Zweck dienten, sich Abhängigkeiten zu schaffen? Männer wie Bergmann oder Billinger geben nichts, ohne etwas dafür zu verlangen. Er muss eine beeindruckende Persönlichkeit gewesen sein. Vielleicht hat Elfie Bolander sich in ihn verliebt oder in einer Verbindung mit ihm die Chance auf ein neues Leben erkannt. Es muss einen Grund geben, warum Hans-Peter Billinger nach erfolgreichen Berufsjahren nach Gräbersberg zurückgekehrt ist, exakt zu dem Zeitpunkt, als Bergmann verschwand. Und dann übernimmt er auch noch dessen Firma. Das stinkt zum Himmel."

Er klappte den Ordner zu. „Lass uns nach oben gehen. Ich brauche frische Luft. Vielleicht hat Mario etwas Neues für uns."

Stettner stieg die Treppe hinauf und ging an der Glaswand vorbei, hinter der die Büros lagen. Die schüchterne junge Frau in der Anzeigenberatung beobachtete ihn neugierig. Als sich ihre Blicke trafen, versteckte sie sich rasch hinter ihrem Computerbildschirm. Vielleicht gehörte sie einer Sekte an? Das würde ihr formloses Kleid, die schlichte Frisur und den fehlenden Schmuck erklären. Stettner registrierte flüchtig ein Schild mit dem Namen Judith Malessa auf ihrem Schreibtisch. Vielleicht sollte er mal eine Werbeanzeige für seine Detektei aufgeben, überlegte er.

Nach der klammen Luft des Zeitungsarchivs legte sich die drückende Hitze schwer auf seine Schultern. Der Fiat stand nur wenige Meter entfernt auf einem Parkplatz am Lahnufer. Trotzdem brach ihm der Schweiß aus, bevor er den Wagen erreicht hatte.

„Das hat uns nicht weitergebracht", sagte Sammy schlecht gelaunt.

„Das sehe ich anders. Wenn wir herausfinden, aus welchem Grund Billinger freiwillig in dieses Rabennest zurückkehrte, wissen wir auch, was mit Bergmann geschehen ist."

„Von dem Geld fehlt immer noch jede Spur. Sieht so aus, als könnte ich mir ein sorgenfreies Leben unter südlicher Sonne abschminken."

Stettner wich vor dem Schwall heißer Luft zurück, der wie ein Gluthauch aus dem Fiat quoll.

„Irrtum", sagte er grinsend. „Ich weiß jetzt, wo Scheurich die Million versteckt hat."

Sammy riss die Augen auf. „Hab ich was verpasst?"

„Sieht so aus. Wir kennen jetzt den Ort, den Billinger niemals im Leben freiwillig aufsuchen würde, weil er ihn fürchtet wie der Teufel das Weihwasser."

„Der Rabenkeller!"

Stettner nickte. „Wenn ich Scheurich wäre, hätte ich das Geld dort versteckt. Die Insel ist von Gräbersberg aus in zehn Minuten erreichbar und für Billinger doch so weit weg wie der tiefste Punkt der Hölle, seiner eigenen Hölle."

Sein Handy klingelte. Er meldete sich und ging ein Stück am Flussufer entlang.

Sammy setzte sich auf einen Steg, zog ihre Schuhe aus und tauchte die Füße ins Wasser.

„Das ging schnell, Mario", sagte Stettner.

„Du hattest den richtigen Riecher. Vor fünf Jahren lief gegen Billinger ein Ermittlungsverfahren wegen Steuerhinterziehung. Aber es kam zu keiner Anklage, weil die Steuerbehörden vorgeschriebene Fristen verstreichen ließen. Er ging straffrei aus. Ich habe mir die Akten besorgt und an einen Kollegen von der Steuerfahndung in Koblenz gefaxt, der ein Ass in Sachen Bilanzfälschung ist. Und nun rate mal, was er herausgefunden hat."

„Mach's nicht so spannend."

„Billinger hatte sein Vermögen, das er mit der Sanierung und Abwicklung bankrotter Firmen zusammengerafft hatte, in dubiose Finanzprodukte, Derivate und Anleihen gesteckt, die sich als nahezu wertlos erwiesen. Er war pleite, als er Bergmanns Firma übernahm."

„Also hat Bergmann nie einen Cent gesehen. Er wäre nie nach Thailand ausgewandert, sondern wäre gerichtlich gegen Billinger vorgegangen. Sehr gute Arbeit, Mario. Das ist ein stichhaltiges Indiz dafür, dass Bergmann Gräbersberg nie verlassen hat."

„Aber kein Beweis für ein Verbrechen."

„Abwarten. Was hast du noch für mich?"

Morettis Recherchen zur Bergmann-Stiftung glichen einer Bombe, deren Zündschnur brannte. Offiziell hatte sich die Stiftung die Förderung des Breitensports in ländlichen Gebieten zum Ziel gesetzt. Allerdings floss der größte Teil der Beiträge auf ein Konto des Pflegeheims *Casa Viva*.

„Die Stiftung trägt zwar Bergmanns Namen, hat aber mit dem Unternehmer nichts zu tun. Die Gründungsmitglieder stammen alle aus Gräbersberg. Darunter sind vier Gemeinderatsmitglieder, der Autohändler Scheurich, der Allgemeinmediziner Richard Veilhaber und Jakob Gonsbach, der Ortsbürgermeister, lauter einflussreiche Leute aus dem Ort."

Stettner lief angespannt auf und ab. Er stand dicht vor der Lösung des Rätsels. Er berichtete Moretti von ihrem Besuch im *Casa Viva* und dem Verdacht der Pflegerin, die alte Frau werde unter sedierenden Drogen gehalten. „Warum bezahlt der Gemeinderat die Unterbringung von Elfie Bolander in einem Pflegeheim?"

„Interessante Frage", antwortete Moretti. „Ich habe noch eine Neuigkeit für dich. Dornmann hat bestätigt, dass Scheurich durch einen Schlag auf den Hinterkopf gestorben ist. Er hat Blut und Hautfetzen an einem Heizkörper in den Gefängnisduschen sichergestellt. Die drei Zeugen, die den Unfall beobachtet haben wollen, sitzen übrigens in Untersuchungshaft, weil ausgerechnet Tarp sie der Hehlerei und des versuchten Totschlags überführt hat."

„Es würde mich nicht wundern, wenn sie aus Mangel an Beweisen freikommen."

„Du wirst keinen Zusammenhang beweisen können."

„Irgendwann macht jeder einen Fehler."

„Was wirst du jetzt unternehmen?"

Stettner sah Sammy dabei zu, wie sie mit den Beinen im Wasser planschte. „Ich gehe auf Schatzsuche."

46

Gegen siebzehn Uhr dreißig lenkte Mario Moretti seinen roten Lancia vom Parkplatz des Untersuchungsgefängnisses in Koblenz. Es war drückend heiß in der brodelnden Stadt am Zusammenfluss von Rhein und Mosel. Über den Straßen flimmerte die Hitze und erzeugte Trugbilder und Spiegelungen. Er stellte die Klimaanlage auf die höchste Stufe und war erleichtert, als er den Feierabendstau hinter sich ließ.

Dreißig Minuten später passierte er das Ortsschild von Bad Ems und bog in die Zufahrt der Tankstelle ein, an der Susanne Pohlmann am frühen Samstagmorgen vor einer Woche getankt hatte. Er stellte den Wagen neben dem unverputzten Gebäude einer Waschanlage ab und betrat den Verkaufsraum. Der Tankwart räumte Getränkeflaschen in einen verglasten Eisschrank. In der mit Zeitschriften, Bierkästen und Chipstüten vollgestopften Bude stank es durchdringend nach Schweiß und Zigarrenrauch.

„Mein Name ist Mario Moretti, Mordkommission", stellte er sich vor.

Der Tankwart drehte sich um. Sein kariertes Hemd hatte sich unter den Achseln dunkel verfärbt, der Deckenventilator blies das fleckige Ding zu einem stinkenden Segel auf. Im Mundwinkel des Tankwarts steckte ein glimmender Zigarrenstummel, der ihm fast die Lippen verbrannte.

Wegen des aufsteigenden Zigarrenqualms kniff er ein Auge zusammen. „Was woll'n Se denn?"

„Ich habe Fragen zu einer Kundin, die vor einer Woche hier getankt hat."

Der Tankwart zog an dem Zigarrenstummel, kratzte sich den Bauch und blies eine stinkende Rauchwolke aus.

„Vor 'ner Woche? Was glauben Se, wie viel Leut hier in 'ner Woche tanken? Soll ich mir die etwa alle merken?"

Moretti zeigte ihm ein Foto von Susanne Pohlmann. „Möglicherweise hilft das Ihrer Erinnerung nach."

Mit spitzen Fingern nahm der Tankwart den Stummel aus dem Mund und hielt sich das Foto dicht vor die Augen. „Nee. Kann sein, vielleicht auch nich. Kann mich jedenfalls nich erinnern."

„Die Frau wies einen Kassenbon vor, der am 23. August gegen fünf Uhr dreißig morgens ausgestellt wurde. Sie besitzen doch sicher eine Überwachungskamera."

Der Tankwart schlurfte zur Tür und warf den Stummel in einen Blecheimer. In der braunen Brühe schwammen Dutzende Zigarrenkippen.

„Ja, so was ham wa. Müssen wa, schon wegen der ganzen Diebstähle. Dreimal ham se mich vergangenen Monat überfallen. Un was macht ihr? Nix!"

„Die Kollegen kümmern sich darum", antwortete Moretti. Einer von ihnen ist tot, und einer hat das Handtuch geworfen, weil sie ihn reingelegt haben. „Würden Sie bitte nachsehen, ob die Aufzeichnung noch gespeichert ist?"

„Wenn Se Glück ham. Ich kuck ma."

Er tappte hinter die Theke und griff nach einer Computermaus, die noch schmutziger als seine Fingernägel war.

Moretti war nicht sicher, ob die Maus schwarz und einfach nur verdreckt war.

„Früher ham wa nur Videokassetten gehabt. Die ham wa dann jede Woche überspielt, bis se so dünn warn, dass es Halleluja hätten durchblasen können. Heut machen wa alles mit'm Computer."

Darauf hatte Moretti gehofft. Speicherplatz war billig wie nie zuvor. Viele Tankstellenbetreiber waren zu faul, um die Aufnahmen turnusmäßig zu löschen.

„Se ham Glück gehabt. Um wie viel Uhr war das?"

„Der Beleg wurde um fünf Uhr dreißig morgens ausgedruckt.

Der Tankwart murmelte vor sich hin und suchte umständlich nach der betreffenden Stelle. „Da", rief er stolz. „Meinen Se die?"

Moretti zwang sich, hinter den Tresen zu gehen und sich dicht hinter den Tankwart zu stellen. Selbst Tarp stank nicht derart durchdringend nach Rauch. Er atmete durch den Mund und beobachtete die Frau auf dem Video. Als sie den Kassenraum betrat, fiel ihr Blick eine Sekunde lang auf das Objektiv der Überwachungskamera. Die Frau war Susanne Pohlmann, ihre Aussage entsprach der Wahrheit. Moretti fluchte lautlos. Sollte auch diese Spur ins Nichts führen?

„Wollen Se's noch ma sehen?"

„Machen Sie ruhig mit Ihrer Arbeit weiter. Ich komme allein klar."

Der Tankwart grunzte zustimmend und tappte zum Eisschrank.

Moretti setzte sich vor den kleinen Monitor, machte sich rasch mit dem Programm vertraut und startete die Sequenz noch einmal.

Glucksend leerte der Tankwart hinter ihm eine Flasche kaltes Bier.

Moretti starrte konzentriert auf den Bildschirm. Susanne Pohlmann betrat den Kassenraum, blickte in die Kamera und ging dann zum Tresen. Sie bezahlte mit EC-Karte, steckte die Quittung ein und verließ den Kassenraum. Der ganze Vorgang hatte keine drei Minuten gedauert.

„Gib es auch eine Aufnahme von den Zapfsäulen?", fragte er.

„F5", sagte der Tankwart und rülpste.

Moretti drückte die Taste, und der Monitor teilte sich. Wie ein Geist verschwand Susanne Pohlmann aus dem linken Bild und tauchte aus einem anderen Blickwinkel in der rechten Kameraeinstellung wieder auf, stieg in ihren Wagen und fuhr los. Das war alles. Sie hatte die Wahrheit gesagt. Oder doch nicht? Immer wieder spulte Moretti den Film zurück und verfolgte, wie sie den Kassenraum verließ und den Opel Astra auf die Straße lenkte. Da war ein Detail, das nicht passte, sich ihm aber immer wieder entzog. Stettner hätte sofort mit dem Finger darauf gezeigt. Ärgerlich rief er sich Susanne Pohlmanns Aussage ins Gedächtnis. Angeblich hatte sie die zweite Hälfte der Nacht in ihrem Elternhaus verbracht und war dann am frühen Morgen nach Gräbersberg zurückgefahren. Zu Beginn der zwanzigminütigen Fahrt hatte sie an dieser Zapfsäule getankt.

Er startete den Film zum zehnten Mal. Plötzlich wusste er, was ihn irritiert hatte. Susanne Pohlmann war gegen 05:23 Uhr an der Tankstelle angekommen und fünf Minuten später wieder abgefahren. Ihr Elternhaus lag nicht weit vom Pflegeheim entfernt in südlicher Richtung. Gräbersberg jedoch lag im Nordwesten. Sie war aus der falschen Richtung gekommen. Noch einmal spulte Moretti den Film zum Anfang zurück. Er irrte sich nicht. Deutlich war zu erkennen, dass der Opel Astra aus Richtung Innenstadt in die Tankstelle einbog und in dieselbe Richtung wieder zurückfuhr. Susanne Pohlmann hatte aus einem einzigen Grund hier getankt: um zu verschleiern, dass sie log. Er warf einen Blick auf die Quittung. Erst jetzt fiel ihm der lächerlich geringe Betrag von 16,25 Euro auf. Der Tank war noch fast voll gewesen. Aus welchem Grund hätte sie für die kurze Fahrt nach Gräbersberg also tanken sollen?

„Ich brauche die Aufnahme als Beweismittel“, sagte Moretti.

„He! Se können den Computer nich mitnehmen, ich brauch den!“

„Ich schicke Ihnen gleich einen Beamten vorbei, der eine DVD der Aufnahme brennt.“

Moretti wählte die Nummer des Präsidiums und erwischte Bender, der gerade Feierabend machen wollte. Als Nächstes stattete er dem Pflegeheim einen Besuch ab. Susanne Pohlmanns Alibi zeigte erste Risse.

Jakob Gonsbach, Ortsbürgermeister von Gräbersberg, warf das Handy auf den Biertisch und spürte den Wunsch, das verfluchte Ding in tausend Stücke zu schlagen. Es lief aus dem Ruder, endgültig. Keiner von ihnen würde den Schnüffler aufhalten. Stettner war aus anderem Holz geschnitzt als der hinkende Idiot, dem sie vor fünf Jahren mit dem Spaten einen Scheitel gezogen und ihn in den Ofen der alten Töpferei gesteckt hatten. Selbst Tarp schien machtlos gegen den ehemaligen Polizisten zu sein. Alles kam ans Licht, die Toten rührten sich in ihren ungeweihten Gräbern – Bergmann, Valli und die tschechische Nutte.

Seit sieben Nächten schlief Gonsbach nicht mehr. Es musste ein Ende haben, an einem weiteren Mord würde er sich nicht beteiligen. Er suchte Billinger und fand ihn neben dem Kirmesbaum, den die Dorfjugend gleich aufstellen würde. Es sollte ein unbeschwertes, fröhliches Fest werden wie jedes Jahr. Auf der Stromleitung, die quer über den Dorfplatz verlief, hockte ein Rabe. Neugierig und ohne Scheu beäugte er das Treiben und wartete auf seine Chance, sich ein paar fette Brocken zu schnappen. Gonsbach beschlich die unheimliche Vorahnung, dass eine Katastrophe dicht bevorstand.

Schwickerts mit Basaltstaub bedeckter Firmenkombi raste über die Hauptstraße heran und bog in den Kirmesplatz ein. Billingers Angestellter sprang gehetzt aus dem Wagen, rüttelte seinen Chef an der Schulter und redete gestikulierend auf ihn ein. Billinger verzog verächtlich den Mund, soff den Bierkrug leer und wischte sich über den Mund. Sein Gesicht hatte sich vor Wut verfärbt und nahm die gleiche Farbe an wie sein flammend rotes Haar. Wütend knallte er den Krug auf den Tresen und stapfte auf den Bürgermeister zu, der ihn mit glasigen Augen anstierte. Gleichgültig, was Billinger wieder ausgeheckt hatte, es würde Stettner nicht aufhalten. Scheurich war bereits tot. Wer würde ihm als Nächstes ins Grab folgen?

„He, Gonsbach, hör auf zu träumen. Es gibt Arbeit."

Schwickert drängte sich an Billinger vorbei und setzte sich zu ihm auf die Holzbank. „Dieses Arschloch latscht mit einer Schaufel auf dem Buckel durch unseren Wald. Die Schlampe vom Cateringservice begleitet ihn."

Gonsbach blickte verwirrt von einem zum anderen. „Von wem zum Teufel redet ihr?"

„Von diesem Schnüffler, Stetter oder Stettner. Was weiß ich, wie der heißt. Sein schrottreifer Fiat steht am Nordufer des Sees."

„Wir müssen etwas unternehmen", sagte Billinger. Auf seinem geröteten Gesicht glänzten Schweißtropfen.

Gonsbach schüttelte den Kopf und barg das Gesicht in den Händen. „Wir können nicht jedem den Schädel einschlagen, der seine Nase zu tief in unsere Angelegenheiten steckt."

Wütend packte Billinger den Bürgermeister am Kragen und zog ihn hoch. „Du hängst genauso drin wie alle anderen. Keiner schleicht sich davon, bevor ich ihm die Erlaubnis gebe, hast du das verstanden, du versoffener alter Sack?"

Einige der Jugendlichen wurden auf den Streit aufmerksam und warfen ihnen neugierige Blicke zu.

„Was gibt's da zu glotzen?", brüllte Billinger. „Stellt endlich den Kirmesbaum auf, oder seid ihr zu blöd dazu?"

Die Jugendlichen duckten sich weg, ihre Väter eilten ihnen zu Hilfe.

Billinger stieß Gonsbach auf die Holzbank zurück.

„Wirst doch am Ende nicht nervös werden, was, Billinger?“, fragte Gonsbach. „Mein Gott, du steckst so tief in der Scheiße, dass sie für dich in der Hölle schon ein Loch graben, weil's keinen Platz gibt, der tief genug wäre für die Schweinereien, die du angerichtet hast.“

„Halt's Maul“, sagte Billinger mit sichtlich unterdrückter Wut. „Ihr alle werdet jetzt genau das tun, was ich euch sage.“ Er drehte sich zu Schwickert um. „Hol die anderen.“

„Was ist mit Pohlmann?“

„Bring den Feigling her.“

„Pohlmann ist weg“, sagte Gonsbach teilnahmslos.

„Wie weg?“

„Weiß nicht. Keiner hat ihn seit dem Morgen gesehen. Es heißt, er sei gestern Abend von der Polizei verhört worden. Vielleicht sitzt er ja schon und plaudert alles aus.“

„Sucht ihn, und bringt ihn her.“

„Was machen wir mit dem Schnüffler?“, fragte Schwickert.

Billingers Augen schweiften über den nahen Wald. Erste Blitze zerfaserten am schwarzgrauen Himmel.

„In Sieferts Maisfeld treiben sich Wildschweine herum.“

„Hä?“, machte Schwickert.

Billingers Augen blitzten listig. „Zwei große fette Biester, die die Ernte zertrampeln. Wird Zeit, dass wir eine Treibjagd veranstalten.“

Schwickert grinste. „Um zwei Schweine zu erledigen, braucht man keine Jagd anzumelden."

„Nein", bestätigte Billinger. „So was machen wir im Alleingang."

47

„Warum muss diese Schrottkarre ausgerechnet jetzt ihren Geist aufgeben? Jetzt müssen wir um den See herumlaufen, um zu dieser blöden Insel zu gelangen."

Sammy fluchte lästerlich und stolperte durch den dichten Wald. Stettner trug Hacke und Schaufel über der Schulter. Unter dem dichten Laubdach der Nadelbäume war das Licht so trübe wie an einem Novembernachmittag. Erste Blitze zuckten aus den tief hängenden Wolken. Ein dicker Tropfen klatschte auf die Nase des Detektivs.

„Es fängt an zu regnen", maulte Sammy. „Bei einem Gewitter soll man nicht im Wald herumirren."

Stettner bog vom Weg ab und erklomm mühsam einen Hang. „Wir irren nicht umher, wir kürzen ab", sagte er keuchend. Auf dem Felsgrat angelangt, ließ er Schaufel und Hacke fallen und lehnte sich gegen den Stamm einer Eiche. „Wenn wir von hier aus nach Süden marschieren, kommen wir am See heraus. Dann brauchen wir nur noch dem Ufer zu folgen. Das spart uns mindestens eine halbe Stunde."

Donnergrollen rumpelte über den Wald und ließ den Boden unter ihren Füßen erzittern. Ein Schwarm Raben flog erschreckt auf und drehte krächzend Runden über dem See.

„Komm da runter", sagte Sammy ängstlich.

„Warum?"

„Heißt es nicht, man soll Eichen weichen?"

„Das ist nur ein abergläubischer Spruch." Er sah sich um und lauschte. Die Vögel waren verstummt. Es war totenstill im Wald. „Wo ist die Wasserflasche?"

„In meinem Rucksack."

Stettner schlitterte den Abhang hinab. Er war kaum am Fuß des Hügels angekommen, als ein gleißender Blitz den Himmel spaltete und in das Schaufelblatt fuhr. Dem Blitz folgte augenblicklich ein ohrenbetäubender Donnerschlag. Ohne Vorwarnung ergoss sich ein heftiger Platzregen über den Wald. Stettner sah kaum die Hand vor Augen.

„Dummes Zeug, was?", schrie Sammy.

Fassungslos starrte Stettner auf die rauchende Schaufel. Er zog Sammy auf die Füße und kletterte den Hang hinauf.

„Warum waten wir bloß durch diesen Schlamm?", fragte Sammy. „Ruf Mario an. Er soll die Insel umgraben lassen. Wenn jemand dort wirklich eine Leiche verbuddelt hat, wird die Polizei jede Handvoll Erde durchwühlen!"

Stettner blieb schwankend auf dem Hügel stehen und schüttelte den Kopf.

„Mein Auftrag lautet, Bergmann zu finden oder was von ihm übrig ist. Und genau das werde ich tun. Wenn ich Moretti den Vortritt lasse, braucht Tremante mich nicht zu bezahlen. Ich will dieses Boot haben."

Sammy kam fluchend auf den Hügel und stützte sich auf Stettners Schulter. „Er wird dich übers Ohr hauen, verlass dich drauf."

„Nein, das wird er nicht. Weil ich ihm Bergmann bringen werde, tot oder lebendig. Und dann gehört mir das Boot. So lautet unsere Abmachung."

Beide mussten schreien, um einander zu verstehen. Das Unwetter entlud sich unmittelbar über ihren Köpfen. Blitz und Donner wechselten sich unaufhörlich ab. Das Prasseln des sintflutartigen Platzregens hallte tausendfach von den Bäumen wider. Stettner schulterte die Werkzeuge und deutete in die Richtung, in der er Süden vermutete.

Auf der anderen Seite des Hügels verwandelte sich die Erde unter ihren Füßen in eine schmierige Rutschbahn. Bäche und Wasserfälle entstanden aus dem Nichts, rauschten Felsen und Hänge hinab und ergossen sich als Schlammflut über den Hügel.

„Wo ist der See?" Sammy wischte sich das Wasser aus den Augen.

In dem grauschwarzen Zwielicht sah alles gleich aus. Stettner stützte sich auf die Hacke und wies mit dem Kinn auf einen hellen Fleck zwischen den Bäumen. Mit großen Schritten stakste er durch den sumpfigen Untergrund. Plötzlich stand er vor den schwarz verfärbten Überresten von Pohlmanns Fischerhütte. Dahinter öffnete sich der Wald und gab den Blick frei auf den See. Die Insel lag etwa dreihundert Meter entfernt im Süden und waberte als verschwommener Fleck hinter dem dichten Regenvorhang.

Die Wucht des Gewitters ließ allmählich nach, nur noch vereinzelte Blitze zuckten im tiefschwarzen Westen über dem Horizont.

Stettner hielt den Atem an und lauschte. Hinter dem Trommelfeuer des Regens verbarg sich noch ein anderes Geräusch – Wortfetzen und streitende Männerstimmen.

„Wer ist das?“, fragte Sammy atemlos.

„Keine Ahnung. Es ist nicht mehr weit.“

„Ich kann nicht mehr.“ Erschöpft sank Sammy auf die Reste des Stegs.

„Komm schon. Wir haben es fast geschafft.“

Stettner bog das Schilfgras auseinander und verschwand im Dickicht. Kaum war er außer Sichtweite, als ein metallisches Schnappen aus dem Schilf drang. Stettner schrie gepeinigt auf und verstummte abrupt.

Sammy sprang voller Panik auf. In der einsetzenden Dämmerung erfasste sie das schreckliche Déjà-vu, wieder blind und hilflos zu sein.

„Stettner?“

Er gab keine Antwort.

„Stettner! Wo bist du?“

Sie hielt den Atem an und versuchte, sich zu orientieren. Im Wald hinter ihr krachten zwei Schüsse. Das Echo rollte über den See und brach sich am anderen Ufer. In die Holzbohlen der Jagdhütte fetzte eine Schrotladung.

Sammy warf sich platt auf den Boden und kroch unter den Steg. Wieder prasselten Schrotkugeln über sie hinweg, bohrten sich in das verkohlte Holz der Hütte oder sirrten als tödliche Querschläger durch den Wald.

Im Schilf stöhnte Stettner auf.

Sammy zählte bis zwanzig und wartete. Die Schüsse wiederholten sich nicht. Vorsichtig robbte sie am Ufer entlang auf das Schilfdickicht zu.

Stettner lag mit schmerzverzerrtem Gesicht im Schlamm. Sein rechter Fuß war blutverschmiert und steckte in einem rostigen Fangeisen.

„Pohlmann, der verdammte Idiot. Er hat Fallen ausgelegt", presste er zwischen den Zähnen hervor.

Die verbotene Fuchsfalle hatte sich wie ein stählerner Kiefer in seinen Knöchel verbissen.

„Du musst die Bügel auseinanderbiegen", sagte er und stöhnte.

„Hast du die Schüsse gehört?"

„Ja."

„Wieso jagen die bei diesem Unwetter im Wald?"

„Weil sie ein lohnendes Wild entdeckt haben. Sie jagen uns."

48

Am Empfangsschalter des Pflegeheimes informierte man Moretti darüber, dass Ulla Dannfeld, deren Namen Susanne Pohlmann als Zeugin angegeben hatte, vor zwei Stunden ihren Arbeitsplatz verlassen hatte. Moretti fuhr zur Privatadresse der Krankenschwester ins nahe gelegene Dausenau. Während der Fahrt brach mit Urgewalt ein Gewitter über das Lahntal herein. Bis auf die Knochen durchnässt, drückte er auf den Klingelknopf.

Ulla Dannfeld öffnete die Tür und nieste. Sie sah krank und angegriffen aus. Moretti wies sich aus und fragte, ob er hereinkommen dürfe.

„Wenn Sie es kurz machen“, antwortete sie. „Mich hat die Sommergrippe erwischt.“

Sie schlurfte ins Wohnzimmer und ließ sich kraftlos auf das Sofa fallen.

„Es geht um die Nacht zum 23. August. Das war vorletzten Freitag. Gegen einundzwanzig Uhr erhielten Sie im Pflegeheim Besuch von Susanne Pohlmann. Ist das so weit korrekt?“

Sie nickte und hustete zugleich.

„Was war der Grund ihres Besuches?“

„Ihrem Vater ging es sehr schlecht. Wir befürchteten das Schlimmste.“

„Woran leidet er?“

„Muss ich das beantworten?“

„Nein, aber es könnte sich als hilfreich erweisen. Man kann nie sagen, welches Detail wichtig ist und welches nicht."

„Er hatte mehrere Schlaganfälle. Sein Kreislauf drohte zusammenzubrechen, aber dann stabilisierte sich sein Zustand wieder."

„Ist das in einem solchen Fall normal?"

„Kreislaufschwächen kommen bei alten Menschen häufig vor. Um was geht es eigentlich?"

„Um Mord."

Moretti hätte schwören können, dass Ulla Dannfeld noch eine Spur blasser wurde, als sie ohnehin schon war.

„Wann verließ Susanne Pohlmann das Heim wieder?"

Sie nieste und überlegte. „Gegen Mitternacht. Sie wollte nicht so spät in der Nacht nach Gräbersberg zurückfahren und verbrachte den Rest der Nacht in ihrem Elternhaus."

„Warum wissen Sie das so genau?"

„Wir sind befreundet. Sie hat es mir erzählt."

Moretti blätterte in seinem Notizbuch und überflog noch einmal die knappen Erklärungen von Susanne Pohlmann. Er kannte ihre Aussage auswendig, aber es konnte nicht schaden, Ulla Dannfeld eine Weile zappeln zu lassen. Stettners Ratschläge erwiesen sich zuweilen als überaus wertvoll. Er trommelte mit dem Kugelschreiber einen leisen Wirbel auf das Papier. Ulla Dannfeld beobachtete ihn mit wachsender Nervosität. Endlich klappte er sein Notizbuch zu und steckte es umständlich in die Innentasche seines Jacketts.

„Wie erklären Sie sich, dass Susanne Pohlmann Gräbersberg am Samstagmorgen kurz nach fünf Uhr morgens verließ, um nach Bad Ems zu fahren? Obwohl sie doch eigentlich schon hätte dort sein müssen?“

„Ich ... verstehe nicht.“

„Ich ebenfalls nicht. Das Überwachungsvideo einer Tankstelle bestätigt ihre Ankunftszeit in Bad Ems. Können Sie sich einen Grund vorstellen, warum Frau Pohlmann lügt?“

Sie putzte sich geräuschvoll die Nase und kaute angespannt an ihren Fingernägeln.

Moretti stand auf und schlenderte zum Fenster. Der Gewittersturm war in einen beständigen Landregen übergegangen.

„Auf Falschaussage stehen bis zu fünf Jahre Freiheitsentzug. Wollen Sie das riskieren?“

„Ich weiß nichts von einem ... Mord. Ich ...“

Moretti drehte sich ruckartig um, wie er es bei Tarp oft beobachtet hatte. „Haben Sie Susanne Pohlmann ein falsches Alibi verschafft?“

„Wieso Alibi? Ich verstehe nicht, was ...“

„Fangen wir noch mal von vorn an. Wir tun so, als hätten Sie noch gar keine Aussage gemacht. Einverstanden?“

Er ließ sein Angebot wirken und blätterte wieder in seinem Notizbuch. „Kam Susanne Pohlmann am Freitagabend tatsächlich in das Pflegeheim, um ihren kranken Vater zu besuchen? Oder hatte sie eher etwas ganz anderes im Sinn?“

Sie antwortete nicht.

Moretti war klar, dass sie fieberhaft nach einer Ausrede suchte und ihre Möglichkeiten überdachte.

„Lügengebäude haben es in sich", sagte er. „Es ist immer leichter, bei der Wahrheit zu bleiben, Frau Dannfeld."

„Gegen neun. Susanne kam gegen neun Uhr am Freitagabend."

„Wann hat sie das Heim wieder verlassen?"

„Gegen kurz nach zehn."

Er lehnte sich erleichtert zurück. „Ihre Schicht endet um zehn Uhr, nicht wahr?"

Sie schlang die Arme um den Oberkörper. Ihre Finger kneteten nervös das Taschentuch. „Warum fragen Sie denn überhaupt noch? Sie wissen doch schon alles."

„Nicht ganz. Was geschah, nachdem Sie Ihre Schicht beendet hatten?"

„Susanne bat mich, sie zu begleiten. Sie war nicht wegen ihres Vaters gekommen, sondern weil sie reden wollte. In diesem spießigen Kaff gibt es niemanden, dem sie sich anvertraut. Sie hatte sich entsetzlich mit Heiko gestritten, ihrem Mann."

„Um was ging es bei dem Streit?"

Ihr trockenes Lachen ging in einen Hustenanfall über. „Worum es immer geht bei Susanne, um ihre Eifersucht. Sie war fest davon überzeugt, dass Heiko sie betrügt, obwohl sie keine Beweise dafür hatte." Sie schnäuzte sich und blickte auf. „Heiko ist ein guter Mann, vielleicht zu gut. Er lässt sich zu viel herumschubsen. Susannes Eifersucht nahm im Lauf der Jahre immer groteskere Züge an. Sie kontrollierte und überwachte das Leben ihres Mannes bis ins kleinste Detail. Schöpfte sie auch nur den geringsten Verdacht, trieb sie die Ungewissheit fast zum Wahnsinn. Heiko leidet sehr darunter. Soweit ich weiß, hat er Susanne nie betrogen."

Moretti starrte auf den Wasservorhang, der an der Glasscheibe herablief. War es möglich, dass Susanne Pohlmann nach all den falschen Verdächtigungen überraschend ins Schwarze getroffen hatte? Hatte sie von Pohlmanns Verhältnis mit Jana Kovac gewusst oder es zumindest geahnt?

„Wir sind in ihr Elternhaus gefahren, haben geredet und eine Flasche Wein getrunken. Ich versuchte, sie zu überzeugen, in der Nacht nicht mehr nach Gräbersberg zurückzufahren, aber sie wollte nicht auf mich hören. Sie war rasend vor Eifersucht."

„Hatte sie einen konkreten Verdacht?"

„Nichts weiter als eine Handynummer, die Heiko oft angerufen hatte. Sie fand heraus, dass die Nummer zu einer Hostessenagentur gehörte, die für die illustren Gäste auf Billingers Geburtstagsparty eine Art Orgie im kleinen Kreis veranstalten sollte. Heiko hatte von Billinger den Auftrag erhalten, eine Agentur ausfindig zu machen, um die Party zu organisieren, und gab das auch ohne Umschweife zu. Susanne wollte nicht, dass er zu diesem Fest ging, aber er hatte keine Wahl. Der ganze Ort war da. Seine Anwesenheit als Prokurist war unabdingbar."

„Sie fuhr also noch in der Nacht nach Gräbersberg zurück."

„Ja, gegen Viertel nach elf. Sie war sicher, Heiko auf frischer Tat zu erwischen. Wer weiß, welche wilden Sexspiele sie sich in ihrer Eifersucht ausgemalt hat?"

Moretti unterdrückte ein Grinsen. Er fühlte sich gut, richtig gut. Oh Mann, er hatte soeben seinen ersten

Mordfall gelöst! Ihm fehlte nur noch ein Geständnis. Susanne Pohlmann hatte ein handfestes Motiv und die Gelegenheit zum Mord gehabt. Und es gab eine Zeugin, die sie zur Tatzeit in der Villa gesehen hatte – Sammy! Eine Gegenüberstellung würde es beweisen.

„Am nächsten Morgen stand sie gegen Viertel vor sechs vor meiner Tür. Sie war ziemlich durcheinander und sagte, sie hätte sich nicht geirrt."

„Warum sollten Sie für Ihre Freundin lügen?"

„Susanne sagte, es sei etwas Schreckliches geschehen, aber sie könne alles ungeschehen machen. Sie wollte Heiko nicht verlieren und behauptete, er könne sie nicht verlassen. Dafür habe sie gesorgt."

„Aber dazu brauchte sie Ihr Alibi."

„Ich habe mir nichts dabei gedacht. Sie war so aufgewühlt, völlig durch den Wind." Sie hustete. „Susanne ist meine Freundin. Ich wollte sie nicht im Stich lassen. Hat sie ...? Sie hat doch niemanden ermordet?"

Er stand auf. Der Regen ließ endlich nach. „Das werden die weiteren Ermittlungen ergeben."

„Wissen Sie ... irgendwann musste es so kommen. Susanne steigert sich in ihre Eifersucht hinein, bis sie nicht mehr weiß, was sie tut."

Moretti verabschiedete sich. „Vielen Dank für Ihre Hilfe. Und bleiben Sie beim nächsten Mal von Anfang an bei der Wahrheit."

Eilig verließ er die Wohnung. Vom Wagen aus rief er Bender an. „Besorg dir einen Streifenwagen. Wir treffen uns am Ortseingang von Gräbersberg. Und nimm Lauert mit oder wen immer du auftreiben kannst. Wir haben sie."

Mit einem Anflug von Stolz setzte er das Magnetblaulicht auf das Autodach und genoss die rasende Fahrt nach Gräbersberg. Zwei Kilometer vor dem Ortsschild holt er Bender ein. Fünf Minuten später stoppten beide Wagen vor der Töpferei. Im Laden traf Moretti Heiko Pohlmann an. Er schien abwesend und in sich gekehrt und registrierte kaum die beiden Uniformierten, die sich vor dem Eingang postierten.

„Wo hält sich Ihre Frau auf, Herr Pohlmann?", fragte Moretti.

Pohlmann stellte einen Stapel Blumentöpfe ab und fuhr sich fahrig mit der Hand über die Augen. „In der Werkstatt. Was wollen Sie schon wieder von uns?"

„Wenn Sie bitte vorgehen wollen?"

Seine Augen flackerten nervös. Wortlos führte er die Beamten in die Töpferwerkstatt.

Susanne Pohlmann arbeitete an einem noch unfertigen Modell aus Ton, in dem Moretti unschwer zwei Raben erkannte, die sich um eine Beute balgten. Stellte das noch im feuchten Ton verborgene Opfer Jana Kovac dar?

Sein Blick streifte Pohlmann. Er war totenbleich und schien eine ungeheure Wut zu unterdrücken. Auf diesen Mann musste er aufpassen. Manchmal reichte ein winziger Funke, um einen Flächenbrand zu entfachen.

Er holte tief Luft. „Frau Pohlmann? Sie sind vorläufig festgenommen."

Pohlmann erwachte quälend langsam aus seiner Lethargie.

„Aus ... welchem ... Grund?"

„Ihre Frau ist dringend tatverdächtig, Jana Kovac ermordet zu haben."

Pohlmann starrte auf die halb fertige Skulptur. Der noch teilweise im feuchten Ton verborgene Rabe schien sich zornig aus seinem Gefängnis befreien zu wollen, den Schnabel in einem stummen Schrei nach Rache weit aufgerissen.

Solange sie niemand ausgesprochen hatte, schien die Wahrheit noch nicht existent zu sein. Morettis Worte änderten alles. Sie waren der Brandbeschleuniger, der Katalysator, der das Ende herbeiführen sollte. Pohlmann verließ die Werkstatt, ohne sich noch einmal umzudrehen.

49

Stettner biss sich auf die Lippen und unterdrückte das Verlangen, aufzuschreien. Ihre Verfolger hätten sie sonst sofort im Schilf entdeckt. Halb eingesunken im sumpfigen Untergrund, kämpfte er zornig die Angst nieder. Der verfluchte See zerrte an ihm und zog ihn langsam und unerbittlich in die Tiefe.

„Befreie mich von der Falle“, sagte er und stöhnte.

Sammy strich sich die nassen Haare aus der Stirn. Der Regen fiel noch immer so dicht wie ein Vorhang.

„Ich weiß nicht, wie man das macht.“

„Drück die Bügel auseinander.“

Ihre Hände zitterten. Die gezackten Klammern der Tierfalle gruben sich wie die Kiefer eines Alligators in Stettners Knöchel, sein Hosenbein war blutdurchtränkt. Als sie die Eisen berührte, zuckte er vor Schmerz zusammen.

„Ich kann das nicht.“

„Willst du, dass sie uns erwischen? Die schlagen uns tot und versenken uns im See, so wie sie es mit den anderen getan haben. Mach schon!“

Entschlossen umklammerte Sammy die Fallenbügel und drückte sie mit aller Kraft auseinander. Sie bewegten sich nicht.

„Ich schaffe es nicht!“

Stettner verdrehte die Augen. Er stand dicht vor einer Ohnmacht. Sammy, der verfluchte See, das Geld, die

Männer im Wald, alles verschwamm und wurde undeutlich und schemenhaft. Der Schmerz, der ihm das Bewusstsein raubte, brachte ihn auch wieder in die Wirklichkeit zurück.

Sammy rüttelte ihn an der Schulter. „Willst du mich etwa in diesem stinkenden Schlammloch alleinlassen? Ich kratz dir die Augen aus, wenn du stirbst!"

Er lächelte gequält. Sammy hatte recht. Sollte ihn ausgerechnet dieses Fangeisen umhauen, nach all dem, was sie zusammen erlebt hatten?

„Versuch es mit der Hacke. Klemm die Spitze zwischen die Bügel, und benutze den Stiel als Hebel."

Sammy kroch zur Jagdhütte zurück. Am Rand des Schilfgürtels wartete sie, lauschte auf Stimmen. Alles blieb still. Unerkannt gelangte sie zur Hütte und kehrte mit dem Werkzeug zurück.

„Das wird verflucht wehtun", sagte sie zweifelnd.

„Mach schon, bevor ich es mir anders überlege."

Vorsichtig zwängte sie die Hackenspitze in eine Lücke zwischen den gezackten Fangeisen.

Stettner stöhnte bei der Berührung vor Schmerz auf.

„Ich zähle bis drei, dann ziehst du dein Bein aus der Falle."

Er nickte schwach. Die Kette, mit der die Falle an einem schweren eisernen Hering im Untergrund befestigt war, klirrte leise.

„Eins." Sammy packte den Stiel fester, um nicht im entscheidenden Moment abzurutschen.

„Zwei."

„Ich kann's kaum erwarten", krächzte Stettner heiser.

„Drei."

Sammy trieb die Hacke zwischen die Eisen und hebelte sie auseinander. Stettner schrie gellend auf und zog sein Bein aus der Falle.

„Bist du in Ordnung?"

Vorsichtig zog er das Hosenbein hoch. Ein Kranz dreieckiger, heftig blutender Wunden reihte sich um seinen rechten Knöchel.

„Zieh dein T-Shirt aus."

„Nicht jetzt, Sammy. Ich bin wirklich nicht in Stimmung."

„Das muss verbunden werden, du Idiot. Zieh dein T-Shirt aus!"

Er verstand.

Sammy zerrte an seinem T-Shirt, bohrte mit der Hacke ein Loch hinein und riss den Stoff in Streifen. Der notdürftige Verband stoppte die Blutungen. Sie hob die Schaufel auf und half ihm auf die Beine.

„Ob sie aufgegeben haben?"

„Nein. Mein Geschrei haben sie sicher noch in Gräbersberg gehört. Sie wissen, dass wir ihnen auf den Fersen sind. Sie haben gar keine andere Wahl, als uns umzubringen."

„Das ist doch verrückt. Sie können nicht jeden totschlagen, der in ihrem Wald herumschnüffelt."

Stöhnend richtete sich Stettner auf und benutzte die Schaufel als Krücke. Alles drehte sich um ihn.

„Bis jetzt hat es geklappt."

„Warum rufst du nicht einfach Moretti an?"

„Weil mein Handy im Wagen liegt. Warum rufst du ihn nicht an?"

„Ich habe mein Telefon verloren. Es liegt irgendwo im Schlamm."

Stettner humpelte auf die Schaufel gestützt durch das mannshohe Schilf.

Sammy stolperte hinter ihm her. „Wir schaffen es nie bis zur Insel."

„Ich lasse mich von diesen Hinterwäldlern nicht aufhalten."

Verbissen stapfte er weiter wie ein einbeiniger Pirat. Aufgeschreckt von seiner Stimme flatterten vier Raben vor ihnen aus dem Schilf und erhob sich krächzend in die Luft.

„Verdammte Biester", sagte er verdrossen.

„Runter!" Sammy warf sich auf ihn und stieß ihn in den Matsch.

Drei Schüsse hallten durch den Wald, dicht über ihren Köpfen prasselte eine Schrotladung in das Schilf. Männer schrien durcheinander.

Deutlich konnte Stettner die Stimmen unterscheiden. Zwei von ihnen entfernten sich schnell in Richtung Norden.

„Sie teilen sich auf", flüsterte er.

„Hörst du das?" Sammy erstarrte.

Hundegebell näherte sich von Süden.

Stettner knirschte mit den Zähnen. Der provisorische Verband um seinen Knöchel war rot von seinem Blut.

„Es wird Zeit, dass wir uns etwas einfallen lassen." Er kroch auf das Seeufer zu.

Sammy unterdrückte einen Schrei und wischte an ihren Beinen entlang. „Igitt! Hier sind überall Blutegel. Ich hasse diese Biester."

Der Detektiv bog die Schilfhalme auseinander und beobachtete den vor ihm liegenden See. Der Regen erzeugte Millionen winzige Explosionen auf der Wasseroberfläche. Westwind trieb kleine, schaumbemützte Wellen vor sich her. Die Insel lag etwa zweihundert Meter nordöstlich von ihnen. Weiter im Süden stieg das Ufer steil an. Dort, hinter dem Waldgürtel, erstreckte sich auf einem flachen Plateau ein großes Maisfeld. Er erinnerte sich daran, dass sie das Feld auf der Anhöhe während der Fahrt entlang des Sees passiert hatten. Auf der anderen Seite lag ein einsamer Bauernhof und dahinter eine Ortschaft, Häuser, Menschen, die ihnen helfen würden. Er gab den Plan, die Insel zu erreichen, auf. Wenn er recht hatte und Bergmanns Leiche dort vergraben lag, würden die Dorfbewohner sie dort erwarten. Er verspürte keine Lust, Bergmann Gesellschaft zu leisten.

Stettner blickte auf das gegenüberliegende Seeufer. Neben einer Schleuse parkten ein grüner Geländewagen und ein rostiger Pick-up. Ein bärtiger Mann in Gummistiefeln stand neben den Wagen und rauchte.

Vorsichtig zog Stettner sich in das Dickicht zurück. Er hoffte, dass ihre Verfolger die Suche auf das Gebiet rings um die Insel im Norden konzentrierten. Auf die Schaufel gestützt, humpelte er in die entgegengesetzte Richtung.

„He, was hast du vor?“, rief Sammy.

„Abhauen, was sonst?“

„Aber die Insel, das Geld.“

„Zum Teufel mit dem Geld. Ich habe keine Lust, mir eine Ladung Schrot einzufangen. Wir haben eine Schlacht verloren, aber nicht den Krieg. Ich werde versuchen, Moretti zu überzeugen, die Insel mit Leichenspürhunden abzusuchen. Vielleicht ergibt sich eine Gelegenheit, heimlich nach dem Geld zu suchen.“

In dem sumpfigen Gelände kamen sie nur langsam voran und brauchten zwanzig Minuten, um den bewaldeten Hang unterhalb des Maisfeldes zu erreichen. Plötzlich waren die Stimmen ihrer Verfolger ganz nahe. Hektisch suchte Stettner nach einem Versteck.

„Wir laufen seit einer Stunde im Kreis herum. Der Schnüffler ist längst abgehauen."

„Oder du hast ihn vorhin erwischt. Wir sollten das Ufer absuchen. Vielleicht liegt er irgendwo im Schilf und verblutet."

Stettner gab Sammy ein Zeichen. Dicht vor ihnen ragte ein würfelförmiger Betonklotz aus dem Wasser, einer von mehreren Kanalanschlüssen, die den Zu- und Ablauf des Sees regulierten. Sie wateten durch das flache Wasser und schlüpften durch die seewärts gerichtete Öffnung in den hohlen Bau, dessen Dach aus einem eisernen Gitterrost bestand. Kaum hatten sie das sichere Versteck erreicht, als schwere Stiefel über ihnen das Gitter erzittern ließen. Zwei Männer standen über ihren Köpfen. Beide waren mit Schrotflinten bewaffnet, einer der beiden führte einen schwarzbraunen Jagdhund an der Leine. Eine Zigarettenkippe fiel durch den Gitterrost und verlöschte zischend im Wasser.

„Wir sollten Billinger gleich mit erledigen", sagte einer der beiden Männer.

„Und wer wird dann die Firma leiten?"

„Pohlmann."

Der andere lachte verächtlich. „Pohlmann hat genug mit seiner Alten zu tun. Die verfolgt ihn auf Schritt und Tritt mit ihrer Eifersucht."

„Billinger treibt es schlimmer als Bergmann. Es gibt keinen Rock im Dorf, unter den seine geilen Finger noch nicht gekrochen sind. Sogar Pohlmanns Tochter soll er angefasst haben."

Der Jagdhund schnüffelte am Gitterrost.

Stettner drückte sich eng an die Betonwand.

Sammy presste die Hände vor Mund und Nase. Musste sie ausgerechnet jetzt niesen? Entsetzt schüttelte Stettner den Kopf und legte den Zeigefinger an die Lippen.

„Die Polizei hat Pohlmanns Töpferei durchsucht", fuhr der erste Mann fort.

„Na und? Sie haben nichts gefunden. Wenn alle die Klappe halten, können die Bullen suchen, bis sie schwarz werden. Außerdem halten die Spukgeschichten die Leute von der Insel fern.

Es war ein kluger Einfall von Gonsbach, die Senke zu fluten und den See als Naturschutzgebiet auszuweisen.

Der zweite Mann spuckte durch das Gitter. „Billinger hat den ganzen Ort in der Hand. Wir hätten uns nie auf den Kuhhandel einlassen dürfen. Soll ich mein ganzes Leben vor ihm kriechen wie der Bauer vor dem Fürsten? Irgendwann wird alles herauskommen, aber Billinger wird alles abstreiten. Keiner kann ihm etwas nachweisen, dafür wird sein korrupter Polizeifreund schon sorgen."

„Aber diesen Stettner macht er nicht mundtot."

„Verlier jetzt bloß nicht die Nerven. Ein Unfall ist schnell geschehen. Ist es unsere Schuld, wenn dieser Schnüffler uns vor die Flinte läuft, während wir Wildschweine jagen?"

„Wir können nicht jeden umbringen, der einen Fuß auf die Insel setzt."

„Nein, nicht jeden. Aber den Schnüffler."

Der Jagdhund knurrte und bellte. Das Gekläff hallte ohrenbetäubend laut von den Betonwänden wider. Der Mann riss ihn schimpfend am Halsband zurück.

„Lass und das Ostufer absuchen“, sagte der erste Mann. Schritte entfernten sich.

Stettner stieß den angehaltenen Atem aus. Über dem See kreiste ein großer Schwarm Raben. Er hatte das unheimliche Gefühl, als ob sie ihn mit ihren heiseren Schreien verspotten wollten, bevor sie ihm die Augen aushackten. In diesem verfluchten Dorf wimmelte es von Mördern und Halsabschneidern.

Schweiß rann ihm in die Augen. Er wankte. Die Schmerzen in seinem verletzten Fußgelenk strahlten bis ins Knie aus.

„He, Stettner! Kipp bloß nicht um!“

Er zitterte vor Kälte und klapperte mit den Zähnen.

„Du musst aus dem Wasser raus.“ Sammy half ihm durch die Öffnung des Betonwürfels. Im Schutz des Schilfdickichts stapften sie durch den Sumpf nach Süden. Zehn Minuten später erreichten sie den Fuß des Hügels, auf dem das Maisfeld lag. Von zwei Seiten schallte Hundegebell durch den Wald und näherte sich rasch. Die Tiere hatten ihre Spur aufgenommen und kreisten sie ein.

„Wir müssen uns beeilen!“

Stettner stützte sich schwer auf Sammys Schulter und benutzte die Schaufel als Krücke.

Sie erklommen den Hang wie ein seltsames dreibeiniges Tier. Oben stießen sie auf einen Zaun.

„Stacheldraht“, sagte Stettner. „Hilf mir darüber. Der Zaun wird die Hunde aufhalten.“

Sammy rutschte auf dem aufgeweichten Grund aus und fluchte.

Er packte einen der Zaunpfosten und warf die Schaufel in den Mais. Unter seinem Griff brach der morsche Pfosten dicht über dem Erdboden ab. Stettner verlor den Halt und rutschte auf der feuchten Erde aus, was ihm das Leben rettete. Dicht über seinem Kopf zerfetzte eine Schrotladung die Maispflanzen. Sammy warf sich platt auf die Erde und kroch unter dem Zaun hindurch. Der rasiermesserscharfe Stacheldraht riss ihr den Rücken auf.

„Gib mir deine Hand“, rief sie.

Stettner suchte in dem lockeren Boden nach Halt und verlagerte instinktiv sein Gewicht auf den verletzten Knöchel. Der Schmerz war so stark, dass er für einen Moment unfähig war, sich zu bewegen. Sammy streckte ihren Arm unter dem Zaun durch und erwischte den Gürtel seiner Jeans. Mit beiden Beinen stemmte sie sich gegen den Stumpf des Zaunpfahls und zog Stettner mit letzter Kraft in das Maisfeld.

„Weiter!“, drängte Stettner. „Tiefer in den Mais.“

Sie kamen nur langsam voran. Er war am Ende seiner Kraft. Sein verletzter Knöchel war auf die doppelte Größe angeschwollen, und noch immer verlor er Blut. Mehr als einmal strauchelte er auf dem unebenen Boden, und nur Sammy bewahrte ihn vor einem weiteren Sturz. Sie kämpften sich durch das Dickicht und gelangten bald darauf an einen Trampelpfad zwischen den Maispflanzen.

„Hier war jemand vor uns da“, sagte Sammy atemlos. Erschöpft schüttelte Stettner den Kopf. „Das sind unsere eigenen Spuren. Wir sind im Kreis gelaufen.“

Sammy starrte auf die dunklen Tropfen auf den niedergedrückten Halmen. Es war Stettners Blut. Sie hatten in dem Feld die Orientierung verloren.

„Wir müssen da lang."

„Still!", flüsterte Sammy.

Er hörte es ebenfalls. Das Dröhnen mächtiger Maschinen.

Sammy drehte sich im Kreis. „Was ist das? Das ist kein Automotor, auch kein Motorrad."

Das zischende Flapp-Flapp kam schnell näher und erinnerte ihn an den Rotor eines Helikopters.

„Nein", sagte Stettner. „Kein Motorrad. Das sind Mähdrescher. Mindestens zwei Stück."

50

Das Donnergrollen über dem Lahntal ließ die Grundmauern des alten Polizeipräsidiums erzittern. Die Neonröhre unter der Betondecke flackerte und versprühte dann wieder knisterndes Licht. Der kahle Verhörraum im Keller verfehlte seine abschreckende Wirkung auf Susanne Pohlmann nicht. Noch blieb sie bei ihrer Version der Geschehnisse der Freitagnacht, in der Jana Kovac gestorben war. Doch ihre Fassade aus gespielter Gelassenheit bekam erste Risse.

Tarp und Moretti beobachteten die Verdächtige durch den einseitig durchlässigen Spiegel.

„Sie haben weder ein Geständnis noch eine Leiche. Das reicht nicht für einen Haftbefehl. Wir werden sie laufen lassen müssen." Spielerisch blies Tarp einen Rauchkringel in die Luft und drückte die Kippe im übervollen Aschenbecher aus.

„Sie hat ein Motiv, sie hatte die Gelegenheit, und sie hat uns angelogen."

„Konfrontieren Sie sie mit der Zeugenaussage und dem Tankstellenvideo. Dann werden wir weitersehen."

Moretti nickte und ging entschlossen zum Verhörraum. Tarp gab sich kooperativ, weil ihm nichts anderes übrig blieb. Er mochte versuchen, Billinger zu schützen, aber er konnte Morettis Ermittlungsergebnisse nicht mehr missachten, ohne sich selbst verdächtig zu machen. Wenn Susanne Pohlmann wirklich die

Mörderin von Jana Kovac war, konnte es ihm nur recht sein.

Moretti setzte sich an den Tisch und schaltete das Aufnahmegerät wieder ein.

„Sie bleiben also bei Ihrer Aussage, die Nacht in Bad Ems in Ihrem Elternhaus verbracht zu haben, und am Samstag, dem 24. August, gegen sechs Uhr zwanzig nach Gräbersberg zurückgekehrt zu sein. Ist das korrekt?"

„Ja."

Moretti klappte den Laptop auf, startete das Überwachungsvideo der Tankstelle und drehte ihr den Bildschirm zu. Nachdem er sie mit der Tatsache konfrontiert hatte, dass sie aus der falschen Richtung gekommen war, blätterte er in seinem Notizbuch und las ihr die Aussage von Ulla Dannfeld vor.

„Bleiben Sie immer noch bei Ihrer Version der Geschichte?"

„Ich weiß nicht, warum Ulla plötzlich lügt."

„Es gibt einen Zeugen, der Sie gegen dreiundzwanzig Uhr dreißig in Billingers Villa gesehen hat, als Sie das Haus durch den Hintereingang betraten. Sie putzen für Billinger, Sie besitzen einen Schlüssel, und Sie kennen sich in der Villa aus."

„Warum sollte ich einen Mord an einem Menschen begehen, den ich nicht einmal kenne?"

„Aus Eifersucht. Ihr Mann hatte ein Verhältnis mit Jana Kovac."

„Das ist eine Lüge", schrie sie wutentbrannt.

„Nein, es ist die Wahrheit. Wann haben Sie es herausgefunden? An jenem Abend? Worum ging es bei dem

Streit mit Ihrem Mann? Wollte er Sie wegen Jana Kovac verlassen?“

„Nein, nein, nein!“ Sie presste die Hände an die Schläfen.

„Er wollte Sie verlassen, weil er genug hatte von Ihrer Eifersucht. Ihr kranker Vater diente Ihnen als perfektes Alibi. Jeder im Dorf weiß, dass er im Pflegeheim lebt. Sie fuhren noch in der Nacht zurück, weil die Ungewissheit an Ihnen nagte. Sie wussten, dass Ihr Mann Billingers Sexparty organisiert hatte. Sie wussten, dass Jana Kovac zu den Callgirls gehörte, und Sie ahnten, dass Ihr Mann ein Verhältnis mit ihr begonnen hatte. Und dieser Verdacht machte Sie rasend!“

Sie verschränkte die Arme vor der Brust und funkelte ihn wütend an. „Sie können mir nichts beweisen. Sie haben ja noch nicht mal eine Leiche.“

Moretti lehnte sich zurück. Susanne Pohlmann änderte ihre Strategie. Sie begriff, dass ihr Lügengebäude zusammenbrach. Und ja, zum Teufel, sie hatte recht. Tarp hatte recht. Außer einem abgerissenen Piercingring hatte er nichts in der Hand.

„Wussten Sie, dass Billinger im Nebenraum eine Kamera installiert hatte, um sich selbst beim Sex zu filmen?“

„Ich weiß nichts von einer Kamera.“

Fieberhaft suchte Moretti nach einem Punkt, an dem er den Hebel ansetzen konnte. Was würde Stettner jetzt unternehmen? Plötzlich hatte er einen genialen Einfall.

„Wie Sie meinen, Frau Pohlmann.“

Er verließ den Verhörraum und lief die Treppen hinauf zu seinem Büro, immer zwei Stufen auf einmal. Dort durchwühlte er seinen Schreibtisch auf der Suche nach Billingers DVD. Es würde klappen. Stettner würde es genauso machen.

Mit der DVD hetzte er in den Keller zurück und wartete eine Minute, bis sich sein rasender Puls beruhigt hatte. Dann trat er so selbstsicher ein, wie er konnte, und setzte sich an den Tisch.

„Was ist? Warum starren Sie mich so an?“, fragte sie.

„Ich frage mich, ob es nicht Zeit wäre, ein Geständnis abzulegen.“

„Ich habe nichts zu gestehen.“

„Sie sollten wissen, dass sich ein Geständnis strafmildernd auswirkt. Denken Sie darüber nach.“

Trotzig schüttelte sie den Kopf und presste die Lippen zusammen.

„Ich glaube nicht, dass Sie einen Mord begangen haben, Frau Pohlmann. Ein Mord setzt kaltblütige Planung voraus. Sie haben im Affekt gehandelt, und das ist ein großer Unterschied. Wenn Sie gestehen, werden Sie wegen Totschlags verurteilt. Bei guter Führung sind Sie in ein paar Jahren wieder frei. Ein Geständnis wird dazu beitragen.“

Moretti legte die DVD auf den Tisch.

„Warum haben Sie die zweite Hälfte der Aufnahme gelöscht? Sie brauchten nur die DVD aus dem Schlitten zu nehmen und verschwinden zu lassen.“

Sie schwieg beharrlich.

„Ich sage Ihnen, wie es gewesen ist. Sie wussten von dem Rekorder und Billingers Sexfilmen. Sie putzen in der Villa, sie kennen sich aus. Zufällig entdeckten Sie den Rekorder und die Kamera. Als Sie dann in der Mordnacht auf der Aufnahme den Streit zwischen Jana Kovac und Billinger sahen, war Ihnen klar, dass der

Verdacht sofort auf Billinger fallen musste. Es war die perfekte Gelegenheit, um ihn loszuwerden.“

„Sie reden ja wirres Zeug.“

„Ich besitze auch einen DVD-Rekorder“, erklärte Moretti. „Das Löschen bestimmter Abschnitte kann zeitraubend und lästig sein. Nie kriegt man es so genau hin, dass der Werbeblock ganz verschwunden ist, vor allem am Ende des Films.“ Er wartete auf eine Reaktion, die aber ausblieb. „Sie waren in Eile, in Panik, nicht wahr? Verständlich nach einem Mord. Man bringt ja nicht jeden Tag mal eben so eine Rivalin um.“

Er griff nach der CD-Hülle und spielte damit herum.

„Da kann es schon passieren, dass man nicht sauber arbeitet. Die Kollegen von der KTU haben sich die DVD vorgenommen.“ Er hielt die CD-Hülle hoch. „Sie wissen, was sie entdeckt haben, nicht wahr? Es existiert noch ein Anhang von zwanzig Sekunden, ein Rest, der nicht vollständig gelöscht wurde.“

Susanne Pohlmann erbleichte.

„Sollen wir uns den Schluss gemeinsam ansehen?“

Er nahm die DVD aus der Hülle und schob sie in den Laptop. Das Laufwerk begann leise zu surren.

Sie senkte den Kopf und ließ die Schultern hängen. „Ich will das nicht sehen.“

„Dann erzählen Sie mir, wie es gewesen ist.“

„Kann ich ein Glas Wasser haben?“

Moretti stand auf und besorgte eine Flasche Mineralwasser und ein Glas.

„Ja, ich war dort“, begann sie. „Am Abend hatte ich schrecklich mit Heiko gestritten. Dauernd hatte er diese Nummer angerufen; nicht die Nummer der Agentur, sondern die von Jana Kovac. Gegen halb neun fuhr ich nach Bad Ems, um mich bei Ulla auszuheulen. Sie riet mir, zurückzufahren, was ich dann auch tat. Ich hatte Angst, zu weit gegangen zu sein. Ich wollte Heiko nicht verlieren. Als ich gegen zwanzig nach elf zu Hause ankam, saß Nadine heulend in der Küche. Billinger hatte sie hinter dem Bierzelt angefasst. Ich war wütend auf ihn und auf Heiko. Wissen Sie, er ist ein guter Mann. Aber er ist zu weich, zu zögerlich. Nicht einmal Nadine hatte er beigestanden. Ich stellte mir vor, wie er mit dieser Nutte im Bett lag, während Billinger hinter dem Bierzelt Nadine vergewaltigte. Ich war so entsetzlich zornig. Also fuhr ich zu Billingers Villa. Auf der Hintertreppe begegnete mir eine Angestellte des Cateringservice. Wir stießen fast zusammen, weil sie es so eilig hatte."

„Und weiter?"

„Auf dem Flur sah ich Scheurich. Er beachtete mich kaum, wirkte gehetzt und beinahe panisch. Dann war ich plötzlich allein im Obergeschoss. Im Schlafzimmer lag Jana Kovac. An dem Glastisch klebte Blut. Ich dachte zunächst, sie sei tot und Scheurich habe sie umgebracht. Aber dann schlug sie die Augen auf. Als sie mich sah, begann sie zu lachen. Sie konnte gar nicht mehr aufhören zu lachen. Dann bemerkte ich die Rasierklinge und das Kokain. Billinger kokste ab und zu. Ich fand das Zeug manchmal beim Putzen im Bad oder im Schlafzimmer. Er gab sich keine große Mühe, es zu verstecken. Wozu auch? Er ist der König von Gräbersberg. Wer sollte ihn zur Rechenschaft ziehen?"

Mit zitternden Fingern tastete sie nach dem Wasserglas.

„Jana hat mich ausgelacht. Sie war zugedröhnt, manisch und brüstete sich damit, dass sie mit Heiko fortgehen würde. Sie wollten Billingers Schwarzgeldkonto leer räumen und mit einer Million Euro verschwinden. Dazu tanzte sie wie eine Stripperin, nur mit dem Schal bekleidet, Heikos Schal. Ich stieß sie von mir weg, aber sie hörte nicht auf zu lachen und prahlte damit, wie gut Heiko im Bett sei und dass es ein Jammer sei, dass ich ihn nicht auf Touren brachte."

Sie stellte das Glas ab, ihre Hände zitterten jetzt nicht mehr.

„Ich habe sie mit dem Schal erdrosselt. Es ging ganz schnell, viel leichter, als ich dachte. Sie hat sich kaum gewehrt. Wahrscheinlich war sie zu betrunken."

Moretti rieb sich die Augen. Er hatte es geschafft. Er hatte seinen ersten Mordfall gelöst, Tarp zum Trotz, der wohl mit versteinerter Miene hinter dem Spiegel zuhörte.

„Dann beschlossen Sie, die Aufnahme zu löschen."

Sie nickte. „Ich wusste von der Kamera. Billinger ist ein geiles Schwein. Wenn es ihm gelang – und das war meistens der Fall –, verführte er die Frauen im Dorf und schleppte sie in sein Schlafzimmer. Die Kamera zeichnete alles auf. Wissen Sie, es stimmt, Geld macht sexy. Es ist Billingers Geld, sein Reichtum, der die Frauen anzieht wie das Kerzenlicht die Motten. Die allermeisten bereuten ihren Seitensprung, aber es war zu spät. Billinger drohte ihnen damit, ihre Ehen zu zerstören, wenn sie sich ihm in Zukunft verweigerten. Er bekommt nie genug. Und er nimmt sich, was er will, immer und zu jeder Zeit. Diese Art sexueller Macht geilt ihn mehr auf als all die teuren Edelnutten."

„Haben Sie mit ihm geschlafen?"

Sie nickte. „Ja. Er versprach mir die fünfzigtausend Euro. Damit konnte ich die Töpferei wieder aufbauen. Ich wollte nicht, dass Heiko weiter für Billinger arbeitet. Er demütigt ihn wie einen Hund, bei jeder Gelegenheit, jeden Tag. Weil es ihm Spaß macht. Mit dem Geld hätten wir uns unabhängig machen können. Ich wollte Heiko nie betrügen. Es sollte nur dieses eine Mal sein, und er hätte es nie erfahren."

Sie blickte auf. „Auf dem Video sieht man, wie Billinger Jana gegen den Tisch stößt und sie bewusstlos oder tot zu Boden sinkt. Den Rest habe ich gelöscht. Ich dachte, das würde genügen, um den Verdacht von mir auf Billinger zu lenken. Ich wollte, dass er verschwindet. Er hat ... so viele Ehen zerstört und er ... herrscht über uns wie ein Tyrann.

Am nächsten Morgen rief ich die Polizei an und behauptete, in der Villa sei ein Mord geschehen.

„Aber", sie blickte verständnislos auf, „nichts geschah. Niemand reagierte auf meinen Anruf."

Morettis Gedanken rasten. Er fühlte Tarps Blicke im Nacken. Tarp, der hinter dem Spiegel stand und ihn beobachtete. Rainer Tarp, der Leiter der Mordkommission. Natürlich war der anonyme Hinweis bei ihm gelandet. Und natürlich hatte er nichts unternommen, weil er geholfen hatte, die Leiche zu beseitigen, um Billinger zu decken, der geglaubt hatte, er habe Jana Kovac umgebracht.

„Und Henning Scheurich steckte die DVD ein."

„Scheurich?"

Moretti nickte. „Er erpresste Billinger mit der Aufnahme. „Was geschah danach?"

„Ich fuhr nach Hause zurück, konfus, ohne Plan. Ich erklärte Nadine, dass alles in Ordnung sei, Billinger würde in Zukunft die Finger von ihr lassen. Dann wurde mir klar, dass ich ein Alibi brauchte, und kehrte am Morgen nach Bad Ems zurück. Dort tankte ich, um die Tankquittung als Beweis zu benutzen, dass ich erst gegen halb sechs nach Gräbersberg zurückgefahren war."

Moretti stoppte das Aufnahmegerät.

„Was ... geschieht jetzt mit mir?", fragte sie zögernd.

„Sie werden ins Untersuchungsgefängnis nach Koblenz überstellt. Dort werden Sie bis zu Ihrem Prozess bleiben."

Er stand auf, ging zur Tür und übergab sie zwei Polizeibeamten, einer davon war Morettis Kollege Bender.

„Würden Sie bitte meinen Mann informieren?"

Der dicke Bender nickte ihr zu. „Ich übernehme das. Sie können mir dic Nummer geben."

Die Beamten führten sie den Gang entlang zu einer der Arrestzellen.

Hatte Tarp tatsächlich geholfen, die Leiche zu beseitigen? Diese Frage beschäftigte Moretti unablässig. Sein Vorgesetzter trat aus dem Beobachtungsraum.

„Gratuliere", sagte er eisig. Er zog an der unvermeidlichen Zigarette und blies Moretti den Qualm ins Gesicht. „Ich habe Sie unterschätzt, Moretti. Gute Arbeit."

Ohne ein weiteres Wort drehte er sich um und stieg die Stufen zum Erdgeschoss hinauf. Fast unmerklich zog er das linke Bein nach. Das feuchte Wetter machte ihm offensichtlich zu schaffen.

Moretti sah plötzlich die Geschehnisse jener Freitagnacht glasklar vor sich, als hätte ein geheimnisvoller

Schneidemeister die Bilder in seinem Kopf endlich zu einem fertigen Film zusammengesetzt. Janas Sturz gegen den Glastisch war keine Absicht gewesen. Das Unglück war aus einer Rangelei entstanden und hatte eine verhängnisvolle Kette von Ereignissen in Gang gesetzt: Billinger war betrunken und wusste nicht, was er tun sollte, aber ihm war klar, dass die Situation gefährlich werden konnte. Panisch war er nach unten zum Pool gelaufen, um Tarp zu suchen. Der wusste am besten, wie man die Polizei aus der Sache heraushalten konnte. Doch niemand hatte mit Pohlmanns eifersüchtiger Ehefrau gerechnet. Während Billinger auf der Suche nach Tarp war, hatte sie von allen unbemerkt den Mord an Jana begangen. Dann war Scheurich nach oben gegangen, um – wie er sagte – ein Stück von Billingers Geburtstagstorte abzubeißen. Aber da war Jana schon tot gewesen. In diesem Augenblick musste in ihm der Plan gereift sein, Billinger zu erpressen. Scheurich musste von seinen privaten Sexfilmen und dem Rekorder gewusst haben. Er hatte die DVD an sich gebracht, in der Absicht, Billinger zu erpressen. Und Sammy hatte er als Lockvogel benutzt.

Als Billinger mit Tarp ins Schlafzimmer zurückkehrte, war Jana tot. Erdrosselt mit Pohlmanns Schal.

Von den drei Männern hatte einer den anderen für den Täter gehalten, ein wahrhaft teuflisches Trio. Tarp hatte entschieden, dass die Leiche der tschechischen Nutte, die niemand vermissen würde, verschwinden musste. Scheurich besaß als Wehrleiter der Feuerwehr den Schlüssel zur Töpferei. Jeder im Ort hatte gewusst, dass Susanne Pohlmann an diesem Abend in Bad Ems bei ihrem kranken Vater war und die Töpferei leer stand. Schließlich hatte Pohlmann seine Frau entschuldigen müssen, da sie nicht zu Billingers Feier erschien.

Nie wäre jemand hinter das Verbrechen gekommen, wenn sie nicht einen winzigen Fehler begangen hätten. Beim Transport der Leiche war der Piercingring abgerissen und in den Begehkanal unter dem Ofen gefallen, wo ihn die Spurensicherung gefunden hatte. Nachdenklich schloss Moretti die Tür zum Beobachtungsraum. Mit der Lösung dieses Falles hatte er sich Tarp zum Feind gemacht. Zwar konnte er noch nicht beweisen, dass der Kommissar geholfen hatte, die Leiche verschwinden zu lassen, aber schon der Verdacht mochte ausreichen, um seine Karriereaussichten zu ruinieren.

In der Halle im Erdgeschoss traf er Bender. „Hast du Pohlmann erreicht? Wie hat er es aufgenommen?"

„Der Typ ist irgendwie merkwürdig drauf. Er sagte, er müsse noch Fallen für die Raben aufstellen. Die Biester werden immer lästiger, meinte er."

Moretti fuhr herum. „Fallen? Raben? Was meint er damit?"

Bender zuckte mit den Schultern. „Keine Ahnung. Wenn du mich fragst, in diesem Dorf wohnen nur Verrückte."

Moretti sah ihm nach, wie er die Stufen zum Parkplatz hinunterwatschelte. Raben ... Fallen.

***

Im Tal hinter der Nordseite des Bergrückens, der sich wie ein gestrandeter Wal das Lahntal hinunterwälzte, steckte Heiko Pohlmann bedächtig hundertzwanzig Patronen *Rottweil Superskeet,* Kaliber 12 in die zahlreichen Taschen seines grünen Jagdparkas und klappte den Doppellauf der Schrotflinte zu.

51

Billinger konnte seine Ungeduld kaum mehr bezwingen. Bereits vor Scheurichs überraschendem Ende war dessen Frau ein Wrack gewesen. Sein Tod verwandelte ihren unaufhaltsamen Abstieg in die Alkohol- und Tablettensucht in eine abschüssige Straße ohne Wiederkehr, auf der sie immer schneller auf den Abgrund zuraste. Billinger hatte ihr Hilfe bei der Bewältigung der Betriebsführung angeboten. Auf Scheurichs Schreibtisch stapelten sich unbezahlte Rechnungen, unerledigte Aufträge und Mahnungen des Finanzamts.

Mit fahrigen Bewegungen suchte sie nach dem Schlüssel zum Büro der Autowerkstatt. Billinger rang sich ein Lächeln ab und griff nach dem Schlüssel am Bord.

„Ich glaube, dieser ist es."

Brigitte Scheurich drehte sich um und stierte ihn zweifelnd an. Erinnerte sie sich überhaupt, warum er hier war?

„Ich gehe die Papiere rasch durch. Leg dich wieder hin. Morgen wird ein anstrengender Tag."

Eilig verließ er die Wohnung und lief über den Hinterhof zur Werkstatt. Niemand arbeitete im Augenblick im Autohaus, die Mechaniker warteten auf ihren ausstehenden Lohn. Ihre Chefin war unfähig, die einfachsten Entscheidungen zu treffen.

Billingers Motive galten weniger der Sorge um den Bestand des Betriebs, sondern den fünfzigtausend Euro, die er Scheurich vor einem halben Jahr geliehen hatte. Schon damals hätte ihm klar sein müssen, dass er das Geld niemals wiedersehen würde. Nun wollte er sich mit eigenen Augen von Scheurichs Finanzen überzeugen und retten, was zu retten war. Wegen dieses Idioten war seine Million in Flammen aufgegangen. Aber vielleicht ließ sich aus der Konkursmasse noch Profit schlagen. Billinger hatte keinen Vertrag mit Scheurich geschlossen, es existierte noch nicht einmal eine handschriftliche Mitteilung über die geliehene Summe. Er liebte es, Menschen geschickt in die Abhängigkeit zu führen.

Henning Scheurich war kein Geschäftsmann gewesen, sondern ein Rosstäuscher mit einem Hang zur Brutalität und einer ausgeprägten Bauernschläue. Einen besseren Gehilfen für die Drecksarbeiten, die es hin und wieder zu erledigen galt, hatte Billinger nicht finden können. Scheurich mit einer geliehenen Summe erpressbar zu machen, war ihm als kluger Schachzug erschienen. Nun bestürmten ihn Zweifel an seiner Entscheidung. Doch mit etwas Glück lag im Safe noch Bargeld aus Autoverkäufen, das Scheurich noch nicht zur Bank gebracht hatte.

Billinger schloss die Tür zur Werkstatt auf und betrat das Büro. Nach einer halben Stunde erkannte er, dass auch die fünfzigtausend Euro verloren waren. Das Autohaus war überschuldet, Scheurich drohte die Zwangsvollstreckung. In seinem Terminkalender entdeckte er einen Hinweis darauf, dass die Steuerfahndung beabsichtigte, die Buchhaltung zu kontrollieren.

Irgendwie war es Scheurich gelungen, von der bevorstehenden Buchprüfung zu erfahren. Billinger überschlug grob die einzelnen Schuldenposten und errechnete eine Summe von über dreihunderttausend Euro.

An Scheurichs Schlüsselbund befand sich auch der Schlüssel zum Wandtresor. Billinger durchsuchte den Safe in der Hoffnung auf Bargeldreserven, aber er stieß auf etwas anderes – ein billiges Handy mit einer Prepaidkarte. Es war jenes Telefon, mit dem Scheurich dieses kleine Biest kontaktiert hatte. Neben dem Telefon fand er die aufgeschlagene Bedienungsanleitung. Der Menüpunkt *Täuschungsanrufe* war fett markiert. Daneben hatte Scheurich die vierstellige PIN notiert. Stirnrunzelnd schaltete Billinger das Handy ein.

Das Telefon akzeptierte die PIN-Nummer und piepte bestätigend. Zwei Minuten später raste Billinger vor Wut und schleuderte das Handy gegen die Wand. Die Einzelteile zersprangen in einem Scherbenregen in Scheurichs Büro.

Sammy Baring hatte niemals versucht, ihn zu erpressen. Die Anrufe waren von Scheurichs Handy ausgegangen. Er hatte die fingierten Anrufe programmiert und mit sich selbst gesprochen.

Zitternd vor Wut riss Billinger die Schreibtischschubladen auf und kippte wahllos den Inhalt aus, ohne zu wissen, wonach er suchte. Er brauchte lediglich ein Ventil für seinen Zorn.

Aus einer der Schubladen fiel ein markant geformter Schlüssel in seine Hand. Billinger wurde kreidebleich. Ungläubig betrachtete er ihn eine Weile und versuchte, zu begreifen. Er kannte den altertümlich geformten Schlüssel mit dem gezackten Bart, der die Tür zu dem

Ort öffnete, den Billinger mehr fürchtete als Tod und ewige Verdammnis. Es war der Schlüssel zum Rabenkeller.

Die Außentür der Werkstatt fiel ins Schloss. Billinger schreckte auf, verbarg den Schlüssel in seiner Faust und spähte in das Halbdunkel.

„Wer ist da?“, rief er. „Brigitte, bist du das?“

Niemand antwortete. Billinger löschte die Schreibtischlampe und näherte sich der Tür zur Werkstatt. Leise schlich er die Stufen hinauf und wartete darauf, dass sich seine Augen an das Zwielicht gewöhnten.

Plötzlich flammte das Deckenlicht auf. Pohlmann stand in der Halle. In den Taschen seines Parkas steckten Dutzende großkalibrige Schrotpatronen, seine Hände umklammerten die doppelläufige Schrotflinte, mit der er im Herbst auf Entenjagd ging.

Drohend schwenkte er das Gewehr. „Rüber zum Transporter.“

„Was soll das? Hast du den Verstand verloren?“

„Ich war noch nie so klar im Kopf. Geh zum Transporter, und öffne die Hecktür.“

Zögernd ging Billinger auf den Ford Transit zu. Es war derselbe Transporter, mit dem sie Sammy und Jelenas Leiche zur Fischerhütte gebracht hatten.

„Steig ein!“

Pohlmann stieß ihm den Flintenlauf in den Rücken. Billinger verlor das Gleichgewicht und knallte mit dem Kinn gegen die Ladekante.

„Versuch bloß nicht, mich zu verarschen. Wenn du in zehn Sekunden nicht auf der Ladefläche hockst, schieß ich dir die Kniescheiben weg.“

Billinger verrenkte den Kopf und blickte ihm ins Gesicht. Pohlmanns Augen waren ausdruckslos, ohne einen Funken Mitleid. Die Leere in seinem Blick jagte ihm eine Höllenangst ein. Dieser Mann war bereits tot, er wusste es nur noch nicht. Plötzlich wünschte er sich, er hätte ihn niemals wie einen Hofnarren behandelt. Ein ihm unbekanntes Ereignis hatte in Pohlmann einen Schalter umgelegt und die Katastrophe in Gang gesetzt, auf die er schon seit langer Zeit unaufhaltsam zusteuerte.

„Mach keinen Scheiß, Heiko. Wir können das regeln. Wenn du Geld brauchst ..."

Billinger spürte die Gewehrmündung in seiner Kniekehle.

„Ich will dein Geld nicht."

„Du wirst es brauchen."

„Eins." Pohlmann begann zu zählen.

„Zwei."

Hastig kletterte Billinger in den Laderaum und drückte sich in einen Winkel. Pohlmann schlug die Hecktür zu. Die plötzliche Dunkelheit, die Enge und der Geruch von Diesel und Motorenöl schnürten Billinger die Kehle zu. Der gezackte Bart des Schlüssels, den er noch immer in der Faust verborgen hielt, schnitt tief in seine Handfläche.

Das Rolltor der Werkstatthalle fuhr ratternd hoch. Pohlmann kehrte zum Wagen zurück und stieg ins Führerhaus. Der Ford Transit setzte sich ruckend in Bewegung und rollte vom Hof.

Billingers Angst wuchs. Als der Transit von der Landstraße in einen mit Schlaglöchern übersäten Feldweg abbog, sah er seine schlimmsten Befürchtungen bestätigt. Pohlmann fuhr zur Insel, an den Platz, der für ihn die Hölle auf Erden bedeutet hatte.

Der Transporter holperte um eine Kurve. Billinger verlor das Gleichgewicht und rutschte über den schmutzigen Blechboden. Er schrie vor Wut und Angst auf und trat mit aller Kraft gegen die Hecktür.

Pohlmann hörte sein Toben. Er trat heftig auf die Bremse und gab ruckartig wieder Gas. Billinger überschlug sich, krachte gegen die Rückwand des Fahrerhauses und brach sich zwei Rippen. Zum ersten Mal wurde ihm klar, dass diese Fahrt eine Reise ohne Wiederkehr werden konnte.

Kies knirschte unter den Reifen, der Transporter stoppte. Billinger lauschte auf Pohlmanns Schritte. Die Hecktür flog auf, und Pohlmann schwenkte die Schrotflinte auf ihn.

„Raus!"

Billinger hielt sich stöhnend die Seite und kletterte ungeschickt aus dem Laderaum. Die Dämmerung hatte eingesetzt. Über dem See kreisten die Raben. Ihre heiseren Schreie schienen ihn zu verhöhnen, so wie er all die Jahre Pohlmann verspottet hatte.

„Lass uns doch reden. Was immer dich quält, wir finden eine Lösung. Ich ..."

„Halt die Klappe!"

„Was hast du vor?"

„Wir besuchen Bergmann."

Pohlmann trieb ihn mit dem Gewehrlauf vor sich her. „Du kennst den Weg ja."

Billinger geriet in Panik. Es musste ihm gelingen, dem Verrückten die Schrotflinte abzunehmen, bevor sie in den Keller hinabstiegen. Von dort gab es keine Fluchtmöglichkeit mehr.

„Überleg dir, was du tust, Heiko. Ich bin der Einzige, der dir jetzt noch helfen kann. Die Sache mit dem Mädchen tut mir wirklich leid. Sie ist unglücklich gestürzt, aber glaub mir, ich habe sie nicht getötet. Sie lebte noch, als ich aus dem Schlafzimmer lief, um Hilfe zu holen."

Pohlmann antwortete nicht.

Billinger verlangsamte seine Schritte. „Ich gebe zu, es war ein Fehler, das Mädchen in den Brennofen zu stecken. Aber ich kann keinen Skandal gebrauchen. Ich sag dir, was wir machen. Tarp wird uns helfen, den Mörder zu finden. Er wird bestraft werden, ganz bestimmt."

Sie waren an der Ruine des Bauernhauses angekommen. Ihn überkam ein eisiges Déjà-vu. Er hörte das trunkene Gebrüll seines Vaters und das Klirren zerbrechender Schnapsflaschen.

Pohlmann stieß ihn vorwärts.

Er stolperte über verkohlte Balken, Schutt und Unrat. Im Halbdunkel des Hauses konnte er kaum sehen, worauf er trat. Unter seinen Schuhen knarrten alte Dielenbretter.

„Geh zwei Schritte weiter, und bleib dann stehen."

Billinger gehorchte. Das Krächzen der Raben schallte über das Wasser. Ihre Schreie klangen ganz nah, als ob sie sich im Haus aufhalten würden. Die vielfach gebrochenen Echos rings um den See mussten seinem Gehör einen Streich spielen.

„Mach die Klappe auf", befahl Pohlmann.

Billingers Herz schlug einen rasenden Trommelwirbel gegen seine schmerzenden Rippen. Die Bretter! Er stand auf der Luke zum Rabenkeller. Erschrocken stolperte er zurück. „Ich gehe da nicht runter. Niemals!"

Pohlmann senkte ungerührt das Gewehr und drückte ab. Der Schuss dröhnte ohrenbetäubend in dem alten Gemäuer. Staub und Dreck rieselten von der Decke.

Billinger schrie gellend auf, aber der erwartete Schmerz blieb aus.

„Beim nächsten Mal schieße ich nicht daneben. Mach die Luke auf!"

Widerstrebend bückte er sich und zog die Bodenluke auf. Pohlmann verpasste ihm einen Tritt. Billinger stürzte die ausgetretenen alten Steinstufen hinab und schlug mit der Stirn gegen einen Balken.

Das Gezeter der Raben drang albtraumhaft an seine Ohren. Stöhnend drehte er sich auf den Rücken und blickte nach oben. Das Rechteck der Lukenöffnung hob sich hellgrau von der Finsternis des Kellers ab.

Pohlmann zerrte einen großen Drahtkäfig über die Bretter, in dem er über zwanzig Raben gefangen hatte. Sie flatterten wütend in dem engen Käfig umher und hackten sich gegenseitig mit ihren scharfen Schnäbeln die Augen aus. Er schob das Drahtgeflecht über die Luke und öffnete am Grund des Käfigs eine Klappe. Schimpfend und krächzend flohen die Vögel in den stockdunklen Keller. Blitzschnell zog Pohlmann den Käfig fort, schlug die Klappe zu und verriegelte sie mit einer schweren Eisenstange. Dumpf drangen Billingers Schreie durch das dicke Holz.

„Fällt er in den Graben, fressen ihn die Raben!“ Pohlmann lachte irre, zog eine Bohle aus dem Schutt und drosch wie von Sinnen auf die Bodenklappe ein.

52

Die riesige Maschine brach durch die mannshohen Halme wie ein roter Drache. Sammy stieß Stettner zur Seite und sprang hinter ihm in das Dickicht der Maispflanzen. Der Mähdrescher erzeugte eine dichte Staubwolke aus zermalmten, trockenen Blättern und Stängeln und raubte ihr die Sicht. Die wirbelnden Messer verfehlten sie nur um Zentimeter.

„Wo ist Norden?"

Stettner drehte sich auf den Rücken und starrte in den Himmel. Sein Gesicht war aschgrau.

„Da lang", rief Sammy.

Der Detektiv streckte den Arm nach der Schaufel aus und humpelte verbissen weiter. Nach wenigen Metern blieb er stehen und lauschte. Das rhythmische Hacken der gewaltigen Messerbalken näherte sich rasch von zwei Seiten. Das Maisfeld erwies sich als tödliches Labyrinth ohne Ausgang. Unvermittelt tauchte der zweite Mähdrescher vor ihnen auf und fräste eine Spur der Verwüstung durch das Feld. Sammy und Stettner taumelten zurück und stürzten rücklings in das Dickicht.

„Hörst du das?" Sammy spähte durch die Reihen der Maispflanzen.

Von Süden näherte sich Hundegebell.

„Gib mir die Schaufel!"

Stettner schüttelte den Kopf. „Versuch es erst gar nicht."

Einer der beiden Mähdrescher hatte das östliche Ende des Maisfeldes erreicht. Er wendete, scherte in die Schneise ein und kam rasch näher. Die zweite Maschine walzte sich ihren Weg von Westen her auf sie zu.

„Wir haben keine Zeit zum Streiten!"

Sammy streckte den Kopf aus dem mannshohen Mais. Zwei bullige Rottweiler hetzten die Schneise entlang auf sie zu.

Sie schnappte sich die Schaufel und rannte wild schreiend auf die Hunde zu, die irritiert abbremsten und stehen blieben. Mit einem furchtlosen und bewaffneten Gegner hatten sie offenbar nicht gerechnet.

Der größere der beiden Rottweiler knurrte aus tiefer Kehle, besann sich auf seine Stärke und spurtete dann los. Sammy holte mit der Schaufel aus, passte den richtigen Moment ab und spaltete dem anstürmenden Hund den Schädel. Der zweite Hund tänzelte verwirrt auf der Stelle. Sein Gegner verhielt sich gegen alle Regeln. Winselnd wich er zurück, kniff den Schwanz ein und verschwand im Mais.

„Du bist völlig verrückt, Sammy!" Stettner stützte sich schwer auf ihre Schulter. „Total durchgeknallt, weißt du das?"

Sie zitterte vor Angst und Anstrengung. Trotzdem brachte sie ein breites Grinsen zustande. „Genau wie du, Stettner. Genau wie du!" Sie strich sich die Locken aus der Stirn. „Niemand nimmt mir diese verdammte Million weg. Schon gar kein blöder, sabbernder Köter!"

„Ich fürchte, da irrst du dich."

Die beiden riesigen Erntemaschinen walzten den Mais platt und keilten sie ein. Männer mit Schrotflinten sprangen aus den Fahrerkabinen herab.

„Ist die Jagdsaison schon eröffnet?", rief Stettner ihnen entgegen.

„Halt's Maul."

Die sechs Männer teilten sich auf und zogen den Kreis um Sammy und Stettner enger.

„Und was jetzt? Hat keiner von euch genug Mut, um abzudrücken?" Stettner schüttelte den Kopf. „Es ist nicht so leicht, einen Menschen zu töten. Was habt ihr mit Bergmann angestellt? Ihm hinterrücks den Schädel eingeschlagen und ihn auf der Insel vergraben? Oder liegt er auf dem Grund des Sees?"

Keiner der sechs rührte sich, bis ein bärtiger Mann in grüner Jagdkleidung und Stiefeln das Wort ergriff. „Wir bringen sie zur Insel."

Niemand widersprach ihm. Zwei der Männer zerrten sie auf einen verbeulten Pick-up zu, der hinter dem Mähdrescher auftauchte. Sammy half Stettner auf die Ladefläche. Die Dorfbewohner kletterten ebenfalls auf den Wagen. Dann rumpelte der Pick-up aus dem Maisfeld und fuhr über einsame Waldwege zum Südende des Sees.

Der Wasserstand war wieder gestiegen. Einem Beobachter, der keine Kenntnis von der Furt besaß, musste es erscheinen, als schwebte die Fahrzeugkolonne über das Wasser. Der letzte Streifen Tageslicht verlosch über dem Horizont, als der Pick-up vor der Ruine des Bauernhofs stoppte. Ein grünbrauner Lada Geländewagen und ein uralter Magirus Feuerwehrwagen riegelten hinter ihm die Zufahrt ab.

„Sperrt sie in den Rabenkeller", befahl der Bärtige.

„Und was dann?", fragte Schwickert nervös.

Der Bärtige deutete mit dem Kinn auf die Schleusenanlage am anderen Ende der Furt.

„Ein Bad ist genau das Richtige bei der Hitze“, antwortete er kalt. „Wirf den Generator an.“

Jemand stieß Stettner einen Gewehrlauf in den Rücken. Er stolperte und fiel in den Staub. Der Schmerz in seinem verletzten Knöchel ließ ihn jede Gegenwehr vergessen.

Sammy drehte sich um und schlug mit den Fäusten auf den Mann ein. Ihr ungestümer Angriff brachte ihn beinahe zu Fall.

„Ich kratz dir die Augen aus, du verfluchter Bauer“, schrie sie wutentbrannt.

Der Bärtige riss sie zurück und schlug ihr mit der flachen Hand ins Gesicht. „Schluss jetzt mit dem Unfug!“

Stettner zog sich mit schmerzverzerrtem Gesicht an der Ladekante des Pick-ups hoch. „Warum musste Bergmann sterben?“

„Was geht dich das an?“

„Sag’s ihm doch. Er kann es sowieso niemandem mehr erzählen“, rief Schwickert.

„Bergmann war ein Sadist, ein Leuteschinder und Despot. Wer sich ihm nicht unterordnete, den warf er raus und hackte so lange auf ihm herum, bis er freiwillig das Dorf verließ.“

„Ihr seid doch keine Feiglinge. Warum habt ihr euch das gefallen lassen?“

„Eine Menge Firmen haben in den vergangenen zehn Jahren dichtgemacht. Bergmanns Basaltwerk lief wie am Schnürchen“, erklärte Kirchner.

Der Bärtige nickte. „Wer bei Bergmann rausflog, fand nirgendwo mehr Arbeit. Dafür sorgte der Alte.“

Kirchner spuckte in den Dreck. „Aber er trieb es einfach zu weit. Wie ein Gutsherr beherrschte er Gräbersberg."

„Und nach den Kommunalwahlen setzte sich überraschend der Gemeinderat neu zusammen. Neue Gesichter tauchten auf, Zugezogene, auf die Bergmann keinen Einfluss hatte. War es nicht so?", fragte Stettner.

Schwickert nickte. „Er erhielt keine Genehmigung für die Erweiterung des Basaltabbaus. Unter dem Wald zwischen dem See und dem Dorf lagern riesige Vorkommen."

„Bergmann drohte, den Betrieb zu schließen, nicht wahr? Mit einem Schlag wären neunzig Prozent der Bevölkerung arbeitslos geworden."

„Du weißt doch sowieso schon alles", sagte der Bärtige.

„Wie ist es passiert? Und was hat Billinger damit zu tun?"

Stettner musste Zeit gewinnen. Es musste einen Ausweg geben, ein Detail, das er übersehen hatte. Seine Gegner waren keine Berufsverbrecher, sondern einfache Menschen, die bis unter die Haarspitzen unter Strom standen und um ihre Existenz kämpften. Irgendwann würden sie unweigerlich einen Fehler begehen.

„Billinger kam zurück, weil ihn seine Mutter darum bat. Der cholerische Bergmann hatte bereits zwei Herzinfarkte überlebt. Ein dritter hätte ihn umgebracht. Sie versuchte, zwischen den beiden zu vermitteln. Ihr Sohn hatte Betriebswirtschaft studiert und war ein erfolgreicher Unternehmensberater. Mit seiner Hilfe wollten wir Bergmann überzeugen, sich zurückzuziehen und seinem Stiefsohn die Leitung der Firma zu übertragen. Aber der sture Hund wollte nichts davon wissen. Er führte sich auf wie ein Besessener, als er von dem Plan erfuhr."

„Es passierte hier. Hier auf der Insel, nicht wahr?"

Schwickert warf dem Bärtigen einen fragenden Blick zu. Der wandte sich kopfschüttelnd ab.

„Wir trafen uns hier, um ihm unsere Vorschläge für die Anlage des Sees zu unterbreiten. Es gab Pläne für eine Fischzucht und einen Campingplatz. Ein Hotelbesitzer aus Bad Ems wollte in Gastronomie und Infrastruktur investieren. Der ganze Ort hätte davon profitiert, und eine Menge Arbeitsplätze wären entstanden. Wir hatten gehofft, Bergmann überzeugen zu können. Aber er hörte nicht einmal zu."

Stettner verstand. Bergmann hätte niemals zugestimmt, denn durch das Engagement der Dorfbewohner hätte er Einfluss verloren, während sie an Unabhängigkeit gewannen.

Kirchner scharrte mit der Stiefelspitze im Kies.

„Er stand genau da und stolperte über den flachen Felsen. Dann lag er da, schrie und beschimpfte uns immer noch, und da drehte Pohlmann durch. Plötzlich hielt er eine Latte in der Hand, hatte sie wohl aus dem Schutt gezogen. Er schlug einfach zu, immer wieder. Aber Bergmann brüllte immer noch weiter, nannte ihn einen Feigling und Versager. Er blutete aus einer Platzwunde über dem Auge und versuchte, auf die Beine zu kommen. Und dann ... dann haben wir alle zugeschlagen, bis er sich nicht mehr rührte."

Das war es also gewesen. Ein kollektiver Totschlag, ausgelöst durch Pohlmann, der im Affekt als Erster zugeschlagen hatte.

„Aber ihr habt die Rechnung ohne Billinger gemacht. Ich wette, er war schlau genug, sich an der Prügelorgie nicht zu beteiligen."

Kirchner deutete zum Ufer hinüber. „Er war nicht dabei. Als wir mit Bergmann fertig waren, tauchte Elfie plötzlich auf. Sie hatte die ganze Zeit in Bergmanns Wagen gewartet und dann seine Schreie gehört. Als sie seine Leiche sah, drehte sie durch. Seit jener Nacht ist sie nicht mehr richtig im Kopf."

„Wir hatten den Teufel mit dem Beelzebub ausgetrieben. Billinger führte sich noch schlimmer auf als Bergmann und vögelte sich durch das halbe Dorf", sagte Schwickert bitter.

Das war es also. Die Dorfbewohner konnten Billinger nicht verjagen, weil sie ihn brauchten, um Bergmanns Firma weiterzuführen. Und Billinger nutzte ihre Abhängigkeit schamlos aus, so wie es Bergmann vor ihm getan hatte.

„Was habt ihr mit Valli gemacht?"

Schwickert und der Bärtige blickten sich an.

„Er meint den Schnüffler, den uns Tremante auf den Hals hetzte", sagte Kirchner. „Der Kerl hat seine Nase zu tief in unsere Angelegenheiten gesteckt und ist im Brennofen der Töpferei gelandet. So regeln wir die Dinge bei uns. Mir reicht das Gequatsche jetzt."

Er packte Stettner grob an der Schulter und zerrte ihn auf die Ruine zu. Kirchner folgte ihnen mit Sammy. Der Bärtige lief mit einer Taschenlampe voraus. Er kletterte über die Trümmer und öffnete eine Klappe im Boden. Kaum hatte er den Verschlag geöffnet, als ein Schwarm Raben wie eine schwarze Wolke aus dem Loch im Boden quoll. Im Licht der Lampe schimmerten ihre zornig aufgerissenen Schnäbel blutrot.

Stettner nutzte den Augenblick der Verwirrung und schlug Kirchner zu Boden. Doch bevor er die Schrotflinte zu fassen bekam, schmetterte ihm der Bärtige den Gewehrkolben an die Schläfe. Der Detektiv sackte zusammen und stürzte durch die Falltür. Sammy wehrte sich wie eine Wildkatze, aber gegen die rohe Kraft der Männer konnte sie nichts ausrichten. Fluchend stieß Schwickert sie die Stufen hinunter und schlug die Falltür über ihr zu.

Stettner schrie vor Schmerz, als Sammy auf seinem verletzten Knöchel landete.

„Still!"

Sie legte ihm die Hand auf den Mund und lauschte auf die Stimmen über ihr. Erregt diskutierten die Männer über das unerklärliche Erscheinen der Raben. Schwickert hielt es für ein böses Omen, die anderen lachten und nannten ihn einen abergläubischen Angsthasen.

Langsam gewöhnten sich Stettners Augen an die Dunkelheit. Durch die Ritzen in der Klappe drang ein Rest Tageslicht. Bald würde es so finster sein wie in einer Gruft.

„Was haben die jetzt wohl vor?", fragte Sammy ängstlich.

„Ich weiß es nicht."

Stettner blickte sich in dem Halbdunkel um. Ausgetretene Steinstufen führten zu einem Gang, der in einem niedrigen Kellerraum mit gewölbter Decke endete. Der Boden bestand aus gestampftem Lehm. In der Mitte des Raumes war die Erde durchwühlt worden, als hätten Generationen von Schatzsuchern nach Gold gegraben. Ein flacher schwarzer Felsen mit einer von Menschenhand geschaffenen Mulde ragte aus dem feuchten Boden. Dies war also der unheimliche Rabenstein, der Billingers Vater in den Wahnsinn getrieben hatte.

„Wenn wir nur Licht hätten", murmelte Stettner.

„Ich hab ein Feuerzeug!"

Sammy entzündete die winzige Flamme. Von den roh behauenen Wänden tropfte Wasser. An den Bruchsteinmauern und der Gewölbedecke wuchsen Moos und Algen.

„Was für ein gastlicher Ort", sagte Stettner ätzend.

„Wir müssen uns unter der Oberfläche des Sees befinden."

Ein Luftzug blies die Flamme aus. Dicht unter der Decke hoben sich Ritzen und Spalte im Mauerwerk hell von der Dunkelheit ab.

„Das Geld! Es muss hier sein! Hilf mir suchen!"

„Sammy, warte!"

Mit bloßen Händen begann sie, in der Erde zu wühlen.

„Noch ein bisschen ... ich hab's gleich ..."

„Sammy!"

„Hilf mir, verdammt noch mal. Es ist hier, ich kann's riechen. Knisternde bunte Scheinchen!"

Sie erklomm einen Erdhügel, rutschte auf der anderen Seite hinab und stieß einen gellenden Schrei aus. Stettner kroch den Hügel hinauf und spähte über den Rand. Die Feuerzeugflamme erhellte die Gestalt von Hans-Peter Billinger. Sein kalkweißes Gesicht war von unzähligen Wunden verunstaltet. Der linke Augapfel war verschwunden, die leere Augenhöhle schimmerte blutrot.

„Ist er tot?", fragte Stettner.

„Ich glaube schon."

Hastig kroch Sammy von dem leblosen Körper fort. Die Dunkelheit deckte Billinger zu. Im schwachen Licht der Dämmerung, das durch die Mauerritzen fiel, setzte Sammy ihre Suche fort. In einer Ecke entdeckte sie einen rostigen Spaten und begann, fieberhaft den Boden umzugraben.

„Sammy."

Sie stocherte in der steinigen Erde.

„Irgendwo muss es sein."

„Sammy."

Sie hörte ihn nicht. Stettner fragte sich, ob die Legenden stimmten. Der verfluchte Stein machte die Leute verrückt. Verbissen hackte Sammy auf die lose Erde ein.

„Sammy, warte!"

Ein dumpfes Pochen beendete ihre Suche. Erregt warf sie den Spaten fort und grub wie ein Hund mit beiden Händen in der Erde.

„Ich hab's! Ich wusste, es ist hier! Stettner, ich hab's gefunden!"

Triumphierend presste sie einen mit Dreck beschmierten Werkzeugkoffer an die Brust und strahlte wie eine Lottogewinnerin.

„Der stammt aus Scheurichs Werkstatt", stellte Stettner fest. „Der Name steht auf dem Deckel."

„Mir egal, woher er stammt. Von mir aus vom Mond." Sie riss und zerrte vergeblich an dem stabilen Bügelschloss.

Stettner schaute ihr kopfschüttelnd zu. „Du hast so ein irres Funkeln in den Augen. Das Geld wird dir nichts Gutes bringen."

„Verschon mich mit deinen Geschichten über Moral und Anstand. Hörst du nie zu, wenn ich dir etwas erkläre? Wir sind reich, Stettner! Reich!"

Ihr Fieber steckte ihn an. Niemals zuvor war er dem großen Geld so nahe gewesen. Suchend blickte er sich im Halbdunkel um.

„Wie kommen wir hier raus?", murmelte er. „Es muss einen zweiten Ausgang geben. Irgendwo."

Er nahm Sammy das Feuerzeug ab, rutschte den Erdhügel hinab und humpelte auf den Spaten gestützt in dem Kellerloch umher.

„Sag mal, passt eine Million eigentlich in so einen kleinen Koffer?", fragte sie zweifelnd. „Vielleicht ist das nur die Hälfte."

„Zähl's doch nach, um dir die Zeit zu vertreiben, bis die bösen Buben wiederkommen."

„Ich krieg ihn nicht auf!"

Sammy fiel auf die Knie und grub mit bloßen Händen an der Stelle, an der sie den Koffer entdeckt hatte. Nach einer Weile hörte Stettner ein rhythmisches Hacken. Er schnippte das Feuerzeug an.

„Was hast du da eigentlich in der Hand?", fragte er.

Sammy hielt inne und starrte auf den großen Knochen in ihrer Faust. Angeekelt ließ sie ihn fallen.

Stettner kroch zu ihr und leuchtete die Mulde aus.

Sammy fuhr wie von einer Schlange gebissen zurück. „O Scheiße, was ist das?"

„Das ist Walter Bergmann oder was von ihm übrig ist.“ Zwei leere Augenhöhlen starrten ihn aus dem Dreck an.

„Igitt, deck ihn zu.“

„Womit denn? Du hast ihn doch gerade ausgegraben.“

Vom oberen Ende der Treppe her erklang lautes Hämmern. Stettner wagte sich in den pechschwarzen Gang hinein. In der Bodenklappe über ihm klaffte ein gezacktes Loch. Jemand bearbeitete die Luke mit einer Axt.

„Mario, bist du das? Wir sind hier unten!“

Er hüpfte auf einem Bein die Stufen hinauf und stützte sich an der feuchten Wand ab. Im nächsten Augenblick traf ihn ein gewaltiger Wasserstrahl und spülte ihn die Treppe hinab. Aus dem Loch in der Luke baumelte ein armdicker Feuerwehrschlauch. Binnen weniger Minuten stand der Gang zentimetertief unter Wasser. Stettner schleppte sich in den Kellerraum zurück.

Sammy starrte ihn im Schein der Feuerzeugflamme an. „Was ist los? Wo kommt das Wasser her?“

„Von oben. Sie ersäufen uns wie die Ratten.“

53

Wie an jedem ersten Wochenende im September bereitete die Dorfgemeinschaft von Gräbersberg das Kirmesfest vor. Auf dem gepflasterten Platz in der Mitte des Ortes eilten Vereinsmitglieder geschäftig hin und her, die Frauen bauten Stände mit Kuchen und Leckereien auf, und die Männer hantierten mit einem riesigen Schwenkgrill.

Gonsbach stierte auf das Treiben und malte sich die Vorbereitungen zu einer mittelalterlichen Hinrichtung aus. Er trank sein Bierglas in einem Zug aus und kippte zwei Feigenschnäpse hinterher.

„Das ist Wahnsinn! Seid ihr verrückt geworden? Ich mach da nicht mehr mit." Schwankend lehnte er sich an den Tresen des Bierstandes. „Wahnsinn", murmelte er.

Schwickert legte ihm den Arm um die Schulter und zog ihn unauffällig zur Seite. Für einen unbeteiligten Zuschauer musste es so aussehen, als torkelten zwei Betrunkene zum Waldrand hinüber, um sich zu erleichtern.

Als sie hinter dem Toilettenwagen außer Sicht gerieten, verstärkte Schwickert seinen Griff und presste Gonsbach den Ellenbogen um die Kehle.

„Du wirst schön mitspielen, Jakob. So wie du es immer getan hast. Morgen ist alles vorbei."

„Wahnsinn", würgte er hervor.

Vergeblich versuchte er, sich aus dem eisernen Griff zu befreien. Schwickert war ein Kerl wie ein Baum. Böse Zungen behaupteten, seine Oberarme ersetzten in Billingers Basaltwerk die defekte Steinmühle.

„Es hat schon zu viele Tote gegeben. Wenn Stettner und das Mädchen auch noch in Gräbersberg verschwinden, dreht die Polizei hier jeden Pflasterstein um."

Schwickert stieß ihn in die Büsche. „Hältst du uns für Idioten? Wenn die beiden ersoffen sind, transportieren wir sie an die Lahn. Die Polizei wird von einem Badeunfall aus Leichtsinn ausgehen. Niemand kann sie mit uns in Verbindung bringen."

Gonsbach befreite sich aus dem Gestrüpp und torkelte zum Dorfplatz zurück. „Lasst mich mit euren Schweinereien zufrieden."

Schwickert lief ihm nach und packte ihn am Kragen. „Du hast nichts gesehen und nichts gehört. Im Rabenkeller ist noch Platz. Also halt besser deine Schnauze!"

Die Männer und Jungen aus dem Ort begannen mit dem Einläuten der Kirmes.

Schwickert pinkelte in die Büsche und folgte Gonsbach dann zum Bierstand. Dort bestellte er zwei Bier und zwei Korn. „Auf den Rabenstein", sagte er leise.

Gonsbach stierte ihn mit unterdrückter Wut an. Der Kirmesbaum rutschte unter dem Jubel der Menge zitternd in das Loch im Pflaster. Schwickerts Gesicht verwandelte sich in eine schreckensstarre Maske. Sein Bierglas zerbrach klirrend auf dem Kopfsteinpflaster. Ohne einen Laut brach er zusammen und starb, noch bevor er den Boden berührte.

Gonsbach war auf einen Schlag nüchtern. Ungläubig starrte er auf die Leiche zu seinen Füßen. Dicht unter Schwickerts Halsansatz sickerte Blut aus zahlreichen kleinen Wunden, die ein Hagel Schrotkörner gerissen hatte. Niemand hatte den Schuss gehört, und noch hatte keiner den Toten bemerkt.

Eine Ladung *Rottweil Superskeet,* Kaliber 12 prasselte in das Fass in der Mitte des Bierrondells. Eine Frau kreischte schrill auf, als sie getroffen wurde. Die Umstehenden drehten sich nach ihr um und entdeckten den toten Schwickert. Der nächste Schuss zerfetzte den CD-Player neben der Zapfanlage und beendete die Musik.

Gonsbach begriff träge die Gefahr und suchte den Platz nach dem Schützen ab. Eine Schrotladung traf ihn in die Brust und schleuderte ihn auf das Kopfsteinpflaster. Von der einsetzenden Panik angesteckt, suchten die Dorfbewohner eilig Schutz. Eine neue Salve fetzte Holzsplitter aus dem Kirmesbaum und mähte drei Jugendliche nieder. In der plötzlichen Stille hallte das Geräusch einer zuschnappenden Flinte über den Dorfplatz. Der wahnsinnige Schütze lud nach.

***

Kirchner und Schengler kauerten hinter dem Toilettenwagen.

„Er sitzt im Glockenturm des Feuerwehrhauses“, schrie Kirchner.

Kaum hatte er die Warnung ausgesprochen, als Schrotkugeln in das Blech über seinem Kopf prasselten.

Schengler zog ihn hastig zurück. „Das ist Pohlmann. Ist der Kerl völlig durchgedreht?"

Als Antwort folgten kurz hintereinander zwei weitere Schüsse. Jemand schrie gellend auf. Eine Frau kreischte. Der Dorfplatz war wie leer gefegt.

Kirchner kroch im Schutz des Toilettenwagens zum Bierstand. Gonsbachs Brust war blutüberströmt, aber er lebte und atmete schwach. Kirchner zog ihn an den Füßen aus der Schusslinie. Wieder rollte das Echo eines Schusses über den Dorfplatz. Pohlmann schoss auf alles, was sich bewegte.

In Gonsbachs Jackentasche fand Kirchner ein Handy. Das Display war gesplittert, eine Schrotkugel hatte den Kunststoff durchschlagen. Mit zitternden Fingern wählte er die 110. Der nächste Schuss zerschmetterte seinen Unterkiefer.

***

„Danke, dass Sie mich angerufen haben."

Moretti legte zufrieden auf. Das würde Tarp nicht gefallen. Der Italiener wählte Stettners Nummer, doch der Detektiv meldete sich noch immer nicht. Der Detektiv liebte es zwar, seine eigenen Wege zu gehen, war aber in der Regel trotzdem immer erreichbar. Besorgt sprach Moretti eine Nachricht auf die Mailbox.

Kaum hatte er die Hand vom Hörer genommen, stürmte Bender in sein Büro.

„Beeilung", japste er atemlos. „Wir müssen sofort nach Gräbersberg ... alle Mann. Da sitzt ein Irrer im Turm des alten Spritzenhauses und ballert mit einer Schrotflinte auf alles, was sich bewegt. Es hat Tote gegeben."

Auf dem Gang traf Moretti Tarp. Der Kommissar klemmte sich eine Zigarette in den Mundwinkel und warf Moretti den Autoschlüssel zu. „Sie fahren. Tempo!"

Eine Viertelstunde später versperrten drei Streifenwagen und Tarps dunkelgrauer BMW sämtliche Zufahrten zur Dorfmitte. Bender war bereits ausgestiegen und winkte den Rettungswagen zu einem sicheren Stellplatz. Aus einer Gartenlaube heraus beobachtete Moretti durch ein Fernglas die Feuerwache auf der anderen Seite des Platzes. Eine grün gekleidete Gestalt tauchte in dem schmalen Turmfenster auf und feuerte schnell hintereinander zwei Schüsse ab. Das Fenster der Laube zerplatzte in einem Scherbenregen.

„Das sind mindestens dreißig Meter", stellte Moretti anerkennend fest. Pohlmann erwies sich als sicherer Schütze. Er musste sie sofort entdeckt haben.

Die Feuerwache lag am anderen Ende des Dorfplatzes. Der noch nicht fest verankerte Kirmesbaum schwankte im Wind. Nirgendwo gab es Deckung.

„Wir kommen niemals an ihn heran, bevor ihm die Munition ausgeht", überlegte Moretti.

„Ich habe ein SEK aus Koblenz angefordert." Tarp blickte auf die Uhr. „Aber die brauchen noch mindestens zwanzig Minuten."

Moretti verließ die Laube durch die Tür in Richtung Garten und sprach mit dem Besitzer. Kurz darauf kehrte er zurück.

„Es gibt zwei Zugänge zum Feuerwehrhaus. Wenn wir den Dorfplatz umgehen und uns von der anderen Seite anschleichen, schaffen wir es vielleicht ungesehen ins Gebäude."

„Sie werden nicht weit kommen", sagte der Laubenbesitzer. „Am Ende der Treppe führt eine Leiter in die Glockenkammer. Wenn Pohlmann die Luke von oben verriegelt hat, kann er es dort aushalten, bis er verdurstet oder sich selbst in den Kopf schießt."

Tarp blickte durch das Fernglas.

„Auf jeder Seite des Turms gibt es ein Fenster. Er kann alle Seiten bestreichen und braucht nicht mal genau zu zielen. Der Schrot bläst alles weg, was sich ihm in den Weg stellt."

„Wir könnten es versuchen."

Tarp setzte das Fernglas ab.

„Wollen Sie etwa Ihrem Freund Stettner nacheifern? Das gibt einen Haufen Minuspunkte, Moretti! Wir warten auf das SEK."

Pohlmanns Antwort war eindeutig. Eine Ladung Schrot fegte den blechernen Wetterhahn von der Laube. Dicht darauf folgte ein zweiter Schuss. Jemand schrie gequält auf.

„Schaffen Sie die Gaffer von der Straße", befahl Tarp.

Pohlmann lud nach und gab einen Schuss ab, der ein weiteres Opfer fand.

***

„Sie ersäufen uns wie die Ratten!" Stettner wich dem Hochdruckstrahl aus dem Feuerwehrschlauch aus und kletterte auf allen vieren die Treppe zur Luke hinauf. Vergeblich versuchte er, den Schlauch aus dem Loch zu schieben. Die Dorfbewohner hatten nichts dem Zufall überlassen und ihn auf der Oberseite der Luke fest verankert.

Er verlor den Halt und rutschte die Stufen hinab. Das Wasser stand bereits knöcheltief im Gang. Rasch schätzte er ab, wie lang es dauern würde, bis der Keller überflutet war, vermutlich nicht länger als eine Stunde. Fluchend humpelte er zum Rabenkeller zurück.

„Bleiben Sie stehen, Stettner! Keinen Schritt weiter!"

„Sammy?"

Ein ersticktes Gurgeln hallte von den moderigen Wänden wider. Stettner entzündete das Feuerzeug und schwenkte den Arm. Sie waren nicht allein in dem verfluchten Keller. Billinger lebte. Er blutete aus einem Dutzend tiefer Wunden im Gesicht. Mit seinem grellroten Haar und der blutigen, leeren Augenhöhle sah aus wie ein frankensteinsches Monster. Er presste Sammy den Arm um den Nacken und drückte eine Sichel an ihre Kehle, die er unter dem Werkzeug im Keller gefunden haben musste.

„Lassen Sie Sammy los. Mit dem rostigen Ding können Sie niemandem Angst einjagen."

Billinger wankte und verstärkte den Druck der Sichel. Auf Sammys Hals erschien wie durch Zauberhand ein roter Strich. „Wollen Sie's drauf ankommen lassen?"

Die Feuerzeugflamme verlosch.

„Okay. Was wollen Sie?"

„Holen Sie den Koffer. Ganz langsam!"

Durch die Mauerritzen fiel kaum noch Tageslicht. Stettner tastete sich zu dem Schutthügel vor und klappte den Deckel des Werkzeugkoffers zu.

„Sie kommen hier nicht raus", sagte er. „Ihre Leute haben ganze Arbeit geleistet. Ich schätze, sie hatten einen guten Lehrmeister."

„Ich hatte nichts mit Bergmanns Tod zu schaffen. Das waren Pohlmann und die anderen Idioten."

Stettner reichte ihm den Koffer. „Was haben Sie jetzt vor?"

„Ich verbinde schlechte Erinnerungen mit diesem Ort. Sie werden es mir nachsehen, wenn ich so schnell wie möglich von hier verschwinde." Er verstärkte den Druck auf Sammys Kehle und trieb sie vorwärts. „Du kommst mit. Hauen Sie von der Tür ab, oder ich schlitze dem Mädchen von einem Ohr zum anderen den Hals auf."

Er drängte sich mit Sammy in den Gang. Stettner spannte die Muskeln an, um den kleinsten Fehler seines Gegners sofort ausnutzen zu können. Sein verletzter Knöchel schränkte zwar seine Bewegungsfreiheit ein, aber Billinger konnte nur schlecht sehen. Die Chancen waren somit ausgeglichen. Außerdem hatte Billinger keine Hand frei, um sich zur Wehr zu setzen. Mit der Linken hielt er Sammy in Schach, die Rechte umklammerte den Geldkoffer.

Er schleifte Sammy an der Steintreppe vorbei in einen Gang, der nach wenigen Metern vor einer Ziegelwand endete. Ohne Stettner aus den Augen zu lassen, stellte er den Koffer ab und öffnete unter der Treppe einen Bretterverschlag, den der Detektiv in der Dunkelheit übersehen hatte. Stettner humpelte ihm nach, das dreckige Wasser reichte ihm mittlerweile bis zu den Knien.

„Keinen Schritt weiter!" Billinger stieß Sammy in den Bretterverschlag. Polternd fielen Hacken, Spaten und uralte Gartenwerkzeuge durcheinander. Billinger packte eine rostige Heugabel und richtete sie auf den Detektiv.

„Räum den Krempel aus der Nische!"

Sammy begann, Holzkisten und verrostete Maschinenteile aus dem Verschlag zu schieben.

„Sie können uns nicht beide in Schach halten. Irgendwann werden Sie einen Fehler machen."

„Halt die Schnauze, Schnüffler."

Billinger stieß mit der Gabel nach Stettner, der hastig zurückwich.

„Zieh die Brettertür unter der Treppe auf", rief er Sammy zu.

„Sie bewegt sich nicht."

Billinger näherte sich der Treppennische. „Verarsch mich nicht! Oder ich stanze dem Schnüffler vier Löcher ins Gesicht!"

„Versuch's doch selbst, du Idiot", schrie Sammy.

Billinger hielt Stettner auf Distanz, drehte sich um und trat die morsche Brettertür auf.

„Rein da!"

Sammy schlüpfte durch die Öffnung.

Vorsichtig näherte sich Stettner der Treppennische. Billinger hatte seine Kindheit hier verbracht und kannte die unterirdischen Gewölbe des ehemaligen Hofes wie seine Hosentasche. Wahrscheinlich hatte er sich vor vierzig Jahren auf die gleiche Weise vor den Flammen in Sicherheit gebracht. Er verfluchte sich dafür, den Keller nicht gründlicher abgesucht zu haben. Sie hätten längst in Sicherheit sein können.

Billinger bestätigte seine Vermutung. „Wer hätte gedacht, dass die alte Sickergrube mir zweimal das Leben retten würde?"

Er zwängte sich durch den Verschlag, stieg über verrottete Kisten auf ein Holzfass und warf den Koffer auf den Scheunenboden. Ohne Sammy aus den Augen zu lassen, kletterte er aus der Sickergrube. „Komm rauf!"

Sammy wich in die Dunkelheit des Verschlages zurück. „Ich denk nicht dran."

Billinger stand drohend am Rand der Grube und schwang die Mistgabel wie einen Dreizack. „Willst du lieber zusammen mit diesem Versager ersaufen?"

„Geh mit ihm!", sagte Stettner.

Sie zögerte. Das Wasser stand bereits bis zu ihren Hüften.

„Was für ein rührender Abschied." Billinger winkte mit dem Werkzeugkoffer. „Wer weiß ... wenn du lieb zum alten Billinger bist, gebe ich dir vielleicht was ab."

„Geh schon", raunte Stettner ihr ins Ohr. „Das ist unsere einzige Chance. Er kann kaum etwas sehen und braucht einen Fahrer, um abzuhauen. Ich halt's hier noch eine Weile aus. Mach ihn fertig, und hol mich dann hier raus."

Billinger hockte wie ein rothaariger Troll über der Grube. Plötzlich beugte er sich blitzschnell vor, packte Sammy und zog sie nach oben. Dabei verlor er das Gleichgewicht und kippte nach hinten.

Sammy brüllte vor Wut, kratzte und schlug mit den Fäusten nach seinem Gesicht, aber gegen die Kraft des starken Mannes kam sie nicht an. Billinger schlug ihr die Faust ins Gesicht.

***

Sammy würgte, Blut schoss aus ihrer Nase und rann ihre Kehle hinab. Erregt durch die Gewalt, wälzte sich Billinger herum und tastete nach ihrer Kehle.

Stettner war unterdessen halb aus der Grube geklettert.

Billinger trat nach ihm und erwischte ihn mit der Schuhspitze am Kinn. Der wacklige Turm aus Holzkisten brach unter Stettner zusammen, und er stürzte in das brodelnde Wasser.

Sammy kniete auf dem Scheunenboden und presste stöhnend die Hände an ihre zerschlagene Nase. Blut schoss zwischen ihren Fingern hindurch. Bevor sie sich von dem Schlag erholen konnte, verteilte Billinger die Bretter wieder über der Sickergrube. Dann trat er den Haltekeil unter einem alten Heuwagen fort und rollte den schweren Anhänger über die Bretter. Er schnappte sich den Geldkoffer, riss Sammy hoch und stieß sie aus der Scheune auf den Hof.

„Sdeddner!" Sammy spuckte Blut aus und stolperte hinter Billinger her.

„Vergiss ihn."

Auf dem Hof stand Scheurichs Ford Transit. Der Schlüssel steckte. Misstrauisch beobachtete Billinger die Zufahrt und den Waldrand. Pohlmann und die anderen ließen sich nicht blicken. Er stieß Sammy zum Wagen.

„Los, steig ein! Du fährst!"

Sammy kletterte auf den Fahrersitz neben Billinger und lauerte auf eine Gelegenheit zur Flucht. Die Anstrengungen hatten ihn erschöpft. Er atmete rasselnd, die Wunden in seinem Gesicht bluteten wieder. Die Raben hatten große Fleischstücke aus seinen Wangen gerissen und ihm das linke Auge ausgehackt. Im Licht der Deckenleuchte sah er aus wie ein blutverschmierter Zombie. Aber noch war er brandgefährlich. Dieser Mann musste über einen eisernen Willen verfügen.

„Fahr los!"

„Wohin?"

„Gräbersberg." Er presste den Geldkoffer an die Brust und wiegte ihn wie ein Neugeborenes. Sein einzelnes, blutunterlaufenes Auge funkelte Sammy boshaft an. Die Botschaft war klar: Niemand nimmt mir ungestraft mein Baby weg!

Sammy ließ den Motor an und lenkte den Lieferwagen von der Insel.

„Die Erpressung war gar nicht deine Idee, nicht wahr?", fragte Billinger.

„Scheurich versprach mir die Hälfte, wenn ich mitspiele und den Mund halte. Für ein paar Minuten Arbeit bot er mir einen verdammt guten Stundenlohn. Wer könnte da widerstehen?"

Billinger knirschte vor Wut mit den Zähnen.

Sammy dachte wehmütig an Stettner. Wenn es ihr gelang, Billinger zu überlisten, konnte sie mit der Million abhauen. Aber dann würde Stettner sterben. Irgendwie musste sie Moretti erreichen, damit er sich um den Detektiv kümmerte. Sie konnte nicht zurück. Stettner würde niemals die Beute mit ihr teilen und sich davonschleichen wie ein Dieb. Nein, er würde ihr das Geld abnehmen und sagen: *Sorry, Sammy. Aber das ist Diebstahl. So etwas tut man nicht.* Warum steckte ihm nicht ein bisschen mehr kriminelle Energie in den Knochen? Stettner hatte noch viel zu lernen, wenn er als Privatdetektiv überleben wollte.

Sie musste nur diesen Fettsack loswerden und Moretti anrufen. Ja, so würde es gehen. Noch lief alles nach Plan. Es konnte immer noch funktionieren.

Plötzlich spürte sie die Klinge an ihrem Hals. Als hätte Billinger ihre Gedanken erraten, presste er ihr die rostige Sichel an ihre Kehle. „Denk nicht mal dran, du Miststück. Das ist mein Geld. Und ich schlitze jeden auf, der es mir wegnehmen will."

54

Morettis Stimme schallte verzerrt durch das Megafon über den menschenleeren Dorfplatz.

„Beenden Sie dieses sinnlose Blutbad, Pohlmann. Verlassen Sie den Turm freiwillig, und verhindern Sie, dass noch mehr Menschen sterben."

Hastig ging er in Deckung, als die Frontscheibe eines Streifenwagens unter der Wucht einer Schrotladung zerplatzte.

„Geben Sie das Ding her." Ärgerlich riss ihm Tarp das Megafon aus der Hand. „Hören Sie gut zu, Pohlmann! Wir geben Ihnen zehn Minuten Zeit, um aufzugeben. Nach Ablauf der Frist stürmen wir den Turm."

Pohlmanns Antwort war eindeutig. In Tarps BMW erschien wie von Geisterhand ein Kreis Einschusslöcher.

Der Einsatzleiter des inzwischen eingetroffenen SEK blickte auf die Uhr. „Noch acht Minuten. Wenn Sie mich fragen, der legt es darauf an, erschossen zu werden."

Einer seiner Männer lief gebückt über die Wiese und ging hinter der Laube in Deckung.

„Ich war im Treppenhaus", sagte er atemlos. „Im obersten Stock führt eine Leiter in den Glockenraum. Wir kommen niemals durch die Bodenluke. Wenn ihm die Munition nicht ausgeht, kann er das Spiel noch stundenlang weitertreiben."

„Was bezweckt er bloß damit?“, überlegte Tarp kopfschüttelnd.

„Das fragen Sie noch? Seine eigene Frau bringt seine Geliebte um, mit der er aus diesem Rabennest fliehen will. Außerdem war er vermutlich an einem kollektiven Mord beteiligt. Ich denke, das reicht, um durchzudrehen“, antwortete Moretti.

Seine Blicke suchten Bender. Der dicke Polizist lehnte an seinem Streifenwagen und trank glucksend aus einer Coladose. Mit seinem ansehnlichen Bauch bot er ein verlockendes Ziel.

„Verschwinde aus der Schusslinie, Horst“, schrie Moretti.

Er hätte Pohlmann selbst informieren sollen. Vielleicht hätte er dieses Massaker verhindern können. Aber wer hatte ahnen können, dass er sich mit einer Schrotflinte im Glockenturm verschanzte und kaltblütig wartete, bis der ganze Ort auf dem Dorfplatz versammelt war? Pohlmanns Hass musste ungeheuer groß sein.

Der Einsatzleiter starrte angestrengt auf den Turm des Feuerwehrhauses. „Bechthold soll sich bereithalten. Wir werden den Kerl mit einem gezielten Schuss ausschalten.“

„Wo steckt eigentlich Billinger?“, fragte Moretti.

„Der ist vor zwei Stunden zu Scheurichs Autohaus gefahren“, antwortete der Besitzer der Gartenlaube.

„Woher wissen Sie das?“, fuhr ihn Tarp an.

„Er fuhr zufällig vor mir und hat vor dem Laden gehalten.“

„Zufällig?“, fragte Moretti zweifelnd. „In diesem Rattenloch geschieht nichts ohne mörderischen Grund.“

Tarp spähte durch das zerschossene Laubenfenster. „Machen Sie hier weiter, Moretti. Wenn sich Bechthold die Chance bietet, soll er den Verrückten mit einem gezielten Schuss erledigen."

Moretti blickte Tarp fragend an.

„Ich fahre zu Scheurich. Ist Ihnen schon mal der Gedanke gekommen, dass Pohlmann sich zuerst an Billinger gerächt haben könnte? Immerhin führte der Unfall in seiner Villa indirekt zum Mord an Jana Kovac. Dies ist ein kleiner Ort. Es dürfte für Pohlmann nicht schwierig gewesen sein, herauszufinden, wo Billinger sich aufhält."

Mit ungewöhnlicher Hast lief Tarp zu seinem Wagen. Nachdenklich beobachtete Moretti, wie der graue BMW davonraste. Warum schickte Tarp nicht einfach einen Streifenwagen?

Der Einsatzleiter machte Moretti auf eins der Fachwerkhäuser aufmerksam, die den Dorfplatz säumten.

„Von der Dachluke da oben hat man ein gutes Schussfeld auf den Glockenturm."

Moretti blickte auf seine Armbanduhr. Die zehn Minuten waren längst um. Der Einsatzleiter wusste, wovon er sprach. Die runde Lüftungsöffnung unter dem Dach des mehrstöckigen Fachwerkhauses war ideal für ihre Zwecke. Zwei der Zierspeichen in Form eines Wagenrades waren zerbrochen, das Sichtfeld reichte für einen guten Schützen. Und Pohlmann würde nicht durch das Öffnen eines Fensters gewarnt werden. Auch er sah keine andere Möglichkeit, an ihn heranzukommen. „Schicken Sie Bechthold da rauf."

Fünf Minuten später schob sich der Lauf eines Präzisionsgewehrs durch die Lüftungsöffnung. Das Funkgerät des Einsatzleiters knackte und rauschte.

„Sie haben Freigabe, Bechthold. Wenn Sie ihn im Visier haben, beenden Sie dieses Schauspiel."

Moretti setzte das Fernglas an die Augen. Ein Windstoß fuhr über den Dorfplatz, auf dem Tresen des verwaisten Bierstandes kippte eine Bierflasche um und rollte klirrend über das Kopfsteinpflaster. Moretti hielt den Atem an. Das Geräusch lockte Pohlmann aus seinem Versteck. Ein bleiches Gesicht tauchte im schmalen Spalt des Turmfensters auf. Er legte die Schrotflinte an, kam aber nicht mehr zum Schuss. Plötzlich taumelte er und ließ das Gewehr fallen. Das Funkgerät knackte erneut.

„Ich hab ihn erwischt. Holt ihn euch, Jungs!"

Drei mit Äxten bewaffnete SEK-Beamte stürmten über den Dorfplatz auf das Feuerwehrhaus zu. Moretti sprang auf und folgte ihnen. Adrenalin überschwemmte ihn wie ein Rauschgift, als er hinter den Männern die enge Stiege hinaufhastete.

Am oberen Ende der Treppe befand sich ein kaum drei Quadratmeter großer Raum, von dem aus eine steile Klappleiter zu der verschlossenen Luke hinaufführte. Einer der Männer stieg auf die Leiter, klemmte die Schneide der Axt in den Spalt zwischen Luke und Rahmen und hebelte sie auf. Knirschend gab das Holz nach. Ohne Vorwarnung erschien in dem Spalt ein Gewehrlauf. Der Schuss dröhnte ohrenbetäubend laut durch den Treppenschacht, und der SEK-Mann stürzte tot von der Leiter. Schrotkörner schlugen in Wände und Bleiwesten ein. Moretti stand ohne Deckung in dem engen Treppenschacht. Die tödliche Mündung suchte blind ihr nächstes Ziel.

55

Das Wasser stand Stettner bis zur Brust und stieg unaufhörlich weiter. Auf ein Brett gestützt humpelte er in den Gang zurück. Aus der Sickergrube führte kein Weg nach draußen, aber vielleicht hatte er im Rabenkeller einen Ausweg übersehen. Das Feuerzeug benutzte er nur gelegentlich, um sich zu orientieren. Das schwache Licht der kleinen Flamme versickerte ohnehin nach wenigen Zentimetern in der Dunkelheit, die Dämmerung war der Nacht gewichen. Das einzige Geräusch war das unablässige Rauschen des Wassers.

Fieberhaft überdachte er seine Möglichkeiten und gestand sich ein, dass er in einer teuflischen Klemme steckte. Sein große Klappe, seine Kombinationsgabe und sein Talent, aus dem Stegreif Lügengeschichten zu erfinden, halfen ihm hier nicht weiter. Nur Unterstützung von außen konnte ihn noch retten. Wenn es Sammy tatsächlich gelang, Billinger zu entkommen, würde sie vermutlich mit dem Geld abhauen. Blieb ihm nur zu hoffen, dass sie vorher Moretti informierte.

Stettner hielt den Atem an und lauschte. Ihm war, als hätte jemand seinen Namen gerufen. Er humpelte in den Gang zurück zur Luke.

„He, Stettner! Sind Sie schon abgesoffen?"

Wie ein liebestolles Glühwürmchen sauste eine rot glühende Zigarettenkippe durch ein Astloch in der Bodenklappe und verlöschte im schäumenden Wasser.

„Sind Sie das, Tarp?"

Stettner blieb unter der Luke stehen und starrte angestrengt nach oben. Von allen bösen Geistern musste ausgerechnet Tarp hier erscheinen.

„Holen Sie mich hier raus!"

„Ich werd's mir überlegen ... wenn Sie schön artig bitten."

„Soll ich auf den Knien herumrutschen und Sie um mein Leben anflehen? Ist es das, was Sie wollen?"

Die Klappe knarrte unter Tarps Gewicht. Er schien es sich auf dem Bretterverschlag gemütlich zu machen. Ein Feuerzeug klickte, und kurz darauf drang der Geruch von Zigarettenrauch in den Keller.

Wutentbrannt schlug Stettner mit den Fäusten gegen den Verschlag. „Machen Sie die verdammte Luke auf!"

Tarp rauchte ungerührt weiter. „Sie vergeuden Ihre Kräfte, Stettner. Warum müssen Sie immer mit dem Kopf durch die Wand? Haben Sie noch immer nicht begriffen, dass Sie sich nur den Schädel einrennen?" Er lachte spöttisch. „Diesmal sieht's wirklich so aus, als hätten Sie den Jackpot geknackt."

„Lieber ersaufe ich freiwillig, als mir Ihr Gequatsche weiter anzuhören."

Tarp schnippte Asche durch die Ritzen. „Ihre große Schnauze wird Ihnen sowieso gleich volllaufen. Es wird mir ein Vergnügen sein, Ihr Ende mitzuerleben. Wo ist Billinger?"

„Auch wenn ich es wüsste, würde ich es Ihnen nicht verraten."

„Und das Mädchen?"

Stettner packte das Brett, das er als Krücke benutzte, und schlug damit auf die Luke ein. Staub und Dreck rieselten von der Gewölbedecke, irgendwo knackte ein Balken. Wütend stieß er die Bohle gegen einen hölzernen Stützpfeiler. Seine Chancen standen schlecht, und Tarp wusste das.

Das Knacken wiederholte sich, lauter diesmal. Stettner legte die Hand auf das Holz. Nein, er täuschte sich nicht. Der Balken vibrierte wie eine gespannte Bogensehne. Der gewaltige Wasserdruck drohte die Ruine zum Einsturz zu bringen.

„Sie haben Ihren Spaß gehabt, Tarp. Ich gestehe, ich wäre Ihnen dankbar, wenn Sie mich hier rausholen würden."

„Warum sollte ich das tun?"

„Reicht es nicht, dass Sie Scheurich auf dem Gewissen haben? Wollen Sie noch einen Mord begehen?"

„Ich habe Scheurich nicht getötet. Warum sollte ich mir die Hände schmutzig machen? Ich brauche einfach nur zu warten. Und wissen Sie, was, Stettner? Es beginnt tatsächlich, mir Spaß zu machen."

„Sie müssen eine Mordsangst vor mir haben."

„Sie täuschen sich", entgegnete Tarp, „aber weil Sie so nett gefragt haben, werde ich es Ihnen erklären, damit Sie nicht dumm sterben müssen. Wenn man das Übel nicht an der Wurzel packt, kann man es niemals wirksam bekämpfen. Sie sind das Unkraut, Stettner. Wenn ich Sie aus diesem Loch befreie – in das Sie übrigens selbst gefallen sind, wenn ich Sie daran erinnern darf –, werden Sie mir immer wieder in die Quere kommen. Sie werden verstehen, dass ich dieses Risiko nicht eingehen kann. Typen wie Sie stolpern ständig auf Partys herum, auf denen sie nichts verloren haben. Dr. Weiss ist übrigens der gleichen Meinung und überaus erfreut, dass ich Ihnen ein Bein stellen konnte."

„Sie haben das alles von Anfang an geplant!"

„Sagen wir mal so, ich war Ihrem Schwiegervater einen kleinen Gefallen schuldig. Außerdem kam mir der Zufall in Form von Sawinskis törichtem Heldenmut zu Hilfe. Als Sie erst einmal die Aussicht auf eine erfolgreiche Polizeikarriere eingebüßt hatten, war es nur eine Frage der Zeit, bis Ihre Frau Sie fallen lassen würde. Ich muss zugeben, sie hat sehr schnell reagiert. Sie sind Unkraut, Stettner; und Sie passen nicht in den gepflegten Garten einer angesehenen Juristenfamilie." Tarp gähnte lautstark. „Und Sie fangen an, mich zu langweilen."

Stettner packte die auf dem Wasser treibende Bohle und drosch wütend auf die Bodenklappe ein, bis die morschen Bretter brachen. An mehreren Stellen des Kellers knackten explosionsartig überlastete Stützbalken.

Tarp schrie überrascht auf, stürzte durch die Luke und fiel klatschend ins Wasser. Ein tonnenschwerer Balken sauste todbringend durch die Lukenöffnung und fuhr in den aufgeweichten Lehmboden. Die Pfeiler des alten Fachwerkgebäudes knickten wie Streichhölzer ein, das Scheunendach brach zusammen. Balken, Bretter, Schutt und Dachziegel stürzten in einem Inferno aus Staub und Lärm auf die Kellerdecke. Die anschließende Totenstille wurde nur unterbrochen vom Rauschen des Wassers, das noch immer durch den Feuerwehrschlauch in den Keller strömte.

***

Billinger lehnte stöhnend den Hinterkopf an die Nackenstütze. Obwohl er am Ende seiner Kraft war, blieb er ein gefährlicher Gegner. Sammy schielte nach dem Koffer auf seinem Schoß. Sollte sie wirklich so dicht vor dem Ziel scheitern? Von Stettner hatte sie gelernt, auf Kleinigkeiten zu achten – auf winzige Details, die den Unterschied zwischen Sieg und Niederlage ausmachten. Was hatte Billinger vor? Hatte er überhaupt einen Plan? Sie hatten das Nordwestende des Sees umrundet und näherten sich Gräbersberg. Waren sie erst einmal im Ort, sanken die Chancen, mit dem Geld zu flüchten, gegen null. Dort besaß Billinger die Macht, mit ihr zu tun, was ihm gefiel. Dieses Rattennest wimmelte von Speichelleckern, die sich darum rissen, ihm zu Diensten zu sein. Sammy dagegen war eine Fremde, die mit ihrem Wissen eine Gefahr für die verschworene Dorfgemeinschaft darstellte.

Denk nach! Was würde Stettner machen?

Und dann war ihr plötzlich klar, was sie tun musste. Es gefiel ihr nicht, aber ihr blieb keine andere Wahl.

Das Fahrerhaus war mit leeren Getränkedosen, zerknüllten Zigarettenschachteln und Lieferscheinen übersät. Zwischen Frontscheibe und Armaturenbrett lag eine Sprühdose mit Starthilfespray, die in jeder Kurve von einer Seite zur anderen rollte. Rasch warf Sammy Billinger einen Blick zu. Er hatte versäumt, sich anzuschnallen; außerdem war er auf der linken Seite nahezu blind. Sie setzte alles auf eine Karte.

Als die Scheinwerfer die Einmündung eines Feldweges aus dem Dunkel schälten, trat sie das Gaspedal durch und riss das Steuer herum. Billinger fuhr erschrocken auf.

Der Transit rumpelte in Schlangenlinien mit einem Höllentempo den Feldweg entlang. Billinger krachte mit dem Kopf gegen die Seitenscheibe und verlor die Sichel. Er schrie vor Wut auf und schlug blindlings auf Sammy ein. Unbeholfen wehrte sie die Schläge ab und wartete, bis die Spraydose wieder auf die Fahrerseite rollte. Billingers Faust traf sie unter dem rechten Ohr. Sammy griff nach der Dose und sprühte Billinger das Starthilfespray in die Augen. Er heulte auf, schlug die Hände vor das Gesicht und krümmte sich vor Schmerz zusammen.

Sammy blickte nach vorn. Entsetzt stellte sie fest, dass der Wald zurückwich und rasend schnell dem schwarz glitzernden Wasser des Sees Platz machte. Sie trat mit aller Kraft auf die Bremse, aber der Transporter rutschte auf dem schlammigen Waldboden ungehindert weiter und durchbrach eine Schranke. Wie von einer Sprungfeder katapultiert, schoss der Transit auf den See zu und setzte mit dem Unterboden auf der Stützmauer der Schleuse auf, die den Wasserstand des Sees regulierte. Der Sicherheitsgurt schnitt tief in Sammys Schulter und rettete ihr das Leben. Billinger flog mit der Schulter voran durch die Frontscheibe. Sein Kopf ragte aus der zerbrochenen Frontscheibe wie eine groteske Kühlerfigur.

Der Ford schaukelte auf der Krone der Stützmauer. Drei Meter unter dem Wagenboden schwappte das Seewasser gegen den Beton.

Vorsichtig löste Sammy ihren Sicherheitsgurt und zerrte an dem zwischen Billinger und dem Armaturenbrett eingeklemmten Blechkoffer. Der Transit knarrte und schaukelte bedrohlich, es stank nach auslaufendem Diesel. Eine hastige Bewegung konnte ausreichen, um den Wagen über die Mauer in den See zu kippen. Endlich gelang es ihr, den Koffer vorsichtig unter Billingers leblosem Körper hervorzuziehen.

Sie öffnete die Wagentür und warf den Koffer auf den Boden. Tief unter ihren Füßen trieb der Wind plätschernd die Wellen gegen die Staumauer. Der Wagen schwankte ächzend. Jede überflüssige Bewegung vermeidend, kletterte Sammy vorsichtig aus dem Fahrerhaus und hangelte sich an der Dachreling entlang zum Heck. Von dort sprang sie auf den Kiesgrund hinab. Der Transit knarrte und schaukelte, und in der Fahrertür tauchte plötzlich Billingers blutüberströmtes Gesicht auf.

„Eins muss der Neid dir lassen, du Miststück. Du bist aus anderem Holz geschnitzt als dein Vater."

Sammy presste den Koffer an die Brust. Eine Million Euro Schwarzgeld, von dessen Existenz niemand wusste und das keiner vermissen würde.

„Was wissen Sie schon von meinem Vater?"

Was trieb sie noch hier? Sie sollte die Beine in die Hand nehmen, bevor dieser halb tote Zombie sie austrickste.

Langsam wich sie vom Ufer zurück. Billinger begann, aus dem Wrack zu klettern, aber seine ungelenken Bewegungen versetzten den Wagen in heftige Schwingungen.

„Hilf mir hier raus, und ich sage dir, was ich über Herbert Barings Tod weiß."

Er lügt! Er lügt, um seine Haut zu retten, schrie eine Stimme in ihrem Kopf.

„Du kamst mir gleich vertraut vor – das blonde Haar, die grünen Augen, die Art, wie du dich bewegst. Vor ein paar Tagen fiel mir endlich ein, an wen du mich erinnerst. An den Betriebsratsvorsitzenden Herbert Baring, den Kerl, der in meinem Büro an einem Herzinfarkt verreckte."

„Das ist eine Lüge!"

„Nein, es ist die Wahrheit. Jetzt wird mir auch klar, warum du jeden Tag lebst, als sei es dein Letzter. Du hast aus den Fehlern deines Alten gelernt. Das schaffen nicht viele Kinder. Du bist weit gekommen, Samantha. Trotzdem steckt zu viel von deinem Vater in dir. Du wirst mit dem Geld nicht glücklich werden."

Der Koffer in Sammys Armen wurde plötzlich so schwer wie die Schuld, die auf dem verfluchten Dorf lastete.

„Ja, Samantha. Es ist nicht so leicht, ein Egoist zu sein, wenn man ein Gewissen geerbt hat, nicht wahr? Stell den Koffer ab, und hilf mir aus dem Wagen."

Sammy schüttelte stumm den Kopf. Lauf weg, schrie die Stimme. Hau ab, bevor er dich weichklopft!

Aber Billinger redete weiter und weiter. „Herbert Baring war einer von den ehrlichen Menschen, die vor lauter Anstand nicht merken, wie sehr sie verarscht werden", fuhr er fort. „Er riss sich den Hintern auf für die Belegschaft, aber keiner hat es ihm gedankt. Trotzdem hörte er nicht auf, mir Steine in den Weg zu legen. Und das nur, weil er so verdammt überzeugt davon war, im Recht zu sein. Dein Alter konnte reden, bis er den Arbeitern den Kopf so verdreht hatte, dass sie tatsächlich glaubten, sie könnten gewinnen. Er war einer dieser Typen, die die Leute aufwiegeln, bis ihnen jemand die Fresse poliert. Genau wie dieser Schnüffler, den jetzt die Fische fressen."

Sammy dachte an Stettner, an die Nacht auf der *Styx* und das Rauschen des Wassers im Rabenkeller, das nicht mehr aus ihrem Kopf verschwand.

„Beiden hat ihre Scheißehrlichkeit nichts gebracht außer einem elenden Tod. Ich bot deinem Vater eine Abfindung an, mit der er seine Familie bis an sein Lebensende hätte durchbringen können. Für ein Ferienhaus an der Ostsee hätte es auch noch gereicht. Was bedeuteten schon hunderttausend Euro Schmiergeld? Mit der Abwicklung der Firma verdiente ich zwanzigmal so viel. Und was macht dieser Idiot? Regte sich auf, weil ich ihn bestechen wollte, und krepierte an einem Herzinfarkt."

„Sie haben ihn sterben lassen."

„Ich habe mich hinter meinen Schreibtisch gesetzt und die Filetstücke der Firma an die meistbietenden Investoren verscherbelt. Weiß nicht, ob's dein Alter noch mitbekommen hat. Als ich den Hörer auflegte, war er tot. Mein Problem hatte sich sozusagen von selbst erledigt." Er kicherte wie über einen besonders gut gelungenen Streich. „Du trägst das Gewissen deines Vaters spazieren, Sammy. Du kannst es verleugnen, aber es ist so. Und darum wirst du mich nicht verrecken lassen."

Sammy ließ den Koffer fallen. Billinger sagte die Wahrheit. Sie war ein Kind ihres Vaters. Stettner hatte das sofort erkannt. Und darum würde sie für Gerechtigkeit sorgen. Von ohnmächtigem Zorn überflutet, stemmte sie sich mit aller Kraft gegen das Heck des Lieferwagens.

Billinger lachte dröhnend. „Ja, schieb nur kräftig! Du wirst dich genauso an mir verheben wie dein Alter!"

Ein heiseres Krächzen ließ Sammy herumfahren. Von Billingers Gebrüll erschreckt, stob ein Schwarm Raben auf, der in der Dunkelheit beinahe unsichtbar blieb. Vom Licht der Autoscheinwerfer geblendet, prallten die Vögel orientierungslos gegen den Lieferwagen. Ein paar von ihnen verirrten sich in das Fahrerhaus. Billinger kreischte schrill und schlug halb blind um sich.

Entsetzt stolperte Sammy zurück. Durch Billingers Gezappel begann der Ford sich unaufhaltsam nach vorn zu neigen, kippte in den See und versank innerhalb weniger Augenblicke in der Tiefe. Eine Zeit lang bohrten sich die Scheinwerfer noch wie geisterhafte Lichtfinger durch das trübe Seewasser, bevor einer nach dem anderen verlosch. Luftblasen stiegen blubbernd auf und zerplatzten an der Oberfläche. Einen Moment verspürte sie den unwiderstehlichen Drang, in das schwarze Wasser zu springen. Vielleicht konnte sie Billinger vor dem Ertrinken bewahren. Doch dann schob sich ein anderes Bild vor ihre Augen: ein herzkranker Mann, der um sein Leben kämpft, während Billinger in aller Ruhe seine Geschäfte abschloss.

Sammy weinte. Es tat gut, endlich die Tränen um ihren Vater zu vergießen, die sie sich nicht erlaubt hatte.

„Das Problem hat sich sozusagen von selbst erledigt", sagte sie leise.

Zu ihren Füßen lag der Koffer mit dem Geld, der Preis für all die Gefahren und Mühen. Es wurde höchste Zeit, ein federleichtes Geldbad zu nehmen. Sie blickte sich nach einem geeigneten Werkzeug um, schleppte einen schweren Feldstein zu ihrem Schatz und ließ ihn auf den Blechkoffer niedersausen. Nach zehn wütenden Schlägen zerbrach die Blechhalterung des Bügelschlosses. Mit zitternden Fingern packte Sammy den Koffer, ihr Herz raste wie eine Dampflok. Dann hob sie mit einem Ruck den Deckel an. Sie hörte kaum das elektrische Summen des Zünders und den dumpfen Knall der Verpuffung. Eine Stichflamme schoss wie ein Blitz aus dem Werkzeugkoffer, versengte ihr die Finger und verwandelte die sauber gebündelten Tausender in Asche.

Sammy schrie auf, ließ den Kofferdeckel los und schützte ihr Gesicht mit den Armen. Vor Schmerz halb blind taumelte sie auf das Ufer zu und tauchte die verbrannten Hände in das kühle Seewasser. Zum zweiten Mal hatte sie den ausgekochten Autohändler unterschätzt. Scheurich hatte sich abgesichert.

Die Nacht war still, selbst das Krächzen der Raben war verstummt. Auf der schwarzen Oberfläche des Sees erschienen ab und zu kleine Luftblasen, als wollte Billinger sie noch im Tod auslachen. Sie hatte verloren. Stettner hatte es gewusst. Ihre Gier nach Reichtum brachte ihr kein Glück.

Sammy kehrte zu dem Koffer zurück und stieß den Deckel mit einem Ast auf. Ascheflocken wehten im Nachtwind davon, von Billingers Million war nichts übrig geblieben. Wütend trat sie den Werkzeugkoffer über die Staumauer, wo er im See versank. Sollte Billinger sein verfluchtes Geld behalten.

Dann wandte sie sich entschlossen der Welt der Lebenden zu. Sie lief los, ausdauernd und unermüdlich. Niemand außer ihr wusste, in welcher Gefahr sich Stettner befand. Er war alles, was ihr geblieben war. Bis sie Moretti erreichte, konnte es für den Detektiv zu spät sein. Sammy musste ihn retten, und wenn sie dabei draufging. Das war es wert.

56

Stettner zog Tarp aus dem Wasser und stieß ihn gegen die Kellerwand. „Wer anderen eine Grube gräbt ... mit Ihnen wollte ich immer schon mal baden gehen."

Das Wasser reichte ihm inzwischen bis zum Hals, während der kleine drahtige Tarp darum kämpfte, den Kopf über der dreckigen Brühe zu halten. Die Lukenöffnung in der Kellerdecke war mit Schutt und herabgestürzten Balken verkeilt. Noch immer spritzte ein armdicker Wasserstrahl aus dem eingeklemmten Feuerwehrschlauch.

„Na los. Schlagen Sie schon zu, Stettner. Davon träumen Sie doch jede Nacht."

„Da muss ich Sie leider enttäuschen. Nicht jeder verachtet seine Mitmenschen so sehr, wie Sie es tun."

Stettner verstärkte den Druck seines Arms um Tarps Kehle. Sogar in diesem feuchten Kellerloch dünstete der Kommissar den unvermeidlichen Nikotingestank aus.

„Aber in einem Punkt gebe ich Ihnen recht. Typen wie Sie muss man mit allen Mitteln bekämpfen. Es wird Zeit, die Karten neu zu mischen. Scheint so, als dienten Gesetze nur dazu, den bösen Jungs das Lügen und Betrügen zu erleichtern. Sie sind einer von denen, die die Regeln so lange verdrehen, bis sie ihren Wert verlieren. Ich mag keine bösen Jungs, Tarp. Es wird Zeit, dass ich meine Uniform ausziehe und Ihnen nach meinen eigenen Regeln in den Arsch trete."

„Sie werden sich niemals ändern, Stettner, weil Sie der geborene Verlierer sind. Sie vergeuden Ihre Kraft damit, an der tiefsten Stelle gegen den Strom zu schwimmen. Und wenn sie erschöpft an Ihrem Ziel angekommen sind, stellen Sie verblüfft fest, dass ich schon da bin. Was für eine Verschwendung von Talent. Sie hätten es weit bringen können."

„Schwimmen wollen Sie? Das können Sie haben!"

Stettner drückte Tarps Kopf unter Wasser.

Prustend tauchte der Kommissar wieder auf und ruderte mit den Armen. „Wenn Sie mit Ihrer Moralpredigt fertig sind, sollten wir uns Gedanken darüber machen, wie wir hier rauskommen."

Er packte Tarp am Kragen und schleifte ihn zur Luke. „Es wird mir ein Vergnügen sein, Ihren korrupten Arsch zu retten. Ich freue mich schon darauf, Sie in der JVA Koblenz zu besuchen."

„Sind Sie wirklich so naiv, zu glauben, dass sich ein Ankläger findet?"

„Sammy wird aussagen. Und Billinger wird Sie ans Messer liefern, um seine Haut zu retten. Es war Ihre Idee, Janas Leiche in der Töpferei zu beseitigen, nicht wahr? Sie sind erledigt. Entweder ersaufen Sie wie eine Ratte, oder Sie wandern ins Gefängnis. Moretti ist Ihnen bereits auf der Spur. Die Russen haben Scheurich ermordet, damit er nicht mehr gegen Sie aussagen kann, und im Gegenzug haben Sie Beweismittel verschwinden lassen."

„Eine nette Geschichte haben Sie sich da ausgedacht, Stettner. Jammerschade, dass Sie sie nicht beweisen können. Und was Samantha Baring betrifft ... glauben Sie tatsächlich, das Mädchen weint Ihnen eine Träne nach? Die ist längst über alle Berge." Tarp ließ sein Feuerzeug aufschnappen. „Und jetzt will ich wissen, wo der Ausgang ist."

„Dann suchen Sie mal schön. In der Zwischenzeit warte ich auf Mario."

Tarp schwamm prustend durch das Wasser auf die verschüttete Treppe zu. „Ihr Vertrauen in Moretti ist diesmal fehl am Platz. Niemand weiß, dass ich hier bin."

Stettner stöhnte auf. „Herzlichen Glückwunsch, Tarp. Es gibt keinen zweiten Ausgang. Sie haben selbst dafür gesorgt."

„Ach, tatsächlich? Dann haben sich Billinger und das Mädchen in Luft aufgelöst und sind durch die Mauerritzen nach draußen geweht?"

„Wie sind Sie eigentlich darauf gekommen, dass Sie mich hier finden werden?"

„Das war nicht besonders schwer herauszufinden. Alle laufen Billingers Geld hinterher; das Mädchen, Scheurich und Sie. Scheurich war nicht dumm. Ich hätte denselben Ort als Versteck gewählt."

„Tja, nur hat Billinger die Tür hinter sich zugeschlagen und den Schlüssel weggeworfen. Wir stecken hier fest."

Im flackernden Licht der Feuerzeugflamme verzerrte sich Tarps Gesicht zu einer Grimasse des Schreckens.

„Sie lügen! Wo ist der verdammte Ausgang?"

Kopflos ruderte er im Wasser umher und ging unter. Hustend tauchte er wieder auf und spuckte dreckiges Seewasser aus.

„Von mir aus können Sie Ihren Scheißjob wiederhaben, Stettner. Ich werde Ihnen helfen. Aber sagen Sie mir jetzt, wie ich aus diesem Loch herauskomme. Bitte!"

Stettner konnte es nicht glauben. Hatte er soeben das Wort „Bitte!" vernommen?

„Es gibt keinen Ausweg. Wir können nur hoffen, dass uns rechtzeitig jemand findet."

Der Kommissar planschte panisch in dem steigenden Wasser und greinte wie ein ungezogenes Kind. Stettner lehnte den Kopf an die Kellerwand und hoffte, dass Sammys Geldgier nicht so groß war wie Tarps Furcht.

***

Pohlmann feuerte blind das Jagdgewehr ab und fegte den zweiten SEK-Beamten von den Beinen. Eine Schrotkugel zupfte an Morettis Hals und hinterließ eine tiefe Schramme. Wie durch ein Wunder wurde er nicht ernsthaft verletzt. Bevor Pohlmann Zeit zum Nachladen der doppelläufigen Schrotflinte fand, zielte Moretti auf den Lukenspalt und schoss das Magazin seiner Walther leer. Der Flintenlauf kippte unkontrolliert nach vorn. Moretti schob ein neues Magazin in die Waffe und bewegte sich vorsichtig auf die Stiege zu. Nichts rührte sich. Pohlmann hatte zwei Schüsse abgegeben und dann keine Gelegenheit mehr zum Nachladen gehabt.

Vollgepumpt mit Adrenalin stieg der Italiener die Leiter hinauf, bereit, jederzeit sofort zu schießen. Ohne Gegenwehr zog er die Schrotflinte aus dem Spalt zwischen Lukendeckel und Rahmen.

Die Axt des SEK-Mannes hatte die Verrieglung aus ihrer Verankerung gerissen, bevor Pohlmann ihn getötet hatte; die Luke ließ sich nun ohne Probleme öffnen. Pohlmann lag neben dem Einstieg und starrte ihn aus blicklosen Augen an. Drei Schüsse aus Morettis Waffe hatten ihn in Brust, Hals und den Kopf getroffen. Es war vorbei.

Mehrere SEK-Beamte stürmten die Treppe herauf. Moretti gab ihnen einen müden Wink. Dann ließ er die Pistole fallen und sank ausgepumpt auf den Boden. Die ungeheure Anspannung ließ schlagartig nach und wich totaler Erschöpfung.

Jemand klopfte ihm auf die Schulter. Sanitäter und Notarzt kümmerten sich um seine Kollegen. Für einen der beiden SEK-Beamten kam jede Hilfe zu spät.

„Bender sucht dich. Er sagt, es sei dringend", rief jemand.

Moretti nahm die Stimme wahr, doch verarbeitete sein überreizter Verstand die Information nur quälend langsam. Als er schließlich aus der Tür des Feuerwehrhauses trat, hatte er keine Ahnung, wie er ins Freie gelangt war.

Bender stand auf der anderen Seite des Dorfplatzes, hielt die Schaulustigen fern und winkte mit beiden Armen.

Moretti setzte seine Füße in Bewegung. Irgendwie gehorchten sie seinem Willen, ohne dass er hätte sagen können, wie sie das anstellten.

„Mensch, Mario. Du siehst aus wie ein Gespenst!"

Benders Stimme erzeugte seltsame Echos in seinem Kopf. Ein Gespenst? Auf jeden Fall fühlte er sich wie eines. Viel hatte nicht gefehlt.

„He, du blutest ja!" Bender sah sich nach dem Notarzt um.

Moretti strich über seinen Hals und fühlte warmes, klebriges Blut.

„Später", krächzte er. „Was ist los?"

„Der Bürgermeister will dich sehen. Es geht zu Ende mit ihm."

Moretti drängte sich durch die Menge. Die Gesichter wirkten verzerrt und durchscheinend wie Traumbilder. Jakob Gonsbach lag totenbleich auf einer Trage in einem der Notarztwagen.

„Ich bin hier", sagte Moretti. Er ließ sich auf einen Sitz fallen und spürte, wie sich das Innere des Krankenwagens um ihn drehte.

„Alles in Ordnung mit Ihnen?", fragte der Sanitäter besorgt.

Moretti achtete nicht auf ihn. „Herr Gonsbach? Sie wollten mich sprechen?"

Die Augenlider des Bürgermeisters flatterten unruhig. Er drehte den Kopf und blickte Moretti an. „Gott sei Dank, Sie sind da. Haben ... Sie ihn erwischt?"

Moretti nickte, was einen Schwindelanfall auslöste.

„Was kann ich für Sie tun?"

„Ich ... ich muss Ihnen etwas ... Wichtiges sagen. Hab's all die Jahre für mich behalten. Aber jetzt will ich nicht mehr schweigen. Wir ... wir haben Walter Bergmann umgebracht. Pohlmann, Kirchner und Schwickert und ... noch ein paar andere."

Moretti suchte in den Jackentaschen nach seinem Handy und schaltete die Aufnahmefunktion ein. Fünf Minuten später hatte er ein vollständiges Geständnis und die Namen aller Täter, von denen drei bereits nicht mehr lebten.

„Danke ... dass Sie mir zugehört haben. Endlich bin ich ... diese Last los.“ Gonsbach schloss die Augen.

Der Sanitäter drängte Moretti aus dem Wagen.

„Da ist noch etwas“, sagte Gonsbach schwach. „Der Detektiv und das Mädchen. Sie sind im Keller des alten Hauses auf der Insel eingeschlossen.“

Der Notarzt schob Moretti aus dem Wagen und schloss die Türen. Das Adrenalin kehrte in seine Adern zurück. Er drehte sich um und schrie nach Bender. Zwei Minuten später rasten zwei Streifenwagen mit eingeschaltetem Blaulicht zum See.

***

Sammy rannte. Sie lief vor der Erinnerung davon, vor der kaltherzigen Gleichgültigkeit, mit der Billinger ihren Vater hatte sterben lassen, und vor der eingeschworenen Mörderbande, die Stettners Tod akzeptierte wie einen unvermeidlichen Zins, den sie zahlen mussten, um ihr Geheimnis zu wahren.

Die Dunkelheit auf der einsamen Landstraße war beinahe vollkommen. Zwar war das heftige Sommergewitter abgezogen, doch der Himmel hing voll unsichtbarer schwerer Regenwolken, die das Mondlicht abschirmten wie eine schwarze Decke. Die einzigen Geräusche waren das Patschen von Sammys Schuhen auf dem nassen Asphalt und ihr rhythmisches Atmen. Sie war eine ausdauernde, geübte Läuferin. Trotzdem würde sie zur Insel mindestens zwanzig Minuten brauchen. Angestrengt versuchte sie, sich zu erinnern, wie schnell das Wasser im Keller stieg. Wie viel Zeit blieb Stettner noch? Entschlossen beschleunigte sie das Tempo und konzentrierte sich auf das Licht einer einzelnen Straßenlampe, das weit vor ihr einen kleinen Kreis der Nacht erhellte. Beim Anblick des Lichts kehrte die Erinnerung und damit die Hoffnung zurück. Der helle Fleck musste der Wanderparkplatz im Norden des Sees sein, an dem der Fiat seinen Geist aufgegeben hatte. Wenn es ihr gelang, den Wagen zu starten, erreichte sie die Insel in fünf Minuten. Sammy rannte mit aller Kraft auf das Licht zu, bis sie sich keuchend an die Motorhaube des Wagens lehnte. Der Schlüssel steckte noch immer. Sie ließ ihre Blicke über den Parkplatz und die angrenzende Straße schweifen. Wenn sie den Fiat bis zur leicht abschüssigen Straße schob, bestand eine Chance, dass der Motor ansprang. Misslang der Versuch, verlor sie wertvolle Zeit.

Sammy schlug das Lenkrad ein und schob den Fiat zur Straße. Als sie den Kiesplatz verlassen hatte, rollte der Wagen immer schneller die abfallende Straße hinab. Sammy sprang auf den Fahrersitz, legte den Gang ein und ließ die Kupplung los. Der Fiat bockte und ruckte, aber dann sprang hustend der Motor an. Sie schrie ihre Freude in die Nacht hinaus, zog die Tür zu und gab Gas.

Kurz darauf passierte sie die Furt zur Insel. Die Scheinwerfer enthüllten das ganze Ausmaß der Katastrophe. Die Scheune war verschwunden. Das mit Pfannen gedeckte Dach breitete sich wie eine zerknautschte rote Mütze über den Trümmern aus.

Sammy stürzte aus dem Wagen und starrte entsetzt auf die Ruine. Sie war zu spät gekommen.

Aus Leibeskräften schrie sie Stettners Namen. Beim dritten Mal glaubte sie leise Stimmen zu hören, die heftig miteinander stritten. Vorsichtig bahnte sie sich einen Weg durch verkeilte Dachbalken und Schutt, bis sie den Eingang zum Keller fand.

„Stettner! Sag was, melde dich! Stettner!"

„Sammy? Sammy, bist du das?"

Sie legte sich auf den Bauch und kroch durch die Trümmer. Der Bretterverschlag, der den Eingang zum Keller versperrt hatte, war verschwunden. Ein Gewirr aus ineinander verkeilten Balken und Mauerresten blockierte die Luke.

„Stettner! Ich bin hier!"

Seine Stimme klang jetzt ganz nah.

„Stell das verdammte Wasser ab!"

Sammy kroch an die Lukenöffnung heran und erschrak. Der Keller war fast bis zur Decke vollgelaufen. Stettner drängte sich dicht an die Luke und rang nach Luft.

„Wer ist denn da bei dir?"

„Eine fette Kanalratte, die langsam lästig wird. Stell das Wasser ab."

„Wie soll ich das machen?"

„Geh dem Schlauch nach. Irgendwo muss es einen Anschluss geben, eine Pumpe oder ein Ventil. Beeil dich!"

Sammy lief zum Wagen zurück, der mit laufendem Motor vor der Ruine der Scheune stand. Der Feuerwehrschlauch wand sich wie eine Riesenschlange über den Hof nach Süden, wo ihn die Dunkelheit verschluckte. Sammy wendete den Fiat und schaltete das Fernlicht ein. Unter den überhängenden Zweigen einer Weide stand ein Feuerwehrwagen. Der Schlauch verschwand unter einer Klappe an der Seite. Eine mit Diesel betriebene Pumpe saugte das Seewasser an und förderte es in den Keller. Sie schaltete den Generator aus. Das leise Brummen erstarb, und der prall gefüllte Feuerwehrschlauch sank zusammen. Nun musste es ihr irgendwie gelingen, den Zugang zum Keller freizulegen.

Im Kofferraum des Fiats fand sie ein Abschleppseil. Sie fuhr den Wagen rückwärts an die Ruine heran und hoffte, dass das Seil lang genug war. Dann kletterte sie über die Trümmer und befestigte das Seil an einem Balken, der den größten Teil der Luke versperrte.

„Was treibst du da?", rief Stettner misstrauisch.

Sammy legte sich flach auf den Boden und kroch auf die Kelleröffnung zu. Ihre Hände berührten sich kurz.

„Vertrau mir", sagte Sammy. „Ich hole dich da raus."

Stettner verrenkte den Hals und stöhnte. „Ich hoffe, du weißt, was du tust."

„Das ist wie beim Mikado-Spiel. Man muss nur am richtigen Stäbchen ziehen."

Sie kroch ins Freie und verknotete das Abschleppseil am Heck des Fiats. Dann schwang sie sich auf den Fahrersitz und gab Gas. Kies und Steine spritzten unter den Reifen hoch. Der Motor heulte protestierend auf. Plötzlich kam der Wagen frei und schoss nach vorn, nur um sofort wieder zu stoppen. Mit einem scharfen Knall riss das Abschleppseil, und der Motor starb ab. Hektisch drehte Sammy den Zündschlüssel, aber der Fiat gab nur noch ein Rasseln von sich. Verzweifelt stieg sie aus dem Wagen und kehrte zur Ruine zurück. Die verkeilten Dachbalken hatten sich kaum bewegt.

„Ich schaffe es nicht", rief sie. „Wir brauchen Hilfe."

Sie drehte sich um und lief auf die Furt zu. Kaum hatte sie die Insel verlassen, hörte sie Motorenlärm.

Blaulicht zuckte zwischen den schwarzen Baumstämmen, Lichter blitzten auf. Zwei Streifenwagen näherten sich mit hohem Tempo der Insel. Moretti!

Es war weit nach Mitternacht, bis schweres Räumgerät herangeschafft worden war, um die Eingeschlossenen zu befreien. Stettner saß in eine Decke gehüllt im Heck eines Notarztwagens und wärmte seine Hände an einem Becher mit heißem Tee, während Sanitäter die Wunden an seinem Knöchel versorgten. Die Feuerwehrleute befreiten unterdessen Tarp aus seinem nassen Gefängnis.

Moretti lehnte sich an die Tür des Krankenwagens. „Was zum Teufel wollte Tarp hier?“, fragte er kopfschüttelnd.

Stettner zuckte mit den Schultern. „Mir beim Sterben zusehen. Ich würde sagen, er ist in eine seiner eigenen Fallen getappt. Aber ich fürchte, er wird daraus keine Lehren ziehen.“

Tarp schüttelte die helfenden Hände der Sanitäter ab, stapfte ohne ein Wort zu seinem BMW und schnorrte von Bender eine Zigarette.

„Er wird uns noch eine Menge Ärger bereiten“, stimmte ihm Moretti zu.

„Tarp hat seinen Kopf noch einmal aus der Schlinge gezogen. Trotzdem wird er irgendwann einen Fehler machen. Seine Überheblichkeit wird ihn eines Tages zu Fall bringen.“

Moretti schüttelte den Kopf. „Deinen Optimismus kann ich nicht teilen, Stettner. Ich bin sicher, dass er Beweismittel verschwinden ließ, um sich den Mord an Scheurich zu erkaufen. Aber es gibt kein Indiz, das ihn damit in Zusammenhang bringt. Genauso wenig können wir beweisen, dass es seine Idee war, Jana Kovac im Ofen der Töpferei zu verbrennen. Es sei denn, wir können Billinger zu einer Aussage bewegen."

„Du vergisst Sammy." Stettner zog die Decke enger um die Schultern und stand auf. „Wo ist sie eigentlich? Ohne sie wären Tarp und ich ertrunken."

Bender kam mit feuerrotem Kopf auf sie zu. „Mario, mein Streifenwagen ist weg."

„Wie weg?", echote Moretti.

„Ge... geklaut."

Stettner lachte auf. Sammy war allen eine Nasenlänge voraus. Das war sie die ganze Zeit über gewesen.

57

Samantha Baring saß seit drei Stunden am östlichen Ufer der Lahn auf einer Parkbank. Die Sonne war längst hinter den schroffen Berghängen verschwunden und hatte der Abenddämmerung Platz gemacht. In den Hausbooten entlang der Flussufer glommen vereinzelt Lichter auf. Unterhalb des Spielcasinos auf der anderen Seite der Lahn lag die *Styx*.

Sammy wartete eine weitere halbe Stunde. Stettners Hausboot blieb dunkel, offenbar war er nicht an Bord. Sammy nahm es als Zeichen. Sie war keine Frau, die lange an einem Ort blieb. Und Stettner war kein Mann, den man an die Kette legen konnte.

Zornig rieb sie die juckende Brandwunde unter dem Verband um ihre linke Hand. Scheurich war ein ausgekochtes Schlitzohr gewesen, gebracht hatte ihm seine Listigkeit jedoch nichts. Er hatte den Geldkoffer mit einem selbst gebastelten Zündmechanismus aus zwei Wäscheklammern, in die er simple Reißzwecken getrieben hatte, und einer starken Batterie gesichert. Hätte Sammy besonnener reagiert und den Deckel vorsichtig angehoben, hätte sie die Falle rechtzeitig bemerkt. Aber ihre Gier hatte alles zunichtegemacht.

Sie stand seufzend auf und beschloss, der Stadt den Rücken zu kehren. Noch immer suchten die Russen nach ihr, die Polizei war ihr auf den Fersen, und ihre trickreichen Diebstähle hatten sich zu sehr herumgesprochen. Bad Ems wurde ihr zu heiß unter den Füßen.

Bevor sie endgültig verschwand, warf sie einen letzten Blick zurück auf den dunklen Fluss. In dem wie Öl glänzenden Wasser spiegelten sich die Lichter der Uferpromenaden.

Sammy stutzte. Ein weißes Motorboot löste sich von der Ufermauer auf der anderen Seite und fuhr in die Mitte des Flusses. Der Mann am Steuer drosselte den Motor, der blubbernd verstummte, und warf einen Anker aus, um das Boot in der Strömung zu halten. Im Schatten einer Platane beobachtete Sammy das Treiben des Unbekannten. Er war klein, drahtig und bewegte sich flink wie ein Wiesel. Mit geübten Griffen befestigte er ein Nylonseil am Heck des Bootes und warf es über Bord. Dann verschwand er für eine Minute unter Deck und kehrte zurück, bekleidet nur mit einer Badehose. Auf seiner Stirn saß eine Taucherbrille.

Nein, sie irrte sich nicht. Sie war diesem Mann schon einmal begegnet. Sein nackter Körper hob sich dunkel vom weißen Bootsrumpf ab, als er über Bord kletterte und in den Fluss eintauchte. Nach einer Weile erschien er wieder an der Oberfläche, wartete, bis er wieder zu Atem gekommen war, und tauchte an einer Stelle weiter flussabwärts erneut. In Sammy stieg unbändige Wut auf, das Wiesel suchte die Beute aus dem Überfall auf das Spielcasino.

Sie spurtete los und überquerte die nächstgelegene Brücke. Die plötzlich aufkeimende Hoffnung verlieh ihr neue Kraft nach den untätigen Stunden auf der Parkbank. Als sie auf dem anderen Flussufer angekommen war, hielt sie einen Moment inne und beobachtete erneut den schwarzen Fluss, auf dessen Oberfläche sich inzwischen die Lichter des Casinos und der Uferbeleuchtung spiegelten. Das Wiesel zog sich an der Bordwand des Motorbootes hoch und kurbelte an einer Winde, die am Heck befestigt war. Kurz darauf wuchtete er einen schweren Gegenstand ins Boot, der in Form und Größe dem Koffer ähnelte, in den Sammy die Beute aus dem Hoteltresor gepackt hatte. Sie lief auf der Uferpromenade entlang und näherte sich der *Styx*. Ihr Widersacher hatte inzwischen den Koffer verstaut, das leise Tuckern des Außenbordmotors kündigte seine Rückkehr an.

Rasch musterte Sammy Stettners Hausboot. Sie wusste von dem Fach unter dem Steuerstand, in dem Stettner seine Walther P99 aufbewahrte. Leise schlich sie über den Laufsteg an Deck und drückte die Klinke des Niedergangs, aber die Tür war verschlossen. Sie schreckte auf, als sie einen sanften Druck an ihrem Hosenbein bemerkte. Jabba miaute rasselnd und rieb seine Schnauze an ihrer Wade. Sammy fluchte lautlos und suchte mit ihren Blicken den Fluss ab.

Das Motorboot legte zwanzig Meter flussaufwärts in der Nähe einer Steintreppe an der Ufermauer an. Eilig verließ sie die *Styx*, lief am Ufer entlang und nutzte die Alleebäume als Deckung. Plötzlich stieß sie gegen einen Abfalleimer aus Drahtgeflecht, der scheppernd umstürzte und über das Kopfsteinpflaster rollte. Unrat, leere Getränkedosen verteilten sich auf dem Boden. Sammys Blick fiel auf einen verbogenen Regenschirm, den ein Passant entsorgt hatte ... was würde Stettner unternehmen? Ihm wäre sofort etwas eingefallen ...

etwas Dreistes, Unerwartetes und völlig Verrücktes. Sie hob den Regenschirm auf.

Das Patschen von Badeschlappen ließ Sammy herumfahren. Der Kopf des Russen tauchte oberhalb der Stützmauer auf. Er trug jetzt ein weißes T-Shirt, das sich hell vom Schwarz des Flusses abhob, und wuchtete einen verschrammten Samsonitekoffer auf den Kai. Von seinem ungeschlachten Partner fehlte jede Spur. Ob er in jener Nacht in der Lahn ertrunken war? Sammy spannte ihre Muskeln an und presste die Finger um den Griff des Schirms. Mit einem Regenschirm bewaffnet gegen einen erfahrenen Messerkämpfer? Wenn sie es überlebte, würde sie Stettner alle Ehre machen.

Das Wiesel drehte ihr den Rücken zu. Er zog ein Handy aus der Hosentasche und drückte die Ruftaste.

„Ja, ich hab ihn. Wir treffen uns in einer halben Stunde."

Sammy sprang aus dem Schatten der Platane und bohrte ihm die Spitze des Regenschirms zwischen die Schulterblätter. Überrascht ließ er das Telefon fallen.

„Du hast etwas, was mir gehört!" Sie verstärkte den Druck der Schirmspitze.

Das Wiesel versteifte sich und hob langsam die Hände. Sammy drückte auf den nutzlosen Knopf an der Seite des Griffes. Der Schirm gab ein leises Klicken von sich, das an das Umlegen eines Sicherungsbügels erinnerte. Der Russe drehte den Kopf.

„Beweg dich nicht, sonst bist du ein toter Mann!", zischte Sammy.

Der Koffer stand dicht neben seinem rechten Fuß. Blitzschnell drehte Sammy den Schirm um, zog dem

Russen mit aller Kraft den hölzernen Schirmgriff über den Hinterkopf und stieß ihn über die Mauer in den Fluss. Mit wild rudernden Armen schlug er klatschend ins Wasser.

In hohem Boden schleuderte sie den Regenschirm in die Lahn, schnappte sich den Koffer und tauchte ins Dunkel der Nacht ein. Ihr Jubelschrei hallte von den Steilhängen des Tals wider.

58

Luigi Tremante trug einen blauen Zweireiher mit passendem Einstecktuch, ein blütenweißes Hemd und eine dezent gemusterte anthrazitfarbene Krawatte. Seine schwarzen Slipper blitzten in der Sonne und erzeugten ein einschüchterndes Klacken auf dem Deck der *Styx*.

Stettner begrüßte den Anwalt und bat ihn in die große Kajüte. „Ich habe Neuigkeiten für Sie, Signor Tremante."

„Mario deutete es bereits an, allerdings ohne konkret zu werden."

„Er hat alle Hände voll zu tun. Um den Fall Bergmann abzuschließen, wird er noch eine Menge Zeugen vernehmen müssen. Ob sich nach all der Zeit noch zweifelsfrei klären lassen wird, wer an dem Verbrechen beteiligt war, ist noch ungewiss."

„Also ist Walter Bergmann tatsächlich tot?"

Stettner nickte. „Daran besteht kein Zweifel. Um ganz sicherzugehen, muss der Pathologe noch einen DNA-Abgleich vornehmen, was nicht ganz einfach ist. Bergmann hatte keine Kinder. Die Polizei muss also zunächst nach engeren Verwandten suchen."

„Warum musste Bergmann sterben?"

„Sie kannten ihn. Er war ein Despot, ein Starrkopf, der stets bekam, was er wollte. Als der Gemeinderat ihm die Genehmigung für die Erweiterung seines

Betriebes verweigerte, drohte er, seine Firma zu schließen. Damit wären auf einen Schlag fast alle Einwohner von Gräbersberg arbeitslos geworden. Mithilfe seines Stiefsohnes Hans-Peter Billinger versuchten sie, ihn im letzten Augenblick noch umzustimmen. Doch Bergmann tat das, was er immer tat. Er schrie und tobte und gebärdete sich wie ein Gutsherr. Einer der Dorfbewohner verlor die Nerven. Er schlug zu und brach damit alle Dämme. Im Affekt erschlugen sie Bergmann gemeinsam und vergruben ihn im Keller des alten Hauses auf der Insel im See. Nun mussten sie nur noch verhindern, dass ihr Verbrechen jemals ans Licht kam. Billinger spielte mit. Er war der Einzige, der den Betrieb weiterführen konnte. Leider gerieten sie vom Regen in die Traufe, denn Billinger erwies sich als sexbesessener Tyrann, der jeden gegen jeden im Dorf ausspielte. Da er nicht an dem Mord beteiligt gewesen war, hatte er mit seinem Wissen alle in der Hand. Genutzt hat es ihm am Ende wenig."

„Die meisten Tyrannen finden ein schreckliches Ende", bestätigte Tremante.

„Damit wäre der Fall abgeschlossen. Uns bleibt noch, die Übergabe der *Styx* zu regeln."

Tremante räusperte sich umständlich und hustete gekünstelt. Dann legte er einen flachen Aktenkoffer auf den Tisch, ließ die Schlösser aufschnappen und übergab Stettner die Schiffspapiere.

„Ich würde es sehr begrüßen, wenn Sie mich in Zukunft dennoch unterstützen würden."

Stettner grinste schief. „Aber sicher ... gegen entsprechende Bezahlung."

„Concordato. Ich werde mich melden, wenn ich Arbeit für Sie habe.“ Er erhob sich würdevoll, hustete noch einmal und strich seine dezente Krawatte glatt.

Stettner folgte ihm an Deck und sah ihm nach, wie er an Land ging. Es war das erste Mal gewesen, dass in diesem Job etwas glatt gelaufen war.

„He, Sie“, rief eine Stimme vom Ufer her.

Am Fuß des Laufstegs stand ein etwa dreizehnjähriger Junge.

„Sind Sie Stettner?“

„Und wenn ich das bin?“

„Hab was für Sie.“

Er schwenkte einen Briefumschlag und kam an Bord.

Stettner kramte in seinen Hosentaschen nach Kleingeld.

„Lassen Sie mal stecken. Ich wurde schon bezahlt.“

Er nahm den Umschlag entgegen und deutete mit dem Daumen über die Schulter. Ein rotes Cabrio fegte mit hohem Tempo die Uferstraße entlang. Am Steuer saß eine Frau. Ihre blonden Locken flogen im Fahrtwind.

„Viel Spaß noch.“ Der Junge trollte sich.

Stettner riss den Umschlag auf und entfaltete ein einzelnes Blatt Papier.

Denk an das, was ich dir beigebracht habe. Tremante wird dich übers Ohr hauen. Und geh mal zum Friseur. Sammy <3

Stettner drehte das Blatt um. Auf der Rückseite hatte Sammy eine ungelenke Darstellung der *Styx* gezeichnet. An Deck standen zwei Strichmännchen. Er erkannte sich unschwer an den Kringeln, die seine unordentliche Frisur widerspiegelten. Die andere Figur war unverkennbar weiblich und symbolisierte Sammy. Die *Styx* rauschte in voller Fahrt durch das Wasser und zog eine riesige Flaschenpost hinter sich her. Die Bedeutung der Flasche erschloss sich ihm zunächst nicht. Dann interpretierte er sie als Symbol für den Weinvorrat, der im Rumpf lagerte.

Nachdenklich blickte er dem Cabriolet des Anwalts nach.

Tremante wird dich übers Ohr hauen ... nun, in diesem Punkt hatte Sammy sich geirrt, trotz ihrer unschlagbaren Fähigkeit, Menschen richtig einzuschätzen.

Morettis Stimme riss ihn aus seinen Gedanken. „Herzlichen Glückwunsch. Das müssen wir feiern. Ich hoffe, du gibst einen aus."

Stettners neuer Freund kam lachend die Laufplanke hinauf.

Der Detektiv grinste, ging unter Deck und kehrte mit einer Flasche Chianti zurück.

Moretti sah mit offenem Mund zu, wie Stettner die entkorkte Flasche ansetzte und in tiefen Zügen den eiskalten Rotwein trank. So wie er ihn mochte – gegen alle Regeln. Dann stieß er einen Freudenschrei aus und warf die Flasche in hohem Bogen in die Lahn.

59

Die Sonne stand bereits tief über dem westlichen Höhenzug des Lahntals, als Mario Moretti den Liegeplatz der *Styx* erreichte. Bevor er an Bord gehen konnte, machte er einem hageren Mann Platz, der eilig über den Laufsteg balancierte. Stettner erschien mit finsterem Gesicht in der Luke zum Niedergang.

„Warten Sie nicht zu lange mit Ihrer Entscheidung, Herr Stettner. Ohne Versicherungsschutz bewegen Sie sich in einer rechtlichen Grauzone. Wenn etwas passiert, kann das schnell sehr teuer werden", rief der Hagere.

Moretti betrat das Deck und deutete mit dem Daumen über die Schulter. „Wer war denn das?"

„Ein Versicherungsvertreter", sagte Stettner dumpf. Seit Sammy verschwunden war, schien sich die Welt gegen ihn verschworen zu haben.

Moretti stellte ein eiskaltes Sixpack Bier auf dem Deck ab und ließ sich in einen der Liegestühle fallen. „Schlechte Neuigkeiten?", fragte er.

„Ja. Ich kann das Boot nicht behalten."

„Was? Wieso nicht? Du wolltest diesen Schrottkahn doch unbedingt haben!"

Stettner setzte sich und öffnete eine Flasche Bier. Moretti kam inzwischen beinahe jeden Abend auf ein Schwätzchen vorbei. Zusammen saßen sie in den

Liegestühlen an Deck und redeten über Fußball, Frauen und Tarp, bis es dunkel wurde.

„Ich habe die Kosten unterschätzt", grollte er, „die Versicherungen, die regelmäßigen TÜV-Untersuchungen auf Schwimmfähigkeit und vor allem die Gebühren für den Dauerliegeplatz. Außerdem hat dein Onkel mich übers Ohr gehauen. Vor ein paar Wochen haben ein paar Halunken das Boot für eine nächtliche Spritztour gestohlen. Dabei wurde die Maschine beschädigt, der Motor ist im Eimer. Er hat kein Wort darüber verloren, auch nicht über den miserablen Zustand des Rumpfes. Ich kann mir die Reparaturen nicht leisten. Wenn du mich fragst, war er froh, den Kahn loszuwerden."

„Na ja, du hast ihn nicht danach gefragt", war alles, was Moretti einfiel. „Hast du eigentlich jemals einen Cent Honorar von Sammy erhalten?"

Stettner schüttelte den Kopf. „Nein. Nur das hier."

Er zog die zerknitterte Zeichnung aus der Hosentasche und reichte sie Moretti. „Ein kleiner Abschiedsgruß. Ich habe dir gleich gesagt, Sammy ist keine Frau zum Heiraten. Sie will alles und das sofort. So ein ausgekochtes kleines Ding! Hat sich Billingers Million unter den Nagel gerissen und ist mit dem Geld auf und davon."

„Vielleicht schickt sie uns ja mal eine Karte von den Malediven. Wir haben Billingers Leiche in einem Lieferwagen auf dem Grund des Sees gefunden. Es gibt zwar keinen Hinweis auf ein Verbrechen, aber ich wette, Sammy hatte ihre Finger im Spiel."

Eingehend betrachtete er die Zeichnung. „Warum hat sie wohl die Flaschenpost gemalt?"

Stettner zuckte mit den Schultern. „Ein Hinweis auf den Weinvorrat deines Onkels? Da unten liegen noch eine Menge gute Flaschen. Bevor ich das Boot verkaufe, müssen wir die noch leeren."

Moretti gab ihm die Zeichnung zurück. „Ich weiß nicht. Irgendwas hat diese Flaschenpost zu bedeuten."

Stettner setzte die Bierflasche an den Mund, starrte Moretti an und verschluckte sich. Er prustete Schaum und Bier über das Deck und sprang auf, als hätte er auf einer Sprungfeder gesessen. Ohne Erklärung stürzte er zum Heck und suchte die Reling ab. An der dem Fluss zugewandten Seite war eine Leine verknotet, die ins Wasser hing. Stettner holte sie mit fliegenden Fingern ein.

„Was ist das?", fragte Moretti.

Sein Freund hielt einen wasserdichten Plastikkanister in der Hand, der mit einem Schraubenschlüssel beschwert worden war. Stettner schraubte den Deckel ab und kippte den Inhalt auf das Deck.

„Oh, oh!", entfuhr es Moretti. „Ich bin dann mal weg. Hab nichts gesehen und nichts gehört. Außerdem habe ich Feierabend und bin nicht im Dienst."

Auf den Decksplanken lagen mehrere Dutzend Geldbündel. Stettner griff nach einem und blätterte es mit dem Daumen durch.

Er pfiff durch die Zähne. „Das müssen mindestens hunderttausend Euro sein. Sammy hat also doch noch bezahlt."

Er ließ sich auf den Rücken fallen und stieß einen Freudenschrei aus. „Das reicht, um die *Styx* zu überholen. Und für einen neuen Wagen!"

Moretti schlug sich mit der flachen Hand vor die Stirn. „Vor drei Tagen hat mich übrigens dein Vater angerufen. In der Aufregung habe ich ganz vergessen, dir davon zu erzählen."

„Er hat dich angerufen? Was wollte er?", fragte Stettner misstrauisch.

„Er hat nach Zeugen für den verpatzten Einsatz im Steinbruch gesucht. Billingers Lehrling war schließlich bereit, auszusagen, dass Tarp den Befehl zum Stürmen der Verladestation gab und nicht du. Tarp ist erledigt, den Posten als Leiter der Soko kann er abschreiben. Glaub mir, er hat alle Hände voll zu tun, den Kopf über Wasser zu halten. Fienolt hat mich gebeten, die Fühler auszustrecken, ob du nicht zu unserer Truppe zurückkommen willst. Er hat deine Entscheidung zu gehen, sehr bedauert. Bei der neuen Faktenlage dürfte es kein Problem sein, deine Kündigung zurückzuziehen."

Stettner stopfte die Geldscheine in den Behälter zurück und schüttelte den Kopf. „Nein, vielen Dank, Mario. Ich habe einen besseren Job. Ich bin jetzt Privatdetektiv."

NACHWORT DES AUTORS

Als ich nach Erscheinen meines ersten Romans „Schattenjagd – Verfluchte Amulette" vom Fernsehsender SAT. 1 zu einem Interview eingeladen wurde, erzählte mir der Kameramann auf der Fahrt zu einem der Drehorte eine unheimliche Anekdote. Kurz darauf begann ich, über seine Geschichte zu recherchieren, und stieß auf eine spezielle Sparte der Geschichtsforschung: die Richtstättenarchäologie.

Wenn Wohngebiete erschlossen oder Straßen gebaut werden, findet man tatsächlich immer öfter Spuren alter Hinrichtungsstätten. Die Forscher stoßen häufig auf Skelette mit dem Schädel zwischen den Knien – Verurteilte, die man an Ort und Stelle verscharrt hat und deren Knochen beim Aushub für die Fundamente neuer Gebäude zutage kommen.

Nun berichtete jener Kameramann mir über eine Hochhaussiedlung am Rand von Marburg, in der auffallend viele Verbrechen begangen werden. Die Häuser wurden über einem sogenannten Rabenstein errichtet, einem flachen Felsen, auf dem die Delinquenten niederknien mussten und vom Scharfrichter enthauptet wurden.

Statistisch gesehen liegt die Verbrechensrate in dieser Siedlung weit über dem Durchschnitt. Hinzu kommt eine ungewöhnlich große Population von Raben. Es handelt sich tatsächlich um die Nachkommen jener

Vögel, die sich am Fleisch der Gehenkten satt fraßen. (Das ist auch der Grund, warum man diese Felsen „Rabenstein” nennt.)
Ob ein Zusammenhang zwischen der erhöhten Verbrechensrate und der Vergangenheit dieses Ortes besteht, ist natürlich nicht zu beweisen. Eine schöne Schauergeschichte ist es allemal, und sie lieferte den Initialfunken für den Schauplatz von „Die blinde Zeugin“.
Der Ort Gräbersberg ist meine Erfindung, er existiert nicht. (Falls Sie danach suchen sollten.) Ebenso sind alle Figuren, die in diesem fiktiven Ort leben, meiner Fantasie entsprungen. Ähnlichkeiten mit lebenden Personen wären rein zufälliger Natur. Schließlich lebe ich in einem kleinen Ort im Westerwald, fühle mich dort wohl – und so soll es auch bleiben. Sie verstehen, was ich meine.
Im vorliegenden Roman benutzt Sammy Baring eine perfide Methode, um an die Geheimzahlen der Kreditkarten ihrer Opfer zu gelangen. Falls Sie das für ein Produkt meiner überschäumenden Fantasie halten, muss ich Sie enttäuschen. Sowohl die Methode des Cold Readings als auch der beschriebene Barnum-Effekt existieren und werden von Bühnenmagiern und Wahrsagern genutzt. Der irische Showmagier Keith Barry ist ein Meister seines Fachs. Er braucht keine zehn Minuten, um Ihnen mit der oben beschriebenen Methode die Geheimzahl Ihrer Kreditkarte zu entlocken. Also seien Sie vorsichtig, wenn Sie ihm begegnen sollten.
Vielleicht fragen Sie sich, warum Sammy immer wieder die Frage nach der geraden Zahl zwischen fünfzig und hundert stellt. Das ist eine verblüffende Ge-

schichte, auf die ich während der Recherchen zu „Die blinde Zeugin“ stieß. Probieren Sie den Trick einmal aus. Sie werden überrascht sein. Etwa achtzig Prozent aller Antworten lauten: achtundsechzig. Warum das so ist, darüber wird heftig spekuliert. Eine Erklärung könnte sein, dass achtundsechzig ziemlich genau in der Mitte zwischen fünfzig und hundert liegt und deshalb instinktiv von den meisten Menschen gewählt wird.

Noch eine kleine Anmerkung zur Polizei von Bad Ems. Der Grund, warum die Stettner-Romane in Bad Ems angesiedelt sind, ist eigentlich ziemlich banal: Stettner lebt auf einem Hausboot, also braucht er Wasser unter dem Kiel. Die Lahn ist der nächste schiffbare Fluss in meiner Heimat – so einfach ist das. Natürlich werden Sie bei der Bad Emser Polizei weder einen Rainer Tarp noch einen Mario Moretti antreffen. Auch eine Mordkommission gibt es dort nicht, ebenso wenig gibt es eine Gerichtsmedizin in Koblenz – die nächste befindet sich in Mainz. Aber die Stettner-Romane sind nun mal kein Abbild der Wirklichkeit, sondern spannende Detektivgeschichten, die in einer fiktiven Welt spielen; einer Welt, in der ich mich austoben kann, wie ich will. Diese Freiheit nehme ich für mich in Anspruch.

Volker Dützer